Wolf Schreiner

Lammfromm

Ein Krimi
aus dem Bayerischen Wald

W0302050

GOLDMANN

Der Verlag weist ausdrücklich darauf hin, dass im Text enthaltene externe Links vom Verlag nur bis zum Zeitpunkt der Buchveröffentlichung eingesehen werden konnten. Auf spätere Veränderungen hat der Verlag keinerlei Einfluss. Eine Haftung des Verlags ist daher ausgeschlossen.

Dieses Buch ist auch als E-Book erhältlich.

MIX
Papier aus verantwortungsvollen Quellen
FSC® C014496
FSC www.fsc.org

Verlagsgruppe Random House FSC®N001967

1. Auflage
Originalausgabe April 2016
Copyright © 2016 by Wilhelm Goldmann Verlag, München,
in der Verlagsgruppe Random House GmbH
Umschlaggestaltung: UNO Werbeagentur München
Umschlagmotiv: mauritius images/Raius Images;
FinePic®, München
Redaktion: Alexander Behrmann
KS · Herstellung: Str.
Satz: IBV Satz- und Datentechnik GmbH, Berlin
Druck und Bindung: GGP Media GmbH, Pößneck
Printed in Germany
ISBN: 978-3-442-48209-2
www.goldmann-verlag.de

Besuchen Sie den Goldmann Verlag im Netz

1

Auch wenn er es sich nicht eingestehen wollte: Er spürte, wie sein Amt an ihm nagte, wie er sich immer öfter dabei ertappte, mit den Gedanken woanders zu sein, wie er sich nach Abwechslung sehnte. Baltasar Senner wusste selbst nicht genau, warum sich solche Gedanken in seinem Kopf breitmachten. Er spürte nur die Auswirkungen. Das erste Mal in seinem Leben hatte er das Bedürfnis nach Urlaub.

Bisher hatte er seine Ferien genutzt, um zu lesen, Freunde zu besuchen oder Dinge zu erledigen, zu denen er sonst keine Zeit hatte. Nie war der Wunsch vordringlich gewesen, sich von der Arbeit erholen zu müssen. Auch hatte er sein Amt als katholischer Priester nie als Belastung empfunden – im Gegenteil. Das war nun anders. Er sehnte sich danach, einfach alles hinter sich zu lassen – und sei es nur für wenige Tage. Einfach ausspannen, an nichts denken, die Seele baumeln lassen.

War es der Druck, sich ständig die Nöte der Menschen anhören zu müssen? War es der ständige Ärger mit dem Bischof, der seine Renovierungswünsche und Sozialprojekte immer nur torpedierte? War es die Erkenntnis der Hilflosigkeit, die ihn traf, wenn er etwa Sterbenden Trost spendete und doch sonst nichts für sie tun konnte? Oder war es die zusätzliche Belastung, im Bayerischen

Wald immer wieder mit Mordfällen konfrontiert zu werden?

Aber jetzt wollte er die Ruhe und die Natur genießen. Er hatte sich in einer kleinen Pension in der Nähe des Rachel einquartiert. Seine Haushälterin Teresa hatte er ebenfalls in den Urlaub geschickt, sie wollte Verwandte in Polen besuchen. Zwar hätte er jeden Tag zum Übernachten heimfahren können, die Entfernung war nicht der Rede wert, aber das war nicht dasselbe. Zum völligen Abschalten gehörte einfach ein Ortswechsel dazu.

Zum Entspannen benötigte Baltasar keine Reise ins Ausland, keine Flüge in den Süden, kein Sonnenbad an exotischen Stränden. Auch die Metropolen dieser Welt reizten ihn nicht besonders. Dafür bot ihm der Bayerische Wald Abwechslung genug: Hier fand er alles, was er brauchte.

Am ersten Tag wanderte er den Dreisessel hinauf, die Baumgerippe in der Gipfelregion ragten wie Totenpfähle in den Himmel, es wirkte wie ein riesiger Friedhof der Natur. Und doch spross dazwischen neues Leben, Sträucher drängten sich nach vorn, Gras bedeckte den Boden, Schösslinge reckten sich zum Licht.

Baltasar genoss die Aussicht auf die Landschaft. Grün glühte die Ebene, so weit er sehen konnte, nur gelegentlich unterbrochen von Ansiedlungen und Straßen, die wie übergroße Bleistiftstriche ein Muster in die Fläche gravierten.

Aber insgesamt hatten die Eingriffe der Menschen über die Jahrhunderte der Natur wenig anhaben können, der Wald widerstand als Bollwerk allen Angriffen. Es machte einem bewusst, wie klein der Mensch doch angesichts von Gottes Werk war. Baltasar hatte gelesen, dass der Bayerische Wald das größte zusammenhängende Waldgebiet Mitteleuropas war – der Beweis war erbracht, wenn man von diesem Gipfel blickte.

Ihn verwunderte es nicht, dass sich die Menschen in früheren Zeiten nur in Notfällen durch diesen Urwald trauten und es vieler Lockmittel der Obrigkeit bedurfte, um die ersten Siedler in diese wilde Gegend zu locken.

Am zweiten Tag ging Baltasar in der Nähe von Grafenau spazieren. Auf den Wiesen entfalteten die Blumen ihr Farbenspiel, von der Sonne zum Glühen gebracht, funkelnd und glitzernd.

Im Kontrast dazu das Dunkel des Waldes. Er machte Weißtannen, Rotbuchen, Fichten und einzelne Exemplare des Bergahorns aus. Baumstümpfe, von Moos überzogen, in verschiedenen Phasen der Verwesung.

Im Wildfreigelände bei Neuschönau, mitten im Nationalpark, vergnügte er sich damit, Vögel in ihren Volieren zu zählen, ein Bärenpaar zu beobachten oder zu versuchen, im Dickicht Wölfe zu entdecken, die laut Besucherschild irgendwo in dem Gehege verborgen sein mussten. Aber die Tiere dachten nicht daran, ihm den Gefallen zu tun und sich zu zeigen.

Nach einigen Tagen hatte Baltasar wieder das Gefühl, im Einklang mit sich selbst zu sein, seine Sorgen, seine Unlust waren von ihm abgefallen. Er fühlte sich befreit.

Auch seine abendlichen Weihrauch-Sitzungen wirkten intensiver als jemals zuvor, er benötigte nur ein paar spezielle Zutaten, um aus gewöhnlichen Sorten ein unvergleichliches Erlebnis zu machen – das Inhalieren des würzigen Rauches entspannte und tat seiner Seele gut.

Sein Mobiltelefon klingelte.

»Herr Pfarrer, Herr Pfarrer, es sein was passiert!«

Er war seine Haushälterin Teresa.

»Die Leut … Sie haben sich alle vor dem Rathaus versammelt. Es ist … gruselig!«

»Wovon reden Sie?« Baltasar ahnte, dass sein Urlaub beendet sein würde.

»Sie sollten kommen. Sofort! Es ist wirklich wichtig.«

»Also gut.« Baltasar wusste, seine Haushälterin würde ihn nur in Notfällen anrufen. Er packte in Rekordzeit seine Sachen zusammen und beglich die Rechnung. Es war nur eine kurze Autofahrt zurück in die Gemeinde.

Der Ort war zu dieser frühen Stunde ungewohnt belebt, von überall her strömten Menschen in Richtung Rathaus. Er parkte und folgte ihnen.

Auf dem Rathausplatz hatte sich bereits eine größere Menschenmenge gebildet. Die Leute zeigten auf etwas und redeten durcheinander, Baltasar glaubte die Anspannung zu spüren.

»Hochwürden, wie schrecklich«, begrüßte ihn eine Frau, die er vom Gottesdienst kannte. »Wer hat das getan?«

»Wer hat was getan?«

Er bahnte sich einen Weg durch die Menge. Um einen Fahnenmast hatte sich ein Kreis von Menschen gebildet.

Das Bild ließ Baltasar erschaudern: Vor ihm baumelte

ein lebloser Körper, die Füße aneinandergefesselt, kopfüber mit einem Seil am Mast hochgezogen.

Auf dem Boden hatte sich eine dunkle Lache gebildet. Blut. Am Hals war eine tiefe Wunde zu sehen.

Es war eine tote Sau.

»Das arme Tier«, sagte ein Mann in Arbeitskleidung.

»Furchtbar«, sagte eine Frau.

Alle starrten wie hypnotisiert auf den Kadaver, angetrieben von einer Mischung aus Neugier und Abscheu.

Baltasar fiel auf, dass ein Stück Pappe im Maul des Schweins steckte. Vorsichtig löste er den Karton heraus. Darauf stand, mit Blut geschrieben:

Tod allen Umgehungsstraßen-Freunden!

2

Bürgermeister Xaver Wohlrab war hervorgetreten.

»Das ist ein übler Scherz«, rief er den Leuten zu. »Es ist geschmacklos und eine Verhöhnung aller Bürger. So was werde ich nicht durchgehen lassen. Wir finden den Schuldigen, er soll dafür eine Strafe erhalten. Die Polizei wird sich darum kümmern. Und jetzt holen wir die Sau herunter. Hat jemand ein Messer?«

Der Metzger des Ortes winkte einen anderen Mann herbei und trat an den Fahnenmast. Eine Klinge blitzte in seiner Hand. Ein schneller Schnitt – und das tote Tier krachte zu Boden. Die beiden machten sich daran, auch die anderen Seile zu durchtrennen.

»Moment«, sagte Baltasar. »Bitte lassen Sie das Schwein so, wie es ist, sonst erschweren Sie die Ermittlungen der Polizei.«

Der Bürgermeister nickte. »Warten wir, die Beamten müssten gleich anrücken.«

Er wandte sich an die Versammelten. »Liebe Leut, geht's heim. Es gibt nichts mehr zu sehen.«

»Nehmen Sie die Drohung ernst, Herr Bürgermeister?«, fragte jemand aus der Menge.

»Solche Spinner kann man nicht ernst nehmen«, entgegnete Wohlrab. »Das ist sicher die Tat alkoholisierter Jugendlicher. Wir dürfen solche Streiche nicht durchgehen lassen.«

»Aber die Drohung bezieht sich doch auf den geplanten Bau der Umgehungsstraße«, sagte eine Frau. »Das sind nicht nur Hirngespinste, das ist ganz konkret.«

Die Frau sprach das Thema an, das den Ort und die ganze Region seit Wochen beschäftigte. Eine neue Straße sollte gebaut werden, um die Gegend besser an das überregionale Verkehrsnetz anzubinden. Laut Plan sollte die Strecke durch bisher unberührte Natur und Wald führen.

Die meisten Bewohner des Ortes und der Nachbargemeinden befürworteten den Plan. Die Landesregierung hatte versprochen, einen Großteil der Baukosten zu übernehmen, die Finanzierung war damit gesichert. Auf der anderen Seite hatte sich eine kleine Gruppe von Naturschützern gebildet, die den Straßenbau vehement ablehnte.

Ein Polizeiwagen fuhr vor. Der Bürgermeister lotste die beiden Beamten zum Fahnenmast. Ein Teil der Menschen hatte sich zerstreut, einige harrten am Rande aus und beobachteten das Geschehen.

»Was haben wir denn da?«, entfuhr es einem der Polizisten.

Der andere kratzte sich am Kopf und meinte: »Was für eine Straftat liegt hier vor? Sie wollen vermutlich Anzeige erstatten, Herr Bürgermeister.«

»Was weiß ich? Sie sind die Experten. Es ist auf jeden Fall ein Verbrechen!«

Die beiden Polizisten umrundeten das tote Tier.

»Was für eine Sauerei«, sagte der eine.

»Vermutlich abgestochen«, sagte der andere.

»Und?«, sagte Wohlrab.

»Schwer zu beurteilen«, meinte der erste Polizist. »Ist das Schwein gestohlen?«

»Woher soll ich das wissen?« Der Bürgermeister wurde ungehalten.

»Dann wird's schwer«, erklärte der zweite Polizist. »Erregung öffentlichen Ärgernisses kommt weniger infrage. Wenn Diebstahl ausscheidet ... bleibt allenfalls Sachbeschädigung.«

»Und wie es aussieht, ist der Schaden gering«, sagte sein Kollege. »Herr Bürgermeister, ich sage das ungern, aber das Beste wäre, das Ganze auf sich beruhen zu lassen. Unsere Dienststelle ist derzeit chronisch unterbesetzt, es wird dauern, bis wir Ermittlungen aufnehmen können.«

»Wenn überhaupt«, fügte der andere Beamte hinzu.

»Sie raten mir also, diese schändliche Tat einfach zu vergessen?« Der Bürgermeister schien kurz davor zu explodieren. »Ich trage Verantwortung für diese Gemeinde und die Menschen. Die erwarten, dass der Fall aufgeklärt wird. Die Bürger wollen nicht in Angst leben, weil Wahnsinnige bei uns ihr Unwesen treiben.«

Der erste Polizist zuckte mit den Schultern. »Wenn Sie auf einer Strafanzeige bestehen, Herr Bürgermeister, werden wir das natürlich zu Protokoll nehmen. Sie müssen sich dann in den nächsten Tagen auf unser Revier bemühen.«

»So geht das nicht!« Wohlrabs Gesicht war rot angelaufen. »Dahinter stecken Verbrecher. Oder halten Sie das für einen Scherz?« Er reichte den Polizisten das Pappschild mit der Drohung.

Wohlrab erklärte, wo sie den Karton gefunden hatten. Die beiden Beamten zogen sich zurück und berieten sich. Nach einer Weile sagte der erste Polizist: »Das ändert die Sachlage, Herr Bürgermeister, das sieht ganz nach einer Morddrohung aus.«

»Damit sind wir nicht mehr zuständig. Wir werden gleich die Kriminalpolizei in Passau informieren.«

Der Beamte war sichtbar erleichtert. »Die Kollegen von der Mordkommission werden den Fall übernehmen.« Er telefonierte. »Es wird eine Zeit lang dauern, bis die Herren da sind.«

Die beiden Polizisten zogen ein provisorisches Absperrband um den Fahnenmast und verabschiedeten sich.

Zwei Stunden später erhielt Baltasar im Pfarrheim einen Anruf vom Bürgermeister, er möge bitte zum Rathaus kommen. Ein Auto mit Passauer Kennzeichen parkte davor. Wohlrab diskutierte mit zwei Herren.

Baltasar kannte sie aus früheren Mordfällen: Es waren Hauptkommissar Wolfram Dix und sein junger Kollege, Doktor Oliver Mirwald, ein Norddeutscher, den Dix in der Regel wie seinen Assistenten behandelte.

Mirwalds Gesicht verdüsterte sich, als er Baltasar bemerkte. »Habe ich mir fast gedacht, dass Sie auftauchen, wo Leichen rumliegen. Und wenn es nicht zu richtigen Leichen reicht, begnügen Sie sich offensichtlich auch mit einer toten Sau.«

»Guten Tag, Hochwürden«, sagte Dix. »Leider kann ich nicht sagen, dass ich mich freue, Sie zu sehen.«

»Ich finde es schön, wenn Sie wieder unsere wunderbare Gemeinde beehren.« Baltasar bemühte sich um einen neutralen Tonfall.

Mirwald wandte sich an den Bürgermeister. »Die Kollegen haben uns informiert, Sie hätten Morddrohungen erhalten.«

»Und ob.« Wohlrab reichte ihm das Pappschild und erklärte, wo es gefunden worden war. »So was ist mir in meiner Amtszeit noch nie passiert. Sie müssen die Täter finden. Sonst kehrt hier keine Ruhe ein.«

Dix verstaute die Pappe in einer Plastiktüte. »Wir werden es von der Spurensicherung untersuchen lassen.«

»Damit Sie es gleich wissen, meine Fingerabdrücke sind darauf«, sagte Baltasar.

»Können Sie nicht besser aufpassen?«, entfuhr es Mirwald. »Sie sind doch nicht das erste Mal an einem Tatort.«

»Ich bezweifle, dass wir darauf verwertbare Spuren finden«, sagte Dix. Vorsichtig entfernte er die Fessel von dem toten Tier und tütete das Seil ein. Sein Kollege zückte einen Fotoapparat und machte Aufnahmen aus verschiedenen Perspektiven.

»Haben Sie sonst noch Morddrohungen erhalten, Herr Bürgermeister?« Dix räumte die Beweisstücke in den Kofferraum seines Wagens.

»Nein, bisher nicht – Gott sei Dank. Da bin ich auch gar nicht scharf drauf.«

»Die Drohung richtet sich nicht direkt an Herrn Wohlrab«, bemerkte Baltasar.

»Wir können selbst lesen, danke. Überlassen Sie bitte die Fragen und die Schlussfolgerungen uns«, sagte Mirwald. »Ihr detektivischer Ehrgeiz in allen Ehren, Herr Pfarrer, aber das ist was für Profis.« Er verzog das Gesicht zu einem Grinsen. »Wobei ich in diesem Fall fast geneigt wäre, eine Ausnahme zu machen. Ich könnte mir gut vorstellen, wie Sie in den Schweineställen herumschnüffeln. Das wäre doch ein ausfüllendes Hobby für Sie, oder nicht?«

»Wir nehmen die Drohung natürlich ernst«, sagte Dix zum Bürgermeister, aber sein Tonfall ließ daran zweifeln. »Der Text ist sehr unspezifisch. Daraus einen konkreten Hinweis auf ein bevorstehendes Gewaltverbrechen abzuleiten ist zumindest – wie soll ich sagen – hinterfragbar. Aber wir werden unser Bestes tun.«

»Nur den Mord an einer Sau werden wir bestimmt nicht aufklären«, sagte Mirwald.

»Haben sich schon Zeugen gemeldet?«, fragte Dix.

»Nein, bisher nicht. Aber das Ganze ist noch zu frisch.«

»Es wäre hilfreich, wenn Sie einen Zeugenaufruf starten

könnten.« Dix wandte sich an Baltasar. »Auch Sie, Hochwürden, dürfen sich gerne umhören. Aber das machen Sie vermutlich sowieso.«

»Halten Sie uns auf dem Laufenden, Herr Wohlrab, vielleicht löst sich die Sache auch von selbst, und jemand liefert einen Hinweis auf den Übeltäter«, sagte Mirwald. »Und kümmern Sie sich bitte um die Entsorgung des Kadavers.«

»Wollen Sie die Sau denn nicht genauer untersuchen?« Der Bürgermeister blickte verwundert drein.

»Unsere Gerichtsmedizin ist vorrangig für die sterblichen Überreste von Menschen da«, sagte Dix. »Sie werden sehen, am Ende hat sich nur jemand einen groben Unfug erlaubt. Sie glauben gar nicht, welche wüsten Todesdrohungen man jeden Tag im Internet findet. Schlimmes Zeug. Aber die Erfahrung der Kriminalistik zeigt: Mörder kündigen ihre Taten normalerweise nicht an.«

3

Was machen wir jetzt mit der Sau?«, fragte der Bürgermeister, nachdem die Kriminalkommissare gegangen waren.

»Irgendjemandem gehört das Tier«, antwortete Baltasar. »Der Eigentümer hat Anspruch darauf.«

»Und wie wollen Sie den Besitzer auf die Schnelle finden? Wenn er mit den Tätern unter einer Decke steckt, wird er tunlichst vermeiden, sich zu melden. Oder soll ich einen öffentlichen Aufruf starten?«

»Das wäre vielleicht nicht verkehrt.«

»Kommt nicht infrage! Derweil verwest das Viech hier direkt vor meinen Augen. Da gibt es bestimmt bald Seuchengefahr, davon liest man doch ständig in der Zeitung. Das brauche ich in unserer Gemeinde nicht. Ich bin der Bürgermeister, ich muss die Gesundheit der Bewohner schützen. Soll der Metzger das Schwein abholen und damit machen, was er will. Ich ruf ihn gleich an. Wenn sich jemand beschweren will, ich lass es darauf ankommen. Und jemand muss das eklige Blut wegwischen. Das ist ein Schandfleck für unseren Ort!«

Er verschwand im Rathaus. Kurze Zeit später kam Max Hollerbach. Der Metzger zog einen Leiterwagen hinter sich her.

»Hochwürden, ich soll die Sau holen.« Er besah sich das Tier. »Scheint nicht zu schwer zu sein – das wäre zu schaffen.«

»Was ist das denn für eine Rasse?«, fragte Baltasar.

»Diese Tiere finden sich überall bei uns in der Gegend.«

»Man kann also den Besitzer nicht ohne Weiteres feststellen?«

»Das wäre vergebliche Liebesmüh. Jemand könnte das Schwein bei einem Viehhändler gekauft haben. Oder es wurde von einem Bauern aufgezogen. Der würde sich schon melden.«

Max Hollerbach befestigte ein dünnes Stahlseil an den Hinterläufen. Am Leiterwagen war ein Flaschenzug befestigt. Der Metzger kippte die Ladefläche, bis sie eine Rampe bildete.

»Was sagen Sie als Fachmann zu der Wunde des

Schweins?« Baltasar deutete auf den Hals, wo eine große Öffnung klaffte.

Hollerbach kniete sich hin und untersuchte die Sau.

»Ein Stich in den Hals, würde ich sagen. Dann wurde das Messer quer geführt.« Er machte eine entsprechende Bewegung. »Am Ende verblutet.«

»Und, waren es Profis?«

»Sie meinen, Herr Pfarrer, ob da jemand sein Handwerk beherrscht?« Hollerbach schüttelte den Kopf. »Kein Metzger würde so arbeiten. Es waren Amateure. Das zeigt der unsaubere Schnitt. Vermutlich haben sie eine gezackte Klinge benutzt, die Ausrisse an der Haut deuten darauf hin.« Er wies auf eine Stelle der Wunde. »Entweder waren es Tierquäler, oder die Täter haben es bewusst so gemacht.«

Der Metzger betätigte den Ratschenhebel des Flaschenzuges. Langsam bewegte sich der Kadaver.

»Das wird ein schöner Schinken«, sagte Hollerbach zum Abschied. »Sie werden sehen, Hochwürden.«

Am nächsten Morgen kaute Baltasar gerade an seiner Frühstückssemmel, als ihm ein Artikel im Regionalteil der Tageszeitung auffiel:

Wer steckt hinter dem Schweine-Attentat?

Eine böse Überraschung erlebte gestern Bürgermeister Xaver Wohlrab. Unbekannte hatten direkt vor seinem Amtssitz eine tote Sau aufgehängt. Eine Morddrohung gegen die Befürworter der neuen Umgehungsstraße fand sich ebenfalls. Die Mordkommission hat die Ermittlungen aufgenommen. Hauptkommissar Wolfram Dix wollte die Vorgänge gegenüber unserem Reporter nicht kommentieren. Für den Bürgermeister ist es ein »schlimmes Attentat auf alle anständigen Bürger«. Er fordert eine harte Bestrafung der Täter. Offensichtlich hängt der Vorfall mit dem Bauprojekt zusammen. Der Umweltverein Bayerwald, mit dem Fall konfrontiert, dementierte eine Beteiligung. »Wir arbeiten mit demokratischen Mitteln«, sagte der Vereinsvorsitzende Florian Toller. Auch der neugegründete Bund Naturfreunde Bayerwald (Bunaba) wies jede Mittäterschaft von sich: »Das ist der durchsichtige Versuch der Politik, von den eigentlichen Problemen abzulenken«, sagte der Sprecher Lukas Fliegl. Man werde weiter für die gerechte Sache kämpfen, der Straßenbau sei viel zerstörerischer für Mensch und Natur als eine tote Sau.

Baltasar legte die Zeitung weg. Das Ereignis schien weitere Kreise zu ziehen. Ein Gedanke nahm in ihm Gestalt an. Warum sollte er seinen Auftrag als Geistlicher nicht weiter fassen und als Vermittler auftreten zwischen den verschiedenen Parteien? Der Streit um die Umgehungsstraße überdeckte elementare Fragen: Waren nicht der Mensch und die Natur alles Schöpfungen des Allmächtigen? War es also Baltasars Auftrag als Pfarrer, einen Ausgleich zu versuchen und Frieden zwischen den Gegnern und Befürwortern zu stiften?

Es war ein Projekt, mit dem er keine Erfahrung hatte. Es würde Mut erfordern. Aber der Gedanke an die Aufgabe erfüllte ihn mit frischer Kraft.

Er würde es schon schaffen. Er beschloss, das Thema Umgehungsstraße in seine Predigt für den nächsten Sonntagsgottesdienst einzubauen. Wer konnte den Druck aus dem Kessel nehmen, wenn nicht er?

Vielleicht war es sogar eine gute Idee, den Beteiligten die Gelegenheit zu geben, ihren Standpunkt zu erläutern, damit sich jeder seine eigene Meinung bilden konnte. Man könnte nach der Kirche Informationsstände im Pfarrhof aufbauen. Auch Plakate, Einladungen und eine Notiz in der Zeitung konnten nicht schaden.

Je länger er darüber nachdachte, desto mehr war er von dem Vorhaben angetan. Er ging ins Arbeitszimmer und schaltete den Computer ein. Im Internet suchte er nach Berichten über die neue Umgehungsstraße. Hunderte Artikel listete die Suchmaschine auf. Er begann zu lesen.

Die erste Idee lag schon Jahrzehnte zurück. Als der Bayerische Wald noch Grenzgebiet zum Ostblock war, wollten Politiker die strukturschwache Region fördern. Neue Betriebe sollten angelockt, die Infrastruktur für die Wirtschaft sollte verbessert werden. Auch hoffte man auf einen weiteren Zustrom von Touristen.

Schon damals war die Umgehungsstraße als Fördermaßnahme vorgesehen, aber durch die Wende in der DDR und den Ostblockstaaten lagen die Pläne auf Eis. Außerdem fehlten noch Finanzmittel.

Über die Jahre geriet das Vorhaben in Vergessenheit. Erst vor einigen Monaten hatte der Landrat die Idee wieder ausgegraben, er hoffte, sich mit dem Prestigeprojekt profilieren und seine Wiederwahl sichern zu können.

Damit war das Thema wieder im Bewusstsein der Öffentlichkeit. Ein Planfeststellungsverfahren wurde eingeleitet, Gutachten wurden in Auftrag gegeben, die bayerische Staatsregierung wurde um neue Gelder gebeten.

Und einige Bürger meldeten ihre Bedenken an. Sie schrieben Leserbriefe, tauchten bei Gemeinderatssitzungen auf. Die Kritik richtete sich gegen die Vernichtung landwirtschaftlicher Flächen, gegen die Verschandelung der Natur, die Verschwendung von Steuergeldern und die Zerstörung eines gewachsenen Biotops. Eine jahrhundertealte Kulturlandschaft würde zerschnitten, hieß es.

Der Umweltverein Bayerwald teilte die Kritik lange Zeit nicht, sondern verwies stattdessen auf die positiven Gutachten. Erst in jüngster Zeit regte sich von dieser Seite Kritik.

Die plötzlichen Aktivitäten lagen wohl auch darin begründet, dass eine neue Protestbewegung entstanden war, der Bund Naturfreunde Bayerwald, abgekürzt Bunaba. Sie zogen mit ihren Aktionen die Aufmerksamkeit auf sich und hatten einige Sympathisanten.

Es sollte doch möglich sein, die Sache auf vernünftige Weise zu diskutieren, dachte Baltasar. Wenn jeder seine Argumente vortrug und die andere Seite auch zuhörte, müsste es doch mit dem Teufel zugehen, wenn nicht Verständnis für die unterschiedlichen Positionen aufkäme, sodass die Gemüter sich wieder beruhigten.

Das war eine Aufgabe für ihn.

4

Alles war vorbereitet. Baltasar überprüfte nochmals die Blumengestecke, zündete die Kerzen an und rückte die Liederbücher gerade. Eigentlich waren es unnötige Handgriffe, alles sah sauber und ordentlich aus, aber es dämpfte seine Nervosität.

An diesem Sonntagvormittag würde die Veranstaltung über die Bühne gehen. Es war das erste Mal, dass er als Priester sich auf das Feld der Politik wagte.

Seine Einladung hatte weite Kreise gezogen. Der Bürgermeister hatte Wünsche angemeldet, die Partei des Bürgermeisters hatte »Vorschläge« eingebracht, die Opposition ebenso. Vereine und Verbände verlangten einen Stand. Sogar die Presse hatte sich angekündigt. Nur der Landrat und der Minister aus München hatten abgesagt.

Metzger Hollerbach wollte Schinkensemmeln und Weißwürste verkaufen. Victoria Stowasser, die Wirtin des örtlichen Gasthauses »Zur Einkehr«, hatte einen Bierausschank beantragt. Sogar ein Kinderkarussell sollte aufgebaut werden.

Teresa hatte ihm am Morgen einen extrastarken Kaffee gebracht. »Der Tag wird anstrengend«, hatte sie gesagt und angeboten, ihm einen Tiegel Schweineschmalz zu überlassen. Damit sollte er sich Rücken und Beine einschmieren, schließlich müsse er lange stehen, und das gehe schnell ins Kreuz.

Am Portal hatte Baltasar Girlanden aus Efeu anbringen lassen, die Spende einer Hobbygärtnerin. Auf jedem

Sitzplatz lag ein Ablaufplan der Veranstaltung. Er hatte fröhliche Kirchenlieder ausgesucht. Schließlich kannte man das aus jedem guten Kinofilm: Die passende Musik sorgte für die richtige Stimmung.

Allmählich füllte sich die Kirche. Es waren viele Gesichter dabei, die Baltasar noch nie zuvor gesehen hatte. Die erste Reihe war für die Diskutanten und Aussteller reserviert, der Bürgermeister und seine Frau hatten bereits Platz genommen.

Baltasar gab ein Zeichen, die Glocken zu läuten. Die letzten Besucher drängten herein, sie mussten am Rand stehen, die Bänke waren besetzt.

Die Orgel stimmte das erste Lied an.

> Mit all deinen Geschöpfen,
> vor allem mit der edlen Schwester Sonne.
> Sie bringt uns den Tag und das Licht,
> sie ist schön und strahlt in mächtigem Glanz,
> von dir, du Höchster, ein Gleichnis.
> Gelobt seist du, mein Herr.
> Durch Bruder Mond und die Sterne.
> Du hast sie am Himmel gebildet,
> klar und kostbar und schön.

Florian Toller vom Umweltverein Bayerwald saß ganz links. Er mochte vielleicht vierzig Jahre alt sein, stämmige Figur, von einer Trachtenjacke kaschiert. Am anderen Ende saß Bunaba-Chef Lukas Fliegl, er wirkte wie ein Student, in Jeans, Turnschuhen und T-Shirt.

In der zweiten Reihe saßen die Honoratioren der Region: Vereinsvorsitzende, der Kommandant der Freiwilligen Feuerwehr, die Ortsvorsitzenden der Parteien und Vertreter des Landratsamtes.

> Durch Bruder Wind und die Luft
> durch bewölkten und heiteren Himmel
> und jegliches Wetter,
> du erhältst deine Geschöpfe am Leben.
> Gelobt seist du, mein Herr.
> Durch unsere Schwester, die Mutter Erde,
> sie trägt und erhält uns,
> bringt allerlei Früchte hervor
> und Kräuter und bunte Blumen.

Es war Zeit für seinen Einsatz. Baltasar breitete die Arme aus wie ein Vater, der seine Kinder umarmen will. Er zählte innerlich bis fünf, es war wichtig für einen Pfarrer, die Anspannung länger zu halten, damit die Gemeinde die Chance bekam, sich zu sammeln und zu konzentrieren.

Alle Augen waren nun auf ihn gerichtet. Selbst der betagte Herr mit seinem Rollator richtete sich auf.

In seiner Predigt sprach Baltasar von Gottes Schöpfung, von der Natur und den Lebewesen, die der Allmächtige erschaffen hatte. Er flocht Anekdoten von den Wanderungen bei seinem jüngsten Urlaub ein und erinnerte an den Respekt vor der Schöpfung. Er redete über Nächstenliebe und die Forderung an die Menschen, aufeinander zuzugehen und in Frieden und Harmonie miteinander zu leben.

Baltasar hatte den Eindruck, einige Besucher langweilten sich. Eine Gruppe jüngerer Frauen und Männer in der

Mitte rutschte unruhig hin und her, sie blickten verstohlen auf die Uhr oder tuschelten miteinander.

Kurz vor Ende des Gottesdienstes trat Baltasar hinter dem Altar hervor und deutete auf die Stühle, die im Halbkreis aufgestellt waren.

»Diese Kirche steht allen Menschen offen«, begann er. »Deshalb möchte ich heute das Gotteshaus öffnen für diejenigen, die sich bisher unversöhnlich bei der Frage der Umgehungsstraße gegenüberstehen. Ich bete zum Allmächtigen, dass dieser Tag dazu beiträgt, Toleranz für die unterschiedlichen Standpunkte zu erzeugen.«

Er bat die vier Diskutanten nach vorn.

Der Bürgermeister, Lukas Fliegl, Florian Toller und Doktor Heinz Hummel, ein Beamter des Landratsamtes, nahmen Platz. Ein Raunen ging durch die Kirche, die Besucher reckten die Hälse. Blitzlicht zuckte auf.

Die Gläubigen erwarteten ein Spektakel, das war Baltasar klar. Er hatte den Verdacht, viele Leute waren nur gekommen, weil diese Veranstaltung nach einer Sensation roch: Eine politische Diskussion in einer katholischen Kirche – das hatte es im Bayerwald noch nie gegeben, noch dazu live und gratis.

Vielleicht schwang auch die Hoffnung bei einigen mit, es möge sich zu Krawall hochschaukeln. Denn die richtige Würze kam erst durch Reibereien, durch Streit. Das stachelte die Schadenfreude an.

Diese Sorge trieb auch Baltasar insgeheim um. Hatte er zu viel gewagt? War er als Pfarrer zu weit gegangen? Er schickte ein Stoßgebet gen Himmel und bat die vier Männer, ihre Standpunkte vorzutragen.

Die erste Viertelstunde verlief wie eine dieser Polit-Talkshows im Fernsehen. Jeder sagte die Argumente auf, die wie auswendig gelernt klangen. Keiner ging auf den anderen ein. Alle boten Worthülsen und Klischees.

Bei den Zuschauern machte sich Unruhe bemerkbar – jedenfalls, bis ein böses Wort fiel: »Mörder.«

»Was haben Sie gesagt?« Bürgermeister Wohlrab war lauter geworden.

»Ich wiederhole: Sie sind ein Mörder an der Landschaft. Ihre Baupläne werden unschuldige Tiere töten. Das nenne ich Mord.« Lukas Fliegl sprach die Worte ganz ruhig aus.

»Das gehört sich nicht!« Heinz Hummel vom Landratsamt zeigte mit dem Finger auf Fliegl. »Sie sind unverschämt! Haben Sie denn keine Kinderstube?«

»Sie wagen es, so was zu sagen, wo Sie doch in Ihrem Amt ein willfähriger Helfer der Bau-Mafia sind«, entgegnete Fliegl.

»Genau«, tönte es aus der Mitte der Kirche. Baltasar konnte den Rufer in der Menge nicht ausmachen.

»Bitte halten wir uns an die Spielregeln fairer Diskussion«, appellierte er an die vier Männer auf ihren Stühlen.

»Ja, wir sollten uns alle beruhigen«, sagte Florian Toller. »Dem ist das so rausgerutscht. Wir sind doch zivilisiert.«

»Wenn Sie zivilisiert wären, würden Sie mehr für unsere Zivilisation einstehen«, antwortete Lukas Fliegl. »Unsereiner will die Landschaft hier im Bayerischen Wald schützen. Was Sie tun, weiß ich nicht.«

Florian Toller winkte ab. »Von Ihnen brauche ich keine Belehrungen, Sie Oberschlauberger! Ich habe schon für unsere Umwelt gekämpft, als Sie noch Ihre Windeln vollgeschissen haben!«

»Hört, hört!«, kam es aus der Menge.

»Wir müssen über die Arbeitsplätze reden«, sagte der Vertreter des Landratsamtes. »Das steht im Mittelpunkt unserer Bemühungen.«

»Man kann leicht reden, wenn man selbst nicht verzweifelt nach einem Job sucht«, ergänzte Wohlrab.

»Sie wollen doch nur Ihren Spezln die Taschen füllen, Herr Hummel.« Lukas Fliegl hatte sich vorgebeugt. Seine Augen funkelten vor Angriffslust. »Dafür sind Sie bereit, unserer Natur den Todesstoß zu versetzen. Sie Judas!«

Heinz Hummel vom Landratsamt war aufgesprungen und hatte Fliegl an der Schulter gepackt. »Jetzt reicht's aber!«

Der Stuhl neigte sich bedrohlich nach hinten. Einige Kirchenbesucher waren ebenfalls aufgesprungen – um besser sehen zu können.

»Da sieht man die Aggression der Obrigkeit. Gewalt ist Ihr einziges Argument.« Lukas Fliegl wehrte sich nicht, er schien die Situation sogar zu genießen. »Hier zeigt sich die Fratze des Kapitalismus ganz ungeschminkt«, rief er. »Sie selbst haben sich die Maske der Scheinheiligkeit heruntergerissen. Dahinter kommen Ihre wahren Absichten zum Vorschein!«

Der Beamte packte Lukas Fliegl am Hals. »Ich werde Ihnen schon zeigen, was …«

»Gib's ihm!«, rief jemand aus der Menge.

»Lassen Sie sich nichts gefallen«, ließ sich eine andere Stimme hören. Sie gehörte zu einer Frau.

Baltasar wusste, jetzt musste er etwas tun, sonst entglitt ihm das Ganze. Er ging dazwischen und drängte Heinz Hummel zurück auf seinen Stuhl.

»Bitte, beherrschen Sie sich«, raunte er dem Beamten zu. »Und lassen Sie sich nicht provozieren.«

Dann wurde er lauter und kündigte an, dass direkt nach dem Gottesdienst eine Info-Messe vor der Kirche stattfinde, die den ganzen Tag geöffnet habe. Dort könne man die Diskussion fortsetzen.

Dann improvisierte er und hob die Hände zum Gebet. Und die Ehrfurcht vor diesem christlichen Akt wirkte: Das Gerede verstummte, und alle standen auf.

Baltasar spendete den Segen. Noch nie war er so froh gewesen, dass ein Gottesdienst vorüber war.

5

Draußen schien die Sonne. Baltasar hatte die Ministranten angewiesen, sich mit dem Klingelbeutel vor dem Ausgang zu postieren – ein Sonder-Obolus für die Kirchenrenovierung.

Die Menschen strömten ins Freie, die meisten übersahen geflissentlich den Spendenaufruf. Eine Reihe von Buden und Ständen war aufgestellt worden. Der Geruch von Bratwürsten und Zuckerwatte lag in der Luft, jemand spielte auf einem Akkordeon, Kinder tobten zwischen den Holzhäuschen umher. Der Umweltverein hatte ein mannshohes Zelt aufgebaut. Im Innern war eine Fotoausstellung mit Motiven des Bayerischen Waldes zu sehen. Daneben standen die Tische der Parteien, die Aufkleber, Luftballons und Kugelschreiber verschenkten.

Lukas Fliegl und seine Helfer vom Bund Naturfreunde Bayerwald nutzten selbstgezimmerte Bretter, die sie über zwei Baumstümpfe gelegt hatten. Mit einem Brandeisen war das Wort »Bunaba« ins Holz gedrückt worden. Mehrere Unterschriftenlisten lagen aus, Leute trugen sich ein oder redeten mit den jungen Männern.

Fliegl winkte Baltasar zu sich.

»Herr Pfarrer, wollen Sie sich auch eintragen?« Er hielt ihm einen Kugelschreiber hin. »Außerdem würde ich mich freuen, wenn Sie bei uns Mitglied werden.«

»Danke, ich bin schon Mitglied in einem sehr exklusiven Verein.« Baltasar deutete in Richtung Himmel. »Kommen Sie lieber öfter zu mir in die Kirche.«

»Das mach ich vielleicht noch«, antwortete Lukas Fliegl. »Aber ich weiß nicht, ob Ihnen das dann recht sein würde.«

Das Landratsamt hatte einen Bauwagen aufgefahren. Ein Schild lud dazu ein, sich drinnen die Pläne der Umgehungsstraße anzusehen, »im Einklang mit moderner Ökologie«. Mitarbeiter standen zu Informationsgesprächen bereit.

Metzger Hollerbach brachte Wurst, Schinken und warmen Leberkäse unters Volk. Victoria Stowasser schenkte Getränke aus. Außerdem gab es einen Eiswagen und eine Losbude des Roten Kreuzes; als Hauptpreis lockte ein übergroßer Plüschbär.

Die Wanderschwalben Bayerwald machten mit handgeschnitzten Wanderstöcken auf sich aufmerksam, »Licht und Luft gibt Saft und Kraft«, hieß es auf ihrem Plakat. Vertreter des Naturparks Bayerischer Wald hatten einen Verschlag mit Wildschweinen aufgebaut. »Nicht streicheln!«, warnte ein Schild, was die Kinder aber nicht davon abhielt, den Tieren Zuckerwatte und Eis hinzuhalten.

»Eine wunderschöne Predigt, Herr Pfarrer.« Bürgermeister Xaver Wohlrab klopfte ihm auf die Schulter. »Nur die Diskussion ist etwas aus dem Ruder gelaufen.«

»Vielleicht war es doch keine so gute Idee«, antwortete Baltasar.

»Miteinander reden ist schon der richtige Weg. Aber wenn jeder auf seinen Positionen beharrt, wird's schwierig.«

»Würden Sie denn nachgeben, Herr Bürgermeister?«

»Ich sehe keinen Anlass dazu. Es ist nur eine winzige, wenn auch lautstarke Minderheit dagegen. Die überwiegende Mehrheit der Bürger steht hinter mir.«

»Aber nicht alle.«

»So ist das nun mal in der Demokratie. Die gewählten Volksvertreter entscheiden mit dem Mandat der Mehrheit.«

»Gibt es was Neues wegen des Vorfalls mit der toten Sau?«

»Es haben sich ein paar Leute gemeldet, aber die wussten nichts Genaues.«

»Und die Polizei?«

»Bisher habe ich nichts von den Herren Kriminalkommissaren aus Passau gehört. Schweinemord steht eindeutig nicht auf deren Prioritätenliste.« Wohlrab zeigte auf den Informationsstand der Gemeinde. »Jetzt muss ich meine Pflichten als gewählter Volksvertreter erfüllen. Aber vorher besorg ich mir noch was zum Essen. Der Tag wird lang.«

Vor dem Tresen des Metzgers hatte sich bereits eine Schlange gebildet. Max Hollerbach pries seine frischen Schweinsbratensemmeln an, »aus heimischer Schlachtung«. Baltasar fragte sich, ob da bereits die tote Sau …? Als er an die Reihe kam, kaufte er sich eine Salamisemmel.

Victoria Stowasser war dabei, Kaffee und Kuchen bereitzustellen.

»Die Messe muss anstrengend gewesen sein«, sagte sie. »Die Leute sind durstig.« Wobei ihre männliche Kundschaft fast durchweg Bier wählte, die nichtalkoholischen Getränke blieben den Frauen und Kindern vorbehalten.

»Ist Ihr Angebot auch ökologisch einwandfrei?« Baltasar zwinkerte ihr zu. »Wir haben heute ein anspruchsvolles Publikum.«

»Selbstverständlich, die Grundzutaten sind Wasser, Kohlensäure und Zucker, und unser Bier ist von Natur aus bio. Das weiß doch jeder.« Sie reichte ihm ein kleines Glas zum Probieren. »Wohl bekomms.«

»Was haben denn unsere Naturschützer geordert?«

»Die haben ihre eigenen Getränke in Plastikflaschen dabei. Undefinierbares Zeug, schreckliche Quietschfarben, vermutlich ein Energydrink.« Sie schüttelte sich. »Und einer von denen hat einen Kasten Bier im Kofferraum deponiert.«

»Solange sie friedlich bleiben, können sie trinken, was sie wollen«, meinte Baltasar.

»Na ja, ein wenig sparsam, um nicht zu sagen geizig, ist das schon«, antwortete Victoria Stowasser. »Fehlt bloß noch, dass jemand einen Gaskocher auspackt und selber zum Kochen anfängt.«

Heinz Hummel hielt Baltasar auf und komplimentierte ihn in den Bauwagen. Eine Luftaufnahme an der Wand zeigte die geplante Route der Straße, darunter stand der Spruch: »Infrastruktur hilft allen.«

»Hochwürden, das war eine Schnapsidee, solche Gestalten einzuladen, wenn ich das so offen sagen darf.«

»Warum?«

»Diese unverhohlene Aggression ist inakzeptabel. Und das in einem Gotteshaus. Das ist Blasphemie!«

»Reden ist doch keine schlechte Sache«, antwortete Baltasar.

»Reden? Das war ein einziger Schwall von Beleidigungen. Wenn das mein Sohn gewesen wäre, dem hätte ich schon gezeigt ...«

»Niemand konnte wissen, wie sich die Diskussion entwickeln würde.«

»Man braucht sich diese Typen doch nur anzuschauen, da weiß man sofort, woran man ist.« Der Vertreter des Landratsamtes fuchtelte mit den Armen. »Das sind hoffnungslose Fälle.«

»Urteilen Sie nicht vorschnell. Das mögen Hitzköpfe sein, aber deswegen sollten wir deren Anliegen nicht von vornherein verdammen.«

»Ihre gütige Ader wird Ihnen schon noch vergehen, Herr Pfarrer. Denken Sie an meine Worte.«

Zu den Kirchenbesuchern im Pfarrhof waren mittlerweile weitere Besucher gestoßen, Baltasar kannte sie nicht, es mussten Leute aus den umliegenden Orten sein. Auch einige Touristen waren darunter, wie er aus den Dialekten heraushörte.

Baltasar hatte Sorge, den Pfarrhof bald wegen Überfüllung schließen zu müssen. Einige Gäste hatten sich bereits in die Kirche zurückgezogen, um dort ungestört Brotzeit zu machen.

Am Bunaba-Stand bemerkte Baltasar die jungen Leute, die ihm schon in der Kirche aufgefallen waren. Einige rauchten. Sie schienen sich über irgendwas zu amüsieren, denn ständig brachen sie in Gelächter aus.

Lukas Fliegl diskutierte mit einem Mann im schwarzen Anzug, einem Bauern aus der Gegend, den Baltasar kannte: Es war Ignaz Brunner. Die Stimmen wurden lauter.

»Sie mit Ihrer übertriebenen Tierliebe, das ist lächerlich«, sagte der Landwirt. »Wo kämen wir da hin, wenn jeder nur noch Pflanzen essen würde … dieses … dieses vegetarische Zeugs. Wir leben von der Viehzucht, wie vor uns die Menschen seit Tausenden von Jahren. Und das wollen Sie abschaffen!«

Einige der jungen Männer schnitten hinter dem Rücken des Bauern Grimassen.

»Ich bin gegen die Umgehungsstraße«, antwortete Lukas Fliegl. »Und was die Menschen essen, ist mir wurst. Obwohl ich Ihr mit Hormonen und Antibiotika aufgespritztes Fleisch nicht mag.«

»Was wissen Sie denn!« Ignaz Brunner hatte sich über den Tisch gebeugt. »Menschen essen einfach gern Fleisch. Und wir Bauern erzeugen es.«

»Sie pferchen nur die Schweine in zu enge Ställe. Den Nachwuchs zeugen die Schweine selbst – oder machen Sie das auch?«, mischte sich einer der Bunaba-Anhänger im Hintergrund ein. Ein Grinsen huschte über sein Gesicht.

»Was … Was sagst du da?« Die Stimme des Bauern war leise geworden. »Du Gschwollschädl, du depperter. Pass auf, was du sagst, sonst …«

»Sonst?« Der junge Mann sah sein Gegenüber herausfordernd an. »Wollen Sie Ihre Mistgabel holen und mich aufspießen? Oder mir mit einem Ochsenziemer den Kopf einschlagen? Das macht man doch in Ihren Kreisen so, oder nicht?«

»Das muss ich mir von einem solchen Rotzlöffel nicht sagen lassen«, rief Ignaz Brunner. »Solche Bettenbrunzer wie du sollten sich lieber wieder zu ihrer Mama verziehen.«

»So kennt man die Landwirte bei uns im Bayerischen Wald«, höhnte der junge Mann. »Nichts als Kacke im Hirn.«

»Du …« Der Bauer packte seinen Kontrahenten am Kragen und zerrte ihn über den Tisch. Trinkflaschen fielen um, Papiere segelten zu Boden. Leute blieben stehen und drehten sich um.

»Jetzt reicht's, hören Sie auf!«, rief Lukas Fliegl und versuchte, den Mann wegzuschubsen. »Gewalt ist nicht die Lösung.«

»Das musst du gerade sagen«, schrie der Landwirt, ohne sein Opfer loszulassen. »Halt lieber dein Maul.«

Lukas Fliegl packte den Arm des Mannes und zerrte daran. »Lassen Sie meinen Freund sofort los!«

Den Bauern beeindruckte das nicht. Mit einem Ruck warf er seinen Gegner zu Boden. In einer weiteren Bewegung versetzte er dem Bunaba-Chef eine Ohrfeige. Lukas Fliegl taumelte zurück.

Seine anderen Kumpel sprangen auf und stürzten sich auf Ignaz Brunner. Das wiederum animierte einige Zuschauer, dem Mann beizustehen. Nach wenigen Sekunden war ein Knäuel von Menschen entstanden, Fäuste flogen, Flüche ertönten, dazu Geräusche von zerreißenden Textilien.

Baltasar lief zu der Gruppe.

»Das ist hier ein Kirchplatz und kein Bierzelt«, rief er und versuchte, einige der Streithähne zu trennen. Er wusste nicht, wie es passierte, aber er bekam einen Schlag auf den Kopf ab.

Dann fiel er ins Dunkel.

6

Herr Pfarrer, geht es Ihnen gut?«

Baltasar öffnete die Augen. Über ihm mehrere Gesichter, Besorgnis spiegelte sich in den Mienen.

»Danke, ich …«

Seine Schläfe brannte.

»Wir helfen Ihnen auf.« Einige Leute packten ihn und stellten ihn wieder auf die Füße.

»Geht schon wieder, Herr Pfarrer«, sagte Lukas Fliegl. »Das sieht nicht nach bleibenden Schäden aus.«

Baltasar klopfte den Staub von seiner Kleidung und wusste nicht, ob ihn seine Beine tragen würden.

»Machen Sie ruhig weiter«, sagte er zu den Umherstehenden. »Bitte, der Pfarrhof ist heute für Sie da. Es ist mir ein Anliegen. Ich zieh mich nur schnell um.«

Er spürte aufmunterndes Schulterklopfen, als er sich den Weg durch die Menge bahnte. Neugierige Augen richteten sich auf ihn. Es war eine Mischung aus Mitgefühl und Sensationslust: Wann wurde schon mal ein Priester niedergeschlagen?

Der Bürgermeister kam ihm entgegen. »Sie sehen blass aus, Hochwürden. Soll ich einen Arzt rufen?«

»Danke, nicht nötig.«

Das Letzte, was Baltasar jetzt brauchte, war zusätzlicher Rummel um seine Person. Irgendwie schaffte er es bis ins Haus. Im Bad betrachtete er die Schwellung im Spiegel und machte sich einen Kühlbeutel aus Eis.

Teresa kam herein.

»Ich gehört, was geschehen. Das sind ja grobe Leute, haben keinen Respekt vor einem katholischen Pfarrer.«

Sie manövrierte ihn auf einen Stuhl und bestand darauf, die Verletzung zu untersuchen. Mit den Fingern drückte sie auf die Schläfe. »Tut's da weh?«

Unwillkürlich schrie Baltasar auf. »Ich brauch eine Kopfwehtablette. Oder zwei. Oder drei.«

»Nix da. Zuerst ich machen eine Salbe für Sie. Spezialrezept von meiner Großmutter. Wirkt immer und viel besser als diese chemischen Sachen.«

Sie befahl ihm sitzen zu bleiben und verschwand für eine Viertelstunde. Heimlich nahm Baltasar derweil die Schmerztabletten.

Teresa kam zurück mit einem Tiegel voll grauer Paste, von der ein intensiver Geruch ausging – sein Weihrauch war nichts dagegen. Mit einem Spachtel verteilte sie die Masse auf seiner Schläfe und wickelte einen Verband um den Kopf.

»Sie werden sehen, bald wieder wie neugeboren. Ist altes polnisches Hausmittel.« Die Haushälterin schien zufrieden mit ihrer Arbeit.

Baltasar verkniff sich die Frage, ob diese Creme für Tiere gedacht war. Der Gestank war kaum zu ertragen, es roch wie eine Mixtur aus Apfelessig, Franzbranntwein, Quark und Gewürzen, wie man sie zum Einlegen von Sauerbraten verwendete.

»Danke, Teresa, ich leg mich jetzt hin.«

Er schickte sie weg, zog sich aus und und fiel ins Bett. Er betete, dass er trotz dieser Behandlung einschlafen konnte. Die Ausdünstungen des Franzbranntweins benebelten seine Sinne.

Er träumte unruhig, von toten Schweinen in der Kirche, von Zuckerwatte mit Biergeschmack und Luftballons voller Blut. Eine Autobahn führte mitten durchs Rathaus und endete am Gipfel des Großen Arbers. Eine Landstraße, deren Seitenbegrenzung aus Baumstümpfen bestand. Wölfe, die aus dem Wald kamen und Reklameplakate im Maul trugen.

Als er aufwachte, war es immer noch hell. Sein Kopfweh war verschwunden. Vorsichtig wickelte er den Verband ab, der beißende Geruch hatte sich verflüchtigt. Er richtete sich auf. Wie spät mochte es sein? Er duschte und zog frische Sachen an.

Ein Knall. Jemand hatte die Haustür ins Schloss geworfen. Er hörte eilige Schritte, die Schlafzimmertür ging auf, und Teresa stand vor ihm.

Baltasar wunderte sich. Sonst klopfte seine Haushälterin vorher an. Sie deutete nach draußen, brachte kein Wort hervor.

»Beruhigen Sie sich, Teresa, wie spät ist es eigentlich?«

»Ähh ... neun Uhr morgens, Sie haben sehr lange geschlafen.«

»Und die Info-Veranstaltung?« Er konnte kaum glauben, so lange geschlafen zu haben.

»Sie ... Sie müssen mitkommen. Sofort. Etwas Schreckliches sein passiert.« Teresa hatte ihre gewohnte Stimme wiedergefunden.

»Was gibt's denn? Kann ich nicht erst noch einen Kaffee trinken?«

»Sie mitkommen. Bitte. Es sein wichtig, Sie werden sehen.«

Baltasar folgte seiner Haushälterin ins Freie. Das Zelt und die Holzbuden standen noch vom Vortag, ebenso die beiden mobilen Baustellentoiletten. Alle Verkaufstresen und Tische waren bereits abtransportiert. Die Abfallbehälter quollen über, der Boden war übersät von Papieren, Pappbechern, Zigarettenstummeln und Essensresten.

»Schöne Sauerei«, entfuhr es Baltasar.

Im Innern der Kirche brauchte er einen Moment, bis sich seine Augen ans Halbdunkel gewöhnt hatten.

Dann sah er die beiden orangefarbenen Zelte in der Ecke des Eingangsbereichs. Es waren zwei Iglus von der Sorte, wie sie Bergsteiger benutzten. Davor mehrere Kissen und Bierkästen, die zugleich als Hocker und Tisch dienten.

Mehrere junge Leute saßen herum, sie lasen im Schein des Kerzenlichtes. Davor waren Seile gespannt und handgeschriebene Schilder aufgestellt mit der Aufschrift »Bunaba-Mahnwache« und »Gottes Wille geschehe«.

Sofort bekam Baltasar wieder Kopfschmerzen. Es war unverkennbar: Jemand hatte seine Abwesenheit ausgenutzt und sich in seiner Kirche eingenistet. Unerlaubt.

Er kannte einige Gesichter. Es waren Freunde von Lukas Fliegl, die ihn schon während der Messe lautstark unterstützt hatten. Der eine, der aussah wie ein in die Jahre gekommener Student, war in die Rauferei mit dem Landwirt verwickelt gewesen.

»Was tun Sie hier?« Baltasar schob das Seil weg.

»Das sehen Sie doch, Herr Pfarrer: Wir besuchen die Kirche«, sagte der Raufbold vom Pfarrhof. Er trug eine Kletterhose und ein T-Shirt, die Haare waren zu einem Zopf zusammengebunden.

»Wie heißen Sie?«

»Mein Name ist Wolfgang Behr. Ich bin der Stellvertreter in der Bunaba-Leitung.«

»Und wo ist der Chef, Herr Fliegl?«

»Hat jemand Lukas gesehen?«, fragte Wolfgang Behr in die Runde.

»Vermutlich schläft er sich irgendwo draußen aus«, antwortete jemand.

»Sie wissen, was Sie tun, ist Hausfriedensbruch«, sagte Baltasar.

»Ich dachte, Gottes Haus steht allen offen.« Der Bunaba-Stellvertreter öffnete die Arme, als wolle er ein Friedensangebot unterbreiten. »Das ist doch auch Ihre Meinung, oder nicht? Sie können natürlich auch die Polizei rufen und den Obrigkeitsstaat auf uns hetzen. Aber darauf sind wir vorbereitet. Wir stehen hier und können nicht anders. Wir sind Märtyrer und bereit, unseren Weg zu Ende zu gehen. Und die Presse wird uns begleiten, unsere Stimme wird nicht ungehört verhallen.«

»Sind Sie überhaupt Mitglied der Kirche?«

»Natürlich, ich komme aus einem katholischen Elternhaus.«

»Dann sollten Sie und Ihre Freunde wissen, dass Ihr Tun unsozial ist und gegen christliche Werte verstößt.«

»Wieso? Sind wir nicht alle Gottes Schäfchen?«

»Die Kirchengemeinde lebt von der Solidarität und Nächstenliebe, nicht vom Anspruch auf Sonderrechte und der Abschottung Einzelner auf Kosten aller anderen.«

»Wir alle fordern gerade die christliche Solidarität ein.« Behrs Tonfall war durchtränkt von Pathos. »Deshalb sind wir hier. Um für unser Anliegen zu werben. Wir verteidigen den christlichen Respekt vor Mensch und Natur. Ein Respekt, der durch die neue Umgehungsstraße zerstört wird.«

»Genau! So ist es!«, riefen die jungen Leute im Hintergrund.

»Sie und Ihre Kollegen hatten gestern den ganzen Tag Gelegenheit, für Ihre Anliegen zu werben – sogar hier in der Kirche. Das dürfte doch ausreichend sein«, sagte Baltasar.

»Der Kampf gegen Ungerechtigkeit ist nicht an einem Tag zu gewinnen«, antwortete Behr. »Wir müssen ständig an der Sache dranbleiben. Wir dürfen nicht nachlassen.«

»Und warum wollen Sie gerade in dieser Kirche kämpfen? Das ist nicht ein Ort des Kampfes, sondern des Friedens.«

»Wir hoffen auf Ihren Schutz, Hochwürden. Unterstützen Sie uns bei unserem Projekt.«

»Wenn Sie die Kirche geräumt haben, können wir darüber reden.«

»Wir müssen hierbleiben, verstehen Sie doch, Herr Pfarrer.« Wolfgang Behr war lauter geworden. »Es ist ein Symbol für alle Bürger, dass wir es ernst meinen. Das verschafft uns die Aufmerksamkeit für unseren Kreuzzug gegen Naturraub.«

»Das ist Ihre Version der Geschichte. Meine sieht anders aus.«

»Wir nehmen einfach Kirchenasyl in Anspruch«, rief einer der jungen Leute im Hintergrund.

»Richtig, das tun wir!«, sagten die anderen.

»Das Kirchenasyl ist etwas Heiliges«, sagte Wolfgang Behr. »Die katholische Kirche hat in ihrer Geschichte schon immer den Verfolgten und Bedrängten Schutz gewährt. Das gilt bis in die heutige Zeit. Denken Sie nur an die vielen Flüchtlinge, die Ihre Kollegen aufgenommen haben. Sie erinnern sich sicher noch an die Montagsdemos in der DDR, die zur Wiedervereinigung führten. Da waren die Pfarrer die eigentlich revolutionäre Kraft, die alle Protestierenden in ihrer Kirche versammelten und sie vor der Obrigkeit abschirmten. In derselben Situation sind wir jetzt auch wieder. Wir brauchen einen Aufstand gegen die Vernichtung unserer Heimat, gegen die Betonmauern in unseren Köpfen und auf den Straßen!«

»Einen schönen Vortrag haben Sie gehalten.« Baltasars Worte waren von Ironie umhüllt. »Leider vergessen Sie dabei einen wesentlichen Unterschied: Diese Menschen hatte die Kirche ausdrücklich dazu eingeladen. Das ist jetzt nicht der Fall.«

Wolfgang Behr streckte ihm beide Arme hin.

»Lassen Sie mir Handschellen anlegen. Lassen Sie uns verhaften. Wenden Sie Gewalt an. Wir werden es ertragen. Wir werden jedenfalls nicht freiwillig weichen.« Er drehte sich um zu seinen Freunden. »Oder?«

»Nie!«, ertönte die Antwort.

Die jungen Leute waren aufgestanden und hatten sich hinter dem Bunaba-Stellvertreter versammelt.

»Sehen Sie, Hochwürden.« Wolfgang Behr grinste. »Wir stehen wie ein Fels. Und wir bleiben bis zum Jüngsten Gericht, wenn es sein muss!«

7

Die Kopfschmerzen waren schlimmer geworden. Baltasars Stimmung war irgendwo im Keller. Er war gescheitert, das musste er sich eingestehen.

Die Situation stellte ihn vor ein neues Problem: Hausbesetzer in seiner Kirche. Der Konflikt war da. Die Bunaba-Getreuen dachten nicht daran, die Sache auf vernünftigem Weg zu bereinigen. Für sie ging es um mehr – und das beste Vehikel, die Scheinwerfer auf ihre Forderungen zu lenken, schien den jungen Leuten die Blockade des Gotteshauses.

Es widerstrebte Baltasar, nach der Polizei zu rufen und die Kirche räumen zu lassen. Er glaubte nun mal an die Einsichtsfähigkeit des Menschen, an die Kraft von Argumenten. Und das Gebot der Nächstenliebe verbot ihm, die Bunaba-Anhänger voreilig zu verdammen. Mochte der Allmächtige ihnen Verstand und Rücksichtnahme schicken. Er betete jedenfalls dafür und hoffte, der Spuk möge bald ein Ende haben.

Er hatte Wolfgang Behr keine Zusagen gemacht, ihm aber das Versprechen abgenommen, alle Gegenstände in der Kirche unberührt zu lassen und ihren Aktionsradius auf das abgezirkelte Eck zu beschränken.

Auch sollten sie die Würde dieses Ortes respektieren und andere Kirchgänger nicht stören, Essen und Trinken im Innern tunlichst unterlassen und die mobilen Toiletten draußen benutzen. Er würde bei der Verleihfirma anrufen und die Mietdauer verlängern.

Es bedrückte ihn, wie sehr sein gut gemeinter Plan misslungen war. Wo er versöhnen wollte, hatten sich nur neue Fronten aufgetan. Aber er konnte die Zeit nicht zurückdrehen, sosehr er sich das auch wünschte.

Er würde versuchen, das Beste aus der Situation zu machen. So leicht würde er sich nicht unterkriegen lassen.

Beim Frühstück verzog Teresa das Gesicht.

»Was machen diese Leute in der Kirche?«, sagte sie. Es klang mehr wie ein Vorwurf, nicht wie eine Frage.

Baltasar berichtete von dem Gespräch mit Wolfgang Behr.

»Die sollen lieber zur Hölle fahren«, sagte sie. »Das gehört sich nicht in einem Haus Gottes. Das ist ein Frevel, jawohl!«

Das Telefon klingelte. Ein Redakteur der Zeitung war in der Leitung.

»Ich bitte Sie um eine Stellungnahme zu der Kirchenbesetzung«, begann er.

»Wie kommen Sie zu der Information?«, fragte Baltasar, obwohl er sich die Antwort denken konnte.

»Das fällt unter die journalistische Schweigepflicht«, antwortete der Mann. »Ich habe bereits mit Herrn Behr gesprochen.«

»Kein Kommentar«, sagte Baltasar und legte auf.

Nach einigen Minuten läutete das Telefon wieder. Bürgermeister Xaver Wohlrab meldete sich.

»Mich hat gerade ein Pressefritze angerufen. Stimmt es, dass sich jemand unbefugt in der Kirche breitgemacht hat?«

»Ein paar Bunaba-Anhänger besetzen die Kirche.«

»Das ist illegal! Soll ich das Sondereinsatzkommando der Polizei anfordern? Oder ich wüsste ein paar Bauern, die könnten die Sache in ein paar Minuten erledigen.«

»Ich setze auf die Einsicht der jungen Menschen.«

»Seien Sie nicht naiv, Herr Senner. Das sind verbohrte Fanatiker. Da können Sie lange warten. Die nutzen Sie nur aus.«

»Wir werden sehen. Schönen Tag noch.«

Baltasar lehnte sich zurück. Sein Kaffee war kalt geworden, seine Laune miserabel. Er ahnte, der Vorfall würde ihm weiteren Ärger verursachen. Er kaute auf seiner Marmeladensemmel herum, genoss den Erdbeergeschmack, und gleich hob sich seine Stimmung wieder.

Es klingelte an der Haustür. Gibt es denn heute keine Ruhe, dachte er und ließ es einfach klingeln. Mit der Zunge zerdrückte er Fruchtstückchen.

Es klingelte wieder.

Baltasar nahm einen Schluck des kalten Kaffees und schloss die Augen. Was sollte er tun? Er wusste, dass er mit solchen Situationen keine Erfahrung hatte.

Es klopfte an der Tür. Mehrmals. Dann ein Bumpern. Unnachgiebig.

Er seufzte und ging zur Haustür.

Draußen stand eine junge Frau, es war eine der Bunaba-Anhängerinnen. Ihr Gesicht war weiß wie Kalk, ihre Augen waren geweitet, ihr Atem ging stoßweise.

»Was ist? Wollen Sie jetzt auch noch das Pfarrhaus besetzen?«

»Ich … Ich habe …« Ihre Stimme erstarb.

»Was haben Sie?«

»Ich hab ihn dort …« Sie fasste Baltasar am Arm und versuchte, ihn ins Freie zu ziehen. »Sie … Sie müssen mitkommen, Herr Pfarrer. Bitte. Sofort!«

Unwillig folgte Baltasar der Frau nach draußen.

»Was ist denn so wichtig?«

»Kommen Sie schnell.« Die Worte wie gehaucht. Die junge Frau machte auf ihn einen verwirrten Eindruck.

»Ist was in der Kirche?«

Statt einer Antwort zog sie ihn zum Parkplatz hinter der Kirche. Baltasar bemerkte, dass die Frau zitterte.

Sie hielten vor einem Kleinbus älteren Baujahrs. Die Frontscheibe hatte einen Sprung, ein Bunaba-Aufkleber überdeckte die Stelle. Die Fenster waren mit Vorhängen ausgestattet. Die Seitentür stand einen Spalt offen.

Die Frau deutete auf die Tür und trat zurück. Baltasar schob sie auf.

Der Kleinbus war zu einem Wohnmobil umgebaut worden. Eine Spüle, Klapptisch, Hängeschränke und eine Sitzgarnitur.

Baltasar erblickte einen Mann, der auf dem Boden saß. Der Oberkörper war seitlich verdreht und ruhte auf dem Sitzpolster. Die Hände hingen herab. Baltasar bemerkte den dunklen Fleck am Hals. Es sah aus wie getrocknetes Blut.

Sein Magen krampfte sich zusammen. Er stieg in den Campingbus, kniete sich hin und blickte in das Gesicht des Mannes.

Es war Lukas Fliegl.

Seine Augen waren geschlossen. Die Haut hatte bereits eine seltsame Farbe angenommen. Baltasar tastete nach der Halsschlagader. Es fühlte sich kalt an. Ein Puls war nicht zu spüren.

Baltasar hatte keinen Zweifel: Der junge Mann war tot.

»Was … Was ist?« Die junge Frau stand an der Tür. »Ist er …?«

Baltasar schüttelte den Kopf. »Wir müssen die Polizei verständigen.«

Ein Aufschrei. Mit einem Wimmern brach die junge Frau zusammen. Ihr Körper bebte, den Kopf hatte sie in den Armen vergraben. Lautloses Weinen.

Baltasar versuchte, sie zu trösten. Nach einiger Zeit beruhigte sie sich wieder. Er schickte sie zurück in die Kirche und schärfte ihr ein, auf jeden Fall dortzubleiben. Dasselbe gelte auch für ihre Freunde.

Er sprach ein stummes Gebet für den Toten und wählte dann die Notrufnummer. Er beschloss, die Wartezeit für eine Untersuchung des Fahrzeugs zu nutzen. Vielleicht fiel ihm etwas auf, das der Polizei helfen konnte.

Das Auto stand ganz am Rande des Parkplatzes, von einer Seite durch eine Hecke begrenzt. Die Vorhänge verhinderten den Blick durch die Seitenfenster. Ein Stoffrollo im Innern bildete einen Sichtschutz zwischen den Vordersitzen und dem rückwärtigen Raum.

Baltasar holte ein Taschentuch heraus, um unbeabsichtigte Fingerabdrücke zu vermeiden. Er machte einige Fotos mit seinem Mobiltelefon.

Auf der Beifahrerseite standen mehrere Kartons, offenbar Prospektmaterial vom Bunaba. Im Waschbecken lagen leere Dosen eines Energydrinks, Kekse und Schokoladenreste auf der Ablagefläche. Dazwischen war Zucker verstreut.

Am Boden die aktuelle Ausgabe der Heimatzeitung, achtlos hingeworfen. Eine Kuriertasche lehnte an der Seite. Baltasar öffnete sie: ein Laptop und Papiere. Er schloss den Deckel wieder.

Neben dem Toten lagen eine Plastikflasche und ein Handy. Baltasar zögerte einen Moment, dann tippte er auf das Display und rief die Anrufliste auf. Er prägte sich die Telefonnummern ein.

Die Wunde am Hals von Lukas Fliegl war ein Schnitt von mehreren Zentimetern. Am Boden waren nur wenige dunkle Flecken zu erkennen, dafür war ein braunroter See auf dem Sitzpolster zu sehen. Baltasar hörte die Polizeisirene und verließ den Bus.

Die beiden Beamten eilten zu ihm.

»Haben Sie angerufen?«

Baltasar bestätigte es und stellte sich vor.

»Wo ist der Tote?«

Er deutete auf das Campingmobil. »Sieht ganz nach einem Fall für die Mordkommission aus«, sagte er.

»Wir werden sehen.«

Die Polizisten verschwanden im Innern des Wagens und kamen nach einer Minute wieder heraus.

»Bitte halten Sie sich zur Verfügung, Herr Senner.« Einer der Beamten wählte eine Nummer. »Wir holen die Experten aus Passau hinzu.«

Sie sicherten den Tatort mit Absperrband.

Es dauerte fast eine Stunde, bis eine Kolonne von Fahrzeugen eintraf. Wolfram Dix und Oliver Mirwald stiegen aus und gaben ihren Kollegen Anweisungen. Sie nickten Baltasar kurz zu und gingen direkt zum Campingbus. Nach einiger Zeit holten sie die Fachleute der Spurensicherung und den Arzt hinzu.

Eine weitere Stunde verging. Baltasar war zurück ins Pfarrhaus gegangen. Er trank Kaffee, versuchte, sich Stichworte für die nächste Sonntagspredigt zu notieren, aber durch das Geschehen draußen war er abgelenkt.

Er ging wieder zum Parkplatz. Ein Leichenwagen fuhr vor und nahm einen Sarg mit. Ein Abschleppwagen hob den Campingbus auf die Ladefläche und fuhr wieder weg. Die Beamten der Spurensicherung packten ihr Material zusammen, verstauten es in den Autos und verließen ebenfalls den Tatort.

Die Kommissare winkten Baltasar zu sich.

»Tut uns leid, dass Sie warten mussten, Hochwürden«, sagte Wolfram Dix. »Aber die Spurensicherung hat Vorrang.«

»Die ersten Stunden entscheiden meist über den Ermittlungserfolg«, fügte sein Kollege hinzu.

»Ich hab's ja nicht weit«, antwortete Baltasar. »Wollen Sie nicht wenigstens auf eine Tasse Kaffee reinschauen? Drinnen redet es sich besser.«

»Gerne«, sagte Dix. »Ein Kaffee wär nicht schlecht.«

»Meinetwegen«, sagte Oliver Mirwald.

Teresa war erfreut über den hohen Besuch.

»Die Herren Kommissare, ich nicht wissen, dass Sie kommen, sonst ich hätte was Süßes vorbereitet. Ich könnt nachschauen, ob ich irgendwo was Leckeres …«

»Danke, bemühen Sie sich nicht.« Dix sah erschrocken aus.

»Ich gucken, kann Besucher doch nicht so einfach sitzen lassen.«

Kurz darauf kam sie mit einem Teller rechteckiger Schokostücke zurück und stellte ihn auf den Tisch.

»Hab ich von meinem Urlaub aus Krakau mitgebracht. Ist polnische Spezialität, gefüllt mit Gelee. Ich Sie jetzt allein lassen.« Sie verschwand.

Misstrauisch beäugte Baltasar das Gebäck. Zumindest war es nicht aus Teresas eigener Produktion. »Greifen Sie zu.« Aufmunternd hielt er den Kommissaren den Teller hin.

Mirwald schob sich ein Stück in den Mund und kaute.

Unauffällig beobachtete ihn Baltasar. Der Mann kaute und kaute. Nach einer kleinen Ewigkeit griff er zur Tasse, nahm einen kräftigen Schluck und würgte alles hinunter.

»Sehr ungewöhnlich«, sagte er. Den Teller beachtete er nicht mehr.

»Leider ist unser Besuchsanlass wenig erfreulich, wie Sie wissen«, sagte Wolfram Dix.

»Wir hatten eigentlich gedacht, Sie nie mehr sehen zu müssen – zumindest nicht mehr dienstlich«, sagte Mirwald. »Aber das Schicksal scheint es nicht gut mit uns zu meinen.«

»Das liegt nicht in meiner Hand«, sagte Baltasar. »Obwohl unser Ort immer eine Reise wert ist.«

»Wieso sind Sie immer als Erster am Tatort?«, fragte Mirwald. »Hat das mit Ihren göttlichen Eingebungen zu tun, oder mischen Sie sich einfach gern in Dinge ein, die Sie nichts angehen?«

»Die Wege des Herrn sind unergründlich.«

»Was Sie nicht sagen.« Oliver Mirwald zog die Augenbrauen hoch. »Ich kauf Ihnen das nie und nimmer ab, dass alles nur Zufall ist.«

»Unsere Geschäftsgrundlage sollte sein, Sie kümmern sich um Ihre Gemeinde, Herr Pfarrer, und wir arbeiten an dem Mordfall«, sagte Dix.

»Dann gehen Sie also von Mord aus?«

»Oder Totschlag. Das ist bei diesen Verletzungen die naheliegende Schlussfolgerung. Doch ich wäre Ihnen sehr dankbar, sich aus unseren Ermittlungen rauszuhalten.«

»Sie sind die Profis«, antwortete Baltasar. »Das respektiere ich. Aber Sie sollten bedenken, die Tat ist direkt vor meiner Haustür geschehen, im Schatten unseres Gotteshauses. Da kann ich nicht einfach wegsehen.«

»Gucken dürfen Sie, aber nichts anfassen oder tun«, sagte Mirwald. »Jetzt erzählen Sie bitte, was geschehen ist.«

Baltasar berichtete von der Kirchenbesetzung und den Vorfällen danach. »Ich hoffe, die jungen Leute warten noch alle in der Kirche«, sagte er zum Schluss. »Damit Sie Ihre Befragungen durchführen können.«

»Wir haben uns schon von Ihren Gästen berichten lassen«, sagte Dix. »Wenn Sie Hilfe von Kollegen bei diesem speziellen Fall brauchen, Hochwürden, dann lassen Sie es mich wissen.«

»Danke, das Problem will ich allein lösen.«

»So, und jetzt sprechen wir mit diesen Kirchenbesetzern.« Dix erhob sich.

Baltasar wollte ebenfalls aufstehen, aber Mirwald drückte ihn sanft zurück auf den Stuhl.

»Sie nicht, Herr Senner. Haben Sie schon vergessen, was wir gerade besprochen haben?«

»Tut mir leid, aber ich muss darauf bestehen.« Baltasar erhob sich. »Schließlich bin ich hier der Hausherr, und ich lasse meine Kirche nicht aus den Augen. Außerdem können diese Bunaba-Anhänger sehr unangenehm werden, auf eine andere Weise, als Sie es sonst kennen. Ehe

Sie sichs versehen, steht was Negatives in der Presse über die Passauer Kriminalpolizei. Ich als Seelsorger kann vermittelnd eingreifen.«

»Damit werden wir schon fertig«, antwortete Mirwald.

»Lassen Sie es gut sein«, sagte Dix zu seinem Kollegen. »Nehmen wir ihn ausnahmsweise mit. Das werden eh nur die ersten Gespräche. Da kann Hochwürden meinetwegen dabei sein. Für die späteren Vernehmungen werden wir die Zeugen sowieso aufs Präsidium bitten.«

»Auf Ihre Verantwortung«, meinte Mirwald und ging zur Tür.

8

Die Bunaba-Gruppe wirkte bedrückt. Die beiden Kriminalkommissare stellten sich vor und zeigten ihre Dienstausweise. Wolfram Dix erklärte, dass die Polizei von einem Gewaltverbrechen ausging und dass weitere Vernehmungen notwendig seien.

Oliver Mirwald fragte die vier anwesenden Personen, zwei Männer und zwei Frauen, nach ihren Namen und notierte sich Adressen und Telefonnummern.

»Wer hat den Toten gefunden?«, fragte Wolfram Dix in die Runde.

Die junge Frau, die Baltasar herausgeklingelt hatte, meldete sich. Ihr Name war Sarah Koch, zweiundzwanzig Jahre alt und Studentin aus Passau.

»Es ... Es ist mir seltsam vorgekommen, weil Lukas ... ich meine, Herr Fliegl ... heute früh nicht da war«, sagte sie. Ihre Stimme war kaum zu verstehen. »Irgendwann wurde ich nervös und beschloss nachzusehen. Ich ging nach draußen und rief seinen Namen. Dann schaute ich zum Campingbus. Die Tür war nicht abgeschlossen, und dann sah ich …«

»Wann ist er weggegangen?«

Wolfgang Behr trat vor. »Wissen Sie, Herr Kommissar, wir hatten gestern Nacht einiges gebechert. Lukas schien sich nicht ganz wohl zu fühlen. Er sagte, er ginge frische Luft schnappen. Ich dachte mir, vielleicht will er sich draußen irgendwo aufs Ohr legen.«

Dix wandte sich an Sarah Koch. »Hat Herr Fliegl Ihnen was gesagt? Wirkte er müde?«

»Ich … Ich weiß nicht. Lukas kam mir gestern schon verändert vor, aber das kann wegen der ganzen Action gewesen sein.«

»Welche Action?«

»Na, die endlosen Diskussionen auf der Info-Veranstaltung im Pfarrhof. Und dann die Guerilla-Aktion mit der Besetzung der Kirche in der Nacht.«

»Guerilla-Aktion nennen Sie das?« Baltasar legte den Kopf schief. »Darunter stelle ich mir was anderes vor.«

»Frau Koch, wie würden Sie Herrn Fliegls Gemütszustand beschreiben – war er euphorisch, deprimiert?«

»Das … Das kann ich nicht genau sagen. Lukas kam mir zeitweise wie abwesend vor, als ob er mit den Gedanken ganz woanders wäre. Vielleicht war es aber nur die Müdigkeit.«

»Sagte er denn, er wolle sich schlafen legen?« Wolfram Dix richtete die Frage an beide.

»Nicht direkt«, antwortete Wolfgang Behr. »Ich hab es mir halt gedacht, weil Lukas schon öfters im Campingbus oder im Freien gepennt hat. Und bei uns hier in der Kirche war an Schlaf nicht zu denken, ständig war was los, wir haben lange gequatscht.«

»Um wie viel Uhr genau ist Herr Fliegl rausgegangen?«

»Es muss gegen zwei Uhr nachts gewesen sein«, antwortete Sarah Koch. »Ich kann mich daran erinnern, im Radio die Nachrichten gehört zu haben.« Sie deutete auf ein kleines Transistorgerät bei den Zelten.

»Waren Sie alle noch so spät auf?«, fragte Mirwald.

Die beiden anderen Bunaba-Aktivisten, ein Student und eine Studentin, beide aus Regensburg, schüttelten den Kopf.

»Wir haben uns vorher hingelegt, so gegen ein Uhr nachts«, sagte Jonas Zimmermann.

»Haben Sie beide in einem Zelt …?« Wolfram Dix sah skeptisch drein.

»Selbstverständlich. Es ist aber nicht so, wie Sie meinen, Herr Kommissar«, sagte Anna Hillwein.

»Was meine ich denn?«

»Dass wir beide … ähh … nun, Sie wissen schon …«

»Ich weiß nichts von dieser Nacht.«

»Jedenfalls haben wir nichts miteinander gehabt«, sagte ihr Begleiter. »Nur weil man im selben Zelt schläft, heißt das noch lange nicht, dass man Sex hat.«

»Ach so«, sagte Mirwald. »Eine Kirche ist für erotische Aktivitäten auch nicht gerade der richtige Ort.«

»Wo wollte denn Lukas Fliegl schlafen?«, fragte Baltasar. »Wenn ich es richtig sehe, passen in ein Zelt höchstens zwei Personen. Das macht insgesamt vier Schlafplätze. Ihr wart aber zu fünft.«

»Keine Sorge, Herr Pfarrer, darauf sind wir vorbereitet«, sagte Wolfgang Behr. »Logistik und Organisation sind bei solchen Aktionen alles.«

Er holte mehrere aufgerollte Isomatten hinter dem Zelt hervor. »Wir rechnen natürlich mit mehr Unterstützern, die mit uns Mahnwache halten. Für die brauchen wir ebenfalls Schlafgelegenheiten. Wenn die Herren Kommissare sich daran beteiligen wollen, sind Sie herzlich eingeladen.« Behr grinste.

»Denken Sie bitte daran, Sie sind in dieser Kirche nur geduldet«, sagte Wolfram Dix. »Es ist eine Freundlichkeit von Herrn Senner, Ihnen diese … diese Herberge zu lassen. Sollte Hochwürden seine Meinung ändern, ist dieses improvisierte Krippenspiel mit einem Fingerschnipp beendet.«

»Die Obrigkeit hat gesprochen!«, rief die Regensburger Studentin. »Wie gut, dass wir in einer Demokratie leben, wo Meinungsfreiheit und Demonstrationsrecht noch was gelten.«

»Wir brauchen keine Belehrungen über die Gesetzeslage.« Oliver Mirwalds Ton war schärfer geworden. »Bei Ihnen bin ich mir da nicht so sicher.«

»Wir lassen uns den Mund nicht verbieten – von niemandem.« Wolfgang Behr verschränkte die Arme.

»Zurück zum Thema: Wann haben Sie Herrn Fliegl zuletzt gesehen?«, fragte Dix.

»Ich hab nicht auf die Uhr geschaut, aber so gegen zwei, wie Sarah gemeint hat, das kommt schon hin.«

»Und Sie waren nicht draußen?«

»Wenn Sie meinen, ob ich Lukas begleitet habe, dann lautet die Antwort nein. Aber ich bin natürlich rausgegangen, ich musste aufs Klo, und da hab ich eine der mobilen Toiletten benutzt. Schließlich will ich nicht in die Gemüserabatten vom Herrn Pfarrer sch…«

»War Herr Fliegl öfter draußen?« Mirwald sprach die gesamte Bunaba-Truppe an.

»Das lässt sich nicht genau sagen«, antwortete Anna Hillwein. »Anfangs war es ein Kommen und Gehen. Wir hatten Unterstützer bei uns, die geholfen haben, das Material reinzutragen und die Zelte aufzubauen.«

»Außerdem ging jeder ab und zu raus, um eine zu rauchen oder um zu telefonieren«, fügte Jonas Zimmermann hinzu.

»Hatte Herr Fliegl Streit mit jemandem? Wurde er bedroht?«, fragte Wolfram Dix.

»Lukas lag mit Dutzenden, wenn nicht Hunderten Leuten im Clinch«, sagte Wolfgang Behr. »Das brachte sein Projekt mit sich. Er vertrat seine Meinung sehr hartnäckig und stritt sich gern mit anderen über seine Themen. Das war sozusagen sein Lebenselixier. Natürlich hatte er viele Feinde. Seine politische Arbeit polarisierte.«

»Auf der Info-Veranstaltung gab es eine Rauferei, in die Lukas verwickelt war«, sagte Sarah Koch. »Der Herr Pfarrer war auch mit beteiligt.«

Die beiden Kommissare sahen Baltasar fragend an. Er gab einen kurzen Bericht, wobei er darauf achtete, die Sache nicht aufzubauschen.

»Kennen Sie den Namen des Angreifers?«

Baltasar verneinte. »Eine Rauferei muss nichts bedeuten. Deswegen bringt man nicht automatisch jemanden um.«

»Überlassen Sie die Schlussfolgerungen uns, Herr Pfarrer«, sagte Mirwald. »Es sind schon Leute aus nichtigerem Anlass getötet worden.«

»Da könnten Sie auch gleich einige der Diskutanten in der Kirche einbeziehen«, sagte Sarah Koch. »Da wurde es am Ende richtig aggressiv. Gerade der Herr vom Landratsamt.«

»Was war da schon wieder?« Dix' Miene verriet die Überraschung.

Baltasar erzählte eine Zusammenfassung. »Es war hitzig, aber nicht anders als bei einer Talkshow im Fernsehen. Und da gibt's hinterher ja auch nicht Mord und Totschlag.«

Mirwald hob die Hand. »Genug, genug, Herr Senner. Ich sehe jedenfalls, je tiefer wir bohren, desto mehr fördern wir zutage.«

»Nochmal, hat Herr Fliegl Drohungen erhalten?« Dix wandte sich an Wolfgang Behr. »Briefe, E-Mails, Anrufe?«

»Selbstverständlich«, antwortete der Bunaba-Stellvertreter. »Aber das ist heutzutage normal. Sie sollten sich die Kommentare im Internet durchlesen. Da dreht es einem die Zehennägel hoch, Herr Kommissar. Jeder kann dort anonym seinen Mist posten ... oh ... ich meine Einträge machen.«

»Ich weiß, was das Wort ›posten‹ bedeutet.« Dix klang verärgert. »Und im Internet war ich auch schon mal ...«

»Jedenfalls kotzen sich die Leute da aus«, fuhr Wolfgang Behr fort. »Da sind Morddrohungen an der Tagesordnung.«

»Wir brauchen Zugang zu Ihrer Webseite«, sagte Mirwald. »Vielleicht finden wir dort eine Spur.«

»Bekommen Sie, Herr Kommissar«, sagte Behr. »Ich weiß nur das Passwort nicht auswendig. Dazu müsste ich erst in unserem Büro nachsehen.«

»Dann tun Sie das.«

»Und Briefe?«, fragte Dix.

»Sie meinen diese altmodischen Dinger auf Papier?« Behr lächelte. »Das ist doch überholt. Jetzt spielt sich alles im Netz ab. Aber einen Vorfall hat es gegeben …«

Der Kommissar nickte ihm aufmunternd zu.

»Vor etwa zwei Wochen hat jemand die Hauswand unseres Büros mit Farbe besprüht. Das Geschreibsel lautete: ›Fahr zur Hölle‹. Sie haben sicher in der Zeitung davon gelesen.«

»Nein, hab ich nicht«, sagte Dix. »Hat man den Täter gefasst?«

»Wir haben gar keine Anzeige erstattet. Lukas wollte das nicht. Er sah es vielmehr als Werbung für uns.«

»Es wäre gut, wenn Sie uns später eine Liste mit Namen anfertigen von Personen, die Herrn Fliegl bedroht haben«, sagte Dix.

»Gab es Ärger im privaten Bereich?«, fragte Mirwald.

Wolfgang Behr zuckte die Achseln. »Welchen Ärger meinen Sie?«

»Alles, was ein Motiv für die Gewalttat sein könnte.«

»Lukas konnte anstrengend sein, aber im Grunde war

er ein liebenswerter Kerl«, sagte Sarah Koch. »Er kam mit seinen Freunden und den Mitarbeitern gut aus.«

»So gut kannte ich sein Privatleben nicht«, sagte Behr. »Was uns verband, war das gemeinsame Ziel. Aber mir ist nie etwas aufgefallen, was auf private Schwierigkeiten hinweisen würde. Wie gesagt, er war im Team beliebt.«

»Und die anderen?« Mirwald sah Anna Hillwein an.

»Einen ernsten Streit mit jemandem aus unserem Kreis haben wir nicht erlebt«, sagte Jonas Zimmermann.

»Er hat auch nie so was erwähnt, selbst dann nicht, als wir beim Bier zusammensaßen«, ergänzte Anna Hillwein.

»Unsere Kollegen suchen gerade die Adresse der Eltern heraus«, sagte Dix. »Wir müssen sie benachrichtigen. Hat jemand vielleicht eine Telefonnummer? Das würde das Ganze beschleunigen.«

Niemand sagte etwas.

»Gut, das war's fürs Erste«, sagte Wolfram Dix. »Wir melden uns bald wieder bei Ihnen.«

9

Sein Projekt der Versöhnung war bisher eine Katastrophe gewesen. Am Ende stand ein Mord. Noch dazu war im Lokalteil der Tageszeitung von der Besetzung der Kirche zu lesen. Auf einem Foto, aufgenommen in der Kirche, war die Truppe der Bunaba-Besetzer zu sehen. Sie hatten sich vor den beiden Zelten aufgestellt, Wolfgang Behr hielt ein Schild mit dem Schriftzug »Bund der Naturfreunde Bayerwald« in die Kamera. Lukas Fliegl fehlte auf der Aufnahme.

Baltasar suchte nach einem Bericht über den Mordfall.

Seltsamerweise fand er nur eine kleine Notiz im Regionalteil unter der Überschrift »Junger Mann leblos aufgefunden«, in der es bloß hieß, »die Polizei ermittelt«. Warum hatte man nicht ausführlicher darüber berichtet? Schließlich konnte die massive Polizeipräsenz nicht unbemerkt geblieben sein.

Baltasar legte die Zeitung beiseite. Es würde weiteren Ärger geben, das spürte er. Kaum eine halbe Stunde später läutete das Telefon. Es war das Ordinariat in Passau: Der Bischof wünsche ihn zu sehen – heute noch, andere Termine müssten warten.

Baltasar schlenderte durch Passaus Altstadtgassen. Er brauchte die Zeit, um seine Nervosität vor dem Gespräch zu dämpfen. Die Treffen mit dem Bischof verliefen erfahrungsgemäß immer unangenehm. Sein Vorgesetzter zitierte ihn normalerweise nur zu sich, wenn er etwas wollte. Oder zu kritisieren hatte.

Er machte einen Umweg über das Büro von Daniel Moor, dem Assistenten des Generalvikars.

»Dicke Luft«, sagte der junge Mann. Er sprach halblaut, damit niemand sonst sie hören konnte. »Dagegen ist Ihr Weihrauch klar wie Gebirgsluft. Apropos: Haben Sie mein Päckchen dabei?«

Baltasar gab ihm eine Schachtel.

»Diese Mischung hab ich frisch importiert. Also Vorsicht beim Schnuppern. Die Zutaten haben es in sich.«

Daniel Moor ließ die Ware in der Schreibtischschublade verschwinden. »Sie sind Tagesgespräch, Herr Senner«, sagte er. »Sie haben sicher auch Zeitung gelesen …«

Baltasar seufzte. »Ich werde es wohl gleich selbst hören. Ich muss los.« Er verabschiedete sich.

Im Vorzimmer des Bischofs musste er eine halbe Stunde warten, bis er hineingeschickt wurde. Vinzenz Siebenhaar sah von seiner Arbeit am Schreibtisch auf. Er sagte nichts, sondern machte Baltasar ein Zeichen, sich an den Besuchertisch zu setzen. Danach beugte er sich wieder über seine Akten.

War es nur ein Manöver, um ihn schmoren zu lassen? Baltasar wusste es nicht, sein Vorgesetzter verzog keine Miene. Jahrzehnte in dem Amt hatten Siebenhaars Fähigkeiten perfektioniert, sich nicht in die Karten schauen zu lassen.

Baltasar betrachtete den Tisch, eine Antiquität mit kunstvollen Einlegearbeiten in der Holzplatte. Das sonst übliche Kaffeegeschirr fehlte, ebenso die Pralinen aus Regensburg, die sich der Bischof liefern ließ.

Nach einer Weile klappte Siebenhaar den Ordner zu.

»Gott zum Gruße, Herr Senner.« Er sah seinen Besucher an, als überlegte er, was er mit dem ungezogenen kleinen Jungen anstellen sollte. »Herr Senner, was haben Sie sich dabei gedacht?«

Baltasar sagte nichts und wartete ab.

»Haben Sie überhaupt etwas gedacht, oder haben Sie Ihr Gehirn komplett ausgeschaltet?«, fuhr der Bischof fort. »Der Allmächtige hat den Menschen Verstand gegeben, damit sie ihn auch benutzen. Bei Ihnen bin ich mir da nicht so sicher.«

Baltasar blieb weiter stumm.

Siebenhaar hob die Arme gen Himmel, eine Geste, die er sich sonst nur für die Sonntagsmesse aufsparte.

»Von meinen Priestern erwarte ich ein Minimum an Einsicht und Respekt vor den Werten der katholischen Kirche«, sagte er. »Ich frage mich ernstlich, ob Sie der Heilige Geist verlassen hat, nach dem, was Sie sich geleistet haben.«

»Die Situation war ...«, setzte Baltasar zum Sprechen an.

Mit einer Handbewegung stoppte ihn der Bischof.

»Ich frage mich außerdem, warum Sie überhaupt Pfarrer geworden sind. Ich weiß, Sie waren ein Spätberufener, hatten eine bewegte Vergangenheit. Verstehen Sie überhaupt, was es bedeutet, diesen Auftrag, diese Berufung im Namen der göttlichen Dreifaltigkeit und des Heiligen Vaters in Rom zu übernehmen?«

Vinzenz Siebenhaar wandte sich ab und sah aus dem Fenster. Mehr zu sich selbst sagte er: »Sie haben mich schwer enttäuscht. Meine Nachgiebigkeit wird mir nun zum Verhängnis, das ist das Einzige, was ich mir vorwerfen muss.«

»Nun hören Sie sich erst mal meinen Bericht an, Eure Exzellenz, bevor Sie so schnell urteilen«, sagte Baltasar.

»Was gibt's da groß zu berichten? Na gut, legen Sie los.«

Baltasar erzählte die Abläufe, beginnend bei der Diskussion in der Kirche. Er schilderte seine Motive und die

Überraschung, als er am nächsten Morgen die Besetzer vorfand. Er wollte gerade vom Fund der Leiche sprechen, als der Bischof dazwischenfuhr.

»Ein Streitgespräch im Gotteshaus – ich mag mir das gar nicht vorstellen. Eine Politbude im Zeichen des Kreuzes. Konnten Sie dafür nicht den Gemeindesaal oder eine Turnhalle mieten?«

Baltasar verneinte. »Die Idee war eine andere.«

»Sie und Ihre seltsamen Ideen. Die haben mir bereits in der Vergangenheit mehrfach Magengeschwüre bereitet. Wenn Sie kreativ sein wollen, heuern Sie in einer Werbeagentur an.«

»Aber …«

Siebenhaar wischte es mit einer Bewegung weg.

»Was glauben Sie, wie viele Anrufe ich mittlerweile erhalten habe? Die ganze Diözese spricht schon darüber. Es ist nur noch eine Frage der Zeit, bis meine Kollegen der Bischofskonferenz davon erfahren. Wie sieht das aus?« Er ging auf und ab. »Ich mache mich zum Gespött in ganz Bayern, was sag ich, in ganz Deutschland. Was wissen Sie schon, Herr Senner, von den Nöten eines Bischofs?« Die Stimme des Bischofs zitterte, es bereitete ihm offenbar Mühe, seine Aufregung zu zügeln. »Sie wissen gar nicht, welchen Schaden Sie dem Bistum, uns allen, mit Ihrer unbedachten Aktion zugefügt haben!«

»Die Besetzung war eine heimliche Aktion ohne meine Zustimmung«, wandte Baltasar ein.

»Haben Sie keine Vorkehrungen zum Schutz des Gotteshauses getroffen? Sie wissen doch, dass immer wieder in Kirchen eingebrochen wird, auch bei Ihnen, wenn ich mich recht erinnere. Und dafür gibt es eine einfache Gegenmaßnahme: in der Nacht zusperren. Oder haben Sie keinen Schlüssel?«

»Das Haus Gottes soll allen offen stehen. Das ist nicht Fort Knox.«

»Unsinn. Wir brauchen denjenigen, die uns schaden wollen, nicht auch noch eine Einladung schicken. Das zerstört alles, wofür wir stehen. Außerdem haben Sie diese … diese Verbrecher geradezu eingeladen, sich bei uns breitzumachen, wie ich gelesen habe.«

Baltasar erläuterte seine Beweggründe.

»Das klingt ja sehr ehrenhaft – oder naiv, je nachdem, wie man es sieht«, sagte der Bischof. »Die einzig richtige Vorgehensweise bei diesen Öko-Terroristen wäre es gewesen, sofort die Polizei zu rufen und die Kirche räumen zu lassen.«

»Aber genau das wollte die Truppe damit provozieren. Die öffentliche Aufmerksamkeit wäre …«

»Nonsens!«, rief Siebenhaar dazwischen. »Jeder aufrichtige Bürger, jeder Katholik hätte das Vorgehen begrüßt. Was kann auch falsch daran sein, Recht und Gesetz wieder Geltung zu verschaffen?«

»Die öffentliche Meinung zu dem Bauprojekt ist durchaus gespalten.«

»Wir reden hier nicht über ein paar Kilometer Asphalt.« Die Stimme des Bischofs hatte einen beschwörenden Tonfall angenommen, als vollziehe er eine Teufelsaustreibung. »Ekel und Abscheu sind das Thema – vor diesen Frevlern, die Schmutz auf das Allerheiligste niederprasseln lassen.«

»Ich meine …«

»Hören Sie auf! Diesen Typen auch noch Asyl zu gewähren.« Siebenhaar verzog das Gesicht zu einer Schmerzensmiene. »Da könnten Sie auch gleich Islamisten zum Campen einladen. Das sind alles Atheisten, glauben Sie mir! Die kümmert die Jungfrau Maria oder Jesus einen Dreck. Deren Glaubensbekenntnis heißt Krawall. Deren Vorstellung vom Paradies ist es, mit einem Foto auf die Titelseite einer Zeitung zu gelangen. Das sind Verdammte! Die kann keine Macht auf Erden mehr retten. Auf die wartet nur das ewige Höllenfeuer.«

Siebenhaar schnaufte, als hätte er gerade einen Hundert-Meter-Sprint absolviert.

»Ich rechne damit, dass die jungen Leute ihre Aktivitäten schnell abbrechen«, sagte Baltasar. »Ihr Ziel, in die Medien zu kommen, haben sie erreicht. Dem Thema wird die Puste ausgehen.«

»Das sagen Sie. Allein mir fehlt der Glaube. Es bereitet mir körperliche Schmerzen, wenn ich an diese Verbrecher denke.« Er fasste sich an den Bauch. »Ich spüre schon ein neues Magengeschwür heranwachsen.«

»Dafür hat meine Haushälterin ein gutes Gegenmittel.«

»Jetzt werden Sie nicht auch noch lustig.« Siebenhaar beugte sich zu Baltasar herunter. »Ich erwarte von Ihnen, dass Sie diesen Saustall ausräumen, wie man hier bei uns im Bayerischen Wald sagt. Denken Sie an Jesus, der die Händler und Geldwechsler mit einer Geißel aus dem Tempel getrieben hat. Eine solche Tat erwarte ich auch von Ihnen. Und zwar schnell!«

»Das Ganze wird sich schon regeln, vertrauen Sie mir,

Exzellenz«, sagte Baltasar. »Außerdem müssen wir ein anderes Ereignis mit berücksichtigen, das leider die normale Vorgehensweise unterbindet?«

»Wovon reden Sie jetzt schon wieder?«

»Von Mord.«

Der Bischof sah ihn an, als stehe er unter Drogen.

»Der Chef der Bunaba-Aktivisten ist gestern Nacht getötet worden. In seinem Auto auf unserem Kirchenparkplatz. Sie haben vielleicht in der Zeitung von dem toten jungen Mann gelesen.«

Siebenhaar klappte die Kinnlade herunter. »Sie … Sie wollen sagen, auf dem Gelände der Kirche wurde ein weiteres Verbrechen verübt?«

»Darf ich meinen Bericht vervollständigen? Ich konnte vorhin noch nicht alles erzählen.« Baltasar schilderte die Umstände des Leichenfunds und die ersten Befragungen der Kriminalpolizei.

»Das … Das wusste ich nicht.« Vinzenz Siebenhaar überlegte. »Das macht die Sache noch skandalöser. In den nächsten Tagen wird Ihre Gemeinde im Zentrum der öffentlichen Aufmerksamkeit stehen, das sehe ich jetzt schon kommen. Und dann all die Neugierigen und Touristen … Ein Mord auf heiligem Boden! Das hat mir gerade noch gefehlt. Und dann ist noch einer dieser Öko-Terroristen das Opfer. Das kann auch nur Ihnen passieren, Herr Senner!«

»Das war Schicksal und Gottes Wille, dessen Zweck für uns Menschen manchmal schwer zu begreifen ist.«

Siebenhaar ließ sich auf einen Besucherstuhl fallen. »Ach, hören Sie auf, hier zu predigen, Herr Senner. Wir haben jetzt ganz andere Sorgen.« Eine Zeit lang blieb er still und starrte vor sich hin.

»Nun gut, es ist, wie es ist.« Vinzenz Siebenhaar straffte sich und sah Baltasar an. »Ich will Ihnen jetzt ganz offiziell ein paar klare Botschaften mit auf den Weg geben.«

Baltasar wartete, was nun kommen würde.

»Erstens: Sie sind persönlich verantwortlich dafür, dass unsere Kirche von diesen Subjekten befreit wird. Und zwar pronto! Zweitens: Sie müssen alles daransetzen, die katholische Kirche aus diesem abscheulichen Mordfall herauszuhalten. Da darf nicht das geringste Staubkorn das Image der Diözese beschmutzen. Sorgen Sie dafür, dass wir da nicht mit hineingezogen werden.«

»Wie soll ich das tun?«, fragte Baltasar. »Dafür müsste ich mich selbst in die Mordermittlungen einklinken …«

»Wie Sie das erledigen, ist mir egal, ich will es auch gar nicht wissen. Nur eines noch, Herr Senner, nehmen Sie mein Wort ernst«, sagte der Bischof. »Sie stehen ab sofort unter meiner speziellen Beobachtung.«

10

Eigentlich hatte er keine Lust, zur Kirche zu gehen. Ein Gefühl, das ihm bisher unbekannt gewesen war. Hatte er wirklich den richtigen Beruf gewählt? Wenn er an die Zelte und die Demonstranten dachte …

Aber Pflicht war Pflicht. Da die Zeiten längst vorbei waren, in denen Mesner die alltäglichen Arbeiten im Gotteshaus erledigten, musste er selber ran. Er trank seinen Kaffee aus und faltete die Tageszeitung zusammen. Noch immer stand nichts über den Mord darin. Aber das konnte nicht mehr lange dauern.

Baltasar nahm den Seiteneingang bei der Sakristei. Er sperrte die Tür zum Kirchenraum auf, eine Vorsichtsmaßnahme, seitdem er ungebetene Gäste im Haus hatte.

Die Kerzen waren niedergebrannt, er holte neue, steckte sie in die Halter und zündete sie an. Aus den Vasen am Altar entfernte er welke Blumen und sammelte heruntergefallene Blütenblätter auf.

Die beiden Iglus leuchteten am Eingang. Jemand musste im Innern eine Lampe eingeschaltet haben. Von den jungen Leuten war niemand zu sehen.

»Psst. Herr Pfarrer.«

Eine alte Frau im schwarzen Kleid saß am Rand der zweiten Reihe, in den Händen hielt sie einen Rosenkranz. Baltasar kannte sie vom Sehen, sie stammte von einem Bauernhof außerhalb des Ortes.

»Ja?« Er setzte sich neben die Frau.

»Hochwürden, was ist das dort hinten?« Sie drehte sich um und nickte in Richtung Zelte. »Was tun die da?«, flüsterte sie.

»Sie haben um Asyl gebeten.«

»Sind das Ausländer? Die sehen ganz normal aus.«

»Es ist auch symbolisch gemeint. Die jungen Leute stammen aus der Gegend. Sie wollen auf ihr Anliegen aufmerksam machen.«

»Hier in der Kirche? Mit einem Campingplatz?«

»Verrückt, nicht?«

»Muss man sich vor denen fürchten?« Die Frau redete, als hätte sie Wesen aus dem Weltraum gesehen. »Findet denn am nächsten Sonntag überhaupt noch die heilige Messe statt? Wo doch diese Asylanten …«

»Ja … ähh … natürlich.« Baltasar hatte sich mit dem Thema noch gar nicht beschäftigt, aber es war klar, dieses neue Problem rollte wie eine Lawine auf ihn zu.

»Machen Sie sich keine Sorgen, es ist alles wie immer.« Kaum hatte er die Worte ausgesprochen, wusste er, es entsprach nicht der Wahrheit.

Baltasar ging den Mittelgang hinunter bis zu den Zelten. Die beiden Studenten aus Regensburg lagen im Zelt und lasen. Sarah Koch saß auf einem Klapphocker, in der Hand einen Becher.

»Wo ist denn der Rest der Besatzung?«, fragte Baltasar.

»Wir wechseln uns ab«, sagte die junge Frau. »Schließlich muss jeder mal duschen, oder man hat was anderes zu erledigen.«

»Versteh ich – zu Hause fernsehen, Sportschau gucken wie ein echter Revolutionär.« Baltasar verzog das Gesicht.

»Hören Sie auf zu spotten. Jeder hat menschliche Bedürfnisse.« Sie stand auf und machte ihm heimlich ein Zeichen. »Ich brauch ein wenig Frischluft, ich begleite Sie nach draußen.«

Auf dem Pfarrhof zog Sarah Koch ihn am Arm und sagte: »Herr Senner, ich muss Ihnen was zeigen.«

Sie gingen zu einem Kleinwagen. Die junge Frau sperrte den Kofferraum auf. Ein Bergsteigerrucksack lag darin.

»Der gehört … ich meine, gehörte … Lukas Fliegl.«

»Und?«

»Was soll ich damit machen? Vielleicht ist der Rucksack für die Polizei wichtig.«

»Warum haben Sie ihn nicht einfach den Beamten mitgegeben?«

»Ich ... Ich weiß nicht. Bei dem Verhör war ich so aufgeregt, da ... da hab ich gar nicht an das Gepäck gedacht.«

Sie hob den Rucksack aus dem Kofferraum und drückte ihn Baltasar in die Arme. »Können Sie das nicht für mich erledigen? Ich hab keinen Bock, mehr als nötig mit der Mordkommission zu tun zu haben.«

»Wenigstens Ihre Freunde hätten Sie einweihen können.«

»Irgendwie denke ich, das ist was Persönliches, das die anderen nichts angeht. Sie sind eine neutrale Person, Herr Pfarrer, und wissen am besten, was damit zu tun ist. Ich vertrau Ihnen voll.«

»Das ehrt mich.« Baltasar unterdrückte die Ironie in seinem Tonfall. »Darf ich fragen, in welcher Beziehung Sie zu Lukas Fliegl standen?«

»Er war mein Freund. Wir haben seit einem Monat zusammengelebt, genauer gesagt, er ist bei mir eingezogen. Da fällt mir ein: Was mache ich mit Lukas' Sachen in meiner Wohnung? Wer kriegt denn jetzt das alles? Muss ich seine persönlichen Dinge länger aufbewahren?«

»Sie könnten eine Liste erstellen und die Sachen verpacken«, sagte Baltasar. »Andererseits bin ich nicht sicher, ob die Polizei Interesse daran hat.«

»Wollen Sie mir nicht helfen, Herr Senner?« Sarah Koch sah ihn flehentlich an. »Ich fühle mich wohler dabei ... Da hängen zu viele Erinnerungen dran. Es ist unheimlich, in den Sachen eines Toten zu wühlen.«

»Also gut, geben Sie mir Ihre Adresse. Ich komme bei Ihnen vorbei. Wann wäre denn ein guter Zeitpunkt?«

Sie verabredeten sich, Baltasar notierte sich Adresse und Telefonnummer. Er bat die Frau, Lukas' Eltern über die Umstände seines Todes zu informieren und das nicht allein der Polizei zu überlassen. »Kennen Sie die Eltern?«

»Leider nein«, antwortete sie. »Lukas hat nur selten von ihnen erzählt. Sie wohnen ja auch weiter weg.«

»Was ich mich eigentlich frage«, sagte Baltasar. »Wenn Sie und Lukas Fliegl ein Paar waren, warum hat er dann in der Mordnacht sein Zelt allein verlassen und ist in den Campingbus gegangen?«

»Ich weiß es nicht«, sagte Sarah Koch. »Es war ja nicht zu erwarten, dass er nicht mehr … zurückkommt.« Sie schluchzte, Tränen liefen ihr übers Gesicht.

Baltasar tröstete sie. Als sich die junge Frau wieder gefangen hatte, fragte er: »Warum sind Sie nicht mit nach draußen gegangen, Sie und Herr Fliegl hätten doch genauso gut im Auto übernachten können.«

Sarah Koch holte ein Taschentuch heraus und schnäuzte sich. »Wer ahnte denn, dass … Wenn ich gewusst hätte, dass Lukas nicht wiederkommt, dann hätte ich ihn natürlich begleitet. Aber es war nichts Ungewöhnliches, dass er sich für kurze Zeit ausklinkte. Durch sein Projekt war er sehr angespannt, er brauchte Ruhe, er wollte ungestört nachdenken. Pläne schmiedete er am liebsten allein.«

»Ich dachte, Ihr Bund Naturfreunde Bayerwald arbeitet im Team? Das macht man doch heute so, oder nicht?«

»Ja, schon. Aber er war eindeutig der strategische Kopf. Er hat schließlich Bunaba ins Leben gerufen, zusammen mit Wolfgang Behr.«

»Hätte sein Freund nicht beim Nachdenken helfen können? Schließlich war Herr Behr formell der Stellvertreter.«

»Das haben sie auch getan – ab und zu wenigstens. Lukas arbeitete die Dinge gerne allein aus. Er verbiss sich richtig in seine Konzepte. Da waren alle anderen zuerst außen vor – mich eingeschlossen. Danach haben wir dann über Lukas' Ideen diskutiert. Natürlich ging's da bisweilen hoch her, wie Sie sich denken können.«

»Eigentlich nicht.«

»Das hatte einen basisdemokratischen Anstrich, wild durcheinanderquatschen, sich die Köpfe heißreden und am Ende eine Entscheidung treffen. Wir haben uns regelmäßig getroffen und über Papiere gesprochen, die Lukas über Nacht entworfen hatte.«

»Trotzdem: Wäre nicht Wolfgang Behr der erste Ansprechpartner für Ihren Freund gewesen?«

»Schon ... Aber Sie müssen wissen, Herr Pfarrer, die beiden sind unterschiedliche Charaktere. Schon allein wegen des Alters. Lukas ist siebenundzwanzig. Wolfgang dagegen schon über vierzig, hat also mehr erlebt und mehr Jobs gehabt – das sind zwei unterschiedliche Welten. Aber genau diese Gegensätze passten wunderbar für die Projekte, so wie Yin und Yang. Jeder brachte seine Stärken ein.«

»Und was war Lukas' Stärke – jenseits vom Pläneschmieden?«

»Er hatte einen Blick für das große Ganze, hatte einen analytischen Verstand, konnte Dinge abstrahieren und auf eine höhere Ebene hieven. Und er hatte einen eingebauten Sensor für die Stärken und Schwächen von Menschen.«

»Und wie kam er gerade auf das Thema Umgehungsstraße? Es gäbe doch viele Möglichkeiten, die Welt zu retten.«

»Lukas war schon immer in Umweltfragen engagiert. Ob es das Ausbaggern der Donau bei Regensburg war, ob er gegen Windräder auf dem Wagensonnriegel im Bayerwald kämpfte oder gegen Hochwasserschutzmauern in Überschwemmungsgebieten. Dann las er eines Tages in der Zeitung von dem Bauvorhaben. Er war wie elektrisiert, tagelang redete er von nichts anderem.«

»Und warum dieser Bund Naturfreunde Bayerwald? Er hätte sich doch einer bestehenden Organisation anschließen können, beispielsweise einer Bürgerinitiative oder dem Umweltverein Bayerwald.«

»Am Anfang gab es auch Kontakte, glaub ich. Irgendwie hat es nicht funktioniert. Und Lukas ist, wie gesagt, ein ganz eigener Kopf. Mit Eifer verfolgte er das Ziel, eine eigene Initiative zu gründen. Aber die Details kenne ich nicht, damals war ich mit Lukas noch nicht so eng zusammen.«

»Trotzdem nochmals die Frage: Warum diese Umgehungsstraße? Ganz verstehe ich das nicht«, sagte Baltasar. »Im Vergleich zu anderen Umweltfragen ist das ein untergeordnetes Problem. Außerdem bei Weitem nicht so eindeutig in der ökologischen Tragweite. Viele Bürger finden das völlig in Ordnung, wünschen sich eine neue Straße.«

»Dazu kann ich keine eindeutige Antwort liefern«, sagte Sarah Koch. »Die Entscheidung, das Bauprojekt in den Mittelpunkt seiner Aktionen zu stellen, kam trotz seiner Begeisterung erst spät und ein wenig aus heiterem Himmel.« Sarah Koch verschloss den Kofferraum ihres Wagens wieder. »Aber so war Lukas: spontan und oft unberechenbar. Er folgte wahrscheinlich seiner Intuition. Im Nachhinein muss ich sagen, er hatte recht. Das Thema polarisiert und weist exemplarisch auf die Probleme unserer Zeit. Was eignet sich besser als ein Vorhaben im Bayerischen Wald, wo jeder vor der eigenen Haustür mitbekommt, was hier Schreckliches passiert.«

»Schrecklich war bisher nur der Mord«, antwortete Baltasar. »Denken Sie nochmal nach: Können Sie sich jemanden denken, der ein Motiv für die Tat hatte?«

»Einen solchen Gewaltausbruch würde ich niemandem zutrauen«, sagte Sarah Koch. »Was ich mich die ganze Zeit frage … Wer sagt denn, dass dieses furchtbare Verbrechen mit Lukas' politischer Arbeit zu tun hat? Könnte es nicht auch sein, dass Lukas nur zur falschen Zeit am falschen Ort war?«

11

Die Haushälterin hatte sich einen freien Tag genommen, deshalb ging Baltasar zum Mittagessen ins Gasthaus »Zur Einkehr«. Es waren nur wenige Plätze besetzt, er suchte sich einen Tisch in der Ecke und studierte die Speisekarte.

»Unser Tagesgericht ist heute Rehragout mit Vollkornnudeln, dazu ein Salat und eine Grießnockerlsuppe als Vorspeise, wenn Sie wollen«, begrüßte ihn die Wirtin Victoria Stowasser.

»Schon überredet«, sagte Baltasar, »und dazu eine Weißweinschorle.«

Die Wirtin brachte die Suppe.

»Setzen Sie sich doch einen Moment zu mir«, sagte Baltasar.

»Gern.« Victoria Stowasser nahm Platz. »Ich hab schon von dem Mord auf dem Parkplatz gehört«, sagte sie. »Schrecklich! In der Zeitung stand heute auch ein Bericht dazu. Aber er war nur vage.«

Baltasar nickte. »Die Presse ist erstaunlich zurückhaltend in diesem Fall.«

»Ich kann es immer noch nicht glauben«, sagte sie. »Ich habe den Studenten noch auf Ihrem Pfarrhof gesehen. Und in der Nacht drauf …« Sie schüttelte sich. »Ich mag mir das gar nicht vorstellen, dass da draußen jemand herumläuft, der einen jungen Menschen einfach so … Hat die Polizei schon eine Spur?«

»Mit mir reden die Herren am allerwenigsten.«

»Hoffentlich war es kein Einheimischer. Nicht auszudenken, wenn …«

»Alles ist denkbar. Vielleicht ist der – oder die – Unbekannte bereits auf der Info-Veranstaltung dabei gewesen. Man weiß es nicht.«

»Eine gruselige Vorstellung – ich könnte dem was zum Trinken verkauft haben, ohne zu wissen, einen Mörder vor mir zu haben.«

»Ist Ihnen an dem Tag was Verdächtiges aufgefallen?«

»Ich hatte viel am Stand zu tun. Es war ja ordentlich was los, Diskussionen machen durstig. Ich müsste überlegen … Die Rauferei war natürlich auffällig. Da hat eine Reihe von Leuten mitgemischt. Von den Schaulustigen nicht zu reden. Da fällt mir ein, ich habe ein paar Leute gesehen, die den Vorfall mit ihren Handys und Kameras aufgenommen haben.«

»Können Sie sich konkret an jemanden erinnern?«

»Ich glaube, Frau Hollerbach, die Frau des Metzgers, mit ihrem Apparat in der Menge gesehen zu haben. Und ein Mädchen von den jungen Leuten, das ich nicht kenne. Das sind momentan die Einzigen, die mir konkret einfallen.«

»Sonst noch etwas Verdächtiges, ein Vorfall, ein Detail, dem Sie bisher keine Bedeutung beigemessen haben und das jetzt im Rückblick wichtig sein könnte?«

»Jetzt, wo Sie es sagen – eine Sache war merkwürdig, aber das war lange nach der Veranstaltung.«

»Erzählen Sie.«

»Ich bin spätabends nochmal zurück zum Pfarrhof gegangen, weil ich einen Eimer mit Wischlappen an meinem Stand vergessen hatte.«

»Wie spät war es da?«

»Muss schon nach elf gewesen sein. Jedenfalls hörte ich Stimmen und Geräusche aus der Kirche. Auch sah ich Licht flackern. Ich dachte mir nichts groß dabei, weil ich annahm, Sie würden in der Kirche noch arbeiten, Dekorationen abbauen oder so.«

»Waren Sie am Parkplatz?«

»Ich bin vorbeigegangen. Da standen mehrere Autos,

aber erinnern kann ich mich nur an den auffälligen Campingbus.«

»Komisch. Am Morgen danach stand nur noch der Bus da«, sagte Baltasar. »Waren die Türen offen? Irgendwelche Aktivitäten im Innern?«

»Wie gesagt, ich habe nicht darauf geachtet. Doch etwas anderes ist mir in Erinnerung geblieben.«

»Ja?«

»Zu der Zeit standen noch einige der Aufbauten im Pfarrhof. Ich habe jemanden gesehen, der zwischen den Ständen herumgeschlichen ist.«

»Ein Mann, eine Frau?«

»Das konnte ich in der Dunkelheit nicht genau erkennen. Der hatte einen Kapuzenpullover an, und die Kapuze war ins Gesicht gezogen. Ich glaube nicht, dass er mich bemerkt hat.«

»Was geschah dann?«

»Ich hab mich nicht weiter darum gekümmert, ich dachte, das ist einer der Handwerker, die die Stände abbauen. Er stand auch weiter weg. Außerdem verspürte ich wenig Lust, ihn anzusprechen. Deshalb habe ich meine Sachen gepackt und bin wieder gegangen.«

»Was hat der Unbekannte gemacht?«

»Seine Bewegungen hatten etwas Schleichendes, wie eine Katze, deshalb bin ich überhaupt auf ihn aufmerksam geworden. Er ging zum Bunaba-Stand, sah sich um, als suche er was. Dann verschwand er in dem Zelt des Umweltvereins.«

»Wenn Sie sonst was hören, Frau Stowasser, geben Sie mir bitte Bescheid.« Baltasar trank sein Glas aus.

»Ich ahne, Sie wollen wieder selbst bei den Ermittlungen aktiv werden, Herr Senner. Bedeutet das nicht wieder Ärger mit der Polizei?«

»Ich hab momentan so viel Ärger, da kommt es auf ein wenig mehr auch nicht an.«

Zu Hause holte er Lukas Fliegls Rucksack aus dem Schrank, trug ihn in das Arbeitszimmer und verschloss die Tür. Er wusste, eigentlich sollte er das Beweismittel der Kripo übergeben. Aber es würde niemandem schaden, das Gepäckstück kurz selbst zu untersuchen. Der Herrgott würde ihm schon verzeihen. Er zog sich Teresas Gummihandschuhe über, die sie immer zum Hausputz verwendete.

Es war ein blauer Rucksack mittlerer Größe einer bekannten Sportmarke. Auf der Außenseite klebten Sticker von verschiedenen Umweltschutzaktionen. Der Stoff war abgewetzt, Kratzspuren zogen sich wie Narben durch das Material.

In den Seitentaschen steckten eine Packung Taschentücher, ein Stirnband und Fahrradhandschuhe. Der restliche Inhalt bestand aus T-Shirts, Socken und Unterhosen, einem Waschbeutel mit einem Kopfschmerzmittel, zwei Tablettenschachteln und mehreren Kondomen. Dazwischen ein Schlüssel an einem Ring, der aussah wie zu einem Radschloss passend. Am Rucksackboden fand er ein Schreibheft. Baltasar blätterte darin. Es war bis auf wenige Seiten gefüllt mit Zeichnungen, Zahlen und Texten. Einiges sah aus wie Entwürfe für politische Parolen oder Gedankenskizzen für Argumentationen. Anderes war kryptisch, Buchstaben- und Zahlenreihen, Kalkulationen vielleicht oder Telefonnummern. Baltasar holte einen Fotoapparat und fotografierte jede einzelne Seite.

Außerdem fand er einen Tablet-Computer in der Größe eines Schreibblocks, eingewickelt in ein Handtuch. Er versuchte, Dateien aufzurufen, aber der Zugang war mit einem Passwort geschützt.

Das war eindeutig ein Job für seinen Freund Philipp Vallerot. Baltasar meldete sich an und schwang sich aufs Rad. Vallerot wohnte am Ortsrand. Er war finanziell unabhängig und brauchte nicht zu arbeiten. Woher das Vermögen stammte, war unklar, sein Freund redete nicht darüber. Auch wenn Vallerot überzeugter Atheist war, so teilten sie beide doch die Leidenschaft für Rockmusik, Schwarzweißfilme und guten Wein.

Er erwartete ihn bereits an der Haustür.

»Ich seh dir an, du hast wieder ein Problem, das ich lösen muss«, sagte er und ließ Baltasar hinein.

Im Wohnzimmer lief What's your name von Lynyrd Skynyrd, Vallerot drehte die Stereoanlage leiser.

»Also, wo brennt's?«

Baltasar gab ihm den Tablet-PC.

»Ich muss wissen, was da drauf ist. Leider gibt es ein Kennwort.«

»Geht's vielleicht ein wenig genauer? Was suchst du: Fotos, Texte, E-Mails, besuchte Internetseiten?«

»Ich weiß es nicht. Einfach alles, was von Nutzen sein könnte. Was eigenartig oder verdächtig aussieht.«

»Ich täusche mich nicht, du schnüffelst wegen dieses Todesfalls herum, von dem ich gelesen habe?«

»Es war Mord.«

»Umso schlimmer. Du kannst es einfach nicht lassen. Das wird nochmal böse enden, glaube mir«, sagte Vallerot. »Da draußen in der Welt laufen so viele Irre herum. Die nehmen im Zweifel keine Rücksicht auf einen kleinen Priester. Da musst du schon deine Gebete im Schichtdienst nach oben zu deinem Großen Außerirdischen schicken.«

»Ich muss tun, was zu tun ist. Die eigentlichen Ermittlungen macht die Polizei. Und was den Allmächtigen betrifft, er wird mich schon beschützen. Ich kann bei der Gelegenheit auch ein gutes Wort für dich einlegen.«

»Danke, so schlecht geht's mir noch nicht. Bis wann brauchst du Ergebnisse?«

»So schnell wie möglich. Ich habe mir das Gerät nur … ähh … ausgeliehen. Am besten setzt du dich gleich dran.«

»Das erledigt meine Software. Wenn du vielleicht von den Aktivitäten der NSA gehört hast, weißt du, dass es dafür spezialisierte Programme gibt. Und jetzt erzähl mir von deinen neuen Gästen, den Kirchenbesetzern.«

12

Teresa zog einen Müllsack hervor und stellte ihn mit großer Geste auf den Küchentisch.

»Das ist gefunden in unserer Abfalltonne«, sagte sie in einem strengen Tonfall.

»Was ist damit?«

Baltasar sah von seiner Zeitung auf. Gerade hatte er einen Artikel über den Mordfall gelesen. Von »ungeklärter Todesursache« war da die Rede.

»Das sein Müll von diesen … diesen Jugendlichen in der Kirche. Eine Schande ist das!« Die Haushälterin verschränkte die Arme.

»Irgendwo müssen sie ihren Abfall ja hinbringen«, antwortete Baltasar. »Besser, als den Dreck in der Kirche zu lagern.«

»Ja, schon. Aber die Leute sollten besser aufpassen, wie viel Müll sie produzieren«, sagte Teresa. »Sonst unsere Tonne sein nach zwei Tagen randvoll.«

»Vielleicht reden Sie selbst mit den jungen Menschen«, sagte Baltasar. Er nahm den Plastiksack und trug ihn hinaus.

»Was … Ich soll da reingehen?«, sagte sie, nachdem er zurückgekommen war.

»Die beißen schon nicht. Vielleicht bringen Sie eine Kanne Kaffee und Becher mit, das entspannt die Situation.«

»Ich soll die auch noch bewirten? So weit kommt's noch!«

»Das wäre ein guter Beitrag zur Müllvermeidung. Sonst trinken die doch nur Säfte aus Flaschen oder diese Dosen-Energydrinks.«

»Meinen Sie wirklich?«

»Einen Versuch ist es auf jeden Fall wert.«

Baltasar zog sich um für den Besuch bei Sarah Koch. Er hatte noch genug Zeit vor dem verabredeten Termin, deshalb fuhr er einen Umweg und nahm die Landstraße, von der die geplante Umgehungsstraße abgehen sollte.

Die Stelle war nicht schwer zu finden. Farbige Stangen markierten den Verlauf der neuen Trasse. Sie führte über ein Feld, vorbei an einem Heuschober und verschwand in der Ferne im Wald. Er parkte seinen VW Käfer am Straßenrand und stieg aus.

Es war ein idyllischer Flecken Land.

Er ging ein paar Schritte und sog die Luft ein. Keine Menschenseele war zu sehen, nur ein paar Kühe grasten auf einer Weide. Das Grün der Wiesen vermischte sich mit dem Strohgelb der Felder, umrahmt vom Dunkel des Waldes, überwölbt vom Blau des Himmels. Einmal mehr bewunderte Baltasar diese vom Allmächtigen geschaffene Harmonie, die sich kein Maler hätte besser ausdenken können.

Sarah Koch wohnte in einem ehemaligen Austragshäuschen auf dem Grundstück eines Bauernhofes. Es war ein ebenerdiger Bau mit einem Spitzgiebel, seitlich davon wie hingeklebt ein windschiefer Holzschuppen. Ein Kleinwagen parkte davor. Blumenrabatten vor dem Fenster, eine Holzbank an der Front lud zum Sitzen ein.

Baltasar benutzte den Metallklopfer an der Haustür, um sich bemerkbar zu machen.

»Kommen Sie nur herein, Hochwürden«, tönte es von innen.

Der Flur war lang und dunkel, am Garderobenhaken Wanderkleidung, ein Hocker mit einer Schale, in der Schlüssel lagen.

»Hier herein.«

Die Stimme kam von links, von einer Wohnküche. Dielenfußboden, Teile von unterschiedlichen Einbauküchen. Ein Esstisch aus Naturholz, dazu mehrere Stühle, die wohl vom Flohmarkt stammten. Das Geschirr war in einem offenen Regal gestapelt.

Sarah Koch bot ihm einen Platz am Tisch an und räumte Computer und Wasserglas beiseite.

»Darf ich Ihnen etwas anbieten? Kaffee, Tee, Bio-Apfelsaft?« Sie trug eine Jeans, Schlappen und ein T-Shirt.

»Kaffee wäre schön.«

Während die junge Frau mit den Tassen und Untertellern hantierte, sagte sie: »Die Herren von der Kriminalpolizei haben angerufen. Sie wollen heute vorbeikommen und mich nochmals sprechen – oder sollte ich besser sagen: verhören?«

»Unterstützen Sie die Beamten. Nur so besteht eine Chance, dem Täter auf die Spur zu kommen.«

»Das Ganze nimmt mich ziemlich mit«, sagte sie. »Derzeit fällt es mir schwer, mich zu konzentrieren. Ständig muss ich an Lukas denken. Und dieser schreckliche Anblick im Campingbus … Die Bilder verfolgen mich.«

»Das ist verständlich. Kein Mensch ist auf so was vorbereitet.«

Sie deckte den Tisch und schenkte Kaffee ein.

»Und das Haus hier … Es ist plötzlich so leer. Es klingt verrückt, aber wenn der gewohnte Partner nicht mehr um einen herum ist, dann merkt man erst, was man verloren hat. Ich vermisse Lukas so sehr.« Sie starrte auf ihre Tasse.

»Übrigens, ich habe seine Eltern angerufen«, sagte sie nach einer Weile. »Sie waren bereits von der Polizei über den Tod von Lukas informiert worden.«

»Wie haben sie es aufgenommen?«

»Ich weiß nicht. Der Vater klang am Telefon sehr gefasst, vielleicht sogar etwas zornig. Er hat gesagt, er und seine Frau wollen mit Ihnen sprechen, Herr Senner. Sie werden sich bei Ihnen melden.«

»Hatte Lukas Geschwister?«

»Er war ein Einzelkind. Das Verhältnis zu seinen Eltern hatte Höhen und Tiefen. Besonders oft haben sie sich nicht gesehen, obwohl Herr und Frau Fliegl in Regensburg wohnen.«

»Wo hat Lukas eigentlich gewohnt, bevor er bei Ihnen eingezogen ist?«

»In einer WG in Passau. Nachdem wir uns kennengelernt hatten, packte er dort seine Sachen. Wohl auch, weil es Zoff mit seinen Mitbewohnern gegeben hatte.«

»Um was ging es da?«

»Weiß ich nicht, ist mir auch egal. Lukas war noch als Student eingeschrieben, aber er hatte schon lange keine Vorlesung mehr besucht. Seine politische Arbeit hat die meiste Zeit aufgefressen. Phasenweise war er bis spät in die Nacht unterwegs wegen irgendwelcher Aktionen.«

»Wie haben Sie sich eigentlich kennengelernt?«

»Auf einer Veranstaltung des Umweltvereins Bayerwald. Es ging um ein Abholzprojekt. Da fiel mir Lukas auf, weil er hartnäckig nachfragte und am Ende mit seinen Kommentaren die Versammlung sprengte. Die Organisatoren waren sichtlich genervt. Das hat mir imponiert. Danach bin ich mit ihm ins Gespräch gekommen, und er hat mich in ein Café eingeladen. Dort haben wir ewig gequatscht und die Zeit vergessen. So fing es an.«

»War Florian Toller auch bei der Veranstaltung?«

»Klar doch. Er war der Diskussionsleiter. Florian hatte

sich danach bei Lukas über dessen Auftritt beschwert, er fand es unsolidarisch, wie Lukas sich verhalten hatte, und war entsprechend angefressen.«

»Und warum wohnen Sie hier und nicht in Passau?«, fragte Baltasar. »Das wäre für die Uni doch viel praktischer.«

»In meinem ersten Semester hatte ich ein Untermietzimmer in Hacklberg. Aber dann hab ich von einer Freundin von diesem Sacherl gehört, das billig zu mieten sei. Man müsse nur selber renovieren. Da habe ich nicht lange überlegt und zugegriffen. Ein Haus auf dem Land war immer mein Traum.«

»Und wie finanzieren Sie Ihr Leben, wenn ich fragen darf?« Baltasar nahm einen Schluck Kaffee. Er schmeckte bitter, Baltasar goss etwas Milch nach.

»Meine Eltern unterstützen mich. Sie wohnen in München. Ab und zu jobbe ich als Bedienung in einem Lokal. Ich brauch nicht viel zum Leben, ich bin genügsam. Dieser ganze Konsumwahn muss nicht sein. Wir sollten mit unseren Ressourcen verantwortungsvoll umgehen. Dazu gehört auch der Abschied von dieser Wegwerfphilosophie.«

»Wissen Ihre Eltern von Lukas' und von Ihrem Umweltengagement?«

»Was denken Sie, Herr Pfarrer? Ich bin volljährig und kann tun, was ich will. Dafür brauche ich keine Genehmigung!« Sarah Koch war lauter geworden.

»Dennoch reden Töchter mit ihren Eltern.«

»Mutter hat mich vor einem halben Jahr besucht, da war ich noch nicht mit Lukas zusammen. Ich hab ihr schon erzählt, dass ich verschiedene Projekte unterstütze. Aber sie hat sich, glaub ich, mehr dafür interessiert, ob ich genug zu essen habe und im Studium gut vorankomme.«

»Und wie sieht's im Studium aus?«

»Ich werde meinen Abschluss machen. Und wenn es ein Jahr länger dauert – was soll's. Aber deswegen sind Sie nicht gekommen, Herr Senner. Wir wollten Lukas' Sachen durchsehen.« Sie stand auf. »Kommen Sie, ich zeig Ihnen alles.«

Sie gingen in das Zimmer, das gegenüber der Küche lag.

»Nutzen Sie auch den Dachboden zum Wohnen?« Baltasar deutete auf eine Klappe an der Decke.

»Platz genug wär oben schon«, sagte Sarah Koch. »Aber da habe ich nur Gerümpel deponiert.«

Das Schlafzimmer war spartanisch eingerichtet: ein Futon, ein Stuhl, ein Schrank. Links und rechts davon: Bücher, Gläser und eine Lampe.

»Das war Lukas' Platz.« Sie strich das Kissen glatt. »In dem Buch hat er zuletzt gelesen.« Aus ihrer Stimme klang Wehmut.

Das Buch trug den Titel »Die Kunst des Krieges«, ein Klassiker, verfasst von dem chinesischen Philosophen und Strategen Sunzi im fünften Jahrhundert vor Christus.

»Ungewöhnliche Lektüre«, meinte Baltasar.

»Lukas war ganz begeistert davon«, sagte Sarah Koch. »Ich hatte den Eindruck, er kannte den Text auswendig. Besonders die Tipps, wie man einen Gegner besiegt, indem man ihn ausspioniert und seine Schwächen ausnutzt, hatten es ihm angetan. Er meinte, es sei das beste Lehrbuch für seine politische Arbeit.« Sarah Koch rückte den Stuhl zurecht, über dessen Lehne eine Hose und ein Hemd geworfen waren. »Das sind seine Klamotten.«

»Wollen Sie die Sachen nicht wegpacken?«, fragte Baltasar.

»Ich … Ich bin noch nicht so weit.« Sie zupfte an der Kleidung.

»Aber Sie müssen sich mit dem Gedanken beschäftigen, Abschied zu nehmen«, sagte Baltasar.

»Schon, ich weiß. Und doch …« Sie öffnete den Schlafzimmerschrank und zeigte auf die obersten Fächer. »Da sind seine Sachen drin. Viel ist es nicht.«

»Wollen Sie seine Sachen gleich zurechtlegen?«, fragte Baltasar. »Falls die Polizei danach fragt. Und Lukas' Eltern wünschen wahrscheinlich ebenfalls die persönlichen Dinge ihres Sohnes.«

»Legen wir alles aufs Bett«, sagte die Studentin. »Später sortiere ich die Sachen.«

Gemeinsam räumten sie Jacken, Hemden, Hosen und Unterwäsche heraus. Im Wesentlichen war es funktionelle Kleidung ohne Vorliebe für irgendwelche Marken.

In einer Hemdtasche fand Baltasar einen verschmutzten Zettel, er steckte ihn ein. In der Gesäßtasche einer Jeans beulte etwas aus – ein verpacktes Kondom.

Sarah Koch schien überrascht, als sie das Präservativ sah. Sie steckte es ein.

»Das … Das gehört … Lukas«, stotterte sie, obwohl die Tatsache offensichtlich war. »Wir … Das ist doch nichts Besonderes, oder?«

»Ist es nicht«, antwortete Baltasar. Er fragte sich, ob die

junge Frau das Kondom zum ersten Mal sah. Wenn es so war, dann ließ sie es sich nicht weiter anmerken.

»Fertig«, sagte sie. »Gehen wir an den Schreibtisch.«

Der Nachbarraum war eine Mischung aus Rumpelkammer und Arbeitszimmer. In einem Regal stapelten sich Bücher und Hefte. Seltsam geformte Knochen, Wurzeln und Steine waren in einer kleinen Glasvitrine ausgestellt, als wären es kostbare Schmuckstücke. Über den Boden zerstreut mehrere Paar Sportschuhe, alte Zeitungen stapelten sich in einer Ecke. Eine Stereoanlage stand auf den dazugehörigen Lautsprecherboxen.

Die Stirnseite der Wand beherrschte eine überdimensionale Landkarte des Bayerischen Waldes, verschiedene Stellen waren mit Stecknadeln markiert. Daneben pinnten Pläne aus dem Grundbuchamt, auf denen Flurstücke verzeichnet waren. Einzelne Stellen waren farbig umrahmt, eine dickere Linie zog sich quer darüber. Wie Baltasar nach genauerem Studium erkannte, war es der Trassenverlauf der künftigen Umgehungsstraße. An der Schmalseite hingen mehrere Fotos an der Wand, die Lukas Fliegl beim Sport mit Freunden zeigten oder während einer Demonstration.

Eine alte Tischlerplatte, ruhend auf zwei Säulen aus Bierkästen, bildete den Schreibtisch. Er wurde beherrscht von einem Computermonitor und Papieren, die das Holz fast komplett verdeckten. Ein Gymnastikball diente als Sitzgelegenheit.

»Woran hat Lukas zuletzt gearbeitet?«, fragte Baltasar.

»Ich weiß es nicht genau«, sagte Sarah Koch. »Normalerweise bewahrte er die aktuellen Sachen im Schuhkarton auf.« Sie holte eine Schachtel hervor, die hinter den Bierkästen stand: Zeitungsartikel, Kopien von Buchseiten und handschriftliche Notizen.

»Wenn Sie wollen, mache ich Fotos davon«, sagte Baltasar. »Falls die Polizei alles beschlagnahmen sollte …«

»Nur zu.«

Er fotografierte jedes Blatt, auch die Papiere auf dem Schreibtisch. Ein Bogen fiel ihm durch die mehrfarbigen Marker auf. Anscheinend eine Kalkulation, eine Liste von Zahlen, daneben kaum lesbare Namen. Waren das Gewinne, Preise oder Umsätze? Hatte Lukas Fliegl die Kosten für den Bau der Umgehungsstraße kalkuliert?

»Ist das Ihr Computer oder der von Lukas?«, fragte Baltasar.

»Meiner, aber Lukas hat ihn oft benutzt. Er hatte noch einen eigenen Laptop und einen Tablet-PC.«

»Was ist darauf von ihm gespeichert?«

»Er hat ihn meistens zum Surfen im Internet genutzt und zum Verwalten seiner Fotos und seiner Musik. Sehen wir doch einfach nach.« Sarah Koch schaltete das Gerät ein und rief verschiedene Dateien auf. »In dem Ordner sind seine Fotos, in dem anderen die Musik. Seltsamerweise finde ich keine Dateien mit seinen Texten.«

»Vielleicht im Papierkorb?«

Sarah Koch klickte das entsprechende Symbol an.

»Nichts«, sagte sie. »Komisch, ich dachte, er hätte einiges abgespeichert. Ich ziehe Ihnen die Fotos auf einen Speicherstick, mir wäre lieb, wenn Sie die Bilder für die

Eltern heraussuchen und sie ihnen mitbringen, wenn Sie sie besuchen. Da würde ich mich besser fühlen.«

»Waren Sie seitdem online?«

»Nur kurz, um Nachrichten über den Todesfall abzurufen.«

»Könnten Sie freundlicherweise die Chronik des Browsers aufrufen und ausdrucken, damit wir sehen, auf welchen Webseiten Lukas zuletzt war?«

»Ich kopiere alles auf den Stick.« Sarah Koch machte sich an die Arbeit.

»Darf ich fragen, ob Sie sonst noch persönliche Sachen von Ihrem Freund haben?«, fragte Baltasar. »Ich finde, er hatte sehr wenige private Dinge hier – oder täusche ich mich, und das ist nur eine Generationenfrage, und das Sammeln und Besitzen kommt erst mit dem Alter.«

»Das ist eine Einstellungssache«, sagte Sarah Koch. »Wenn Sie mir die Frage erlauben, Herr Pfarrer, lebten nicht Jesus und seine Jünger auch extrem bescheiden? Die hatten doch wenig Interesse an weltlichen Dingen, dachten nur an ihre Mission, ihre große Aufgabe – genau wie Lukas.«

13

Vom Küchenfenster aus sah Baltasar, wie ein Wagen im Pfarrhof vorfuhr. Zwei Männer stiegen aus: die Kriminalkommissare Wolfram Dix und Doktor Oliver Mirwald aus Passau. Er ging hinaus und lud die beiden zu einer Tasse Kaffee ein.

»Wir sind nicht hier fürs Kaffeekränzchen«, sagte Mirwald. »So erfreulich ist unser Besuch nicht, wie Sie sich denken können.«

»Das können wir im Sitzen besser besprechen.« Baltasar bot ihnen einen Platz am Küchentisch an. Er servierte Kaffee von der Kanne, die Teresa eigentlich für die Kirchenbesetzer vorgesehen hatte. Dann stellte er ein Tablett mit Cupcakes auf den Tisch, rote, blaue und grüne Klumpen, er hatte vorsichtshalber noch keinen getestet.

Es war ein Rezept, das seine Haushälterin in einer Frauenzeitschrift gelesen hatte und unbedingt ausprobieren wollte. Selbst Baltasars Einwand, ein normaler Rührkuchen würde es doch auch tun, wischte sie beiseite.

»Bitte, bedienen Sie sich.« Baltasar schob seinen Besuchern das Tablett hin. Immerhin waren die Bonsaikuchen mit optisch ansprechender Glasur verziert und mit Schokostreuseln und Gummibärchen dekoriert.

»Herr Senner, wie wir leider erfahren mussten, befinden sich Beweismittel in Ihrem Besitz«, begann Wolfram Dix.

»Nicht dass das etwas Neues wäre«, ergänzte Mirwald. »Aber nach all der Zeit haben wir wirklich gedacht, Sie wären klüger geworden.«

»Ach, Sie meinen den Rucksack des Ermordeten«, sagte Baltasar. »Sie sollten mir lieber dankbar sein, denn ich habe ihn extra für Sie sichergestellt.«

»Was …?« Mirwald blickte überrascht drein.

»Frau Koch hat ihn mir gegeben mit der Auflage, ihn Ihnen auszuhändigen, was ich hiermit tue.« Baltasar verschwand und holte den Rucksack. »Stellen Sie sich vor, meine Herren, die Kirchenbesetzer hätten sich das Stück geschnappt, dann wäre das Beweismittel futsch gewesen. Sie sehen also, ich habe ganz in Ihrem Sinn gearbeitet.«

»Haha, sehr komisch«, sagte Mirwald. »Wird das jetzt eine Märchenstunde? Und natürlich haben Sie das Beweismittel auch nicht geöffnet.«

»Ich habe nachgesehen, ob etwas Wichtiges drin sein könnte, das war nicht der Fall. Selbstverständlich habe ich von Ihnen gelernt und Handschuhe getragen, um keine Fingerabdrücke zu hinterlassen.«

Oliver Mirwald nahm einen Kuchen und biss hinein. Baltasar wartete, ob sich eine Reaktion zeigte. Nichts. Der Kommissar kaute ruhig weiter. Baltasar kostete selbst ein Stück. Es schmeckte ganz passabel, ein wenig trocken, aber dafür hatte er ja den Kaffee.

»Das ist aber nur ein Teil der Geschichte«, sagte Wolfram Dix. »Wir haben erfahren, Sie waren bereits bei einer Zeugin, bei Frau Sarah Koch, und haben Sachen des Opfers angesehen.«

»Ich habe der jungen Frau lediglich auf ihren Wunsch hin geholfen, die Dinge ihres Freundes zu sortieren. Ich habe nichts mitgenommen.«

»Immer eine passende Antwort parat, das muss man Ihnen lassen, Herr Senner«, sagte Mirwald.

»Um es gleich anzufügen: Ich werde auch die Eltern des Verstorbenen besuchen, sie wollen es so«, sagte Baltasar. »Sind Sie wegen der genauen Todesumstände schon weitergekommen? Eine vielversprechende Spur?«

»Wir dürfen und wollen Ihnen nichts sagen«, meinte Mirwald und nahm sich einen zweiten Kuchen.

»Nur so viel: Die Verwundungen stammen von einer

scharfen Klinge, wahrscheinlich von einem Cuttermesser, wie man es beim Schneiden von Papier und Karton benutzt«, sagte Dix. »Der Täter muss von hinten an sein Opfer herangetreten sein und ihm so den tödlichen Schnitt zugefügt haben. Todeszeitpunkt gegen zwei Uhr dreißig nachts, plus/minus eine halbe Stunde.«

»Kommt auch eine Frau als Täterin infrage?«

»Eindeutig ja. Es brauchte dafür keine besondere Kraft, der tödliche Angriff wurde überraschend ausgeführt, das Opfer hatte keine Gelegenheit, sich zu wehren.«

»DNA-Spuren?«

»Jede Menge. Ebenso Fingerabdrücke. Anscheinend haben viele Leute den Bus benutzt. Unsere Forensiker arbeiten noch dran.«

»Und Zeugen?«

»Da stehen wir noch am Anfang«, sagte Wolfram Dix. »Bisher hat sich niemand bei uns gemeldet. Wir verhören die Beteiligten an der Kirchendiskussion und an der Rauferei und natürlich die Bunaba-Mitarbeiter. Auch wenn wir nicht wollen, Hochwürden, dass Sie sich in unsere Arbeit einmischen, so lehnen wir Ihre Unterstützung beim Auftreiben weiterer Zeugen nicht ab. Reden Sie mit den Leuten hier, sprechen Sie die Gottesdienstbesucher an.«

Die Eltern des Ermordeten hatten sich tatsächlich bei Baltasar gemeldet und um einen Besuch gebeten. Er war mit seinem VW Käfer zu der angegebenen Adresse gefahren, in ein Wohngebiet außerhalb von Regensburg, eine Siedlung mit stattlichen Einfamilienhäusern und gepflegten Gärten.

Die Fliegls wohnten in einem Bungalow aus den sechziger Jahren. Auf sein Klingeln öffnete sich die Gartentür mit einem Summen. Eine Frau mit kurzgeschnittenen Haaren, Ende fünfzig, empfing ihn.

»Schön, dass Sie Zeit fanden, Herr Senner. Ich bin Martha Fliegl. Bitte kommen Sie herein.« Sie trug einen schwarzen Pullover und eine schwarze Hose.

Im Flur hingen unzählige Schilder aus Blech und Emaille, die Straßennamen in verschiedenen Sprachen, sogar mit japanischen Schriftzeichen, zeigten. Eine »Via Condotti« fand sich ebenso wie eine »Baywater Street« oder eine »Schustergasse«. Die Schilder waren verwittert und angestoßen.

»Eine ungewöhnliche Sammlung«, sagte Baltasar. »Wo bekommt man solche Stücke her? Aus dem Internet? Vom Flohmarkt?«

»Die haben wir von unseren Reisen mitgebracht«, sagte ein Mann in schwarzer Jeans und weißem Hemd, der aus der Küche kam. Er stellte sich als Herbert Fliegl vor. Sein kurzgeschorenes Haar war ergraut, er trug eine Nickelbrille mit runden Gläsern, was ihm das Aussehen eines alternden Rockmusikers verlieh.

Herbert Fliegl deutete auf die Schilder. »Für solche Erinnerungen zahlen wir grundsätzlich nicht.«

Baltasar überlegte, ob der Mann damit andeuten wollte, dass all diese Souvenirs geklaut waren. Sie nahmen im Wohnzimmer Platz, schwarze Ledercouch, viel Glas und echt aussehende Drucke von Miró und Chagall.

»Was wollen Sie trinken, Herr Senner, Wasser, Espresso mit Bohnen aus Kolumbien, ein alkoholfreies Bier oder Mango-Lassi?«

Baltasar entschied sich für einen Espresso und ein Wasser. Auf dem Wohnzimmertisch stand ein Porträtfoto des Verstorbenen, geschmückt mit einem Trauerflor. Martha Fliegl bemerkte seinen Blick.

»Unser armer Junge, so früh …« Ihre Stimme war von Schmerz getränkt. »Ich hatte noch so viel, was ich hätte Lukas sagen wollen. Aber nun …«

Aus der Küche waren das Geräusch des Mahlwerks des Kaffeeautomaten zu hören und das Klirren von Tassen.

»Ich … Ich kann es immer noch nicht fassen«, fuhr sie fort. »Er war so lebensbejahend, hatte so viele Pläne. Und plötzlich ist alles vorbei, Lukas ist für immer weg.« Sie schluckte. »Mein Junge … wer kann so was getan haben, sagen Sie es mir, Herr Pfarrer. Wer ist zu so was fähig?«

»Ich weiß es nicht.« Baltasar spürte Trockenheit in seinem Mund. »Wenn Sie an Gott glauben, kann Ihnen die Bibel Trost spenden.«

»Wir sind nicht religiös, Herr Pfarrer.« Herbert Fliegl kam mit einem Tablett herein und stellte es ab. »Und unser Sohn war es auch nicht.« Er rückte das Foto gerade. »Trost finden wir erst, wenn wir den Verbrecher hinter Gittern sehen – oder tot. Wir mussten bereits nach Passau und den Leichnam unseres Sohnes identifizieren«, sagte Herbert Fliegl. »Als ich Lukas so daliegen sah, so friedlich und doch so der Gewalt ausgeliefert, da packte mich eine Wut, eine fürchterliche Wut.« Seine Stimme klang gepresst. »Die beiden Beamten, dieser Herr Dix und sein Kollege Doktor Mirwald, haben uns bereits befragt. Ich hatte den Eindruck, die Polizei tappt noch völlig im Dunkeln.«

»Die Beamten haben viel Erfahrung mit Mordermittlungen, sie werden den Täter schon finden«, sagte Baltasar.

»Da bin ich mir nicht so sicher«, antwortete Herbert Fliegl. »Diesen Eindruck machten die Herren nicht auf mich. Aber etwas anderes, Herr Senner: Wie wir hörten, haben Sie in der Vergangenheit bereits bei der Aufklärung von Mordfällen geholfen.«

»Ich bin Geistlicher.«

»Na, na, nicht so bescheiden. Ich hätte nichts dagegen, wenn Sie sich umhören, Herr Senner. Wo doch das Verbrechen direkt vor Ihrer Haustür geschehen ist. Man sollte nicht alles der Obrigkeit überlassen, sondern die Dinge selbst in die Hand nehmen.« Sein Tonfall drückte Entschlossenheit aus.

»Hmm.« Baltasar wusste nicht, was er darauf sagen sollte.

»Wir haben jedenfalls bereits einen Anwalt eingeschaltet, einen scharfen Hund, der Druck auf die Polizei macht, damit wir bei den Ermittlungsergebnissen auf dem Laufenden bleiben.«

»Hat Ihr Anwalt schon Einsicht in die Akten genommen?«

»Nein, aber ich habe ihn angewiesen, ständig dranzubleiben«, sagte Herbert Fliegl.

»Bitte, erzählen Sie uns von den letzten Stunden von Lukas«, sagte Martha Fliegl. »Wie haben Sie unseren Sohn erlebt?«

Baltasar berichtete von der Diskussion und der Kirchenbesetzung.

»Solche Aktionen sehen meinem Sohn ähnlich.« Der Tonfall des Vaters war getragen von Stolz. »Immer einen Einfall, immer seinen Willen durchsetzen.«

»Sag das nicht, Herbert«, meinte seine Frau. »Vielleicht haben gerade diese Wesenszüge unseren Lukas das Leben gekostet.«

Sie schwiegen.

»Wussten Sie über seine jüngsten Aktivitäten Bescheid?«, fragte Baltasar nach einer Weile.

»In die Einzelheiten hat uns Lukas nicht eingeweiht«, sagte sein Vater. »So oft haben wir uns auch nicht gesehen. Er hielt Distanz, er war ein Mensch, der seine Freiheit und Unabhängigkeit brauchte. Das haben wir respektiert. Wir haben regelmäßig die Berichte im Internet verfolgt.«

»Und fanden Sie das in Ordnung?«

»Prinzipiell ja. Ich meine damit nicht unbedingt die Themen, auf die sich Lukas gestürzt hat. Obwohl ich einige Dinge durchaus okay finde. Mir hat vielmehr die Grundhaltung meines Sohnes imponiert: aufstehen für die Gerechtigkeit, sich nicht von seinem Weg abbringen lassen – auch gegen Widerstände.«

»Glauben Sie, dass Ihr Sohn jemanden so provoziert hat, dass derjenige …?«

»Was heißt glauben? Wir wissen es!«

Martha Fliegl nickte zustimmend.

»Das haben wir den Herren Kommissaren auch schon gesagt«, erklärte Herbert Fliegl. »Die haben es zu Protokoll genommen, aber das war's dann auch.«

»Worum geht es?«

»Als wir das letzte Mal mit ihm telefoniert haben …«

»Wann war das?«

»Zwei Tage, bevor er … Jedenfalls sagte Lukas, er fühle sich bedroht. Er klang wirklich besorgt, sonst ist er eigentlich nicht der ängstliche Typ.«

»Hat Lukas Gründe genannt?«

»Wir haben nachgefragt, aber er wollte nichts sagen, meinte, er müsse die Sache selber klären. Hätte er nur …« Herbert Fliegls Stimme brach ab.

»Warum ist er damit nicht zur Polizei gegangen?«

»Lukas und Polizei? Das ist wie Feuer und Wasser«, sagte Herbert Fliegl. »Das kann ich nachvollziehen, ich war auch mal jung und rebellisch. Und welche Polizei würde auf einen vagen Verdacht hin aktiv werden? Das sehen wir ja bei diesen Passauer Kriminalisten.«

»Haben Sie eine Vermutung, um was es sich gehandelt haben könnte?«

»Es kann nur die grausame Konsequenz seiner Arbeit gewesen sein. Da macht man sich nicht nur Freunde.«

»Wir haben Lukas nicht weiter bedrängt«, sagte Martha Fliegl. »Vielleicht hätten wir das tun sollen, und er wäre noch am Leben …«

Ihr Mann legte den Arm um sie. »Du kennst doch unseren Sohn, Martha. Das hätte nur das Gegenteil bewirkt. Wir sollten uns keine Vorwürfe machen.«

»Hatte Ihr Sohn gelegentlich schon früher davon erzählt, dass er Feinde hat?«

»Nicht in der Richtung, wie Sie meinen, Herr Senner«, sagte Herbert Fliegl. »Er war jemand, der versuchte, Probleme allein zu lösen. In diesem Fall war das wohl ein Fehler.«

»Ich denke, es ist noch zu früh, über die Motive des Täters zu spekulieren«, sagte Baltasar.

»Aber das liegt doch nahe. Ich wünschte nur, ich hätte mehr mit meinem Sohn darüber gesprochen.«

»Haben Sie schon über die Beerdigung nachgedacht?«, fragte Baltasar.

»Unser Sohn soll eingeäschert und bei uns in Regensburg begraben werden«, sagte Martha Fliegl. »So ist er wenigstens jetzt in unserer Nähe. Wir sind, wie gesagt, in keiner Kirche. Aber Herbert und ich hatten gedacht …« Sie sah ihren Mann an, er nickte. »Könnten Sie einen Gedenkgottesdienst für Lukas abhalten, Herr Senner? Schließlich war er mit Ihnen und Ihrer Kirche verbunden. Da halten wir es nur für angemessen, dass es an diesem Ort einen würdigen Abschied gibt. Lukas soll in guter Erinnerung bleiben.«

14

Lukas Fliegls Eltern hatten sich weiße Rosen gewünscht, als Symbol der Revolution, verteilt in Vasen. Direkt neben dem Altar stand eine Säule, auf der ein Foto des Verstorbenen platziert war, umrahmt von Efeu und Lorbeer.

Zu diesem besonderen Anlass hatte Baltasar einen bayerischen Waldweihrauch ausgewählt, der würzige Duft erfüllte den Altarraum.

Am Morgen hatte er noch eine Kopfschmerztablette genommen. Eine nie gekannte Nervosität hatte sich seiner bemächtigt wie ein Fieber. Schließlich fand heute die erste Messe seit der Kirchenbesetzung statt.

Zugleich sollte es ein Gedächtnisgottesdienst für den Ermordeten sein. Pressevertreter hatten sich angemeldet, auch ein Abgesandter des Bischofs wollte kommen, wahrscheinlich als Kontrolleur.

Die Orgel setzte ein.

Das Flüstern und Räuspern der Besucher erstarb. Die Gemeinde hob an zum Gesang.

Ich hab nun überwunden
Kreuz, Leiden, Angst und Not
durch seine heiligen Wunden
bin ich versöhnt mit Gott.

Wenn meine Kräfte brechen
mein Atem geht schwer aus
und kann kein Wort mehr sprechen
Herr, nimm mein Seufzen auf.

Zu dieser Sonntagsmesse hatten die Kirchgänger ihr bestes Gewand hervorgeholt, die Herren fast durchweg im schwarzen Anzug und mit Krawatte, die Frauen in dunklen Kostümen oder Kleidern. Halsketten, Ohrringe und Broschen stachen hervor, einige trugen Hüte mit abenteuerlichen Dekorationen.

Baltasar konnte sich nicht erinnern, die Kirche je so voll gesehen zu haben. Die Menschen drängten sich auf den Bänken, sie standen in den Seitenschiffen und beim Haupteingang.

Die Lokalprominenz saß wie immer in der ersten Reihe. Bürgermeister Wohlrab mit seiner Frau, Sparkassendirektor Trumpisch mit Frau, Vereinsvorsitzende und der Leiter der Freiwilligen Feuerwehr. In der Mitte die Eltern von Lukas Fliegl. Dahinter Parteivorsitzende, Doktor Heinz Hummel vom Landratsamt, die Metzgersleute Hollerbach.

Wenn mein Herz und Gedanken
zergehen wie ein Licht
das hin und her tut schwanken
wenn ihm die Flamm gebricht.

Baltasar gab seinen Gehilfen ein Zeichen, das Turibulum zu schwenken, um den Weihrauch besser zu verbreiten. Seine Ministranten waren gewöhnungsbedürftig, für ihn genauso wie für die Kirchenbesucher, eine Premiere: Es waren die jungen Bunaba-Aktivisten, die sich in seiner Kirche eingenistet hatten.

Sarah Koch sah adrett aus in der Ministrantenkleidung, Jonas Zimmermann dagegen verzog das Gesicht, als würde er Essig gurgeln.

»Lächeln«, raunte Baltasar seinen zwei Helfern zu.

Zu seinen besonderen Ministranten war er nur mit Mühe gekommen. Gemeinsam mit Teresa war er am Vorabend in die Kirche gegangen und hatte die Besetzer besucht. Die Haushälterin hatte Schinkensemmeln und Schnittlauchbrote verteilt und war dann wieder gegangen.

Baltasar hatte den jungen Leuten erklärt, dass am nächsten Tag diese besondere Ehrung für Lukas Fliegl stattfinden sollte.

»Dazu brauche ich eure Hilfe«, sagte er.

»Gerne, um was geht's?« Wolfgang Behr sah misstrauisch drein.

»Ich bitte euch, mir beim Gottesdienst als Ministranten zur Hand zu gehen.«

Die Bunaba-Anhänger sahen ihn an, als hätte er gerade einen obszönen Witz erzählt.

»Habe ich recht verstanden, wir sollen …« Wolfgang Behr runzelte die Stirn.

»Sie wollen uns wohl verarschen.« Jonas Zimmermann lachte.

»Abgefahren«, sagte Sarah Koch.

»Es ist mein Ernst«, sagte Baltasar. »Ich habe sonst niemanden, keinen Ersatz, meine normalen Ministranten sind ausgefallen.« Was nicht ganz stimmte, aber Baltasar bat den Allmächtigen im Stillen um Vergebung für diese Notlüge.

»Fragen Sie jemanden aus Ihrer Gemeinde«, sagte Wolfgang Behr. »Da finden Sie jede Menge guter Katholiken.« Er sprach die letzten Worte mit einem ironischen Unterton.

»Das ist doch eine Schnapsidee«, meinte Jonas Zimmermann. »Totaler Quark. Wir sind doch nicht hier, um …«

»Sie sind in einer Kirche«, unterbrach ihn Baltasar, »und nicht auf einem Campingplatz! Außerdem: Hat Ihr Freund es nicht verdient, dass Sie ihm zum Abschied einen letzten Dienst erweisen?«

Die jungen Leute schwiegen.

»Trotzdem Unsinn«, sagte Jonas Zimmermann. »Mit so was haben wir keine Erfahrung.«

»Brauchen Sie auch nicht«, antwortete Baltasar. »Aber man braucht Verstand – und den haben Sie mit Ihren Aktionen zur Genüge bewiesen. Außerdem haben sich Lukas' Eltern, die selbst Atheisten sind, die Teilnahme seiner engsten Freunde gewünscht.« Das entsprach ebenfalls nicht ganz der Wahrheit, aber wenn er sich schon mal die Fakten zurechtbog, kam es auf eine Schwindelei mehr oder weniger auch nicht an.

»Ich weiß nicht«, meinte Sarah Koch.

»Auf keinen Fall!«, sagte Wolfgang Behr. »Das ist nicht meine Show.«

»Es wird Sie in der Verkleidung als Ministrant niemand erkennen«, sagte Baltasar. »Und wenn es Einzelne wider Erwarten bemerken, ist es für das Bunaba-Image doch nur positiv.«

»Wie kommen Sie denn auf so was?«, sagte Jonas Zimmermann.

»Denken Sie daran, dass Sie auf einer politischen Mission sind«, sagte Baltasar. »Mit diesem Auftritt als Ministranten demonstrieren Sie, dass Sie Religionen nicht nur tolerieren, sondern aktiv fördern.«

»Ach?«, meinte Wolfgang Behr.

»Sie müssen strategischer vorgehen, wie Politiker«, sagte Baltasar. »Im Bayerischen Wald ist praktisch jeder in der katholischen Kirche. Das wird Ihnen und Ihrer Bewegung eine Menge Sympathiepunkte einbringen.«

»Wir können uns doch nicht innerhalb weniger Stunden in Ministranten verwandeln«, sagte Sarah Koch. »Ich wüsste auch gar nicht, was man da zu tun hat.«

»Das ist nicht schwer zu lernen. Sie alle waren vermutlich zumindest in Ihrer Kindheit in der Kirche und haben gesehen, wie das abläuft. Außerdem erhalten Sie von mir einen Schnellkursus, gleich im Anschluss, wenn Sie wollen.« Baltasar sah jeden Einzelnen an. »Also, geben Sie sich einen Ruck – Lukas zuliebe.«

»Ich mach's«, erklärte Sarah Koch.

»Meinetwegen«, sagte Jonas Zimmermann. »Für Lukas. Hoffentlich werde ich nicht vor Scham im Erdboden versinken.«

»Ich passe – das geht gegen meine Prinzipien«, sagte Wolfgang Behr.

»Ich will niemanden dazu zwingen«, sagte Baltasar. »Eins noch: Die Zelte müssen während der Messe verschwinden. Wir erwarten viele Besucher, da wird es eng.«

»Geht's noch?«, sagte Wolfgang Behr. »Hab ich mir gleich gedacht, dass Sie uns reinlegen wollen, Herr Pfarrer. Sie wollen uns nur aus der Kirche haben.«

»Sie können Ihre Zelte nach dem Gottesdienst wieder aufbauen. Versprochen.«

»Das soll ich glauben?«

»Sie haben mein Wort als katholischer Geistlicher. Akzeptieren Sie das?«, fragte Baltasar.

Am Ende verfrachteten sie die Zelte vorübergehend in die Sakristei, Baltasar suchte passende Messgewänder für seine Ministranten aus und übte mit ihnen die wichtigsten Abläufe und Bewegungen.

Alsdann lass sanft und still
O Herr, mich schlafen ein
nach deinem Rat und Willen
wenn kommt mein Stündlein.

Die Musik verklang. Baltasar fand, seine Helfer machten ihre Sache ganz gut. Er hatte Wolfgang Behr im Seitenschiff gesehen, versteckt hinter anderen Besuchern. Auch die übrigen Bunaba-Aktivisten standen irgendwo beim Eingang.

Er sah Victoria Stowasser. Ihr hatte er einen Spezialauftrag gegeben, den Apparat dazu hatte er von seinem Freund Philipp Vallerot geliehen. Es schien zu funktionieren, Victoria Stowasser machte ihm unauffällig ein Zeichen.

Der Gottesdienst verlief ohne besondere Vorkommnisse. Kein lästiger Zwischenruf, keine Störung. Niemand war eingeschlafen, selbst die betagte Dame nicht, die sonst für gewöhnlich die Augen schloss, als wolle sie der Musik lauschen, in Wirklichkeit aber ein Schläfchen hielt.

Nach dem Segen eilte er nach draußen, seine Ministranten verschwanden verabredungsgemäß in der Sakristei.

»Ergreifende Predigt, wie immer«, sagte der Bürgermeister Xaver Wohlrab. »Man könnte meinen, dieser junge Mann war ein Heiliger.«

»Er war auch nur ein Mensch, wie wir alle. Gibt es schon was Neues bei den Ermittlungen zum Schweinemord?«

»Die Polizei hat Wichtigeres zu tun. Der richtige Mord hat Vorrang, was auch verständlich ist. Aber ich werde nicht aufgeben, diesen Grattler krieg ich schon noch. Und dann …«

»Wie geht es nun weiter mit dem Bauprojekt?«

»So traurig dieser Todesfall auch ist, deswegen lassen wir uns von unserer Umgehungsstraße nicht abbringen«, sagte der Bürgermeister. »Es wäre doch gelacht, wenn es nicht zu einem guten Ende käme.«

Martha und Herbert Fliegl bedankten sich bei Baltasar für den Gottesdienst.

»Anfangs waren wir nicht sicher, ob diese Messe wirklich eine gute Idee war«, sagte Martha Fliegl, »aber nachdem wir das jetzt alles miterlebt haben, wissen wir, es war genau die richtige Entscheidung. Das hätte unserem Lukas auch gefallen.«

»Ich habe übrigens meinen Anwalt angewiesen, Sie laufend mit Informationen über den Fortgang des Verfahrens zu versorgen«, sagte Herbert Fliegl. »Wir fühlen uns wohler, wenn noch eine zweite Stelle außer diesen Kriminalern aus Passau ein Auge auf die Fakten hat und mögliche Pannen oder Widersprüche erkennt. Diese Polizisten sind auch nicht unfehlbar und machen Dinge, die sich als wenig zielführend herausstellen. Also scheuen Sie sich nicht, Herr Senner, dranzubleiben und uns sofort zu verständigen, wenn es Informationen gibt oder wir aktiv werden sollen.«

Sie verabschiedeten sich und gingen.

»Haben Sie sich mit den beiden schon verbündet?«, fragte eine bekannte Stimme hinter seinem Rücken. Sie gehörte dem Kommissar Oliver Mirwald.

Baltasar drehte sich um. »Mehr Respekt vor dem

Schmerz der Eltern des Ermordeten bitte«, sagte er. »Die beiden suchen einen Weg, mit der Trauer fertigzuwerden. Und ich habe Verständnis dafür, dass sie den Täter überführt sehen wollen.«

»Wie deren Anwalt, ein giftiger Hund übrigens, unserer Dienststelle mitgeteilt hat, will er, dass Sie in die Ermittlungen einbezogen werden«, sagte Mirwalds Kollege Wolfram Dix. Er schüttelte den Kopf. »Ideen haben die Leute heutzutage.«

»Ich vermute, die Ermittlungen haben bisher keine neuen Erkenntnisse gebracht«, sagte Baltasar.

»Nonsens!«, sagte Mirwald. »Wir sammeln Puzzleteile und setzen sie irgendwann zu einem Bild zusammen. Das erfordert Geduld und Disziplin.«

»Deshalb sind wir hier«, sagte Dix. »Wir sehen uns alle Besucher des Gottesdienstes genau an. Schließlich könnte der Mörder darunter sein.«

»Glauben Sie wirklich?«

»Das ist gar nicht so unwahrscheinlich. Falls ein Einheimischer der Täter war, könnte er sich unter die Kirchgänger gemischt haben.«

»Und wenn es ein Externer war, jemand, der zufällig auf Lukas Fliegl traf?«

»Das können wir nicht ausschließen«, sagte Wolfram Dix. »Aber bisher weist keine der Spuren in diese Richtung. Gegen einen Raubüberfall spricht die Tatsache, dass nichts gestohlen wurde. Ein Mann in einem klapprigen Campingbus ist auch nicht gerade ein vielversprechendes Ziel für jemanden, der auf Geld aus ist.«

Baltasar kam ein anderer Gedanke. »Hatte Lukas Fliegl

in der Vergangenheit mit jemandem Streit, etwas, was aktenkundig ist?«

»Wir würden Ihnen ja gerne antworten, Hochwürden.« Mirwald grinste. »Aber da Sie neuerdings einen Anwalt haben, fragen Sie den doch.«

»Nur so viel: Es lohnt sich nachzuhaken«, ergänzte Dix. »Übrigens, Gratulation, Sie sind diese Kirchenbesetzer losgeworden. Ich weiß zwar nicht, wie Sie das gemacht haben, aber Respekt.«

»Es ist nicht alles so, wie es scheint«, antwortete Baltasar. »Ich muss mich jetzt um die anderen Kirchenbesucher kümmern, schönen Tag noch.«

Er sah, wie ihm Daniel Moor vom Passauer Ordinariat winkte.

»Sie also sind der Judas, der für den Bischof spionieren soll«, sagte Baltasar.

»In der Tat hat mich Seine Exzellenz beauftragt, hierherzufahren, alles anzusehen und ihm nachher zu berichten«, sagte Daniel Moor. »Gott sei Dank kennt er unsere besonderen Kontakte nicht. Sie sehen also, Herr Senner, Sie hätten es schlimmer treffen können.«

»Die Absichten des Bischofs sind schlimm genug.«

»Aber Sie haben doch dieses kleine Problem mit der Bunaba-Truppe in Ihrem Gotteshaus lösen können, wie ich gesehen habe. Das ist doch was.«

»Leider ist das nicht die Lösung, sondern nur ein vorübergehender Waffenstillstand«, antwortete Baltasar.

»Sagen wir es so: Ich werde Seiner Exzellenz nur das berichten, was ich gesehen habe«, sagte Daniel Moor. »Ich werde die schöne Messe loben und die vielen Gottesdienstbesucher erwähnen. Schön wäre natürlich, Sie würden meine Fantasie mit einer Extraration Ihres Spezialweihrauchs anregen, Herr Senner, oder besser gleich zwei Päckchen. Kostenlos, versteht sich. Dann fallen mir sicher noch mehr positive Details ein, die meinen Bericht schmücken könnten.«

»Gut, das Geschäft gilt. Das ist mir die Sache wert«, sagte Baltasar. »Ich brauche in nächster Zeit dringend Ruhe vor meinem Vorgesetzten und will ihm keinen Vorwand liefern, mich wieder nach Passau einzubestellen.«

Baltasar sah einen Zeitungsreporter, der sich durch die Menge zwängte, offenbar suchte er ihn.

»Herr Moor, halten Sie diesen Pressevertreter auf und verwickeln Sie ihn in ein Gespräch.« Ohne die Antwort abzuwarten, ging Baltasar zu Sparkassendirektor Trumpisch und seiner Frau, darauf achtend, nicht von dem Journalisten gesehen zu werden.

»Endlich wieder ein Gottesdienst ohne Schlägereien«, sagte Alexander Trumpisch mit einem Augenzwinkern, »alles ganz normal, wie man es bei Ihnen gewohnt ist – wie langweilig.«

»Eine normale Messe war das nicht«, widersprach seine Frau. »Es ging immerhin um das Opfer eines Gewaltverbrechens. Und das direkt auf dem Kirchengelände.«

»Auf dem Parkplatz«, sagte Baltasar.

»Die Menschen schrecken heutzutage vor nichts mehr zurück«, fuhr Elisabeth Trumpisch fort.

»Immerhin ist die Kirche wieder sauber, und diese Fanatiker sind verschwunden«, sagte der Bankdirektor. »Wobei ich mir eingebildet hab, Ihre Ministranten sahen aus wie welche von denen. Aber das kann nicht sein.«

»Wie stehen die Geschäfte?« Baltasar versuchte, das Thema zu wechseln.

»Kommt darauf an, ob die neue Umgehungsstraße genehmigt wird«, antwortete Alexander Trumpisch. Er schien abgelenkt und nickte einem Mann zu, der in der Nähe mit Heinz Hummel vom Landratsamt in ein Gespräch vertieft war. Der Mann flüsterte dem Beamten etwas ins Ohr, beide lachten. Daneben stand eine Frau Mitte zwanzig mit halblangem blondem Lockenhaar. Ihre Kleidung sah teuer aus, sie trug eine auffällige Goldkette mit einem Anhänger aus Edelsteinen.

»Wer ist das?«, fragte Baltasar. Er erinnerte sich, sie bei der Informationsveranstaltung im Pfarrhof gesehen zu haben.

»Josef Grabner, Bauunternehmer aus der Gegend. Das neben ihm ist seine Tochter Marlies.«

»Ist er mit Herrn Hummel verwandt oder befreundet?«

»Von einer Verwandtschaft weiß ich nichts«, sagte der Bankdirektor. »Aber Sie wissen doch, wie das bei uns ist: Hier kennt jeder jeden, man redet miteinander, trinkt ein oder zwei Bier zusammen.«

»Bei den Gottesdiensten ist mir die Familie Grabner noch nicht aufgefallen«, sagte Baltasar.

»Die Grabners wohnen auch woanders. Sie gehören nicht zu Ihren Schäfchen«, sagte Trumpisch.

»Ist er ein Kunde von Ihnen?«

»Darauf darf ich nicht antworten, Hochwürden, der verflixte Datenschutz«, sagte der Bankdirektor. »Aber wenn Sie als Geistlicher mich fragen, so antworte ich wahrheitsgemäß: Könnt schon sein.«

Teresa kam heran und zupfte Baltasar am Ärmel. »Da will jemand beichten. Jetzt sofort«, raunte sie ihm zu.

Baltasar verabschiedete sich. Gerade als er die Kirche betreten wollte, hielt ihn ein Mann mit Notizblock und Stift auf.

»Herr Senner, ich bin von der Presse. Haben Sie einen Moment für ein Statement?«

»Tut mir leid, ich habe unaufschiebbare seelsorgerische Pflichten. Könnten Sie mich anrufen?«

Vor dem Beichtstuhl wartete ein junger Mann, in Jeans und schwarzem Hemd. Baltasar kannte ihn: Es war Paul Brunner, der Sohn des Landwirtes Ignaz Brunner. Er war früher Ministrant bei ihm gewesen, nun musste er etwa vierzehn Jahre alt sein. Die Familie wohnte etwas außerhalb des Ortes.

»Du hast es ja eilig«, sagte Baltasar. »Aber bitte.«

Er nahm im Innern des Beichtstuhls Platz, wartete, bis er den Beichtenden hinter dem Gitter hörte. Baltasar sprach die gewohnten Gebetsformeln.

»Also, was bedrückt dich?«

»Ich hatte sündige Gedanken, Herr Pfarrer.«

»Wer hat das nicht in deinem Alter.« Baltasar dachte an seine eigene Jugend.

»Ich … Ich hab mich in ein Mädchen verguckt.«

»Das ist doch in Ordnung und kein Grund zum Beichten.«

»Ja … Aber … Ich hab sie heimlich beobachtet und bin ihr nachgeschlichen.«

»Und hast du sie auch angesprochen?«

»Ich? Nein … Nein, Gott bewahre. Das hab ich mich bisher nicht getraut. Aber berührt hab ich sie.«

»Wie das?«

»Auf Ihrer Pfarrhofveranstaltung hab ich sie gesehen und bin wie zufällig an ihr vorbeigegangen. In dem Gedränge hab ich meine Hand über ihre Seite gleiten lassen. Sie hat es gar nicht mitgekriegt. Es hat sich gut angefühlt.«

»Und, willst du noch mit ihr reden?«

»Ich glaub nicht, sie ist mit jemand anderem zusammen. Sie gehört zu dieser Kirchenbesetzertruppe.«

Baltasar horchte auf. »Wie sieht das Mädchen aus?«

Der junge Mann beschrieb sie. Danach musste es Anna Hillwein sein, die Studentin aus Regensburg.

»Ich hab noch andere Sachen gemacht«, fuhr Paul Brunner fort. »Ich hab sie heimlich gefilmt. Mit meinem Handy.«

Baltasar fragte sich, was sonst noch kommen würde.

»Und … Und dabei sind auch einige Szenen, wo der Typ zu sehen ist, der ermordet wurde«, sagte der junge Mann. »Und noch jemanden habe ich gesehen, aber ich glaube, der ist nicht auf dem Video.«

»Wie sah dieser Jemand aus?«

»Da hab ich null Peilung. Ich war zu weit weg, und es war schon fast dunkel. Der hatte sich außerdem hinter einem Auto versteckt.«

»Dann musst du sofort die Polizei informieren. Du bist ein Zeuge.«

»Das will ich nicht!«, zischte der Teenager durchs Gitter. »Ich will mit denen nichts zu tun haben. Stellen Sie sich vor, Hochwürden, wie das klingt, wenn ich das Ganze so wie jetzt erzähle. Dann würde ich sofort als Stalker, als Spanner verhaftet werden.«

»So dramatisch ist es nicht.«

»Sagen Sie das denen! Nein, auf keinen Fall will ich, dass mein Name da auftaucht. Hochwürden, das müssen Sie mir versprechen!«

»Dich schützt das Beichtgeheimnis.«

»Gut, ich vertraue auf Sie, Herr Pfarrer.« Paul Brunner atmete hörbar aus. »Erteilen Sie mir die Absolution?«

Baltasar sprach die jahrhundertealten Worte und verordnete dem Beichtenden zehn Ave-Maria als Buße und trug ihm auf, Mädchen künftig lieber direkt anzusprechen und seine Schüchternheit hinunterzuschlucken.

»Amen«, tönte es aus dem Gitter.

»Die Dateien hab ich kopiert. Ich lass hier was für Sie liegen.«

Baltasar hörte, wie der junge Mann ging. Er trat heraus und sah nach.

Auf dem Holzsims des Beichtgitters lag ein Speicherchip.

15

Wenn er geglaubt hatte, am nächsten Morgen würde alles besser werden, so hatte er sich getäuscht. Teresa begrüßte ihn am Frühstückstisch mit den Worten: »Die beiden Zelte stehen wieder in der Kirche. Soll ich den Studenten trotzdem noch Kaffee und ein Tablett mit Marmeladensemmeln bringen?«

»Wir wollen keine Unmenschen sein«, sagte Baltasar. »Ich helfe Ihnen beim Tragen.«

Im Eingangsbereich der Kirche, am gewohnten Platz, hatten sich die jungen Leute einen provisorischen Tisch aufgebaut.

»Und, was war das für ein Gefühl, als Ministrant zu dienen?«, fragte Baltasar.

»Besch…eiden«, sagte Jonas Zimmermann. »Ständig schauen einen die Leute an, wie ein Nachtgespenst kommt man daher. Wenigstens scheint mich auf die Distanz niemand erkannt zu haben.«

Sarah Koch verteilte den Kaffee und die Semmeln. »Ich fand's ungewohnt, als stünde ich auf einer Bühne. Die Besucher waren erkennbar ergriffen von der Messe. Im Nachhinein muss ich sagen, der Gedenkgottesdienst war eine gute Idee. Lukas hätte es gefallen.«

Baltasar sah sich um. »Wo ist eigentlich Ihre Genossin Anna Hillwein?«

»Ist nach Hause gefahren, ihre Klamotten waschen«, sagte Wolfgang Behr. »Haben Sie heute schon die Zeitung gelesen, Herr Senner?«

Baltasar verneinte. Wolfgang Behr reichte ihm die Seite:

Bewegender Abschied vom Mordopfer

Die Menschen drängten sich anlässlich der Messe für Lukas Fliegl, Opfer des jüngsten Gewaltverbrechens. Seine Eltern, Martha und Herbert Fliegl, nahmen schweigend an der Zeremonie teil. Wolfram Dix von der Mordkommission Passau sagte am Rand der Veranstaltung, die Ermittlungen dauerten an, für konkrete Ergebnisse sei es noch zu früh. Bürgermeister Xaver Wohlrab und Doktor Heinz Hummel vom Landratsamt erklärten, sie sähen das Bauprojekt nun »auf gutem Weg«. Dagegen erklärte Wolfgang Behr, kommissarischer Leiter des Bunaba, der Kampf gegen die Umgehungsstraße gehe weiter, »mit allen erforderlichen Mitteln«. Das habe der Verstorbene so gewollt.

»Sie übernehmen also das Erbe von Lukas Fliegl«, sagte Baltasar. »Das ging ja schnell.«

»Wir mussten handeln und haben uns gestern zusammengesetzt. Die Abschiedsfeier für Lukas war gewissermaßen ein Schlusspunkt. Wir werden ihn immer in guter Erinnerung behalten, aber wir müssen jetzt auch nach vorne blicken, gerade in der aktuellen Situation, unsere Feinde ruhen nicht. Sie haben es gerade selbst gelesen, Herr Pfarrer.«

»Wolfgang soll's machen«, sagte Jonas Zimmermann. »Er hat die meiste Erfahrung und hat am engsten mit Lukas zusammengearbeitet. Wir werden uns mit den anderen treffen und einen förmlichen Beschluss fassen, wie es die Bunaba-Satzung vorsieht. Aber das ist nur Formsache.«

Zurück im Pfarrhaus setzte sich Baltasar an den Computer. Er rief die Dateien auf, die er von dem Beichtenden erhalten hatte. Es waren Videosequenzen von unterschiedlicher Länge. Die Aufnahmen waren teilweise verwackelt und unscharf, erkennbar mit einem Handy aufgenommen.

Der erste Clip zeigte die Zelte in der Kirche mit den Bunaba-Aktivisten, vermutlich aufgenommen von einem Versteck. Der Ton war von Störgeräuschen überlagert.

Lukas Fliegl war zu erkennen, er redete auf Sarah Koch ein, gestikulierte mit den Händen. Es sah aus wie ein Streit. Sarah Koch verschwand im Zelt, ihr Freund blieb draußen stehen. Anna Hillwein unterhielt sich mit Wolfgang Behr und ging dann nach draußen.

Das zweite Video war offenbar zuvor aufgenommen worden, es war der Bunaba-Stand im Pfarrhof zu sehen. Lukas Fliegl und Wolfgang Behr diskutierten mit den Besuchern. Anna Hillwein ordnete im Hintergrund Prospekte. Die Kamera ging näher heran, zeigte, wie sich die junge Frau die Haare aus dem Gesicht strich und einem Passanten ein Faltblatt reichte.

Im dritten Video folgte die Kamera Anna Hillwein auf dem Weg durch die Menge im Pfarrhof. Der Teenager musste bei seiner Aufnahme nur wenige Schritte hinter ihr gegangen sein. Einige Schwenks zeigten den Stand des Landratsamtes mit Heinz Hummel und das Zelt des Umweltvereins Bayerwald.

Anna Hillwein blieb dort stehen – die Kamera hielt ebenfalls an – und begrüßte Florian Toller.

»Heute schon was verkauft?« Sie kicherte über ihren Witz.

»Du musst gerade reden«, antwortete der Vereinsvorsitzende. »Du mit deinen hoffnungslosen Revolutionären und deinem Bandenchef. Wie du weißt, haben Revolutionäre ein kurzes Leben, sie enden unter der Guillotine.«

Baltasar stoppte die Wiedergabe. Hatte Florian Toller damit das spätere Mordopfer gemeint? Wusste – oder ahnte – er mehr als andere?

Die nächsten Bilder zeigten Anna Hillwein wieder beim Bunaba-Stand. Sie beugte sich vor, zog Lukas Fliegl zu sich heran und flüsterte ihm etwas ins Ohr. Dann schlenderte sie weiter, sah sich die Auslagen vom Landratsamt an und kaufte sich bei Victoria Stowasser ein Getränk.

Der letzte Clip war in der Dämmerung aufgenommen. Es waren mehrere Autos zu sehen, die auf dem Parkplatz vor der Kirche standen. Auch der VW Bus war zu erkennen. Es dauerte, bis die Kamera scharf gestellt hatte, der Teenager hatte sich wohl hinter eins der Fahrzeuge geduckt und filmte nun durch die Autoscheiben.

An der Ecke standen zwei Gestalten. Sie küssten sich. Es waren Anna Hillwein und Lukas Fliegl. Er hatte seine Hände um sie gelegt. Das Bild fing an zu zittern und wurde schwarz. Der Teenager hatte aufgehört zu filmen. Oder hatte er Baltasar nicht alle Videodateien gegeben? Was war danach passiert?

Baltasar beschloss, Anna Hillwein direkt zu fragen, und trug seiner Haushälterin auf, ihm Bescheid zu geben, wenn die Studentin wieder auftauchte.

Nach zwei Stunden war es so weit. Er ging hinaus und erwischte sie gerade noch, als sie ihr Auto absperrte.

»Frau Hillwein, einen Moment.«

Die Studentin stellte ihren Einkaufskorb ab. Schokolade und Limonadenflaschen lagen darin und mehrere zusammengefaltete Kleidungsstücke.

»Hochwürden, was gibt's?«

»Wenn es Ihnen nichts ausmacht, würde ich mich gern mit Ihnen über Lukas Fliegl unterhalten.«

»Meinetwegen, gehen wir in die Kirche zu den anderen.«

»Ich würde lieber kurz mit Ihnen allein sprechen.«

»Warum? Ich hab keine Geheimnisse vor den anderen.«

»Vielleicht doch.« Die Studentin sah ihn seltsam an. »Wissen Sie, Frau Hillwein, ich möchte gerne mehr über Lukas erfahren. Und unter vier Augen redet es sich ungezwungener. Seine Eltern haben mich beauftragt, Informationen aller Art zu sammeln und die Kriminalpolizei zu unterstützen. Ihnen ist doch auch daran gelegen, den Mörder so schnell wie möglich zu fassen.«

»Natürlich.« Sie verschränkte die Arme und schien abzuwarten, was als Nächstes kam.

»In welcher Beziehung standen Sie zu Lukas, wenn ich fragen darf?«

»Das habe ich doch schon der Polizei gesagt, wir waren Freunde.« Leichter Unwillen mischte sich in ihre Worte.

»Welche Art von Freundschaft war es?«

»Freunde eben. Nicht mehr und nicht weniger.«

»Kannten Sie ihn schon lange?«

»Vielleicht ein Jahr. Es war auf einer Studentenparty in Regensburg. Er kreuzte dort auf, ich weiß nicht mehr, mit wem, und sprach über seine geplanten Aktionen. Das interessierte mich eben.«

»Sind Sie deswegen dem Bunaba beigetreten?«

»Auch, ja. Die Ziele überzeugten mich, und ich hatte das Gefühl, die richtigen Leute treiben die Sache voran.«

»Mit richtigen Leuten meinen Sie Lukas.«

»Natürlich. Aber wir sind insgesamt eine gute Truppe. Also hören Sie, Hochwürden, bei allem Verständnis: Was soll diese ganze Fragerei?«

»Ich komme gleich zu einem wichtigen Punkt«, sagte Baltasar. »Zeugen haben Sie beide auf dem Parkplatz gesehen – Sie waren eindeutig mehr als nur Freunde.«

Vor Überraschung ließ Anna Hillwein die Arme sacken. »Wer sagt denn so was?«

»Belassen wir es dabei: Sie wurden beobachtet. Und, was hat es damit auf sich?«

Die Studentin sah ihn an. »Herr Senner, was ich Ihnen sage, muss unter uns bleiben. Ich will nicht wegen so was in irgendwelchen Mordprotokollen auftauchen.«

»Das kann ich Ihnen nicht versprechen. Wenn es wichtig für die Ermittlungen der Polizei ist …«

»Ich baue trotzdem auf Ihre Diskretion, Hochwürden. Es war nur eine harmlose Schmuserei auf dem Parkplatz. Es hat sich aus der Situation heraus ergeben.«

»Das müssen Sie mir näher erklären.«

»Na, ich ging aus der Kirche raus und hab Lukas dort getroffen. Er war in seinem Campingbus gewesen.«

»Was hat er dort gewollt?«

»Ich weiß es nicht. Wir haben kurz darüber gesprochen, was für ein milder Abend es doch wäre und ob ich mich mit meinem Schlafsack in der Kirche bereits eingerichtet hätte. Dann plauderten wir über dies und das. Er kam näher, strich mir eine Strähne aus dem Gesicht, und da ist es dann passiert – wir haben rumgeknutscht.«

»Nicht mehr?«

»Sie meinen, ob wir miteinander geschlafen haben?«

Anna Hillwein lachte. »Sie haben eine Fantasie, Herr Pfarrer. Wir haben nur ein wenig rumgemacht, dann ist er zurück in die Kirche gegangen. Das war alles.«

»Sie haben sich auch später nicht mehr getroffen?«

»Ich bin dann auch zurück in die Kirche und dort geblieben. Da können Sie die anderen fragen.«

»Und hatte sich früher schon einmal etwas zwischen Ihnen ergeben?«

»Einmal auf einer Feier. Aber ebenso harmlos.«

»Indiskret gefragt: Wollten Sie, dass mehr daraus wird?«

»Sagen wir mal so: Lukas war ein attraktiver, charmanter Mann, der damit eine gewisse Wirkung auf Frauen ausübte. Ich sehe das nicht so eng. Aber es bleibt eine hypothetische Frage.«

»Aber Lukas hatte eine Freundin, Sarah Koch, die ebenfalls zu der Zeit in der Kirche war. Ist das nicht schäbig, der Freundin hinter ihrem Rücken den Freund auszuspannen, auch wenn es nur ›rummachen‹ war?«

»Da gehören immer zwei dazu. Lukas war da kein Kind von Traurigkeit, sah das entspannt. Und was Sarah angeht, zwischen beiden gab es an diesem Abend Streit.«

»Das höre ich zum ersten Mal. Niemand hat bis jetzt etwas darüber gesagt. Die Information könnte auch für die Polizei wichtig sein.«

»Bei uns ist Solidarität nicht nur eine Worthülse. Wenn etwas innerhalb der Gruppe nicht funktioniert, dann versuchen wir, das intern zu regeln. Da beziehen wir sicher niemanden von außen mit ein, schon gar nicht die Bullen.«

»Um was ging es bei dem Streit?«

»Ich war nicht direkt dabei. Fragen Sie doch jemand anders.«

16

Sein Freund Philipp Vallerot hatte ihn am Abend angerufen und ihm mitgeteilt, die Auswertung der Daten auf dem Tablet-Computer des Opfers sei nun vollständig. Baltasar hatte eine Kiste Rotwein aus einem Kloster in der Toskana mitgebracht, ein Geschenk der Mönche als Gegenzug für eine Weihrauchlieferung.

»Und, wo sind die Papiere?«, fragte Baltasar.

»Um Himmels willen, bist du altmodisch«, sagte Philipp. »Ich habe dir die Dateien auf einen Speicherstick gezogen, die kannst du auf deinem Computer zu Hause anschauen – falls du dein Gerät bedienen kannst. Im Zweifel hilft dir dein oberster Vorgesetzter, der Große Außerirdische, wenn du ihn lieb darum bittest.«

»Bemerkenswert, dass gerade du den Himmel anrufst«, antwortete Baltasar. »Du kannst natürlich nicht wissen, dass es dort oben keine Computerprobleme gibt. So was muss der Teufel erfunden haben. Also, was ist?«

»Da ich mir schon so was gedacht habe, hier meine Auswertung in gedruckter Form.« Philipp legte einen Stoß Blätter auf den Tisch. »Damit habe ich bestimmt ein wenig zum Sterben eines Baumes aus dem Bayerischen Wald beigetragen. Deine Umweltschützer sähen das sicher nicht so gern.«

»Und was ist das alles?« Baltasar breitete die Papiere aus.

»Also lesen musst du schon selbst«, sagte sein Freund und trank einen Schluck Wein. »Es hat etwas länger gedauert, aber das Passwort des E-Mail-Postfachs war schwieriger zu knacken, als es ursprünglich aussah.«

»Und ich dachte immer, es gäbe für dich keine Hindernisse in der Computerwelt.«

»Ich brauchte eine andere Software, mit der hat es am Ende funktioniert. Es ist nur eine Frage der Zeit.«

»Dann wird die Polizei wohl auch bald Zugriff auf Lukas Fliegls elektronische Post haben?«

»Wie gesagt: Es ist nur eine Frage der Zeit.«

Philipp Vallerot sortierte die Blätter zu mehreren Haufen. »Hier die E-Mails, dort die Fotos, und der Rest sind andere Dateien.«

Die Liste der E-Mails bestand hauptsächlich aus der Korrespondenz zwischen den Bunaba-Aktivisten: Anweisungen, Vorschläge oder Diskussionsbeiträge. Baltasar suchte nach persönlich gefärbten Mitteilungen.

»Es sind auffallend wenige.« Er legte die Ausdrucke zur Seite.

»Möglicherweise hatte Lukas Fliegl Sorge, jemand könnte seine Mails entdecken, und hat deshalb nur Belangloses schriftlich festgehalten«, meinte Philipp Vallerot. »Dadurch gibt es wenig Belastbares, was auf ihn zurückfallen könnte. Vermutlich wird er alles Wichtige nur mündlich besprochen haben. Eine sehr geschickte Strategie, um sich nicht angreifbar zu machen und in Deckung zu bleiben.«

Zwei Mails an Wolfgang Behr fielen aus dem Rahmen. Sie waren zwei Wochen vor Lukas Fliegls Tod abgeschickt worden. In dem ersten Schreiben warf er seinem Mitstreiter vor, er weiche immer mehr von den Zielen der Bewegung ab.

»Ich weiß nicht, auf welchem Trip du unterwegs bist, aber es ist definitiv nicht der Bunaba-Weg«, hieß es. »Du musst jetzt mit dem Irrsinn Schluss machen.«

Die Antwort Wolfgang Behrs fiel knapp aus: »Das bildest du dir nur ein, Lukas, du bist derzeit etwas gestresst. Ich stehe voll hinter den Bunaba-Zielen.«

Die zweite Mail strotzte nur so von Vorwürfen. Es klang ein wenig wirr. Kernpunkt der Klagen waren wiederum Wolfgang Behrs angebliche Eskapaden und sein gewaltsames Vorgehen bei Aktionen, was dem Bunaba schadete. Eine Antwort war nicht gespeichert, wahrscheinlich hatte Behr direkt mit seinem Freund gesprochen.

Die wenigen Mails an Anna Hillwein bezogen sich auf Veranstaltungen, Aufgaben und Bunaba-Treffen. Wenn Lukas Fliegl schon länger ein Verhältnis mit ihr gehabt haben sollte, so war es aus den Zeilen nicht herauszulesen.

Dagegen enthielten die Schreiben an Sarah Koch zahlreiche Liebesbekundungen und Kosenamen. Die letzte Mail an sie war drei Wochen alt.

Die Fotosammlung enthielt Aufnahmen von politischen Aktivitäten: Die Bunaba-Gruppe streckte lachend ein Protestplakat in die Kamera, Lukas Fliegl auf einem Baukran, eine Fahne schwenkend. Menschen auf einer Feier im Freien, mit Bierflaschen in der Hand.

Einige Fotos zeigten Sarah Koch beim Baden, sie stand nackt im Wasser, die Brüste mit den Händen bedeckt und den Fotografen anlächelnd.

Eine andere Gruppe von Aufnahmen drehte sich um Gebäude und Landschaften. Es war nicht zuzuordnen, warum die Fotos gemacht worden waren und an welchem Ort.

»Ich kann ein Bilderkennungsprogramm laufen lassen«, sagte Philipp Vallerot. »Sieht aus wie Spionageaufnahmen beim Ausspähen von Zielobjekten.«

Eine Datei zeigte keine Menschen oder Landschaften, sondern ein Dokument. Es war ein Brief, ohne Absender und Unterschrift. Ein Angebot war kurz skizziert: dreißigtausend Euro für eine »Neuausrichtung des politischen Engagements auf andere Projekte«. Das Geld sei eine »Entschädigung« für den bisherigen Aufwand. Eine E-Mail-Adresse war der einzige Hinweis auf den Kontakt.

»Ist das ein Bestechungsversuch?«, fragte Philipp Vallerot. »Sollte Lukas gegen Bezahlung die Finger von der Umgehungsstraße lassen?«

»Um was es sich handelt, steht hier nicht«, sagte Baltasar.

»Das E-Mail-Postfach könnte jeder eingerichtet haben. In Lukas' Mails ist nicht ersichtlich, dass er an diese Adresse geschrieben hat.«

»Dafür ist das aufschlussreich.« Baltasar tippte auf eine Liste von Namen. Daneben mehrere Spalten mit den Überschriften »Wert des Engagements«, »Immobilien« und »Sonstiges«.

Es war mehr als ein Dutzend Namen, vermutlich die Eigentümer der Grundstücke, über die die neue Umgehungsstraße führen sollte. Viele Spalten hinter den Namen waren leer oder mit einem Fragezeichen versehen.

Vallerot rief die Kopie der Originaldatei auf seinem Computer auf und studierte die Details. »Das hat Lukas erst zwei Tage vor seinem Tod erstellt.«

Einige Namen stachen Baltasar sofort ins Auge: Xaver Wohlrab, der Bürgermeister der Gemeinde, der Sparkassendirektor Alexander Trumpisch, Doktor Heinz Hummel vom Landratsamt und der Bauunternehmer Josef Grabner.

Als Baltasar nach Hause spazierte, war es längst dunkel geworden. Der Wind konnte die Schwüle nicht vertreiben, es roch nach Moos und Wald. Das Licht aus den Fenstern der Häuser warf Flecken auf die Straßen.

Nur ein hektisches Flackern störte die Idylle. Es kam vom Rathaus. Baltasar beschleunigte seinen Schritt.

Auf dem Rathausplatz stand ein Polizeiauto mit Blaulicht. Mobile Scheinwerfer tauchten die Fassade des Gebäudes in grelles Licht. Schaulustige hatten sich davor versammelt. Alle starrten an die erleuchtete Wand.

Links von der Eingangstür hing etwas an einer Schnur. Baltasar ging nahe heran.

Es war ein totes Huhn, an den Füßen aufgehängt.

Die Federn um den Halsbereich waren blutverschmiert, der Boden darunter war dunkel verfärbt. Auf der Wand stand in großen roten Buchstaben:

Warnung an die Straßen-Freunde

Der Bürgermeister redete auf die Polizisten ein.

»Ich fordere eine präzise Aufnahme der Spuren, Fingerabdrücke, DNA-Proben, die ganze Palette. Als wenn es ein Mord an einem Menschen wäre. Sie müssen endlich den Täter finden!« Die Stimme Xaver Wohlrabs überschlug sich. »Wie gut, dass Sie hier sind, Hochwürden«, rief er. »Sehen Sie sich diese Sauerei an.«

»Wer hat das Tier entdeckt?«, fragte Baltasar.

»Eine Frau aus der Nachbarschaft, sie hat mich gleich angerufen. Dieses Verbrechen kann nicht lange her sein.« Der Bürgermeister drehte sich um und begutachtete die Gaffer auf dem Platz. »Vielleicht ist der Täter noch anwesend und beobachtet uns heimlich.«

Baltasar sah sich den Kadaver genauer an. Es war eine andere Schnur als bei dem toten Schwein, auch war er sich nicht sicher, ob der Schnitt durch den Hals mit derselben Klinge ausgeführt worden war.

»Zumindest sieht es danach aus, dass es der gleiche Täter wie bei der Sau war«, sagte Baltasar.

»Das sieht ganz nach einem Fanatiker aus«, sagte Wohlrab. »Der gönnt uns den Frieden in unserer Gemeinde nicht und will jetzt Aufruhr entfachen, der Anarchist.«

»Jemand wird schon was gesehen haben«, sagte Baltasar.

»Mir geht das unheimlich an die Nieren«, sagte der Bürgermeister. »Erst das Schwein, dann die Kirchenbesetzer, danach der ermordete junge Mann und nun ein geschlachtetes Huhn. Langsam kommt mir selbst die Mordlust hoch. Wenn ich diesen Kerl erwische, dann …« Er machte eine Bewegung, als wolle er jemanden erwürgen.

»Gott sei Dank ist es nur ein Huhn«, sagte Baltasar, »und kein Mensch.«

17

Die Namensliste vom Computer des Ermordeten hatte Baltasar keine Ruhe gelassen. Fanden sich hier Hinweise auf den Mörder? Schließlich ging es um viel Geld, für Immobilienbesitzer konnte die Nutzung von Äckern oder Wiesen als Baugrund einen Vermögenszuwachs im Millionenbereich bedeuten.

Er beschloss, der Sache auf den Grund zu gehen, und vereinbarte einen Termin mit Doktor Heinz Hummel. Beim Ordinariat in Passau erkundigte er sich, ob das Bistum Grundstücke in der Nähe der geplanten Trasse besaß. Tatsächlich gehörte der Diözese ein Feld, das eine Bäuerin ohne Nachkommen vor Jahrzehnten der Kirche vermacht hatte. Das Grundstück war klein und verpachtet, aber es war nicht allzu weit entfernt von der künftigen Umgehungsstraße.

In einem weiteren Anruf bat er Daniel Moor, ihm eine Vertretungsvollmacht für diesen Flecken Erde zuzumailen oder zumindest ein offiziell wirkendes Schreiben. Es kostete Baltasar all seine Überredungskünste und zwei Päckchen Spezialweihrauch, bis er das Gewünschte hatte.

Im Grundbuchamt ließ er sich zuerst die öffentlich ausgelegten Dokumente zu dem Bauvorhaben zeigen und bestellte davon Kopien. Die Straßenführung beim umstrittenen Teilstück war gemäß den Unterlagen mehrmals geändert worden. Ein Bereich führte entlang eines Landschaftsschutzgebietes. Jedoch wies der aktuelle Bauplan einen Abstand zu diesem geschützten Bereich aus.

Es sah danach aus, als seien die Vorschriften eingehalten worden, doch Baltasar war kein Fachmann in solchen Fragen. Er sah sich den Detailplan mit den Flurstücken an. Die waren verschieden groß geschnitten, überall stand der Name des Eigentümers dabei. Nicht immer waren es Einzelpersonen, sondern auch Erbengemeinschaften oder Firmen wie »Bayerwald Immokonzept« oder »Rachel Verwaltungs GmbH«.

Es waren Dutzende von Namen und Adressen. Baltasar holte Lukas Fliegls Liste heraus und verglich sie mit den Angaben im Plan. Bei Bürgermeister Wohlrab, dem Sparkassendirektor Trumpisch und einigen anderen Namen stimmte es überein, andere, wie Heinz Hummel, fehlten jedoch.

Er wollte gerade Kopien in Auftrag geben, als er über einen Namen stolperte: Lukas Fliegl. Er überprüfte die Adresse, es war kein Zweifel möglich: Der junge Mann war Eigentümer eines mehrere Hektar großen Flurstücks. Laut Eintrag besaß Fliegl den Grund erst seit zwei Monaten.

Warum hatte Lukas Fliegl das Grundstück gekauft? Als politischen Hebel zur Blockade? Und woher hatte der junge Mann das Geld?

Baltasar ließ sich den Weg zu Heinz Hummel zeigen. Der Beamte residierte im obersten Stock des Verwaltungsgebäudes. Das Schild an seiner Tür wies ihn als »Abteilungsleiter Bauwesen, Umweltschutz, Naturschutz und Wasserrecht« aus.

Baltasar klopfte. Eine helle Stimme sagte: »Herein.«

Eine Frau, offenbar die Sekretärin Hummels, begrüßte

ihn. Das eigentliche Büro des Abteilungsleiters war nachgelagert, die Durchgangstür geschlossen.

Baltasar stellte sich vor. »Ich bin mit Herrn Doktor Hummel verabredet.«

»Einen Augenblick, Hochwürden.« Sie verschwand im Nachbarzimmer und kam nach wenigen Augenblicken wieder.

»Herr Doktor Hummel hat gleich Zeit für Sie.«

Die Sekretärin widmete sich wieder ihrer Zeitschrift, soweit es Baltasar erkennen konnte, las sie einen Artikel über eine Blitzdiät.

Die Tür öffnete sich, und Heinz Hummel kam heraus.

»Herr Senner, schön, dass Sie mich besuchen.« Er machte eine theatralische Geste, als wolle er seinen verlorenen Sohn begrüßen. »Kommen Sie herein in meine bescheidene Hütte.«

Sein Büro wirkte wie eine Mischung aus Bauernstube und Designerausstellung: Naturholzschränke, ein Glastisch, eine Chromlampe, ein geschnitztes Kruzifix und Ölgemälde vom Bayerischen Wald an der Wand.

»Setzen Sie sich bitte, Herr Pfarrer.« Hummel wies auf einen Stuhl vor seinem Schreibtisch. »Wie ich von meinem Kollegen gehört habe, interessieren Sie sich für Liegenschaften.«

Gut informiert, dachte Baltasar. Sein Nachrichtendienst funktionierte offenbar.

»Das leidige Thema Umgehungsstraße beschäftigt mich weiterhin«, sagte Baltasar. »Wie Sie wissen, habe ich derzeit ungebetene Besucher in der Kirche. Und dann ist da noch der Mord auf dem Parkplatz.«

»Und was hat das mit den Bauplänen zu tun?« Hummel bemühte sich um einen neutralen Tonfall, aber die Anspannung war herauszuhören.

»Wie man es auch dreht und wendet, irgendwie landet man immer bei diesem Thema. Ich will einfach besser informiert sein, damit ich bei diesen ganzen Diskussionen mitreden kann. Ich möchte mir meine eigene Meinung bilden.«

»Das ist lobenswert«, sagte Hummel. »Wissen ist Aufklärung.«

»Wissen ist Macht«, ergänzte Baltasar.

»Genau, etwas zu wissen, bedeutet Macht und Aufklärung. Ich bin froh, dass Sie sich des Themas annehmen, Hochwürden. Wir können jede Unterstützung brauchen.«

»Ich habe mir die Eigentümerstruktur bei der geplanten Bautrasse angesehen. Haben Sie eigentlich schon eine Übereinkunft mit allen Besitzern getroffen?«

»Im Wesentlichen, ja. Wir haben mit den Eigentümern verbindliche Vorverträge abgeschlossen, die uns die Kaufoption auf die Parzellen einräumen.«

»Und wenn wider Erwarten die Umgehungsstraße doch nicht gebaut wird?«

»Dann wäre diese Option natürlich hinfällig. Aber daran will ich gar nicht denken.«

»Und welcher Preis liegt den Grundstücken zugrunde?«

»Ich verstehe nicht ganz.« Eine leichte Schärfe mischte sich unter die Worte des Beamten.

»Es sind meistens Wiesen, Äcker oder Waldgrundstücke. Ist der Kaufpreis nach den Marktwerten für landwirtschaftliche Flächen vereinbart worden?«

»Das kann man nicht so pauschal sagen.« Heinz Hummel spielte mit dem Stift vor ihm auf dem Schreibtisch. »Objektiv gesehen sind die Grundstücke mehr wert. Und den Behörden ist sehr daran gelegen, mit den Eigentümern einvernehmliche Lösungen zu erzielen. Alles andere würde die Sache nur verzögern und die Baukosten weiter in die Höhe treiben – das wäre schlecht für die Bürger.«

»Also hohe Kaufpreise?«

»Ich weiß nicht, warum Sie gerade das Thema so interessiert, Herr Senner.« Der Beamte wirkte genervt. »Wie gesagt, pauschal lässt sich keine einfache Antwort geben. Aber die Grundstücke sind eh nur der kleinste Teil, betrachtet man die Gesamtkosten des Projekts.«

»Und wenn jemand nicht verkaufen will?«

»Wir haben immer noch die Möglichkeit zur Enteignung. Aber das wäre nur das letzte Mittel. Uns ist an schnellen Lösungen gelegen.«

»Wie ich gesehen habe, war der Ermordete, Herr Fliegl, seit Kurzem ebenfalls Grundstücksbesitzer. Das hat mich, gelinde gesagt, überrascht.«

»Wem sagen Sie das.« Heinz Hummel seufzte. »Wir haben leider erst davon erfahren, als der Kauf bereits notariell vollzogen war. Sonst hätten wir im Vorfeld versucht einzugreifen.«

»Und was bedeutet das konkret für das Projekt?«

»Nichts. Uns liegt bislang kein offizielles Statement von Herrn Fliegl vor. Nach seinem Ableben werden wir uns an die Erben wenden. Das kann dauern. Bis dahin haben wir längst Fakten geschaffen.«

»Demnach hat Lukas Fliegl das Grundstück bisher nicht als Druckmittel eingesetzt?«

»Nein, obwohl ich das erwartet habe. Warum sonst kauft jemand so einen Flecken Erde?«

»Es mag zynisch klingen: Demnach bringt der Tod des jungen Mannes nur Vorteile für das Bauprojekt?«

»Ich möchte diesen Mord nicht in Verbindung sehen mit unserem Vorhaben«, sagte Hummel. »Es tut mir leid um den jungen Mann, auch wenn wir zugegebenermaßen auf entgegengesetzten Seiten der Barrikaden standen.«

»Aber es liegt andererseits auf der Hand, dass damit viele Dinge einfacher werden.«

»Wenn Sie es sagen.«

»Und wie weit sind die Bauvorbereitungen gediehen?«

»Sobald das Rechtliche abschließend geklärt ist, rollen die Bagger. Wir haben keine Zeit mehr zu verlieren.«

»Ist der Bauunternehmer Grabner mit von der Partie?«

»Die Ausschreibungen laufen europaweit, wir sind da an die Vorgaben gebunden. Aber selbstverständlich wollen wir, wenn möglich, die regionalen Unternehmen daran beteiligen. Schließlich geht es auch darum, die heimische Wirtschaft anzukurbeln.«

»Sie wollen die Einheimischen bevorzugen.«

»Bevorzugen würde ich das nicht nennen. Die Arbeiten sind in mehrere Tranchen aufgeteilt, und jedes Bauunternehmen kann sich dafür bewerben. Am Ende wählen wir nach definierten Kriterien aus.«

»Wir?«

»Ich bin verantwortlich dafür, dass alles seinen geregelten Gang geht. Nicht bloß bei Bauangelegenheiten, sondern auch bei Fragen des Umweltschutzes. Deshalb ist das Projekt auch Chefsache, ich kümmere mich persönlich darum. Alles läuft über meinen Schreibtisch, und am Ende entscheide ich. Dabei weiß ich nicht nur den Landrat und die übergeordneten Behörden, sondern auch unsere Bürger hinter mir.«

»Herr Fliegl konnte sehr provozierend sein«, wechselte Baltasar das Thema.

»Ja, unsere Kirchendiskussion ist völlig aus dem Ruder gelaufen«, sagte Heinz Hummel. »Im Nachhinein tut es mir leid, dass ich mich zu einem Gefühlsausbruch habe hinreißen lassen.«

»Herr Fliegl hat das einkalkuliert«, sagte Baltasar. »Solche Organisationen arbeiten nach anderen Spielregeln als üblich. Das war wirklich eine unangenehme Auseinandersetzung. Sind Sie mit dem jungen Mann schon früher aneinandergeraten?«

»Es war das erste Mal. Bis dahin kannte ich Herrn Fliegl vor allem aus der Zeitung, wenn über eine seiner Aktionen berichtet wurde. Erst nachdem der Streit über die Umgehungsstraße hochkochte, lief mir Herr Fliegl ein paarmal bei Veranstaltungen über den Weg. Aber unser Kontakt beschränkte sich auf einige unverbindliche Worte. Wie Sie sich vorstellen können, Herr Senner, pflege ich mit solchen Leuten keinen persönlichen Umgang.«

»Und seine Mitstreiter?«

»Ich hatte mehr mit Florian Toller und seinem Umweltverein zu tun. Das ist eine renommierte Organisation, mit denen kann man vernünftig reden, trotz unterschiedlicher Positionen. Keine Krawallmacher wie die Leute vom Bunaba.« Heinz Hummel schüttelte sich. »Aber wer weiß, wie es mit diesen Westentaschenrevoluzzern weitergeht nach dem Ableben von Herrn Fliegl. Ich bin gespannt, was dieser Bunaba als Nächstes plant. Wie ich gehört habe, führt nun dieser Wolfgang Behr das große Wort. Mein Eindruck ist: Der tickt ganz anders als sein Vorgänger. Herr Grabner hatte in der Vergangenheit bereits mit diesem Herrn zu tun, der könnte Ihnen einiges erzählen.«

»Das haben Sie vermutlich nicht erwartet, bei dem Bauvorhaben auf solchen Widerstand zu stoßen.«

»Stimmt. Das Auftauchen dieses Chaotentrupps hat mich überrascht«, sagte Hummel. »Dieser Bunaba war bislang mal hier und mal da in Erscheinung getreten. Und plötzlich – wie aus dem Nichts – beißt er sich an der Umgehungsstraße fest. Die sind wie Zecken. Aber das haben Sie ja bereits am eigenen Leib erfahren mit Ihren Kirchenbeschmutzern, Herr Pfarrer. Hätten sich diese … sogenannten Studenten nicht ein anderes Ziel aussuchen können?« Er lehnte sich zurück. »Ich habe schon so viel mitgemacht, da werde ich das auch noch überleben. Außerdem hab ich nur noch fünf Jahre bis zu meiner Pensionierung. Das werde ich mir von so was nicht kaputtmachen lassen.«

18

Baltasar rief bei den Eltern des Ermordeten an. Martha Fliegl meldete sich. Er erkundigte sich nach ihrem Befinden und fragte, ob die Polizei schon neue Erkenntnisse hätte. Sie verneinte.

»Ich bin da noch auf was anderes gestoßen«, sagte Baltasar. Er berichtete von seiner Entdeckung auf dem Liegenschaftsamt. »Wussten Sie, dass Ihr Sohn dieses Grundstück gekauft hatte?«

In der Leitung blieb es still.

»Frau Fliegl?«

»Ja ... Ich ... bin nur überrascht. Das passt so gar nicht zu Lukas' Grundsätzen. Materieller Besitz ... davon hat er nie erzählt. Woher hatte er das Geld?«

»Das wollte ich Sie fragen.«

»Wir haben versucht, ihm finanziell unter die Arme zu greifen. Aber das hat Lukas abgelehnt. Dazu war er immer zu stolz, und soweit ich weiß, hatte er keinen regelmäßigen Job – und kein festes Einkommen. Bei seinen Projekten wäre fürs Geldverdienen auch wenig Zeit gewesen.«

»Haben Sie bei seinen Kontounterlagen etwas gefunden, oder würden Sie nachsehen, Frau Fliegl? Das könnte für die Polizei wichtig sein.«

»Wir haben hier keine Dokumente. Ich weiß nur, welches Konto Lukas benutzt hat, weil wir gelegentlich etwas überwiesen haben, als Spende für seine Aktionen. Das wenigstens hat Lukas akzeptiert. Aber ich habe wirklich keinen Nerv, mich darum zu kümmern, Herr Senner. Würden Sie das übernehmen? Mein Mann und ich vertrauen Ihnen. Unser Anwalt schickt Ihnen eine Vollmacht.«

»Noch eine andere Frage: Gibt es ein Testament?«

»Bislang ist nichts aufgetaucht – und die Kriminalbeamten hätten uns bestimmt davon erzählt. Es ist auch nicht gerade normal für einen jungen Menschen, in diesem Alter seinen Letzten Willen zu verfassen. Wer denkt denn daran, dass ihm was Schlimmes passieren könnte …« Martha Fliegls Stimme war von Tränen erstickt. Sie legte auf.

Philipp Vallerot hatte Baltasar neue Dokumente geschickt, Ergebnis einer Internetrecherche. Baltasar studierte die Unterlagen. Sein Freund hatte mehrere Stellen farbig hervorgehoben.

Auffälligstes Ergebnis war eine frühere Verbindung von Wolfgang Behr und Florian Toller, dem Vorsitzenden des Umweltvereins Bayerwald. Beide hatten als Freizeitkicker zusammen gespielt. In einem Interneteintrag stand, sie hatten mit ihrer Mannschaft bei einem Benefizturnier den dritten Platz belegt.

Noch ungewöhnlicher fand Baltasar ein Foto, das vor zwei Jahren aufgenommen worden war. Es war Teil eines Zeitungsartikels über die Eröffnung eines Altenheims. Vor dem mit Blumen dekorierten Eingang schüttelten sich zwei Männer die Hand: Wolfgang Behr und Bauunternehmer Josef Grabner. Im Hintergrund, eindeutig erkennbar, stand Florian Toller und lächelte in die Kamera.

Die Bildunterschrift erklärte, Wolfgang Behr und Florian Toller seien leitende Angestellte des Heims und Josef Grabner der Erbauer des Gebäudes.

Diese Verbindung war merkwürdig – schließlich lagen die Ziele der Umweltschützer und des Bauunternehmers genau entgegengesetzt.

Es war der richtige Zeitpunkt für einen kleinen Ausflug. Im Internet hatte Baltasar die Öffnungszeiten des Umweltvereins in Grafenau gesehen. Er beschloss, spontan dorthin zu fahren.

In Grafenau parkte er an der Kirche und schlenderte den Stadtplatz entlang bis zu einer Seitenstraße, in der das Büro im Erdgeschoss lag. Ein junges Mädchen begrüßte ihn. Er fragte nach Florian Toller.

»Sie haben ihn um eine Viertelstunde verpasst, er hat kurzfristig eine Führung im Naturpark übernommen und wollte sich noch vorbereiten.«

»Könnte ich da auch teilnehmen?«, fragte Baltasar.

»Natürlich«, antwortete das Mädchen. »Es geht erst in einer halben Stunde los. Ich kann Ihnen gerne noch ein Ticket verkaufen.«

Baltasar bezahlte den Betrag, ließ sich den Weg erklären und fuhr weiter. Er nahm die Route über den Ort Neuschönau, es war eine Strecke von wenigen Kilometern. Sein Ziel war das Hans-Eisenmann-Haus im Nationalparkzentrum Lusen.

Vor dem Besucherzentrum drängten sich die Touristen, die meisten in Wanderkleidung und mit Rucksäcken und Nordic-Walking-Stöcken bewaffnet. Stimmengewirr, Rufe. Baltasar entdeckte Florian Toller abseitsstehend, vor ihm eine Gruppe von rund einem Dutzend Leuten, die ihre Tickets vorzeigten.

Baltasar schloss sich an und reichte dem Vorsitzenden des Umweltvereins seine Karte.

Toller runzelte die Stirn. »Herr Pfarrer, was tun Sie denn hier? Das ist doch gar nicht Ihr Revier.«

»Ich wollte schon immer mal mehr über den Naturpark erfahren.« Baltasar lächelte. »Außerdem wollte ich mich mit Ihnen ein wenig über Lukas Fliegl unterhalten. Seine Eltern haben mich gebeten, Informationen zu sammeln.«

»Und da konnten Sie natürlich nicht widerstehen, Hochwürden.« Ironie durchzog Tollers Worte.

»Wenn es jetzt nicht passt, vertagen wir das Gespräch.«

»Schon gut, marschieren Sie einfach mit, vielleicht haben wir ein paar ruhige Minuten. Aber die Führung hat Vorrang. Die Leute erwarten schließlich was für ihr Geld.«

Er wandte sich an die Gruppe und gab einige Anweisungen, etwa zusammenzubleiben, die Wege nicht zu verlassen und keinen Abfall wegzuwerfen.

»Zuerst geht's in die Höhe.« Er gab allen ein Zeichen, ihm zu folgen.

Sie stiegen die Treppe hoch zum Baumwipfelpfad. Das war ein Steg in fünfundzwanzig Metern Höhe, der in einem eiförmigen Baumturm endete. Im Gänsemarsch folgten sie Toller bis zur ersten Kurve. Die Sonne wärmte trotz des leichten Windes.

Ihr Führer hob die Hand, alle stoppten.

»Was Sie hier sehen, ist einzigartig – und zwar in mehrfacher Hinsicht«, sagte Toller. »Das hier ist der größte Baumwipfelpfad der Welt. Und der Nationalpark Bayerischer Wald ist der älteste in Deutschland, offiziell im

Jahr 1970 eröffnet. Die damalige Schutzfläche wurde kurz vor der Jahrtausendwende fast verdoppelt. Zusammen mit dem Nationalpark jenseits der Grenze in Tschechien ist die Region das größte zusammenhängende Waldgebiet Mitteleuropas.«

Die Mitglieder der Gruppe nickten beeindruckt, einige zückten Kameras und machten Fotos.

»Warten Sie noch ein wenig mit den Aufnahmen, bei den nächsten Aussichtspunkten haben Sie eine bessere Perspektive.«

Die Gäste ließen sich davon nicht beeindrucken und fotografierten weiter.

»Und was ist das Besondere an diesen Bäumen?«, fragte eine Frau mit norddeutschem Akzent. »So was gibt's bei uns daheim auch.«

»Sie befinden sich quasi mitten in einem Urwald, die Bäume sind teilweise sehr alt. Was Sie hier sehen, ist alter Mischwald aus Fichten, Tannen und Buchen in verschiedenen Stadien des Wachstums und der Zerstörung.«

»Kaputt ist wirklich viel«, antwortete die Frau. »Auf manchen Gipfeln, wo ich war, sieht's aus wie in einer Geisterlandschaft – lauter abgestorbene Bäume.«

»Das müssen Sie differenzierter sehen.« Florian Toller hob an zu einem längeren Vortrag, demzufolge Gewitterstürme große Teile des Hochwaldes gefällt hatten. In der Folge machte sich der Borkenkäfer breit und befiel auch gesunde Bäume. Doch die Regierung beschloss, den Schädling nicht zu bekämpfen, sondern den Wald sich selbst zu überlassen, damit wieder – wie in früheren Jahrhunderten – ein Urwald entstehen könne. Deshalb sähen

Teile des Gebiets wie abgestorben aus – ein Waldsterben der besonderen Art.

Was Baltasar gelesen hatte, der Vorsitzende des Umweltvereins aber verschwieg: Diese Politik entzweite damals wie heute die Bevölkerung des Bayerischen Waldes, mehrere Vereine und Initiativen bekämpften einander – wenn auch nicht so heftig wie bei der Umgehungsstraße.

»Und was soll an abgestorbenen Bäumen gut sein?« Die Frau aus Norddeutschland blieb hartnäckig.

»Alles Lebendige wird geboren, wächst und stirbt. Das ist der Lauf der Natur. Das gilt auch für Schädlinge: Fressen und gefressen werden, das hat einen Sinn, auch wenn er sich uns nicht sogleich erschließt.« Sein Tonfall war pathetisch geworden.

Baltasar fragte sich unwillkürlich, ob Florian Toller diese Philosophie auch auf Menschen übertragen würde. Lauerten in dem Mann Abgründe, von denen niemand etwas ahnte? Die Gruppe setzte sich wieder in Bewegung. Bei einer Stelle mit mehreren Informationstafeln blieben sie stehen.

»Kurze Pause zum Lesen und für Fotos«, sagte Toller. »Wir gehen in zehn Minuten weiter.« Er wandte sich an Baltasar. »Jetzt können wir kurz plaudern.«

»Machen Sie eigentlich öfter solche Führungen?«, fragte Baltasar.

»Gelegentlich. Das lenkt mich von meiner anderen Arbeit ab.«

»Sie meinen Ihr Amt als Vorsitzender des Umweltvereins Bayerwald.«

»Das frisst am meisten Zeit. Ich arbeite auch noch in

der Verwaltung des Krankenhauses in Freyung, allerdings nur halbtags. Mein Ehrenamt beansprucht mich wegen der aktuellen Lage bei der Umgehungsstraße mehr als geplant.«

»Sie nehmen eine andere Position gegenüber dem Projekt ein als Bunaba.«

»Wir vom Umweltverein wollen eine sachliche Diskussion, in der rationale Argumente zählen und nicht nur Polemik. Das unterscheidet uns von denen. Wir sind nicht kritiklos dafür und nicht kritiklos dagegen. Es gibt Dinge, die bei dem Bauvorhaben in Ordnung gehen. Und es gibt Dinge, über die man reden muss. Das tun wir.«

»Ihr Kollege Wolfgang Behr sieht das anders. Genauso wie früher der Ermordete.«

»Für uns sind Krawall und Fundamentalopposition keine Lösung. Aktion um der Aktion willen ist mir zuwider. Man muss schon ein konkretes Ziel vor Augen haben.«

»Das sagt der Bunaba-Trupp auch: Er will den Bau verhindern.«

»Die Frage ist doch: warum? Was sind die konkreten Mängel, was müsste geändert werden? Da bleiben unsere lieben Kollegen seltsam vage.«

»Warum schließen Sie sich mit dem Bunaba nicht zusammen und machen gemeinsame Sache? Es ist doch, mit Verlaub, ein wenig ungewöhnlich, wenn jede Organisation ihr eigenes Süppchen kocht.«

»Da müssen Sie mit Wolfgang Behr reden. Ich denke, unsere politischen Positionen sind einfach zu weit auseinander. Mich stört es nicht, wenn wir getrennt marschieren.«

»Haben Sie nie einen Versuch unternommen, zu einer Kooperation zu kommen?«

»Ich hatte mit Lukas Fliegl darüber geredet. Aber durch seinen Tod hat sich die Situation geändert.«

»In welcher Hinsicht?«

»Herr Behr will von solchen Themen nichts wissen.«

»Wieso glauben Sie das? Haben Sie mit ihm bereits darüber gesprochen?«

»Man mag ihm das nicht ansehen: Aber er hat einen ausgeprägten Machtanspruch. Ich würde sogar sagen, einen Profilierungsdrang, der ungesund ist. Ich kenne ihn von früher, deshalb weiß ich, wovon ich rede.«

»Ich habe gehört, dass Sie früher befreundet waren.«

Florian Toller rümpfte die Nase. »Wer sagt so was?« Er machte seiner Gruppe ein Zeichen, sich zu sammeln. »Ich denke, wir sollten weitermachen.«

Er führte die Besucher zum Baumturm, einer Konstruktion aus Holz und Stahl, deren Rampe sich kreisförmig nach oben wand. Oben angelangt, wies Toller auf die Hausberge Lusen und Rachel und zeigte die Unterschiede im Wuchs bei Fichte, Weißtanne und Buche. Er hielt einen Vortrag über die vielfältige Vegetation des Naturparks, über Siebenstern, Frauenfarn und Reitgras. Auch seltene Vogelarten wie Auerhahn, Wanderfalke und Wespenbussard beschrieb er, ebenso wie Luchs, Wildkatze und Biber.

Am Ende appellierte Toller an alle Teilnehmer, die Natur zu achten und sich für deren Erhalt einzusetzen. Zum Abschied verteilte er ein Faltblatt des Umweltvereins Bayerwald, neue Mitglieder und Spenden seien jederzeit willkommen.

Baltasar wartete, bis sich die Gruppe aufgelöst hatte.

»Wir hatten uns über Ihre frühere Freundschaft zu Wolfgang Behr unterhalten«, sagte er zu Toller.

»Das ist unwichtig.« Der Vereinsvorsitzende schien ungehalten über die Frage.

»Warum?«

»Schnee von gestern. Ich will nicht darüber reden.«

»Ist etwas Schlimmes vorgefallen?«

»Das sind alte Geschichten, die will niemand hören.«

»Ich schon.«

»Also gut. Wir waren tatsächlich befreundet – es ist gefühlt eine Ewigkeit her. Wir hatten uns bei der Arbeit kennengelernt, unternahmen einiges gemeinsam, kickten bei Amateurfußballern. Dann gingen wir beide unsere eigenen Wege und haben uns aus den Augen verloren. Erst mit den politischen Diskussionen um das Bauvorhaben Umgehungsstraße kreuzten sich unsere Wege wieder.«

»Hatten Sie sich gestritten?«

»Es war einfach vorbei. Wir waren nie so etwas wie Blutsbrüder, wenn Sie das meinen, Hochwürden. Unsere gemeinsamen Interessen beschränkten sich auf einen kleinen Ausschnitt in unserer Freizeit.«

»Gehörte da auch der Umweltschutz dazu?«

Florian Toller überlegte. »Wolfgang war damals nicht politisch aktiv. Doch ich war bereits Mitglied im Umweltverein, ich half dort gelegentlich aus und engagierte mich für Fragen des Naturschutzes. Mit Wolfgang habe ich über solche Themen auch gesprochen, er schien interessiert, aber wenn ich mir das jetzt recht überlege, hätte ich damals nicht darauf gewettet, dass er sich jemals ernsthaft in diese Richtung entwickeln würde. Und schon gleich gar nicht beim Bunaba.«

»Was, glauben Sie, hat seine Meinung geändert?«

»Da sollten Sie ihn selber fragen. Für mich ist das nach wie vor ein Rätsel. Aber bei allen Differenzen muss ich sagen, er vergräbt sich in die Themen und versucht, bei der Umgehungsstraße ein ganz großes Rad zu drehen. Und nicht ohne Erfolg, wie die jüngsten Zeitungsartikel zeigen.«

»War das sein Erfolg oder der von Lukas Fliegl?«

»Da kenne ich mich zu wenig im Innenleben der Organisation aus. Aber Lukas war schon eine besondere Nummer. Er hatte Talent, er hatte Ideen, auch wenn er mir ziemlich sprunghaft erschien. Und die beiden lagen manchmal über Kreuz.«

»Warum glauben Sie das?«

»Das hat mir jemand aus dem Bunaba-Trupp erzählt, ich möchte nicht verraten, wer. Außerdem habe ich selbst einmal einen Streit erlebt. Es war bei einer Demo gegen Stromtrassen. Bevor es losging, haben sich die beiden im Auto gezofft, und zwar so laut, dass ich es von außen mitbekommen habe. Es ging irgendwie darum, ob man Transparente hochhalten oder lieber die Veranstaltung mit Hupen und Rasseln übertönen sollte. Wolfgang hatte für ein aggressiveres Auftreten plädiert, glaub ich.«

»Hatten Sie beide nicht auch mal denselben Arbeitgeber?«

»Stimmt. Wir waren bei einem privaten Träger von Seniorenheimen angestellt. Wobei ich dort nur halbtags beschäftigt war.«

»Was haben Sie dort gemacht?«

»Ich war gewissermaßen Mädchen für alles im Büro.« Florian Toller grinste. »Wolfgang hingegen war Geschäftsführer des neuen Heims und mein Chef. Und ich kann Ihnen sagen, Hochwürden, mit ihm als Boss war es nicht immer leicht. Er ließ einen schon spüren, wer das Sagen hat – Freund hin oder her. Ich weiß nicht, ob ich es lange mit ihm ausgehalten hätte. Aber glücklicherweise hat sich das Thema dann von selbst erledigt.«

»Warum?«

»Wolfgang hat den Job nicht lange gemacht. Kurz nach der Eröffnung hat er gekündigt, ziemlich überraschend übrigens.«

»Wissen Sie, was der Grund war?«, fragte Baltasar. »Eine Stelle als Geschäftsführer gibt man doch nicht ohne Weiteres auf.«

»Ich kann es Ihnen nicht sagen. Wir unterhielten uns im Büro natürlich darüber und spekulierten über die Gründe. Die einen sagten, er hätte sich mit dem Eigentümer zerstritten, die anderen meinten, es seien Unregelmäßigkeiten vorgefallen, und wieder andere erklärten, Wolfgang sei sowieso für diese Art von Job ungeeignet gewesen.«

»Haben Sie ihn nicht direkt darauf angesprochen? Immerhin war er Ihr Kumpel.«

»Na klar haben wir darüber geredet. Aber Wolfgang blieb zu dem Thema recht einsilbig. Er meinte nur, die Aufgabe sei doch nicht das, was er sich vorgestellt hatte, und er wolle sich lieber gleich was Neues suchen und nicht lange warten.«

»Hat er denn danach etwas Passendes gefunden?«

»Wir haben uns, offen gesagt, danach etwas aus den Augen verloren. Er hat damals wohl einen längeren Urlaub gemacht und fing dann als freiberuflicher Unternehmer an, der Personal für die Altenpflege vermittelte.«

»Auf einem Foto im Netz schüttelt er bei der Eröffnung des Heims Herrn Grabner die Hand«, sagte Baltasar. »Wenn ich mir heute vor Augen führe, wie …«

»Josef Grabner hat das Gebäude gebaut. Als Geschäftsführer war es Wolfgangs Aufgabe, diesen PR-Termin wahrzunehmen. Damals hatte sich das mit der Umgehungsstraße noch nicht abgezeichnet.«

19

Die Speisekarte kündigte als Tagesmenü einen Rinderbraten mit niederbayerischem Gemüse und Salat an. Baltasar bestellte das Gericht, dazu eine Weißweinschorle. Der Gasthof »Zur Einkehr« war gut gefüllt.

Victoria Stowasser setzte sich zu ihm an den Tisch.

»Schon weiter mit den inoffiziellen Ermittlungen?«, fragte sie.

»Kein nennenswerter Durchbruch«, antwortete er und berichtete von seinen Gesprächen. »Und, was haben Sie gehört?«

»Der Mord ist natürlich das beherrschende Tischgespräch«, sagte Victoria. »Und Ihre Kirchenbesetzer. Wie geht's denen?«

»Teresa kümmert sich darum, dass sie nicht verhungern und verdursten.«

»Einen Hinweis hab ich übrigens doch für Sie, Herr Senner. Ich weiß nicht, ob es von Bedeutung ist.«

»Nur raus damit.«

»Ein Gast hat erzählt, er habe beim Einkaufen in Regensburg diesen Lukas Fliegl gesehen, zusammen mit einer jungen Frau, Hand in Hand flanierend. Er konnte sich deshalb daran erinnern, weil er das Foto des Mordopfers in der Zeitung gesehen hatte.«

»Wie lange ist das her?«

»Etwa zwei Wochen.«

»Und wie sah die Frau aus?«

»Daran konnte sich der Gast nicht mehr erinnern.«

»Danke für den Hinweis. Aber ohne konkrete Beschreibung wird's schwierig.« Baltasar zerteilte seinen Rinderbraten. »Außerdem hätte ich eine Geheimmission für Sie, Frau Stowasser, natürlich nur, wenn Sie Lust haben.«

»Verdeckte Ermittlungen? Das klingt aufregend. Was muss ich tun?«

Baltasar holte einen Computerausdruck hervor und gab ihn Victoria Stowasser. Sie las den Text.

»Es ist die Stellenanzeige eines Altersheims«, sagte Baltasar. »Die Leitung sucht eine Küchenhilfe auf Stundenbasis. Da habe ich an Sie gedacht.«

»Sie meinen, ich soll mich dort vorstellen. Und was genau soll ich dort tun? Illegal wird's schon nicht sein, oder?«

»Versuchen Sie, den Chef in ein Gespräch zu verwickeln und herauszukriegen, warum genau Wolfgang Behr vor zwei Jahren dort als Geschäftsführer aufgehört hat.«

»Nichts leichter als das: Ich als Undercover-Agentin. Und dabei muss ich nicht mehr tun als reden.«

Nach der Mittagspause ging Baltasar hinüber zur Sparkasse. Er ließ sich seine Kontoauszüge ausdrucken, sah kurz nach, wie hoch das Minus in der Gemeindekasse war, und steckte die deprimierenden Zettel wieder weg.

»Grüß Gott, ich habe einen Termin bei Herrn Trumpisch«, sagte er zu der Frau am Bankschalter.

»Einen Moment, Hochwürden.« Die Angestellte verschwand in einem Flur. Nach einigen Minuten kam sie wieder.

»Wenn Sie sich noch einen Moment gedulden wollen, Herr Pfarrer. Der Herr Direktor hat gleich für Sie Zeit.«

Baltasar studierte derweil die Auslagen: Reklame für Sparangebote, deren Zinsen ihm lächerlich niedrig erschienen, Versicherungen zur Altersvorsorge und Angebote zum Kauf von Immobilien. Er nahm sich ein Faltblatt.

»Wenn Sie mir bitte folgen wollen.« Die Angestellte machte ihm ein Zeichen und begleitete ihn zum Büro des Sparkassenleiters.

»Tut mir leid für die Verzögerung, Hochwürden«, begrüßte ihn Alexander Trumpisch. »Ein wichtiger Kunde am Telefon. Bitte nehmen Sie Platz. Kaffee, Tee, Wasser?«

»Einen Kaffee gern.«

Der Bankdirektor nickte der Angestellten zu. Sie unterhielten sich übers Wetter, bis das Gewünschte gebracht wurde.

»Und was kann ich für Sie tun, Herr Pfarrer? Soll ich

den Dispokredit für Ihr Girokonto erhöhen? Sie sollen wissen, die katholische Kirche ist für uns ebenfalls ein wichtiger Kunde – auch wenn es sich nicht um große Summen handelt.«

»Es geht um etwas anderes. Ich brauche Ihre Hilfe bei einer verzwickten Angelegenheit.«

Baltasar schob die Vollmacht von Lukas Fliegls Eltern über den Tisch und erklärte den Hintergrund. Trumpisch studierte das Schreiben.

»Und welche Informationen benötigen Sie genau? Sie wissen, der Datenschutz setzt uns enge Grenzen.«

»Da vertraue ich ganz auf Ihr Fingerspitzengefühl. Sie haben sicher auch ein Interesse daran, dass dieses Verbrechen so schnell wie möglich aufgeklärt wird.

Eigentlich ist alles hilfreich: Welche Kontobewegungen gab es, woher kam das Geld, wohin ging das Geld, gab es andere Konten?«

»Mal sehen.« Der Sparkassendirektor tippte einige Befehle in seinen Computer. Nach einiger Zeit ratterte der Drucker. Trumpisch gab Baltasar die Ausdrucke.

»Das sind die Aktivitäten der vergangenen zwölf Monate.«

Gemeinsam gingen sie die Listen durch: Handygebühren, Bestellungen im Internet, die Miete.

Baltasar stutzte. Die Zahlungen für eine Adresse in Passau, vermutlich für ein Zimmer in einer Wohngemeinschaft, liefen bis in die Gegenwart, obwohl Lukas Fliegl bei Sarah Koch eingezogen war. Hatte der junge Mann versäumt zu kündigen?

Einige Geldeingänge kamen von seinen Eltern, jedes

Mal als Spende deklariert. Auch andere Überweisungen, in der Regel Beträge unter hundert Euro, waren als Spenden ausgewiesen.

»Diese beiden Vorgänge sind auffällig.« Alexander Trumpisch tippte auf die betreffenden Zeilen.

Das eine war ein Geldeingang über genau dreißigtausend Euro, als Verwendungszweck war »bekannt« angegeben. Absender war ein Bankkonto in der Slowakei von einem oder einer »Lazarus«. War das ein Deckname? Steckte eine Privatperson oder eine Firma dahinter?

»Können Sie da mehr in Erfahrung bringen, wem das Konto tatsächlich gehört?«, fragte Baltasar.

»Das dürfte schwierig werden bei diesem Land«, sagte der Sparkassendirektor. »Aber ich probiere es.«

Die zweite große Überweisung in Höhe von fünfundzwanzigtausend Euro war an eine Frau gegangen.

»Die Adresse kann ich besorgen«, sagte Trumpisch. »Wenn Sie mich einen Moment entschuldigen. Ich muss telefonieren.« Er ging hinaus und kam nach einer Viertelstunde wieder.

»Meine Kollegen in Cham haben mir einen Gefallen getan. Hier ist die Adresse.« Er übergab einen Zettel.

Baltasar holte das Reklamefaltblatt der Sparkasse zum Immobilienkauf hervor.

»Das klingt ja nach einem guten Angebot«, sagte er. »Gilt das auch für die Grundstücke entlang der geplanten Bautrasse?«

Der Sparkassendirektor straffte sich. »Wir finanzieren und vermitteln alles, das gehört zu unseren Dienstleistungen. Und unsere Kunden wünschen solchen Service.

Wie ich Sie kenne, Herr Senner, haben Sie mit Ihrer Frage einen Hintergedanken.«

»Herr Fliegl war Eigentümer von einem der Grundstücke. Er hat erst kürzlich zugekauft. Ich frage mich, ob die Überweisungen damit zu tun haben.«

»Das wusste ich nicht. Uns hat er nicht um einen Kredit gebeten. Aber von der Summe könnte es hinkommen.«

»Solange es landwirtschaftlicher Grund ist, vermute ich«, antwortete Baltasar. »Als potenzieller Baugrund würde es deutlich mehr kosten.«

»Ein Mehrfaches. Da hat Herr Fliegl ein Schnäppchen gemacht. Seine Erben dürfen sich freuen.« Die Miene des Bankmanagers wurde ernst. »Wobei für mich neu ist, dass noch nicht alle Grundstücksfragen geklärt waren. Ich dachte …«

»Sie meinen, das Landratsamt und Privatinvestoren hätten längst zugegriffen«, unterbrach ihn Baltasar.

»Kein Bau einer Umgehungsstraße ohne vorherige Klärung der Eigentumsverhältnisse«, sagte Trumpisch. »Das ist eine politische Aufgabe.«

»Nicht nur. Schließlich haben auch die privaten Immobilienbesitzer ein massives Interesse an einer guten Rendite.«

»Herr Pfarrer, fast könnte man glauben, Sie übten Sozialkritik. Was soll an Rendite schlecht sein? Viele Menschen bauen bei ihrer Altersvorsorge darauf. Gewinne machen – so funktioniert unsere Marktwirtschaft. Und wir als Bank unterstützen unsere Kunden dabei.«

»Haben Sie denn solche Käufe finanziert?«

Trumpisch lehnte sich zurück. »Sie wissen, Hochwürden, dass ich darauf nicht antworten kann. Nur so viel: Wir sind eine der führenden Sparkassen im Landkreis. Deshalb geht dieses Geschäft nicht an uns vorbei. Wir wünschen uns, dass die Arbeiten bald beginnen. Wir werden die passenden Finanzierungen anbieten.«

»Und Sie persönlich engagieren sich auch mit einem Investment, wie ich erfahren habe.«

»Herr Senner, Herr Senner.« Trumpisch drohte schelmisch mit dem Zeigefinger. »Sie sind mir vielleicht einer. Ihre Hausaufgaben haben Sie gemacht, das muss man Ihnen lassen. Das ist eine sichere und lukrative Anlage, da habe ich auch privat investiert, als sich die Gelegenheit bot. Daran kann ich nichts Schlechtes erkennen. Im Gegenteil – es zeigt, wie sehr ich hinter dem Projekt stehe.«

Er senkte die Stimme, sah sich um, als fühlte er sich beobachtet, und beugte sich zu Baltasar. »Es ist schon reichlich spät, aber wenn Sie noch einsteigen wollen, Hochwürden … Ich könnte da was für Sie arrangieren.«

»Danke, Sie kennen meinen Kontostand.«

»Das funktioniert auch über Darlehen. Und Sie sind natürlich kreditwürdig, Herr Pfarrer – wenn auch nur für eine gewisse Summe.«

»Ihr Vertrauen ehrt mich. Trotzdem sind solche Spekulationen nichts für mich. Es ist doch gewissermaßen eine Art Wette auf den Bau der Umgehungsstraße. Davon hängt der Gewinn ab.«

»Kein Bau, keine Grundstückskäufe. Aber auch landwirtschaftlicher Boden gewinnt an Wert. Ein Verlustgeschäft wird es kaum«, sagte der Sparkassendirektor. »Das

Projekt soll nach ökologischen Maßstäben umgesetzt werden. Das hat Herr Grabner versprochen.«

»Wenn er den Auftrag erhält.«

»Ich denke, er wird mit dabei sein. Wir haben sehr gute Erfahrungen mit Herrn Grabner gemacht. Er hat schon viele öffentliche Bauvorhaben in der Gegend realisiert. Aber am besten lassen Sie sich das von ihm selbst erklären. Ich kann einen Termin arrangieren, wenn Sie wollen.«

»Das wäre großartig. Herr Grabner kann sicher einige meiner Fragen beantworten.«

20

Josef Grabners Firma lag in Sichtweite eines Gewerbegebietes. Es war ein durch Mauern abgetrenntes Areal, ein Schild an der Einfahrt wies auf das Bauunternehmen hin. In einer Ecke des Grundstücks stand ein Wohnhaus im Stil der sechziger Jahre. Daneben mehrere Flachbauten und Baracken und eine Freifläche, auf der Gerüstteile, Container und Mischmaschinen lagerten.

Niemand war zu sehen. Baltasar steuerte seinen Wagen zum Wohnhaus. Er war gerade ausgestiegen, als eine junge Frau aus dem Haus kam, schick und teuer gekleidet: Marlies Grabner, die Tochter des Bauunternehmers.

»Guten Tag, Hochwürden.« Sie lächelte. »Sicher wollen Sie zu meinem Pa.«

»Ja, wir sind verabredet«, antwortete Baltasar. »Sie müssen weg?«

»Nach Passau an die Uni. Ich habe noch ein Seminar.

Marketing.« Sie kramte in ihrer Umhängetasche nach dem Autoschlüssel.

»Fahren Sie jeden Tag wieder nach Hause, oder haben Sie eine Wohnung in Passau?«

»Nein, das lohnt sich nicht. Ich wohn hier. Und wenn's mal länger wird, kann ich bei einer Freundin übernachten. Wenn Sie mir folgen wollen, Herr Pfarrer, mein Vater ist im Büro, ich zeig Ihnen den Weg.«

Sie gingen ums Haus. An der Seite war ein Anbau mit Büroräumen und Garagen.

»Da ist es.« Sie deutete auf eine unscheinbare Eingangstür. »Ich muss jetzt los.«

Baltasar wartete, bis Marlies Grabner ihren Wagen gestartet hatte. Sie fuhr ein Cabriolet und hatte das Verdeck heruntergeklappt.

Er klopfte an und trat ein, ohne abzuwarten. Das Büro war ein nüchterner Raum mit Linoleumboden und Möbeln, die so alt und benutzt aussahen wie das Gebäude. Es roch nach Zigaretten.

Josef Grabner stand an einem Schreibpult und las in einem Aktenordner.

»Ah, Hochwürden, herzlich willkommen.« Der Bauunternehmer kam ihm entgegen, ergriff seine Hand und schüttelte sie so heftig, dass Baltasar für einen Moment glaubte, der Mann wolle ihm den Arm auskugeln.

»Wie schön, dass wir so kurzfristig zusammengefunden haben.« Josef Grabner mochte Anfang fünfzig sein. Sein Haar war voll und von Silberfäden durchzogen. Sein Pullunder hatte Flecken, er trug eine Arbeitshose und Gummistiefel.

»Setzen Sie sich, Herr Senner.« Grabner bot ihm einen Platz an einem Tisch, der aus einem Bierfass und einer rohen Holzplatte gezimmert worden war.

»Alexander, ich meine Herr Trumpisch, hat mir schon erzählt, dass Sie sehr wissensdurstig sind. Wie ich gehört habe, fließt durch Ihre Adern das Blut eines Kriminalers. Schade, dass Sie sich da den falschen Beruf ausgesucht haben.« Der Bauunternehmer lachte ausgiebig, als hätte er gerade einen besonders guten Witz gehört.

Manchmal frage ich mich auch, ob meine Jobwahl richtig war, dachte Baltasar. »Sie und Ihre Tochter waren auch beim Gottesdienst für den Ermordeten«, sagte er. »Ich freue mich über jeden Besucher, aber ein wenig gewundert hat es mich trotzdem. Sie wohnen woanders, und Herr Fliegl muss doch ein politischer Gegner von Ihnen gewesen sein.«

»Er und seine Truppe waren die schlimmsten«, sagte der Bauunternehmer. »Aber über Tote nur Gutes, heißt es. Bei allem Streit – das hat niemand verdient. Deshalb war der Kirchgang der Ausdruck von Respekt. Marlies wollte unbedingt dabei sein. Das Verbrechen hat sie sehr mitgenommen, sie war vollkommen aufgelöst, der junge Mann war auch Student in Passau. Für mich war es eine wunderbare Gelegenheit, Freunde wiederzutreffen.«

»Man kennt sich.«

»Sie sagen es, Hochwürden.«

»Aber die Diskussionen um das Bauprojekt sind mit dem Tod von Lukas Fliegl noch nicht beendet. Oder glauben Sie wirklich, der Bunaba und der Umweltverein würden jetzt die Aktionen einstellen?«

»So naiv bin ich nicht. Mit Herrn Toller kann man reden, das ist ein vernünftiger Mann. Sein Anliegen, die Schönheit des Bayerwaldes zu erhalten, teile ich voll und ganz. Darauf muss man beim Bauen Rücksicht nehmen. Aber die paar Meter Umgehungsstraße führen durch unbedenkliches Gebiet und schaden der Landschaft nicht.«

»Ob das der neue Bunaba-Chef Wolfgang Behr genauso sieht?«

»Dieser … Lump ist unberechenbar«, sagte Grabner. »Ein Gschwollschädl, ein bigotter.«

»Ein hartes Urteil.«

»Ich kenne die Menschen, und dieser Behr ist wie frisch der Odelgrube entstiegen.«

»Sie hassen ihn?«

»Hass ist das falsche Wort. Er steht für das, was ich verabscheue. Und er ist politisch natürlich auf der falschen Seite. Aber mit solchen Leuten werden wir schon fertigwerden.«

»Wir?«

»Die rechtschaffenen, arbeitenden Bürger hier bei uns. Herrn Behr zähle ich nicht dazu.«

»Er hat doch einen Job.«

»Ich hab mich erkundigt. Das ist nur ein Vorwand, damit er behaupten kann, berufstätig zu sein. Aber womit dieser Typ sein Geld verdient, ist mir schleierhaft.«

»Woher rührt Ihre Abneigung gegen Behr? Ist es wegen des Altenheims, in dem er Geschäftsführer war?«

»Da habe ich ihn kennengelernt, das stimmt.«

»Und?«

»Ich will nicht darüber reden. Nur so viel: Wir hatten

massive Meinungsverschiedenheiten. Und das hat sich bis heute nicht geändert.«

»Was ist damals vorgefallen?«

»Kein Kommentar.«

»Galt Ihre Ablehnung auch dem Ermordeten?«

»Jetzt sollte ich aufpassen, was ich sage, sonst konstruieren Sie mir noch ein Tatmotiv.« Wieder lachte der Bauunternehmer ausgiebig. »Wissen Sie, Hochwürden, der junge Mann fällt in die gleiche Kategorie. Es sind Fanatiker, verblendet, Kreuzritter für die falsche Sache. Und zugleich hatte dieser Fliegl noch nie wirklich etwas geleistet, hat noch nie eine feste Anstellung gehabt, noch nie sein eigenes Geld verdient. Aber große Töne spucken und anderen vorschreiben wollen, was sie zu tun haben.«

»Lukas Fliegls Eltern sehen ihren Sohn ganz anders.«

»Tun sie das? Also, wenn Lukas mein Sohn gewesen wäre, ich hätte ihn längst aus dem Haus geworfen und enterbt. Ich danke dem Herrn im Himmel, dass meine Tochter Marlies so wohlgeraten ist und keine Flausen im Kopf hat. Meine Frau, Gott hab sie selig, hat Marlies eben gut erzogen. Das haben die Eltern dieses Lukas eindeutig versäumt.«

»Was dieses Bauprojekt betrifft: Sie besitzen mehrere Grundstücke bei der Trasse. Was macht Sie so sicher, damit Erfolg zu haben?«

»Aha, jetzt gelangen wir zum Kern der Sache.« Josef Grabner stand auf. »Kommen Sie mit an die frische Luft, Herr Pfarrer, ich zeig Ihnen was.«

Im Hof zündete sich der Bauunternehmer eine Zigarette an. »Das tut gut«, sagte er und blies den Rauch in die Luft. Und zu Baltasar gewandt: »Gehen wir ein Stück.«

»Wissen Sie, Hochwürden, ich bin für viele Angestellte verantwortlich. Ich muss, wie jeder Unternehmer, schauen, dass immer genügend Aufträge da sind, damit ich die Löhne zahlen und etwas zurücklegen kann.« Er deutete auf die Lagerfläche. »All diese Maschinen und Gerüstteile stellen Kapital dar. Sie müssen produktiv eingesetzt werden.«

Sie gingen durch die Reihen. »Ich habe noch einen zweiten Lagerplatz nicht weit von hier. Dort stehen beachtliche Werte, die ich im Laufe der Jahre aufgebaut habe. Die brauche ich, um auch größere Aufträge abwickeln zu können.« Er drückte seine Zigarette an einem Eisenstempen aus. »Diese Umgehungsstraße ist ein lukratives Objekt, ohne Zweifel, aber es gibt auch andere. Ich nehme offiziell an den Ausschreibungen teil und bin ganz zuversichtlich, den Zuschlag zu erhalten. Schließlich habe ich in der Vergangenheit bereits bewiesen, dass ich solche umfangreichen Bauaufträge abwickeln kann. Und ich sorge für ein wenig Arbeitsplatzsicherheit im Bayerischen Wald.«

»Und die Grundstücke?«

»Das gehört zum Baugeschäft mit dazu, das ist nichts Außergewöhnliches. Ich besitze eine Reihe von Grundstücken, um sie bei Bedarf zu bebauen, beispielsweise mit Mehrfamilienhäusern. Oder es finden Straßen darauf Platz.« Er lachte wieder. »Und diese kleinen Bunaba-Zecken können einen darauf lassen, die Umgehungsstraße wird kommen. Nur ist das Geheul heutzutage lauter als früher. Früher hätte man das mit einigen Dachlatten erledigt. Heute diskutiert man das aus.«

»Heute reagieren die Bürger empfindlicher auf Projekte, die in die Natur eingreifen«, sagte Baltasar.

»Welcher Bau tut das nicht? Und ja, beim Baggern können Regenwürmer zu Schaden kommen, ohne Zweifel. Aber sollte ich deswegen alles sein lassen? Nie im Leben!«

21

Unter dem Namen der Grundstücksverkäuferin hatte Baltasar keine Telefonnummer gefunden, deshalb fuhr er auf Verdacht zu der angegebenen Adresse. Er nahm die Straße über Bodenmais und Bad Kötzting, auch wenn es ein Umweg war, er genoss die Landschaft.

Die Sonne war ein Brandloch in einer blauen Decke. Das Grün der Wiesen strahlte übernatürlich, als hätte jemand beim Fernseher die Farbsättigung überdreht. Die Rapsfelder hoben sich gegen das Dunkel der Berge ab, das sich in der Ferne zu einem wässrigen Blau verlor.

Die angegebene Adresse stellte sich als Pflegeheim am Rande von Cham heraus. Baltasar fragte am Empfang nach der Frau.

»Sie haben Glück, sie ist heute wieder fit. Die letzten Tage ging es ihr nicht gut. Wir haben den Arzt holen müssen. Das Herz.«

Er ließ sich den Weg beschreiben und ging die Flure entlang, bis er das Zimmer gefunden hatte. Er klopfte und wartete. Nichts tat sich. Er klopfte nochmal und meinte, eine schwache Stimme gehört zu haben. Er trat ein.

Ein typisches Krankenzimmer. Bett und Nachtkästchen, ein Schrank, ein Tisch und zwei Stühle. An der Wand ein Kruzifix und mehrere gerahmte Fotos, der einzig erkennbare private Akzent, abgesehen von einer Blumenvase auf dem Fensterbrett.

»Ja?« Das Wort schien irgendwo aus dem Bett zu kommen.

Fast hätte Baltasar die zierliche Gestalt übersehen, die zwischen Bettdecke und Kopfkissen vergraben war. Ein Arm streckte sich hervor, und die Frau zog sich am Haltegriff hoch.

»Grüß Gott, entschuldigen Sie die Störung.« Baltasar stellte sich vor.

»Helfen Sie mir bitte aus dem Bett«, sagte die Frau. »Ich komm mir sonst vor wie in einem Sarg.«

Baltasar stützte sie. Die Frau war jenseits der achtzig, ein zerbrechliches Wesen mit kaum fünfzig Kilo Gewicht.

»Meinen Bademantel bitte.« Sie deutete auf den Schrank.

Er reichte ihn ihr. Sie hielt sich am Geländer des Betts fest, machte einige tastende Schritte.

»Wollen wir uns setzen?« Baltasar begleitete die Seniorin zum Tisch. »Soll ich Ihnen etwas holen, Kaffee, Kuchen?«

»Eine Zigarette wäre mir lieber, aber das hat mir der Arzt verboten.« Die Frau hatte ihre normale Stimme wiedergefunden. »Aber da ich schon mal Besuch habe, meinetwegen. Die Cafeteria ist im Erdgeschoss. Für mich nichts Süßes.«

Baltasar verschwand und holte zwei Tassen Kaffee.

Die Seniorin lehnte sich zurück. »So, und nun erzählen Sie mir, warum Sie gekommen sind. Sie sind Priester, wenn ich es recht verstanden habe. Wenn Sie mir die Letzte Ölung verpassen wollen, können Sie gleich wieder abhauen.«

»Ich bin wegen des Mordfalls da. Sie haben sicher in der Zeitung davon gelesen. Das Opfer ist ein junger Mann.«

»Nein, hab ich nicht. Erzählen Sie!«

Er gab eine knappe Zusammenfassung der Geschehnisse. Die Frau erschrak, als sie den Namen Lukas Fliegl hörte. Lange sagte sie nichts.

»Der ... Der junge Mann war erst vor Kurzem bei mir.«

»Vor Kurzem?«

»Na, vor zwei Monaten etwa. So genau weiß ich das nicht mehr, hier drin verliert man das Gefühl für die Zeit.« Sie schluckte. »Er war so ein sympathischer Student, wirklich ein netter Mensch.«

»Sie haben ihm ein Grundstück verkauft.«

»Ja, er hat sogar einen Notar organisiert, der hierhergekommen ist, das war perfekter Service.«

»Wie kam es dazu?«

»Herr Fliegl hatte sich eines Tages angemeldet, er meinte, er müsse was mit mir besprechen, er bräuchte meine Unterstützung. Und da ich mich über jeden Besuch freue, habe ich ihn eingeladen. Wir sind ein wenig spazieren gegangen, haben in der Cafeteria gesessen, ich habe sogar ein paar Schritte in den Park geschafft.«

»Hat er erklärt, warum er das Grundstück wollte?«

»Er erzählte, er engagiere sich für die Umwelt und sorge dafür, dass unsere Heimat im Bayerwald erhalten werde. Er erklärte, ich allein hätte es in der Hand, eine schlimme Sünde zu verhindern, ich könnte den Lauf der Dinge ändern und den Frevlern das Handwerk legen.«

»So hat er sich ausgedrückt?«

»Ungefähr so. Es ist ein schöner Gedanke, dass man in meinem Alter noch zu etwas nützlich ist und was Gutes tun kann. Sein Vorschlag überzeugte mich, und ich hatte – und habe – ein gutes Gefühl bei dem, was ich getan habe.«

»Erwähnte er die Umgehungsstraße?«

»Welche Umgehungsstraße? Nein, nein, er sagte, er wollte bedrohte Tierarten schützen. Und meine Wiese sei ein einzigartiges Biotop.«

»Wie lange war das Grundstück schon in Ihrem Besitz?«

»Ich hab es selbst vor Jahrzehnten von meiner Tante geerbt, die war Bäuerin. Die Wiese hatte sie verpachtet, weil das Grundstück abseitslag und es sich für sie nicht lohnte, es zu bewirtschaften. Mir selbst bedeutet dieses Stück Land wenig. Ich hatte mein eigenes Haus mit einem schönen Garten – bis ich hierhergezogen bin.«

Die alte Frau blickte aus dem Fenster. »Wissen Sie, Herr Pfarrer, mir wurde die ganze Arbeit mit dem Haus einfach zu viel. Und da ich niemanden habe, den ich bitten kann, bei mir einzuziehen und mir zu helfen, habe ich eben diesen Weg gewählt.« Sie wies auf ihr Zimmer. »Das ist nicht so gemütlich wie zu Hause, aber wenigstens kümmert man sich um mich, und ein Arzt ist immer zur Stelle. Das ist viel wert. Aber meine Blumenbeete und der Kräutergarten, die gehen mir bis heute ab.«

»Haben Sie keine Verwandten?«

»Nur eine entfernte Cousine, die lebt in Norddeutschland. Ich habe keine Erben, deshalb fiel es mir nicht schwer, die Wiese wegzugeben. Und der junge Mann erschien mir der Richtige dafür.«

»Hat Lukas Fliegl über seine Pläne gesprochen oder etwas erwähnt, was im Nachhinein wichtig sein könnte?«

»Ich weiß nicht. Wir haben über alles Mögliche geredet. Er hat davon erzählt, dass er verliebt sei, aber sich nicht festlegen wollte und erst recht nicht ans Heiraten denke. Er erzählte von seinen Freunden, den Studenten in Passau, und von seinen Eltern, die er selten sah. Und von der Sumpfohreule, die in der Nähe der Wiese lebte. Er sagte, dass er noch Großes vorhätte und er es allen zeigen wollte, aber das habe ich für Aufschneiderei gehalten. Und er erzählte von den anderen Männern, die keine redlichen Absichten hätten.«

»Wen meinte er damit?«

»Sie glauben gar nicht, Herr Senner, wie viele Leute sich plötzlich für einen interessieren, wenn man ein Grundstück abzugeben hat.« Sie zwinkerte schelmisch mit den Augen. »Ich konnte mich vor Verehrern kaum retten. So viel Besuch habe ich sonst das ganze Jahr nicht.«

Baltasar musste die Überraschung im Gesicht abzulesen sein, denn die alte Frau fuhr fort: »Vor dem jungen Mann war bereits zwei Mal ein Herr dagewesen, der ebenfalls die Wiese wollte. Ein Herr vom Landratsamt.«

»Hieß er Heinz Hummel, Doktor Heinz Hummel?«

»Genau, das war sein Name. Es hat mich von Anfang an gestört, dass er mehrfach den ›Doktor‹ betont hat und die Tatsache, dass er als Beamter im öffentlichen Auftrag unterwegs sei. So ein aufgeblasener Gockel!«

Baltasar gegenüber hatte der Bauleiter behauptet, erst nach dem Kauf von dem Grundstück erfahren zu haben. Offensichtlich hatte Heinz Hummel gelogen.

»Hat er gesagt, warum er das Grundstück wollte?«

»Er meinte, er hätte Investoren an der Hand, die mir einen guten Preis machen würden. Als ob ich so ausschaute, das Geld nötig zu haben! Er behauptete, die Wiese sei als Weide für Pferde gedacht. Aber das kam mir alles seltsam vor, deshalb habe ich ihm nichts zugesagt. Er besuchte mich wieder und brachte einen Riesenblumenstrauß mit, aber ich blieb bei meiner Meinung.«

»Wie hießen diese Investoren?«

»Er hat einen Namen genannt, aber ich kann mich beim besten Willen nicht daran erinnern, Hochwürden. Die Geschichte ist übrigens noch nicht zu Ende. Nach dem jungen Mann kam noch ein Herr wegen derselben Sache. Er stellte sich als Josef Grabner vor, ein Bauunternehmer. Er hat mir sogar seine Visitenkarte dagelassen.«

»Was war sein Angebot?«

»Er erklärte, er brauche naturbelassene Vorratsgrundstücke als Ausgleichsflächen für bebaute Grundstücke an anderer Stelle. Ganz habe ich das nicht verstanden. Aber das war auch egal: Ich hatte mich entschieden, die Wiese wegzugeben, und ich dachte, am liebsten gebe ich sie dem jungen Mann. Und nun ist er tot. Wie traurig.«

»Kam Herr Grabner auch mehrfach?«

»Nein, es blieb bei dem einen Besuch. Er hat wohl gemerkt, dass bei mir nichts zu holen ist. Sein Auftreten war auch ziemlich plump. Nicht einmal Blumen hat er mir mitgebracht, der feine Herr!«

Auf dem Weg nach Hause machte Baltasar einen Umweg und fuhr abermals zu der Wegkreuzung, von der die neue Umgehungsstraße ausging. Schon von ferne fiel ihm die Veränderung auf: Wo vorher weites Land gewesen war, standen nun Bagger, Bauwagen und Planierraupen.

Es schien, als sollten die Arbeiten am nächsten Tag beginnen. Eine Gruppe von Arbeitern entlud gerade einen Lkw. Baltasar stoppte, stieg aus und fragte, was los sei.

Ein Mann hielt inne. Sein Bauch drückte seine Latzhose nach außen. »Wir arbeiten«, sagte er.

»Ach tatsächlich«, antwortete Baltasar. »Und was soll das werden? Ich sehe hier keine Bautafel.«

»Da müssen Sie meinen Chef fragen, wir führen nur aus, was uns aufgetragen wurde.« Der Mann machte ein griesgrämiges Gesicht.

»Und wer ist Ihr Chef?«

»Josef Grabner. Bauunternehmung Josef Grabner, falls Sie schon davon gehört haben.«

»Hab ich.«

»Wenden Sie sich an ihn.«

»Aber Sie müssen doch wissen, was Sie da tun.«

»Sag ich doch: Wir arbeiten, wie immer.«

»Fangen Sie mit der Straße an?«

»Davon weiß ich nichts. Das wird schon seine Richtigkeit haben, unser Chef weiß, was zu tun ist.«

Der Mann gab seinen Kollegen ein Zeichen. »Genug

geplaudert. Wir müssen jetzt den Rest abladen, damit wir endlich Feierabend machen können.«

22

Teresa hatte erklärt, es solle eine Überraschung werden. Sie wollte was Besonderes zum Abendessen »zaubern«. In Baltasars Ohren klang es wie eine Drohung. Den ganzen Nachmittag hörte er in seinem Arbeitszimmer, wie sie mit Kochtöpfen hantierte und dabei ein polnisches Volkslied sang.

Baltasar sah sich noch einmal die Kontoauszüge von Lukas Fliegl an. Die Überweisung in Höhe von dreißigtausend Euro bereitete ihm Kopfzerbrechen. Offensichtlich war es das Geld, mit dem der junge Mann das Grundstück bezahlt hatte, wobei er noch etwas für sich selbst abzweigen konnte. Wer hatte einen Vorteil davon, den schärfsten Gegner des Bauprojekts zu unterstützen? Wer steckte hinter »Lazarus« aus der Slowakei?

Teresa riss ihn aus seinen Gedanken. Sie rief zum Abendessen. Als er die Tür des Arbeitszimmers öffnete, traf ihn unvorbereitet ein säuerlicher Geruch. Es war wie ein Schlag auf die Nase. Seine Geschmackspapillen wurden überschwemmt und reagierten auf diesen Angriff wie auf Reizgas, er konnte nichts dagegen tun.

Unwillkürlich hielt er die Luft an, schaffte es aber nur bis kurz vor den Küchentisch. Danach Luft ablassen und ein tiefer Atemzug. Salzsäure verätzte seine Luftröhre, zerstörte seine Lunge, zumindest erschien es ihm so. Er musste sich an der Lehne festhalten, um nicht zusammenzuklappen wie ein Boxer, der einen Magenschwinger eingesteckt hatte.

Er ließ sich auf den Sitz gleiten. Seine Haushälterin sah ihn an. Er versuchte zu lächeln, brachte aber nur eine Grimasse hervor.

»Ist was, Herr Senner, Sie krank?«

»Danke, es geht schon.« Mit höchster Konzentration versuchte Baltasar einen neutralen Ton. Vor ihm stand ein leerer Teller.

»Wenn Ihnen nicht gut, ich machen Hausmittel, räumt den Magen auf und wirkt immer.«

»Nein danke, es ist nichts.« Das Letzte, worauf Baltasar jetzt Lust hatte, war eins von Teresas Hausmittelchen.

Sie stellte einen Topf auf den Tisch. »Das sein Spezialkomposition meiner Oma in Krakau.« Sie strahlte vor Stolz. »Ich habe es aus dem Gedächtnis nachgekocht.«

»Was ist es denn?«

Er starrte auf den Topf, als hüpfte gleich ein Springteufelchen heraus.

»Noch keinen Namen gefunden, ›Teresas tolle Taschen‹ vielleicht.« Sie kicherte und nahm den Deckel weg. Eine graue Masse, eine Art Teigtaschen, schwamm in einer Brühe von undefinierbarer Farbe.

Sie machte ihm den Teller voll und setzte sich neben ihn, als wollte sie jeden Bissen seiner Mahlzeit kontrollieren.

»Ist mit Hammelfett und viel Sauerkraut. Und noch mehr Gewürzen«, erklärte die Haushälterin. »Lecker, lecker, ich hab schon gekostet.«

Baltasar schnitt ein Eck einer Teigtasche ab und schob

es sich vorsichtig in den Mund. Seine Zunge spürte etwas Hartes – Knorpel, Gewürzstängel? – und das Sauerkraut. Sein Rachen zog sich zusammen. Er nahm einen Löffel Brühe, um das Ganze besser hinunterzubekommen.

Als die Mischung seinen Magen erreichte, schien etwas zu explodieren, es musste eine chemische Reaktion sein, ausgelöst durch die Magensäfte. Er fühlte, wie Gase seinen Bauch nach außen wölbten. Schweiß brach auf seiner Stirn aus, Baltasar atmete stoßweise.

»Sie krank, Herr Senner, Sie müssen sich hinlegen.« Teresas Stimme verriet Besorgnis.

»Ja, das wäre vielleicht besser.« Baltasar kam eine Idee. »Es wäre doch schade um das … ähh … schöne Essen. Wo Sie sich so viel Mühe gemacht haben. Wollen Sie diese … diese polnische Köstlichkeit nicht unseren Gästen in der Kirche anbieten? Diese jungen Menschen vom Bunaba wissen eine Alternativkost sicher zu schätzen, ist doch alles bio, oder nicht?«

»Ich glaub schon«, sagte die Haushälterin.

Sie schien mit der Lösung zufrieden, denn sie kramte Teller und Besteck hervor und suchte nach einem Tablett. Das war die Gelegenheit für Baltasar, sich unauffällig ins Schlafzimmer zu verziehen.

Er zog sich aus und suchte sich ein Buch heraus. Doch er konnte sich nicht konzentrieren, seine Gedanken kreisten um den Ermordeten und die vielen ungelösten Fragen: Wer hatte ein Motiv für die Tat? Welche Freunde – und Freundinnen – spielten eine Rolle? Mit wem hatte sich Lukas kurz vor seinem Tod noch getroffen?

Frust breitete sich aus. Lag es daran, dass er bei den

Recherchen nicht weiterkam oder ihn sein Amt als Pfarrer bedrückte? Baltasar stand wieder auf und bereitete sich eine Weihrauchmischung. Er entzündete die Kohletablette, vermengte den Weihrauch mit dem Spezialaroma aus seinem Versteck und ließ die Harze glimmen.

Rauch stieg empor, ein wunderbarer Duft verbreitete sich. Ein tiefer Atemzug – und die Kochkünste seiner Haushälterin waren vergessen. Weiter inhalierte er und spürte, wie er sich mehr und mehr entspannte. Er schloss die Augen.

Teresas tolle Taschen öffneten sich, und Sauerkraut quoll heraus, es duftete nach Erdbeeren und Schokolade, der schlechte Geschmack war verflogen. Bischof Vinzenz Siebenhaar, eine Sumpfohreule im Arm wie das Jesuskind, der sich auf der Umgehungsstraße den Baggern in den Weg stellte und dabei »Halleluja« sang. Engel – oder waren es ebenfalls Eulen – flogen vom Himmel und griffen Demonstranten an, die Windräder auf dem Baumwipfelpfad pflanzen wollten. Wiesen und Felder bewegten sich, die Erde tat sich auf und spuckte Lava aus, die sofort erkaltete, als habe Luzifer persönlich seine Botschaft an die Oberfläche geschickt.

Geschrei. Rufen. Ein Schlag.

Die Bilder waren einem Schwarz gewichen. Es brauchte eine Weile, bis Baltasar begriff, dass es mittlerweile stockdunkel war und er in seinem Bett lag. Es roch nach Asche und kaltem Weihrauch. Langsam rappelte er sich hoch, seine Beine zitterten, er tastete sich zum Fenster und stieß die Fensterflügel auf.

Die Nachtluft füllte seine Lunge. Das tat gut. Sein Herz

schlug wieder normal, er atmete bewusst ein und aus. Wie spät mochte es sein? Er hatte keine Lust, jetzt nachzusehen. Nach einer Weile legte er sich wieder ins Bett und schlief ein.

Rufen. Klappern. Ein Schlag.

Träumte er, gefangen in einer Endlosschleife mit immer denselben Gedanken? Das Viereck des Fensters war zu erkennen. Er lauschte. Nichts. Er drehte sich zur Seite und dämmerte wieder weg.

Wortfetzen. Das Quietschen einer Tür. Geklapper.

Baltasar richtete sich auf. Konnte er sich getäuscht haben? Er steckte seinen Kopf zum Fenster hinaus.

Geräusche. Sie kamen aus der Kirche. Er starrte in die Dunkelheit, dabei sah er nichts als die Umrisse des Gotteshauses. Eine Zeitlang blieb es ruhig. Er wollte schon wieder ins Bett kriechen und alles als Hirngespinst abtun, da war es wieder, das seltsame Klappern.

Ohne Licht zu machen, ging Baltasar zum Kleiderschrank und zog sich an. Er überlegte, ob er etwas als Waffe benutzen sollte, aber er fand nichts in Reichweite. Er schlich sich zum Hinterausgang und öffnete die Tür.

Der Mond war hinter Wolken verschwunden und hinterließ nur undeutliche Schatten. Baltasar kannte den Weg zur Kirche auswendig. Vorsichtig näherte er sich Schritt für Schritt dem Eingang zur Sakristei. Er drückte die Klinke nieder, aber die Tür war verschlossen. Er erinnerte sich daran, sie selbst abgesperrt zu haben.

Wieder das Klappern, diesmal deutlicher. Es kam von der anderen Seite der Kirche. Baltasar umrundete das Gebäude, bewegte sich an der Wand entlang. Er kam zu der Stelle, wo die beiden mobilen Toilettenhäuschen standen.

Jemand war in den Klosetts. Es rumorte aus dem Innern. Baltasar wollte sich gerade näher heranschleichen, als die WC-Tür aufschwang und Sarah Koch heraustrat. Sie schrie, als sie Baltasar vor sich stehen sah. Die Tür fiel wieder zu – es war das Klappergeräusch, das er ständig gehört hatte.

»Hochwürden, mein Gott, wie haben Sie mich erschreckt.« Sie klang matt und ermüdet.

»Ich habe verdächtige Geräusche gehört. Wie spät ist es eigentlich?«

»Nach drei Uhr.«

Baltasar bemerkte einen durchdringenden Gestank, der ihm entgegenschlug und an eine Odelgrube auf dem Bauernhof erinnerte.

»Waren Sie mehrmals austreten, wenn ich fragen darf? Das Klappern …«

»Ich selbst bin schon das dritte Mal auf dem Klo. Ich fühle mich wie ausgehöhlt. Ich kann nicht mehr.« Sie klang wie eine Krankenhauspatientin. »Und all die anderen … wir rennen ständig auf die Schüssel … Ich habe kein Auge zugetan … Oh, mein Magen grummelt schon wieder.« Sie hielt sich den Bauch.

Er begleitete sie in die Kirche. Es war eine gespenstische Szenerie: Gestalten mit fahlen Gesichtern, die sich vor den beiden Zelten um ein paar Kerzen versammelt hatten. Niemand schlief. Auch hier war der Geruch von Fäkalien festzustellen. Baltasar musste den Impuls unterdrücken, sich die Nase zuzuhalten.

Die Regensburger Studentin Anna Hillwein lag auf ihrer Isomatte und stöhnte. Er beugte sich über sie.

»Geht es Ihnen gut? Soll ich einen Arzt holen?«

»Nein, nein, ich fühl mich schon besser.« Wie zum Beweis des Gegenteils knurrte etwas bedrohlich in ihren Därmen. Sie drückte mit den Händen dagegen. »Aber uns geht das Klopapier aus. Wenn Sie uns da vielleicht aushelfen könnten ...«

»Nie wieder diese polnische Bauernkost«, sagte Jonas Zimmermann, der andere Student. »Es hat mir sowieso nicht geschmeckt, aber ich dachte mir, das ist mal was anderes. Und alles selbstgemacht ...«

»Genau, richtige Biokost, wie mir meine Haushälterin versichert hat«, sagte Baltasar. »Das Rezept ist von ihrer Oma aus Krakau – die hat das Gericht bestimmt schon hundertmal gegessen.«

»Vielleicht haben die da andere Mägen«, sagte Jonas Zimmermann. »Oder andere Zutaten. Die Brühe hat mir dann den Rest gegeben. Wirkt wie Abflussreiniger. Wolfgang hat es nicht mal mehr bis zur Toilette geschafft ...«

»Genug jetzt!«, bellte Wolfgang Behr. »Der Herr Pfarrer will sicher nicht solche unappetitlichen Details hören.«

»Mir ist nichts Menschliches fremd«, sagte Baltasar und lächelte still in sich hinein.

23

Die Sonne erleuchtete den Küchentisch, der Kaffee schmeckte besonders gut, Vogelgezwitscher durch das offene Fenster und die Fußballergebnisse in der Zeitung machten Freude. Baltasar fühlte sich wie neugeboren, er strich sich eine zweite Marmeladensemmel.

Er beschloss, den Tag ruhig anzugehen, es gab keine dringenden Termine, keine Taufen, keine Beerdigungen. Auch wenn ihm das Amt des Priesters in der letzten Zeit mehr und mehr Mühe bereitete – vor allem die Vorschriften der katholischen Kirche, die er als Korsett empfand –, so wusste er doch den entscheidenden Vorteil zu schätzen: die freie Zeiteinteilung, von den Fixsternen der Gottesdienste abgesehen.

Doch die Wirklichkeit holte Baltasar immer wieder ein, im Moment in Form eines langen Klingelns an der Haustür. Die Idylle war nun gestört. Er hoffte, dass es sich von selbst erledigen würde, doch der Lärm fing wieder an, bis seine Haushälterin die Tür öffnete. Er hörte Stimmen. Sie kam herein und sagte: »Herr Senner, Sie werden verlangt.«

Draußen im Hof wartete der Trupp der Kirchenbesetzer, soweit Baltasar es überblickte, waren sie vollständig – sie standen da wie der letzte Haufen Überlebender einer Urwaldexpedition. Alle guckten verdrießlich drein, einige hatten Ränder unter den Augen, andere gähnten heimlich. Penetranter Odelgeruch stieg Baltasar in die Nase.

»Herr Senner, wir haben Ihnen eine Mitteilung zu machen«, begann Wolfgang Behr in einem pathetischen Tonfall.

Baltasar fiel auf, dass seine Jogginghose mit dunklen Flecken gesprenkelt war.

»Wir als Bunaba sind einstimmig zu der Entscheidung gekommen, dass unsere Aktion in der Kirche ein voller Erfolg war«, sagte Wolfgang Behr. Sein Redefluss stockte. »Damit … Damit ist die Kirchenbesetzung offiziell beendet. Wir danken für Ihre Gastfreundschaft.«

»Ihr wollt schon gehen?« Baltasar versuchte, die Ironie nicht durchschimmern zu lassen.

»Wir müssen uns neuen, dringlicheren Aufgaben widmen«, sagte der Bunaba-Chef. »Unsere Gegner haben bereits Maschinen auf dem Baugelände auffahren lassen. Das ist ein Affront! Das werden wir uns nicht gefallen lassen, da können Sie sicher sein. Der Bayerwald braucht uns!«

»Ich bin gespannt, wie die Sache weitergeht«, sagte Baltasar.

»Lassen Sie sich überraschen«, meinte Wolfgang Behr.

»Was planen Sie als Nächstes?«

»Unsere Mission beginnt erst jetzt mit dieser neuen Eskalation. Wir lassen uns nicht von der Obrigkeit verarschen.«

Baltasar wandte sich an alle. »Soll Teresa noch einen Kaffee machen?«

Einige schreckten zurück.

»Nein, bloß nicht.«

»Ähm … nicht nötig.«

Baltasar verabschiedete sich.

Vergnügt ging er ins Haus zurück. Zuerst telefonierte er

mit der Toilettenfirma, damit sie die Miethäuschen abholte und einen Reinigungstrupp mit Dampfstrahlern schickte. Dann verständigte er das Sekretariat des Bischofs. Zum Schluss rief er bei der Lokalredaktion der Zeitung an und berichtete vom Bunaba-Abgang.

Zur Feier des Tages genehmigte er sich eine dritte Marmeladensemmel und noch einen Kaffee.

»Warum sind Sie so fröhlich, Herr Senner?« Teresa war in der Küche beim Aufräumen.

»Weil mir wieder einmal bewiesen wurde, dass es Gott gibt. Und irdische Gerechtigkeit.«

»Haben die jungen Leute was zu meinen Teigtaschen gesagt?«

»Sie haben sich bedankt und gemeint, dass sie noch nie so etwas gegessen hätten. Es sei ein unvergessliches Erlebnis gewesen.«

»Das freut mich.« Sie strahlte.

Baltasar beließ es dabei. Er brachte es nicht übers Herz, seiner Haushälterin die Wahrheit zu sagen.

Mittags entschloss er sich, seine gute Stimmung zu verlängern und sich ein Essen in der »Einkehr« zu gönnen.

Die Räumung der Kirche hatte sich bereits herumgesprochen, die Gäste des Wirtshauses gratulierten ihm und wollten Genaueres wissen.

»Das nenn ich Durchhaltevermögen«, sagte Bürgermeister Xaver Wohlrab, der mit Sparkassendirektor Alexander Trumpisch und einem weiteren Mann an einem Tisch saß. »Das ist Tapferkeit vor dem Feind. Sie hätten einen Orden verdient.«

Victoria Stowasser brachte ihm die Speisekarte.

»Wir reden später«, sagte sie. »Es gibt Neuigkeiten.«

Er bestellte eine Kalbshaxe mit Kartoffelbrei statt mit Sauerkraut, dazu einen Blattsalat mit Sesam. Das Essen schmeckte, und er dachte daran, wie gern er so etwas auch zu Hause genießen würde.

Nachdem sich das Lokal fast geleert hatte, setzte sich die Wirtin zu ihm. Er erzählte von dem Grund für den überhasteten Aufbruch der Kirchenbesetzer.

»Die arme Teresa, sie hat es nur gut gemeint«, sagte Victoria Stowasser.

»Ich wünschte, meine Haushälterin könnte nur annähernd so gut kochen wie Sie.«

»Vielleicht kocht sie nur deshalb nicht besonders, weil sie die falschen Rezepte benutzt.«

»Ob's daran liegt?« Zweifel schlichen sich in seine Worte.

»Sie sollten froh sein, dass Sie Teresa haben.«

»Das bin ich, bei Gott.«

»Ich würde sie sofort nehmen, so eine Kraft kann sich jeder nur wünschen. Unter meiner Anleitung würde sie in kürzester Zeit die raffiniertesten Gerichte zaubern.«

»Wenn Sie es sagen ...«

»Das ist so!« Victoria Stowasser war laut geworden, sodass Baltasar aufschreckte. »Daran gibt es überhaupt keinen Zweifel!«

»Ich zweifle nicht im Geringsten an Ihren Fähigkeiten.« Baltasar klopfte sich auf den Bauch. »Es hat wie immer wunderbar geschmeckt.«

»Eigentlich wollte ich Ihnen von meinen Erlebnissen als Spionin berichten«, sagte die Wirtin. »Ich habe gerade mein Vorstellungsgespräch als Küchengehilfin absolviert.«

»Erzählen Sie, hat man Sie genommen?« Er grinste.

»Alles zu seiner Zeit. Ich hab in dem Altenheim angerufen und nach der Stelle gefragt, wie Sie es mir aufgetragen hatten. Ich bekam gleich einen Termin. Seltsamerweise hat die Sekretärin nicht mal nach einem Lebenslauf oder Zeugnissen von mir gefragt.«

»Und dann?«

»Meine Unterlagen hatte ich vorsichtshalber mitgenommen. Die Frau am Empfang wusste erst gar nicht, worum es geht. Dann hat sie mich ins Büro der Personalabteilung geschickt. Die Personalchefin wollte meine Dokumente nicht sehen, sondern fragte nur, wie ich heiße, wie alt ich sei und was ich vorher gemacht hätte. Da hab ich dann ein bisschen geflunkert. Sie meinte, das wäre ein Aushilfsjob, mehr als der Mindestlohn wäre nicht drin, und ich müsste bereit sein, auch auf Abruf stundenweise zu arbeiten. Sie behauptete, dass sie viele Bewerber hätten, aber das kann ich mir bei den miesen Arbeitsbedingungen und der bescheidenen Bezahlung nicht vorstellen.« Victoria Stowasser schüttelte den Kopf. »Jedenfalls trug sie ihrer Sekretärin auf, mich nach unten zur Küche zu begleiten, damit ich mich umsehen konnte.«

»Das scheint mir ein besonderes Altenheim zu sein.«

»Sie sagen es. Jedenfalls war die Sekretärin ganz nett, wir gingen in den Küchenbereich, wo der Chefkoch mir erklärte, ich solle mir bloß nichts darauf einbilden, dass ich schon in einem Gasthaus gearbeitet hätte, das hier sei ein anderes Kaliber, sie hätten jeden Tag soundso viele Essen ›rauszuhauen‹. Und sich krankschreiben lassen gehe schon gar nicht.«

»Gab es andere Aushilfen?«

»Einige. Aber sie sprachen alle kein Deutsch, und ich bin mir nicht sicher, ob alle ordnungsgemäß gemeldet sind. Der Küchenchef verabschiedete sich mit einem ›Wir melden uns‹ und ließ mich stehen. Der Sekretärin war das alles peinlich, sie lud mich anschließend auf einen Kaffee ein. Und da kamen wir ins Plaudern.«

»Nun spannen Sie mich nicht länger auf die Folter, Victoria, was haben Sie herausbekommen?« Baltasar löffelte seinen Nachtisch.

»Sie meinte ganz offen, dass sie bei den Angestellten eine große Fluktuation hätten, viele hielten es nicht lange aus. Schuld seien nicht nur die Arbeitsbedingungen, sondern auch der cholerische Chef. Daraufhin erwähnte ich beiläufig, dass ich im Internet von der Eröffnung gelesen hätte und dass das Heim ja noch ganz neu wäre. Und ich sagte, ich hätte ganz andere Namen der Führungskräfte in Erinnerung.«

»Und ging sie darauf ein?«

»Sie arbeitet da von Anfang an und kennt natürlich den gesamten Klatsch und Tratsch. Sie kannte auch Florian Toller und Wolfgang Behr.«

»Wusste sie über die Hintergründe Bescheid?«

»Offenbar, wenn auch manches wie zusammengereimt klang. Laut ihr hatte Florian Toller einen Job im Büro, er kümmerte sich um die Einteilung der Pflegekräfte und half in der Buchhaltung. Und Wolfgang Behr war der oberste Chef, der Vorgänger des jetzigen Geschäftsführers. Und von noch einer interessanten Personalie hat sie erzählt.«

»Ja?«

»Lukas Fliegl war einen Monat Praktikant in dem Altersheim. Als Wolfgang Behr noch der Chef war.«

»Das sind wirklich Neuigkeiten. Ob sich die beiden dort kennengelernt haben? War das der Beginn ihres Bunaba-Engagements? Was konkret hat er da gemacht?«

»Herr Fliegl war wohl Mädchen für alles, wie man so schön sagt. Er half im Büro aus, erledigte Aufgaben für Wolfgang Behr oder unterstützte die Pflegerinnen.«

»Unsere drei Naturschutzaktivisten haben also gemeinsame Wurzeln in einem Seniorenheim. Was hat die Sekretärin noch erzählt?«

»Sie hatte natürlich von dem Mord in der Zeitung gelesen. Sie meinte, Behr und Fliegl seien ganz gut miteinander klargekommen, aber in der letzten Woche habe es Streit gegeben.«

»Um was ging es?«

»Das wusste sie nicht.«

»Und warum gab Behr so schnell seinen Posten wieder auf?«

»Die Details wusste sie auch nicht. Fakt ist, dass es um Lieferungen des Bauunternehmers Josef Grabner ging, um Badezimmerarmaturen und Marmorplatten. Laut Belegen waren die Rechnungen bar bezahlt worden, Wolfgang Behr hatte sie abgezeichnet. Grabner jedoch behauptete, das Geld nie erhalten zu haben, und pochte weiterhin auf Bezahlung.«

»Und?«

»Der Streit eskalierte, Grabner beschuldigte Behr, ein Betrüger zu sein und das Geld unterschlagen zu haben. Der stritt alles ab und bezichtigte Grabner der Lüge. Am Ende schaltete sich der Eigentümer des Altenheims ein. Bei einer Durchsuchung fand man einen Umschlag mit Geldscheinen in Behrs Schreibtisch. Er behauptete, das seien private Ersparnisse. Der Eigentümer glaubte ihm nicht – vielleicht gab es auch zusätzliche Beweise oder Zeugen – und zwang ihn, die Kündigung einzureichen, sonst würde es eine Anzeige bei der Polizei geben. Noch am gleichen Tag räumte Wolfgang Behr seinen Schreibtisch und drohte zum Abschied, er werde sich das nicht gefallen lassen und man werde schon sehen, wohin das führe.«

»Jetzt aber mal raus mit der Sprache: Haben Sie den Job bekommen?«

»Ich musste nochmal zur Personalchefin. Sie sagte, sie könne sich vorstellen, dass ich zu dem Heim passen würde. Aber sie meinte, vorher müsste ich eine Probezeit absolvieren, vier Wochen lang, dann würde man sehen. Aber der beste Witz war: Ich sollte diesen Monat umsonst arbeiten, stellen Sie sich das vor, Herr Senner. Das ist wirklich ein besonderer Laden!«

24

Wolfgang Behr verlor keine Zeit, das musste man ihm lassen. Baltasar las am Morgen in der Zeitung:

Neuer Widerstand

Die Demonstration in der Kirche sei planmäßig beendet worden, teilte der Vorsitzende des Bundes Naturfreunde Bayerwald (Bunaba), Wolfgang Behr, mit.
Man habe ein Zeichen setzen wollen gegen die »rücksichtslose Ausbeutung unserer Heimat« und gegen »kapitalistische Einzelinteressen auf Kosten der Allgemeinheit«.
Pfarrer Baltasar Senner begrüßte das Ende der Kirchenbesetzung: »Nun gehört das Gotteshaus wieder den Gläubigen.«
Bunaba-Chef Behr sprach davon, der Protest münde nun in eine »neue Phase«. Deshalb sei härterer Widerstand nötig. »Die politischen Verantwortlichen treten unsere Grundrechte mit Füßen«, sagte Behr. »Wir fordern alle auf, sich uns anzuschließen oder mit Spenden zu unterstützen.« Der Bunaba sei die einzige Kraft, die etwas verändern könne.

Der Mann hat größere Ambitionen, dachte Baltasar. Doch was trieb Wolfgang Behr wirklich an? Nach dem, was Baltasar bisher erfahren hatte, hatte Behr eine erstaunliche Entwicklung genommen. Was war der Auslöser für die Radikalisierung? Und die wichtigere Frage: Hatte Wolfgang Behr mit dem Tod seines Freundes Lukas Fliegl zu tun?

Baltasar musste sich eingestehen, er wusste zu wenig über die Hintergründe und Zusammenhänge. Es waren weitere Recherchen nötig.

Das Telefon klingelte. Das Sekretariat des Bischofs kündigte an, mit Seiner Exzellenz zu verbinden, er solle in der Leitung bleiben.

»Herr Senner?« Unverkennbar die Stimme seines Vorgesetzten.

»Exzellenz, schön, wieder von Ihnen zu hören«, sagte Baltasar. Wollte er ihn für die Räumung der Kirche loben? Das sah dem Bischof gar nicht ähnlich.

»Gott zum Gruße. Ich habe in der Zeitung von den Entwicklungen gelesen.«

»Ja, ich bin sehr zufrieden damit.«

»Ach was! Das war doch das Mindeste, den Normalzustand wiederherzustellen und die Entweihung unserer heiligen Kirche zu stoppen.« Vinzenz Siebenhaar klang erregt. »Ich frage mich, warum das so lange gedauert hat. Das Resultat hätten Sie gleich am ersten Tag erzielen können, wenn Sie energischer vorgegangen wären.«

»Aber …«

»Nichts aber! Fakt ist: Das war eine unselige Vorstellung, die der Diözese Passau sehr geschadet hat. Was glauben Sie, was ich mir die ganze Zeit aus dem Bischofskollegium anhören musste? Ich kam mir vor wie ein dummer Schuljunge. Das hätte nicht sein brauchen. Sie haben versagt, Herr Senner!«

»Das sehe ich nicht so.«

»Sie sollten Ihre Augen – und Ohren – besser aufsperren. Ihnen entgeht offenbar einiges. Dabei hatte ich so an Sie geglaubt und Ihnen in diesem Fall alle Freiheiten eingeräumt.«

»Der Allmächtige entscheidet am Ende, wie sich eine Sache entwickelt.«

»Jetzt kommen Sie mir bloß nicht mit solchen Sprüchen, Herr Senner. Das ist jetzt kein Thema. Und dann auch noch dieser Mord auf dem Kirchengelände! Wann ist dieser Frevel endlich bereinigt?«

»Die Polizei arbeitet daran.«

»Das weiß ich. Mich stellt das nicht zufrieden. Das habe ich kürzlich auch dem Polizeipräsidenten beim Mittagessen gesagt. Er hat mir versprochen, Dampf zu machen.« Siebenhaar brauchte eine Pause, um Luft zu holen. »Ich will, dass wir endlich aus den Schlagzeilen kommen.«

»Ich tue mein Möglichstes.« Baltasar hatte es aufgegeben, den Bischof mit Argumenten überzeugen zu wollen.

»Halten Sie sich ran, Herr Senner. Ich werde langsam ungeduldig. Ich will mich wieder anderen Dingen widmen.«

Ohne einen Abschiedsgruß legte Siebenhaar auf.

Baltasar sollte für Teresa etwas fürs Abendessen besorgen, sie selbst war mit Saubermachen in der Kirche beschäftigt. Er nahm die Einkaufsliste und ging zum Metzger. Der Laden war am späten Vormittag mit Kundschaft gefüllt.

Sein Erscheinen löste allgemeine Neugierde aus. Jeder wollte wissen, wie Baltasar es geschafft hatte, die Bunaba-Truppe zu vertreiben. Dazu gab es Schulterklopfen und Lob, als sei er der heilige Sankt Georg, der gerade einen Drachen getötet hatte.

»Bringen Sie jetzt Schlösser und Überwachungskameras an?«, fragte jemand. »Oder engagieren Sie gar einen Wachdienst?«

Eine Zeitlang hatte er tatsächlich daran gedacht, die Kirche künftig besser abzusichern. Aber die Vorstellung war ihm zuwider. Vielleicht dachte er altmodisch, vielleicht war er naiv, aber seiner Meinung nach sollte das Haus Gottes allen offen stehen – ohne Gesichtskontrolle am Eingang.

»Unternimmt die Polizei endlich was?«, fragte eine ältere Frau. »Es ist schon unheimlich, wenn man weiß, dieser Mörder läuft frei herum.«

»Die Kripo wird sicher allen Spuren nachgehen«, sagte Baltasar.

»Das glaub ich nicht«, sagte ein Arbeiter.

»Genau, nix ist bisher passiert«, sagte ein anderer.

»Dabei könnte ich ein wichtiger Zeuge sein«, fuhr der Arbeiter fort. »Jedenfalls habe ich Fotos auf dem Pfarrfest gemacht, auf denen der junge Mann zu sehen ist, der später umgebracht wurde.«

»Was sind das denn für Aufnahmen?«, fragte Baltasar.

»Zeige ich Ihnen.« Der Arbeiter holte sein Handy hervor und rief eine Datei auf. Er reichte Baltasar das Gerät. »Da, sehen Sie selbst, Herr Pfarrer.«

Baltasar blätterte durch die Bilder. Sie zeigten die Stände auf dem Pfarrhof. Eine Sequenz war am Bunaba-Stand aufgenommen worden: Wolfgang Behr und der Regensburger Student verteilten Prospekte. Auf einem Foto stand Lukas Fliegl im Hintergrund und redete mit einer Frau. Baltasar musste die Aufnahme stark vergrößern, um zu erkennen, wer sie war: Marlies Grabner, die Tochter des Bauunternehmers.

Es war nicht zu erkennen, ob sie sich normal unterhielten oder gerade miteinander stritten.

»Schicken Sie mir einfach die Bilder, ich leite sie an die Beamten weiter«, sagte er zu dem Arbeiter.

»Mach ich, geben Sie mir Ihre Handynummer.«

Baltasar diktierte ihm die Nummer, die der Mann sofort in sein Handy tippte.

Zwei weitere Kundinnen meldeten sich, die nun auch als Zeugen aussagen wollten, obwohl sie nicht wussten, was genau sie eigentlich erzählen sollten. Immerhin waren sie auch auf der Informationsveranstaltung gewesen. Baltasar ließ sich die Adressen geben, Kommissar Dix würde sich freuen.

Die nächste Viertelstunde wurde darüber diskutiert, wer als Mörder des Studenten infrage kam. Die Möglichkeiten reichten von heimlich eingeschleusten IS-Terroristen bis hin zu fehlgeleiteten Touristen aus Norddeutschland.

Danach wechselte das Thema zur neuen Umgehungsstraße und dem angeblich bevorstehenden Baubeginn.

»Ich dachte, da sind noch keine Entscheidungen gefallen«, sagte jemand.

»Die da oben machen doch eh, was sie wollen«, meinte ein anderer.

Baltasar nutzte die Gelegenheit, um sich zu den Verkaufstresen vorzuschieben. Er gab Max Hollerbach Teresas Einkaufsliste. Der Metzger packte die Sachen zusammen, Baltasar zahlte.

»Hochwürden, wenn Sie noch Zeit haben, würde ich Ihnen gerne etwas zeigen«, raunte Hollerbach. »Bitte folgen Sie mir nach hinten.«

Der Metzger sagte seiner Frau Bescheid und lotste Baltasar in einen Raum im hinteren Bereich des Gebäudes. Edelstahlwannen standen dort herum, Fleischerhaken baumelten von der Decke, Beile lagen auf zwei Hackblöcken. Die Oberfläche war gefärbt von Blut.

»Sie erinnern sich doch, Hochwürden, an die tote Sau, die am Fahnenmast vor dem Rathaus aufgehängt worden ist«, begann Hollerbach.

Baltasar nickte. »Nicht zu vergessen das tote Huhn«, sagte er.

»Und Sie wissen, Herr Senner, ich wurde beauftragt, den Tierkadaver zu entsorgen – was ich getan habe«, sagte der Metzger.

»Sie wollten doch die Sau verarbeiten.«

»Das habe ich auch getan. Wenn einem schon ein solches Geschenk gemacht wird, muss man es auch annehmen.«

»Wie schön für Sie.«

»Beim Ausbeinen ist mir das untergekommen.« Hollerbach holte etwas aus einer Schublade und hielt es Baltasar vor die Nase. Es sah aus wie ein Stück Pergament in der Größe zweier Briefmarken.

»Was ist das?«

»Ein Stück Haut des Schweins. Ich habe es herausgeschnitten und extra aufgehoben. Es ist durch die Lufttrocknung schon ganz hart.«

»Ja und?«

»Nehmen Sie es in die Hand und sehen Sie genau hin.«

Baltasar nahm das Hautstück und ging damit ans Fenster. Ganz blass war eine eintätowierte Buchstaben-Zahlen-Kombination zu sehen.

»Es war an einer Stelle zwischen den Hinterbeinen angebracht«, sagte der Metzger. »Ziemlich versteckt, deshalb hat es die Polizei wohl übersehen.«

»Wenn die überhaupt genau gesucht hat«, meinte Baltasar.

»Jedenfalls ist diese Markierung ungewöhnlich«, sagte Hollerbach. »Ich kenne nur einen Viehhändler bei Viechtach, der es auf diese Art macht. Ich dachte mir, wenn Sie, Hochwürden, weitere Nachforschungen anstellen wollen, gebe ich Ihnen die Adresse. Aber lassen Sie meinen Namen aus dem Spiel.«

25

Stand der Baubeginn – allen gegenteiligen Beteuerungen zum Trotz – unmittelbar bevor? Gerüchte verbreiteten sich, es war das beherrschende Thema im Ort. Am einfachsten wäre es, statt auf Vermutungen auf Fakten zu setzen, dachte Baltasar. Und wo würde man besser informiert als direkt an der Quelle?

Er telefonierte mit dem Büro von Heinz Hummel im Landratsamt, erreichte aber nur den Anrufbeantworter. Da keine dringenden Arbeiten anlagen, beschloss er, spontan einen Ausflug zu machen.

Den Weg zum Büro der Bau- und Umweltabteilung kannte er von seinem letzten Besuch. Er klopfte an, erhielt aber keine Antwort. Er klopfte noch einmal – ohne Resonanz. Nach einem dritten Versuch drückte er die Klinke nieder und trat ein.

Hinter ihrem Schreibtisch saß Hummels Sekretärin.

Wobei sitzen nicht die richtige Beschreibung war, sie hatte die Lehne ganz nach hinten gestellt, sodass es mehr wie ein Liegestuhl aussah.

Sie hatte die Augen geschlossen und summte ein Lied. Ein überdimensionierter Kopfhörer verdeckte ihre Ohren.

»Grüß Gott!« Baltasar brüllte es heraus.

Die Sekretärin öffnete die Augen, sah ihn und schoss erschreckt nach vorn. Den Kopfhörer ließ sie in einer Schublade verschwinden.

»Welche Musik hören Sie?« Er sagte es in seinem normalen Tonfall.

Die Frau hatte ihre Fassung wiedergewonnen.

»Das ist für den Stressabbau. Hab ich in einem Buch gelesen. Und es hilft wirklich.«

»Verstehe.«

»Außerdem hör ich gern Schlager und so, mit deutschen Texten. Und Meditationsmusik, das Plätschern von Wasserfällen, Windrauschen und der Gesang der Wale, sollten Sie auch mal probieren.«

»Ich werd's mir merken. Eigentlich wollte ich Doktor Hummel sprechen.«

»Ein Gespräch – ohne Termin? Ein gesundes Gottvertrauen haben Sie, das muss man Ihnen lassen.«

Sie lachte in sich hinein. »Außerdem sind Sie hier im Landratsamt. Das ist eine Behörde.«

»Ich weiß.«

»Schauen Sie bitte mal dorthin«. Die Frau deutete auf die Wanduhr.

»Es ist kurz nach halb zwölf«, sagte Baltasar. »Stimmt was nicht damit?«

»Es ist Mittagszeit!« Triumph lag in ihren Worten, als verfüge sie über wertvolles Geheimwissen. »Und mittags bedeutet Pause«, fügte sie hinzu.

»Also ist Herr Hummel in der Pause?«

»Nicht nur er, sondern auch ich. Kommen Sie doch später wieder.«

»Wann ist bei Ihnen später?«

»Nach drei Uhr. Da müsste Herr Hummel wieder zurück sein.«

»Ich bin extra hierhergefahren.«

»Das mag schon sein, aber so geht das nicht. Wir müssen uns schon an das übliche Prozedere halten, sonst gäbe es hier nur Chaos.«

Baltasar merkte, so kam er nicht weiter. Er musste seinem Glück ein wenig nachhelfen.

»Das ist eine Schande, wo doch Herr Hummel unbedingt und sofort die Informationen haben wollte. Es geht um das Bauprojekt Umgehungsstraße.«

»Ach so. Lassen Sie mir die Unterlagen einfach da. Ich gebe sie dem Chef, sobald er wieder im Büro ist.«

»Das geht leider nicht, denn es ist hier drin.« Er tippte an seinen Kopf. »Außerdem ist es nicht nur dringend, sondern auch vertraulich und persönlich.«

»Ähh … nun …« Die Sekretärin überlegte. »Herr Doktor Hummel ist beim Mittagessen außer Haus. Er hat mir nicht gesagt, wohin er geht. Aber normalerweise hat er zwei Stammrestaurants.«

Sie schrieb die Adressen auf und erklärte ihm den Weg.

»Aber sagen Sie bitte meinem Chef nicht, dass Sie es von mir haben.«

Baltasar fuhr los. Das erste Lokal auf der Liste war ein Italiener. Von draußen war nicht viel zu sehen. Baltasar betrat das Restaurant und sah sich um. Der Gastraum war mäßig gefüllt, jüngeres Publikum. Aber kein Doktor Hummel.

Beim nächsten Restaurant brauchte Baltasar länger, bis er es in einer Seitengasse fand. Es war ein Bistro im französischen Stil, hohe Fenster, kleine Tische im Freien. Er studierte die Speisekarte am Eingang und wollte gerade reingehen, als sein Blick ins Innere fiel. An einem Ecktisch im hinteren Teil des Lokals saß der Baureferatsleiter. Baltasar zuckte zurück und drängte sich in die Nische des Eingangs, um nicht gesehen zu werden.

Denn bei Heinz Hummel saßen Josef Grabner und Florian Toller. Sie hatten sich vorgebeugt und unterhielten sich. Baltasar hatte den Eindruck, was sie besprachen, war nicht für fremde Ohren bestimmt.

Er überlegte, was er tun sollte. Jetzt dazuzustoßen schien ihm unangebracht. Abermals riskierte er einen Blick. Auf dem Tisch lagen mehrere Schnellhefter mit Unterlagen. Unter Josef Grabners Stuhl stand eine Aktentasche.

Baltasar suchte sich einen Standpunkt an der Straßenecke, von dem aus er im Verborgenen das Bistro beobachten konnte.

Es dauerte fast eine halbe Stunde, bis die drei Männer herauskamen. Sie gingen auf Baltasar zu. Er schaffte es gerade noch, sich hinter sein Auto zu ducken. Sie gingen zu einem Wagen, stiegen ein, Hummel saß am Steuer.

Baltasar wartete, bis sie losgefahren waren, und nahm

dann mit dem Auto die Verfolgung auf. Hummel bog rechts ab, kurz danach fuhr er auf einen Parkplatz. Baltasar brauchte eine Weile, bis er eine Lücke für sein Auto fand.

Die drei Männer schienen sich im Wagen weiter zu unterhalten. Baltasar wartete. Nach zehn Minuten stiegen Heinz Hummel und Josef Grabner aus. Sie diskutierten, der Bauunternehmer hob mehrmals beschwörend die Arme und schüttelte den Kopf. Dann blieb er stehen.

Hummel überquerte allein die Straße, sich mehrmals misstrauisch umsehend. Er blickte in Baltasars Richtung, ging einige Häuser weiter und verschwand in einer Bank. Nach einigen Minuten folgte ihm der Bauunternehmer in das Gebäude.

Zu riskant, auszusteigen und sich eine bessere Beobachtungsposition zu suchen, dachte Baltasar. Er konnte leicht ins Blickfeld von Florian Toller geraten, der immer noch in Hummels Auto saß.

Nach einer Viertelstunde kam Hummel wieder heraus. Mit einiger Verzögerung folgte ihm Grabner. Beim Wagen trafen sie sich, sie nickten Florian Toller zu. Grabner zog etwas aus seiner Jackentasche, es sah aus wie ein dicker Umschlag. Sie stiegen ein.

Baltasar reckte den Hals, konnte aber nicht erkennen, was im Innern des Wagens geschah. Sie fuhren weiter. Sollte er ihnen folgen? Er musste eine Entscheidung treffen.

Er ließ die Männer fahren und stieg aus. Es war nur ein Versuch, aber er musste es probieren. Im Handschuhfach fand er einen alten Briefumschlag. Er strich ihn glatt und schob ihn in die Tasche. Bevor Baltasar die Bank betrat, knöpfte er sein Hemd zu und zog die Jacke gerade.

Mehrere Angestellte standen an den Schaltern. Eine Frau schimpfte gerade über die Magerzinsen, die auf ihrem Sparbuch gutgeschrieben worden waren. Sie wurde lauter und rief: »Da kann ich mein Geld doch gleich unters Kopfkissen legen.« Der Kundenberater versuchte, sie zu beruhigen, die anderen Mitarbeiter sahen interessiert zu.

Baltasar wandte sich an eine junge Frau an einem der Schalter. »Entschuldigen Sie, waren Herr Doktor Hummel und Herr Josef Grabner schon hier?«

Er wusste nicht, ob die Frau die richtige Ansprechpartnerin war. Sie wirkte überrascht.

»Wir waren hier verabredet, aber ich habe mich verspätet«, sagte er.

»Dafür ist meine Kollegin zuständig, Moment.«

Sie verschwand, eine ältere Angestellte erschien, zurückgekämmtes Haar, Typ Internatsleiterin.

Baltasar lächelte sie an und wiederholte seine Frage. Sie lächelte zurück, das typische Allerweltslächeln, das für Allerweltskunden reserviert war.

»Herr Doktor Hummel war schon da. Bedaure«, sagte sie, ohne ihr Lächeln aufzugeben.

»Schade. Wir wollten eine Transaktion vollziehen.« Baltasar holte den Umschlag heraus und wedelte damit.

»Wie kann ich da helfen?«

»Ich meine, mit Herrn Doktor Hummel und Herrn Grabner gemeinsam. Kommt Herr Grabner noch?«

»Die beiden Herren waren getrennt da. Herr Grabner ist auch bereits gegangen. Bedaure sehr.«

»Was soll ich jetzt tun? Was einzahlen?« Er steckte den Umschlag wieder ein. »Haben Sie eine Kontonummer von den beiden?«

»Bedaure außerordentlich.« Ihr Lächeln gefror. »Da müssen Sie sich schon an die Herren persönlich wenden. Wir können keine Auskunft über private Daten geben. Ich kenne Sie überhaupt nicht. Das sind gute Kunden von uns. Und wir achten in unserem Haus selbstverständlich auf Diskretion.«

Er war kaum eine halbe Stunde zu Hause, als das Telefon klingelte.

»Moment, ich verbinde Sie.« Die Stimme von Hummels Sekretärin.

»Herr Senner, guten Tag.« Der Baureferatsleiter klang aufgeräumt. »Ich habe gehört, Sie wollten mir einen Besuch abstatten. Bedauerlicherweise war ich nicht im Büro. Was kann ich für Sie tun?«

»Ich hätte mich vorher anmelden sollen. Ich wollte Sie etwas fragen.«

»Was liegt Ihnen auf dem Herzen? Sie wissen, ich bin immer für ein Gespräch zu haben.«

»In unserer Gemeinde herrscht Unruhe, weil Baumaschinen bei der geplanten Umgehungsstraße postiert wurden. Soll der Startschuss für das Projekt jetzt doch vorzeitig fallen?«

»Herr Senner, Herr Senner, ich muss Ihnen ein Kompliment aussprechen. Sie kümmern sich wirklich um die Belange Ihrer Schäfchen. Obwohl das gar nicht zu Ihrem Aufgabengebiet als Geistlicher gehört. Ganz und gar nicht. Wie ich gehört habe, scheint es ein Hobby von

Ihnen zu sein, sich in fremde Angelegenheiten einzumischen. Nun gut, ich will Aufklärung betreiben. Nein, der Startschuss ist noch nicht gefallen, es wurden bisher keine finalen Entscheidungen getroffen. Punkt.«

»Warum dann diese Maschinen von Herrn Grabner?«

»Da müssen Sie ihn selbst fragen. Formal geht es in Ordnung, es ist sein gutes Recht, privates Gelände als Lagerstätte für nicht benötigte Maschinen und Ausrüstungsgegenstände zu nutzen. Soweit ich weiß, hat er dazu die Erlaubnis des Grundstückseigentümers. Auf gut Deutsch: Herr Grabner kann dort machen, was er will.«

»Dann war alles falscher Alarm?«

»Genau.«

»Gut zu wissen.«

»Eine Sache noch.« Hummels Tonfall veränderte sich. »Bei allem Respekt vor Ihrer angeborenen und übersteigerten Neugierde, Sie sollten mehr Vertrauen in die offiziellen Institutionen haben.«

»Ich verstehe nicht.«

»Sie verstehen sehr gut, Herr Senner. Es hat keinen Sinn, die Behörden und ihre Repräsentanten unter Pauschalverdacht zu stellen – bis zum Beweis des Gegenteils. Das ist keine Art.« Es hatte sich Schärfe in Hummels Stimme geschlichen. »Ich für meinen Teil schätze es ganz und gar nicht, damit wir uns richtig verstehen. Sie sehen es mir nach, ich bin ein Freund klarer Worte.«

»Ich auch.«

»Dann kann ich also künftig mehr auf Ihr Verständnis zählen? Manche sagen, ich kann ausgesprochen unangenehm werden, wenn man mich reizt.«

»Offen gesagt: Das klingt für mich jetzt wie eine Drohung.«

»Es ist eine klare Bitte und ein Hinweis darauf, dass ich mir nicht alles gefallen lasse. Haben Sie mit der Betreuung Ihrer Schäfchen nicht genug zu tun? Müssen Sie anderen Leuten nachspionieren und auch noch wie ein Hochstapler auftreten?«

»Was soll das jetzt heißen?«

»Hören Sie, Herr Senner, ich meine das ernst: Ich mag es nicht, wenn mir jemand nachspioniert. Noch weniger mag ich, wenn jemand plötzlich in einer fremden Bank so tut, als hätte er eine Verabredung mit mir. Ich wiederhole mich nur ungern: Mein Privatleben ist mir heilig. Wenn das jemand missachtet, reagiere ich allergisch, ausgesprochen allergisch.«

26

Baltasar hatte Kerzen angezündet, den Blumenschmuck neu arrangiert, mit einem Tuch den Altar abgewischt. Die Sonne warf Farbmuster durch die Kirchenfenster, die Geräusche des Ortes waren gedämpft. Die Kirche war wieder ein Ort des Gebets und des Friedens, nachdem die Zelte und die Besetzer verschwunden waren.

Er saß in der zweiten Reihe der Besucherbänke, in Gedanken versunken. Es war ein Fehler gewesen, Hummel und seinen Begleitern nachzufahren und sie zu beschatten. Wie konnte er nur so naiv sein zu glauben, er würde nicht entdeckt? Er hatte sich davon einlullen lassen, dass die Männer keine erkennbare Reaktion gezeigt hatten.

Sie wussten, dass er ihnen folgte, und waren dennoch seelenruhig ihren Geschäften nachgegangen, was immer die sein mochten. Denn verdächtig war es schon, dass sich ausgerechnet der Umweltschützer Florian Toller mit potenziellen Umweltsündern traf. Entweder fühlten sie sich sicher, oder es war nichts geschehen, das anrüchig war. Selbst wenn – im schlimmsten Fall – diese Transaktionen nicht ganz sauber gewesen sein sollten, es musste nichts mit dem Mord an Lukas Fliegl zu tun haben. Wie er es auch betrachtete, eine zwingende Spur fehlte. Vielleicht sollte er den Anwalt der Familie Fliegl doch bitten, bei der Kriminalpolizei nach dem Ermittlungsstand zu fragen.

Andererseits war er längst noch nicht allen Hinweisen nachgegangen. Er ging zurück in sein Arbeitszimmer und nahm sich noch einmal die Dokumente vor. Lukas Fliegls Dauerauftrag für eine Mietwohnung in Passau fiel ihm wieder in die Hände. Dem war es wert nachzugehen, dachte er, notierte sich die Anschrift und sagte Teresa Bescheid, er sei unterwegs.

Das Haus lag im Stadtteil Grubweg nordöstlich des historischen Zentrums. Es war ein etwas heruntergekommener Wohnblock, Graffiti an der Wand, Mülltonnen standen offen herum. Baltasar suchte am Klingelschild nach dem Namen Fliegl, doch er konnte nichts entdecken. Erneut überprüfte er die Adresse, er war richtig. Er drückte gegen die Haustür, sie war verschlossen. Einen Hinterausgang fand er auch nicht. Unentschlossen ging er auf und ab.

Ein Junge, vielleicht zehn Jahre alt, kam im Fußballdress und mit Ball unterm Arm heran und war im Begriff, die Haustür aufzusperren.

»Moment«, rief Baltasar.

Der Junge hielt inne.

Baltasar ging zu ihm. »Du wohnst hier?«

»Klar, im ersten Stock.«

»Wie war's beim Fußballspielen?«

Der Bub sah ihn misstrauisch an.

»Warum wollen Sie das wissen?«

»Na, ich interessiere mich auch für Fußball.«

»Tun Sie das?« Noch immer blieb der Kleine in seiner Abwehrhaltung.

»Klar.«

»Gut.«

»Kannst du mir helfen?« Baltasar lächelte ihn an.

»Sorry, Mister, meine Mama hat gesagt, ich darf nicht mit fremden Männern reden.«

»Warum das?«, fragte Baltasar, obwohl er sich die Antwort denken konnte.

»Sie sagt, dass hier draußen viele …« Er suchte nach dem Wort. »… viele Paddelphiler rumlaufen.«

»Pädophile, meinst du wohl.«

»Perverse eben, die kleine Kinder anfassen und so.«

»Ich werde dich nicht anfassen, keine Angst, ich will nur eine Auskunft.«

»So reden diese … Typen am Anfang alle, sagt meine Mama. Und dann …«

»Und dann?«

»Schlimme Sachen eben. Meine Mama weiß das.«

»Keine Sorge, ich bin Pfarrer.«

»Die sind am schlimmsten, sagt meine Mama.«

»Ich suche die Wohnung eines jungen Mannes, Lukas Fliegl heißt er. Er soll in diesem Haus wohnen.«

»Kenn ich nicht. Sind Sie wirklich Pfarrer?«

»Bin ich. Einen Ausweis hab ich nicht dabei, aber das hier.« Baltasar holte einen Rosenkranz mit Kreuz aus der Tasche und zeigte ihn.

»So ein Kreuz trägt meine Mama auch um den Hals, deswegen ist sie aber noch lange kein Pfarrer. Dafür ist ihres aus echtem Gold.«

»Deine Mutter ist eine kluge Frau.«

»Wenn Sie Pfarrer sind, können Sie sicher ganz schnell, ohne nachzudenken, die Zehn Gebote aufsagen.«

»Kann ich.«

»Dann tun Sie es.«

Baltasar sprach die Zehn Gebote im Stakkato.

»Hilfst du mir jetzt?«, fragte er.

»Was hat dieser Mann ausgefressen, dass er einen Pfarrer braucht?«

»Nichts. Ich such nur seine Wohnung. Er ist Student.«

»Ah, Studenten haben wir nur ganz oben, im Dachgeschoss. Es ist eine WG, sagt meine Mutter, da teilen sich mehrere eine Wohnung.«

»Ach.«

»Aber die schlafen meist lang und kommen spät nach Hause. Ich seh nur selten einen von denen.«

»Na, dann werd ich ganz nach oben gehen.« Baltasar wies zur Tür. »Du zuerst.«

Im obersten Stockwerk befand sich nur eine Tür mit Klingel. Er betätigte sie. Durchdringendes Schrillen.

Nach einiger Zeit hörte er Schritte. Die Tür öffnete sich einen Spalt. Ein Kopf erschien. Er gehörte zu einem Mann Mitte zwanzig, unrasiert, mit zerzausten, halblangen Haaren.

»Ja?«

»Ich bin Pfarrer Baltasar Senner.«

»Tut mir leid, wir haben schon fürs Rote Kreuz gespendet.«

»Ich komme wegen Lukas Fliegl. Im Auftrag seiner Eltern.«

»Das ist etwas anderes.«

Er öffnete die Tür und lotste Baltasar in die Küche. Die Wohnung bestand aus einem langen Flur, von dem mehrere Zimmer abgingen. Die Garderobe war vollgehängt mit Kleidung, Schuhe lagen auf dem Boden verstreut.

Der Mann trug Shorts und ein T-Shirt, seine Füße steckten in Badeschlappen.

»Wollen Sie einen Kaffee? Ich könnte Wasser aufsetzen. Nur Milch haben wir gerade nicht.« Es klang eher wie das Gegenteil einer Einladung.

»Danke, nein, das ist nett«, antwortete Baltasar.

»Ich brauch jetzt was Stärkeres.« Der Mann holte eine Coladose aus dem Kühlschrank und nahm einen Aschenbecher vom Küchentisch. Er öffnete das Dachfenster.

»Wenn es Sie nicht stört«, sagte er und zündete sich eine Zigarette an, ohne Baltasars Antwort abzuwarten. Den Rauch blies er ins Freie.

Die Küche bestand aus Einbaumöbeln, wie sie in den siebziger Jahren modern waren. Spüle und Ablageflächen waren übersät mit benutztem Geschirr. An der Wand hing eine überdimensionale Tafel, an der Listen für Saubermachdienste, Kassenzettel und Fotos pinnten.

»Darf ich nochmal fragen, wer genau Sie sind und was Sie wollen.« Seine Lebensgeister schienen zu erwachen.

Baltasar wiederholte sein Anliegen und zeigte das Schreiben von Lukas Fliegls Eltern. Der Mann las es.

»Nun gut. Es ist traurig mit Lukas. Er war ein guter Kumpel.«

»Auf seiner Beerdigung habe ich Sie nicht gesehen.«

»Da war ich gerade im Urlaub, relaxen in Südspanien.«

Baltasar nickte.

»Und die anderen WG-Mitglieder?«

»Wir wohnen hier zu dritt. Drei Männer. Jetzt nur noch zwei.« Er starrte seine Zigarette an. »Mein anderer Kumpel war zu seinen Eltern gefahren. Jedenfalls waren wir ordentlich schockiert, wie Sie sich denken können.«

»Warum haben Sie Lukas' Eltern nicht verständigt – oder die Polizei? Niemand weiß etwas von dieser Wohnung.«

»Echt jetzt?«

»Ja, und die Miete lief immer noch weiter – das müssen Sie doch bemerkt haben«, sagte Baltasar.

»Ich dachte, das werden die Eltern schon regeln. Bloß keinen unnötigen Stress, verstehen Sie?«

»Nein.«

»In unserer WG macht jeder sein eigenes Ding. Es ist eine Zweckgemeinschaft: billiger Wohnraum, den sich jeder leisten kann. Wir sind regelmäßig zusammen ausgegangen, einen trinken, oder haben uns an der Uni getroffen. Aber wir hängen uns hier nicht auf der Pelle, verstehen Sie?«

»Hmm.«

»Außerdem hat Lukas hier eh kaum noch übernachtet. Früher schon.«

»Warum hat er sein Zimmer dann nicht gekündigt?«

»Wahrscheinlich war es für ihn eine Art Rückversicherung für seine Freiheit und Unabhängigkeit. Noch dazu billig.«

»Ich habe den Eindruck, er hat sein WG-Zimmer vor anderen geheim gehalten«, sagte Baltasar.

»Weiß ich nicht. Es war vermutlich so was wie ein Baumhaus für Lukas, Sie wissen schon, eine Höhle, ein Versteck, in das man sich zurückziehen konnte, wenn man allein und ungestört sein wollte.«

»Wann war er das letzte Mal da?«

»Etwa eine Woche, bevor ... Ich selbst war unterwegs, ich habe nur einen Zettel auf dem Tisch gefunden. Er hatte sich ein Bier aus dem Kühlschrank genommen. Und sein Zimmer war verändert, das Bett aufgeschlagen. Vielleicht hat er sein Zimmer auch nur als Liebesnest genutzt.« Der Student lachte anzüglich.

»Warum lachen Sie?«

»Weil ich mir gerade vorstelle, was Lukas mit den Mädels so alles im Bett getrieben hat. Er war da nicht gerade zurückhaltend. Vom Nebenzimmer aus bekam man alles mit, es war wie ein Porno mit Bildausfall.«

»Er war doch schon länger mit Sarah Koch befreundet, er wohnte auch bei ihr.«

»Das stimmt, ich habe sie kennengelernt. Ein nettes Mädchen. Ich kann verstehen, dass Lukas auf sie stand.«

»Waren die beiden auch hier?«

»Nicht dass ich wüsste. Lukas war ja in ihre Wohnung gezogen, hatte sich dort eingerichtet. Warum sollte er sie hierherbringen?«

»Wieso nicht?«

»Hey, Sie verstehen nicht. Ich hab doch schon gesagt, die WG war für ihn nur noch ein Ort für Besonderes. Ein Männerding eben.«

»Männerding?«

»Mann, ich weiß ja, dass Sie Priester sind, aber so weltfremd können Sie doch nicht sein, das gibt's doch nicht.« Der Student schüttelte den Kopf. »Also, das ist und bleibt Lukas' Privatsache. Über Tote nur Gutes, heißt es doch. Ich will es dabei belassen. Schlimm genug, was passiert ist.«

»Wollen Sie gar nicht wissen, wer ihn ermordet hat?«

»Doch, schon. Aber dafür zahlen wir Steuern, damit sich unsere Polizei darum kümmert, oder nicht?«

»Es immer auf die anderen schieben kann aber nicht die Lösung sein. Tun Sie noch was für Ihren Freund, helfen Sie den Eltern, die die Wahrheit wissen wollen. Bringen Sie Licht ins Dunkel.«

Der Mann überlegte. »Normalerweise verrät man seinen Freund nicht, verstehen Sie?«, sagte er. »Aber ich sehe ein, ich bin Lukas was schuldig.« Er zündete sich eine neue Zigarette an. »Also …« Er nahm einen Zug. »Also Lukas hatte mehrere Mädels hier.«

»Was meinen Sie genau damit?«

»Sie machen es einem wirklich schwer, Mann. Er verschwand mit denen im Zimmer, und dort hatten sie halt Spaß im Bett miteinander.«

»War das, während Lukas schon fest mit Sarah Koch liiert war und bei ihr wohnte?«

»Exakt.«

»Also betrog er seine Freundin mit anderen?«

»Mann, bei Ihnen klingt das gleich so negativ. Ich glaube schon, dass er in Sarah verknallt war. Sonst wäre er nicht bei ihr eingezogen.«

»Aber dennoch ...«

»Das muss man getrennt sehen. Nicht immer geht es nur um die große Liebe. Ich verstehe, dass für Sie als Priester das Ganze recht theoretisch ist.«

»Ihren Andeutungen entnehme ich, er war mit verschiedenen, mit vielen Frauen hier.«

»Schon einigen. Ich hab da keine Strichliste geführt. Aber in letzter Zeit ist es eh ruhig geworden. Besuch war da selten. Nur mit einer war noch was.«

Der Mann war zur Tür gegangen. »Kommen Sie, ich zeig Ihnen Lukas' Zimmer, da können Sie sich selbst ein Bild machen. Außerdem müssen wir bereden, was mit seinen Sachen geschehen soll.«

Lukas Fliegls Zimmer war ein quadratischer Raum mit Fenster zum Hinterhof. Am Boden eine Doppelmatratze mit einfarbiger Bettwäsche, daneben standen Lampe und Radiowecker, ein Stuhl, über dem eine Hose lag. An einer Garderobenstange hingen mehrere Stoffbeutel, darin etwas Unterwäsche, ein Paar Turnschuhe, zwei Sweatshirts.

»Das schicken Sie am besten den Eltern«, sagte Baltasar.

»Wollen Sie das nicht mitnehmen? Sie sind doch Pfarrer.«

»Die Eltern freuen sich sicherlich über einen persönlichen Begleitbrief von Ihnen. Und falls Sie persönliche Dinge von Lukas haben, Andenken, Fotos oder sonst was, wäre es schön, wenn Sie das ebenfalls mitschicken.«

Während der Student nach einem Karton suchte, sah Baltasar, dass ein Zettel aus der Tasche der Hose herausschaute. Nummern und Notizen standen darauf, er steckte ihn ein.

»Also, das einzig Persönliche, was ich von Lukas hab, sind Fotos auf meinem Handy«, sagte der Student, er hatte einen Karton gebracht. »Ich weiß wirklich nicht, ob die Aufnahmen für seine Eltern passend sind.«

»Zeigen Sie doch einfach mal.«

Der Mann holte sein Mobiltelefon, rief eine Datei auf und sichtete die Bilder.

»Manches ist ziemlich krass.« Er zeigte Baltasar eine Aufnahme, bei der Lukas betrunken eine Bierflasche in die Kamera hielt.

»Das ist auch nicht ohne.« Es war ein Schnappschuss, bei dem Lukas einen Topf als Hut trug, in der Hand einen Schneebesen. »Hier hat er versucht, einen Kuchen zu backen, das Ergebnis war ungenießbar.«

»Das kenne ich.«

»Und hier haben wir ihn mit seiner letzten Freundin«, sagte der Student. »Mit der war es anders als mit den anderen Mädels.«

»Warum?«

»Sie blieb sogar über Nacht, was sonst selten vorkam.

Und Lukas verhielt sich ihr gegenüber anders, irgendwie liebevoller, fürsorglicher, ich weiß nicht, wie ich es beschreiben soll. Das Foto ist morgens am Frühstückstisch aufgenommen. Die beiden sehen da ziemlich ramponiert aus.«

Er hielt Baltasar das Handy hin. Lukas saß mit nacktem Oberkörper am Tisch, den Kopf auf die Arme gestützt, und grinste müde. Die junge Frau neben ihm hatte ihren Arm um ihn gelegt. Sie trug nur ein ärmelloses T-Shirt und einen Slip.

Baltasar kannte sie.

Es war Marlies Grabner, die Tochter des Bauunternehmers.

27

Auf dem Weg zum Auto wirbelten seine Gedanken durcheinander. Das war eine Überraschung: Marlies Grabner und Lukas Fliegl ein Liebespaar. Nichts könnte gegensätzlicher sein. Wie lange ging das schon? Zumindest hatten die beiden es geschafft, ihre Beziehung geheim zu halten. Vielleicht war das auch vernünftig, wenn Baltasar an die strengen Prinzipien von Marlies' Vater dachte …

Sein Mobiltelefon klingelte.

»Wo steckst du?« Es war sein Freund Philipp Vallerot.

Baltasar berichtete von seinem Besuch.

»Du verpasst hier was«, sagte Philipp. »Bei uns ist der Teufel los.«

»Wer nicht an den lieben Gott glaubt, für den gibt's keinen Teufel«, antwortete Baltasar. »Was ist denn geschehen?«

»Das musst du dir selber anschauen. Fahr zur Kreuzung, dort, wo die neue Umgehungsstraße geplant ist.«

»Mach ich.« Mit seiner freien Hand kramte Baltasar nach dem Autoschlüssel. »Hast du mittlerweile was Erhellendes zu unserem Fall herausbekommen?«

»Unser Fall?« Sein Freund betonte jedes Wort. »Du meinst dein Detektiv-Hobby, bei dem ich Handlanger spielen darf.«

»Egal, wie du es nennst – haben deine Recherchen was ergeben?«

»Ich bin noch dabei, nun drängle nicht. Das Video, das dieser verliebte Junge heimlich auf dem Pfarrhof gedreht hat, ist bearbeitet worden.«

»Was heißt das?« Baltasar sperrte die Wagentür auf.

»Der Junge muss Szenen herausgeschnitten haben, er hat dir nicht die ganze Filmsequenz gegeben. Und mit diesem ›Lazarus‹ bin ich noch nicht weiter. Dazu müsste ich in die Slowakei. Außer du bittest deine Freunde von der Polizei um Amtshilfe. Bei den Namen und Telefonnummern in den Dokumenten habe ich bisher nichts Verdächtiges entdeckt.«

»Dann mach voran.«

»Zu Befehl, Herr General.« Philipp Vallerot legte auf.

Die Sonne brannte ins Innere seines VW Käfers, Baltasar kurbelte das Seitenfenster herunter und ließ sich den Fahrtwind ins Gesicht blasen. Der Wagen schaukelte beim Auf und Ab der Straße, er dachte daran, dass die Stoßdämpfer repariert werden müssten, zugleich aber war ihm klar, er sollte das Geld für andere Dinge sparen.

Schon von ferne sah er die Kreuzung. Fahrzeuge standen herum, bunte Flecken auf der Wiese, die sich beim Näherkommen als zwei Igluzelte herausstellten, sie kamen ihm bekannt vor.

Er parkte sein Auto am Rand eines Feldes und ging die restlichen hundert Meter zu Fuß. Auf der einen Seite der Kreuzung stand eine Armada von Baumaschinen. Baltasar war beeindruckt, über welchen Maschinenpark Josef Grabner verfügte. Mehrere Arbeiter hatten sich um einen Bagger versammelt, es gab Geschrei.

Auf der anderen Seite, dort, wo die beiden Zelte der ehemaligen Kirchenbesetzer aufgebaut waren, hatten sich mehrere Bunaba-Aktivisten entlang des Grundstücks aufgestellt. Sie montierten gerade ein Schild mit der Aufschrift: »Bagger sind Naturterror.«

Baltasar sah Wolfgang Behr, Sarah Koch, Anna Hillwein und Jonas Zimmermann, andere Gesichter dagegen waren ihm fremd.

Direkt in der Mitte der Kreuzung stand ein mächtiger Traktor mit einer Frontladerschaufel. Ein Mann saß, nein, thronte auf dem Fahrzeug hinter einer Glaskanzel. Baltasar kannte ihn vom Gottesdienst, es war ein Bauer der Gemeinde, der Vater von Paul Brunner. Der Motor des Gefährts dröhnte.

Er ging zu dem Landwirt und machte sich bemerkbar.

»Grüß Gott«, rief Baltasar gegen den Traktorenlärm. Er machte ein Zeichen, den Motor abzustellen.

Stattdessen winkte der Mann ihn zu sich herauf. Baltasar kletterte auf die Fahrerkanzel.

»Hochwürden, was machen Sie denn hier?«, begrüßte ihn der Landwirt. Zumindest war nun eine Unterhaltung in normaler Lautstärke möglich.

»Ich bin da, wo meine Gläubigen sind. Können Sie den Bulldog nicht für einen Moment ausstellen?«

»Geht nicht. Ich warte auf meinen Einsatz. Ich will das Gelände von diesen illegalen Besetzern räumen. Das sind doch dieselben, die Ihre Kirche beschmutzt haben.«

Baltasar antwortete nicht darauf.

»Wer hat den Einsatz angeordnet?«, fragte er.

»Niemand, ich unterstütze die Leute einfach. Schließlich habe ich erlaubt, die Baumaschinen auf meiner Wiese abzustellen. Man muss diesen linken Chaoten mal zeigen, wo hier der Hammer hängt.«

»Ihnen gehört das Grundstück?« Baltasar kramte in seinem Gedächtnis, ob der Name des Landwirts auf der Eigentümerliste des Grundbuchamtes gestanden hatte.

»Natürlich. Ich hab mich mit einigen zusammengetan.«

»Und die Fläche, auf der die Zelte stehen?«

»Die gehört einer Verräterin, einer Frau aus Marktredwitz. Da sieht man, was von diesen Norddeutschen zu halten ist.«

»Und was wollen Sie jetzt tun?«

»Den Dreck wegräumen halt.«

»Welchen Dreck?«

»Diese Zelte und Schilder, alles eine einzige Beleidigung.«

»Sie wollen doch nicht allen Ernstes die Iglus wegschieben?«

»Doch.«

»Aber wenn jemand verletzt wird?«

»Die springen schon zur Seite, wenn mein Bulldog erst in Bewegung ist.«

»Das können Sie nicht machen! Außerdem kennen Sie die Leute schlecht: So leicht lassen die sich nicht vertreiben.«

»Das werden wir ja sehen.«

»Hören Sie mir zu.« Baltasar legte dem Mann die Hand auf die Schulter und sah ihm direkt in die Augen. »Die Bibel sagt, im Namen der Nächstenliebe soll man auch seinen Feinden verzeihen. Ich als Ihr Pfarrer bitte Sie eindringlich, das nicht zu tun. Wenn Sie ein Christ sind und an Gott glauben, dann geben Sie Ihr Vorhaben auf und fahren heim.«

Der Landwirt blieb still. Er schien zu überlegen.

Baltasar sagte beim Aussteigen: »Fahren Sie nach Hause. Lassen Sie den Streit nicht eskalieren.«

Aus dem Bauwagen kam Josef Grabner.

»Hochwürden, was machen Sie denn hier? Wollen Sie den illegalen Demonstranten den Teufel austreiben? Bei der Kirchenbesetzung hat das nicht so richtig funktioniert.«

»Ich war gerade unterwegs«, antwortete Baltasar. »Wollen Sie mit Ihren Baumaschinen in den Krieg ziehen?«

Der Bauunternehmer lachte. »Guter Witz. Ich schütze lediglich mein Eigentum. Ich muss verhindern, dass diese

Anarchisten die Geräte zerstören. Meine mobilen Toiletten haben sie schon vollgeschissen.«

»Das wird schon nicht so schlimm werden, in meiner Kirche ist alles heil geblieben.«

»Hier hat schon der Mob gewütet. Überzeugen Sie sich selbst.« Er führte Baltasar zu dem Bagger, um den die Arbeiter standen. Grabner deutete aufs Armaturenbrett.

»Sehen Sie das Zündschloss? Da hat jemand Kleber reingespritzt. Nun ist die Maschine unbrauchbar.«

Tatsächlich war eine transparente Flüssigkeit zu sehen, die das Schloss umhüllte wie einen Kokon.

»Sind Sie sicher, dass es die Bunaba-Anhänger waren?«

»Wer denn sonst? Wie viele Belege brauchen Sie denn noch, Herr Pfarrer? Für mich ist es Beweis genug, ich weiß, mit wem ich es zu tun habe. Diese Leute sind meine Feinde, nicht meine Freunde. So behandele ich sie auch.«

»Und was planen Sie nun?«

»Einen anderen Bagger losschicken. Ich lass mich doch von denen nicht einschüchtern. Da kennen die Josef Grabner schlecht!«

»Keine gute Idee.«

»Was würden Sie vorschlagen, Hochwürden? Beten?«

»Man muss nicht noch Öl ins Feuer gießen.«

»Wer hat denn damit begonnen? Wer ist der Provokateur? Habe ich das Zündschloss des Baggers demoliert oder die?«

»Wie auch immer – es ist die Aufgabe der Polizei, das zu klären.«

»Die hab ich bereits gerufen. Schon vor Längerem. Aber ich weiß nicht, ob da überhaupt jemand kommt, wahrscheinlich ist denen der Vorfall zu unwichtig. Und um Sachen zu regeln, braucht man bei uns keine Obrigkeit. Das haben wir seit Jahrhunderten unter uns ausgemacht.«

»Warten Sie noch, Herr Grabner, ich bitte Sie.«

»Wir müssen denen klarmachen, dass es noch Grenzen des Erlaubten gibt. Sonst denken die, was sie tun, sei erlaubt und finde die Zustimmung der Leute.«

»Lassen Sie mich mit den Bunaba-Aktivisten reden. Wahrscheinlich klärt sich dann alles schnell auf.«

»Genug geredet! Quatschen allein hilft nicht. Man muss jetzt handeln.«

Der Bauunternehmer gab seinen Arbeitern ein Zeichen. Ein Mann kletterte auf einen seitlich abgestellten Bagger und startete die Maschine.

Josef Grabner nickte dem Mann zu. Das Gefährt setzte sich in Bewegung, die Ketten krallten sich wie bei einem Panzer in die Erde. Der Bagger vollführte einige ruckartige Bewegungen, die Schaufel hob sich, dann rollte er wie in Zeitlupe in Richtung der Zelte.

Auf der anderen Seite sahen die Bunaba-Anhänger wie erstarrt der Baumaschine zu, die sich unbeirrbar und scheinbar übermächtig ihrem Ziel näherte. Keiner bewegte sich, keiner sagte einen Ton.

So musste es sich in früheren Zeiten angefühlt haben, wenn sich die feindlichen Heere vor dem Angriff gegenüberstanden, dachte Baltasar.

Auch die Bauarbeiter hatten ihre Tätigkeiten unterbrochen und beobachteten das Schauspiel. Einige hatten sich mit Holzlatten bewaffnet.

Der Bagger hinterließ eine breite Spur im Boden, Dreck

spritzte auf, der Motor röhrte unter der Last. Der Fahrer verlangsamte kurz vor Beginn der Straße das Tempo, änderte leicht die Richtung und gab wieder Gas, bis er auf die Straße kam.

»Nein!«

Baltasar brüllte es heraus, doch der Motorenlärm verschluckte alles. Er lief auf die Straße und stellte sich vor den Bagger, die Hände erhoben. Er schloss die Augen und betete zum Allmächtigen, ihn zu beschützen.

Das Wummern des Motors klang nun bedrohlich nahe, es schien direkt vor ihm zu sein. Nur ein Wimpernschlag, dann musste die Baggerschaufel ihn treffen.

Das Geräusch änderte sich. Baltasar öffnete die Augen. Der Fahrer hatte angehalten, er wartete offenbar auf Anweisungen von seinem Chef. Einige Sekunden blieb die Situation in der Schwebe. Die Zeit schien stillzustehen.

Dann gab Josef Grabner ein Signal, und der Bagger legte den Rückwärtsgang ein. Die Bunaba-Anhänger klatschten Beifall.

»Herr Senner, was denken Sie sich dabei?« Josef Grabner kam zu Baltasar. »Stehen Sie auf der Gehaltsliste dieser Spinner?«

»Seien Sie froh, dass ich Schlimmeres verhindert habe. Es wäre gut, wenn sich alle Beteiligten ein wenig beruhigen. Sie auch, Herr Grabner.«

»Ich weiß genau, was ich tue – und ich bin im Recht.« Der Bauunternehmer drehte sich zu den Aktivisten und rief ihnen zu: »Verschwindet, ihr Grattler!«

»Selber Arsch«, schrie jemand zurück.

»Kapitalistenschwein!«, rief ein anderer.

»Da hören Sie es selbst, Hochwürden«, sagte Grabner. »Verzogene junge Leute, bei denen die Eltern es versäumt haben, ihnen eine Tracht Prügel zu verabreichen.«

Er gab seinen Angestellten einige Anweisungen. »Aber die Gelegenheit dazu bietet sich schon noch. Bis dahin lass ich mein Eigentum schützen.« Seine Arbeiter hatten den Bagger abgestellt und räumten die Maschinen weg.

»Ich rede mit der anderen Seite«, sagte Baltasar.

»Gut gemacht, Herr Pfarrer«, sagte Wolfgang Behr. »Sie haben's denen gezeigt!«

»Darum geht es nicht«, antwortete Baltasar. »Gewalt ist keine Lösung.«

»Manchmal hilft nur Gewalt«, sagte Behr. »Schließlich geht die strukturelle Gewalt von diesen Institutionen aus, die versuchen, Fakten zu schaffen und die Bürger im wahrsten Sinne des Wortes zu überrollen.«

»Herr Grabner hat die Polizei gerufen.«

»Soll er ruhig«, sagte der Bunaba-Chef. »Wir haben die schriftliche Erlaubnis, auf diesem Grundstück campieren zu dürfen. Wir leben in einem freien Land.«

»Und die Sachbeschädigung des Baggers?«

»Was weiß ich, wer das getan hat. Ich jedenfalls war's nicht, und ich will auch gar nicht wissen, wer der Übeltäter war. Ihm müsste man eigentlich einen Orden verleihen. Schade nur, dass er nicht alle Baumaschinen stillgelegt hat. Sie haben es doch gerade am eigenen Leib gespürt, Herr Pfarrer, was passieren kann.«

»Ein anderes Thema: Ich versuche immer noch, Informationen im Fall Lukas Fliegl zu sammeln. Hätten Sie demnächst Zeit für ein Gespräch?«

»Gerne. Schauen Sie einfach bei mir vorbei. Oder wir treffen uns woanders. Ich bin viel unterwegs.«

Baltasar sprach auch mit den anderen Bunaba-Aktivisten und bat sie um einen Termin wegen des Mordfalls. Er nahm Sarah Koch beiseite.

»Hat das mit den Sachen für Lukas' Eltern funktioniert?«, fragte er. Die Studentin bejahte.

»Vielleicht können Sie mir bei einer anderen Sache helfen«, sagte Baltasar. »In den Unterlagen habe ich den Hinweis auf eine Wohnung, eine WG, gefunden, die Lukas weiterhin benutzt hat. Wussten Sie davon?«

»Eine andere Bude, sagen Sie? Aber er hat doch bei mir gewohnt!«

Baltasar konnte nicht erkennen, ob die Überraschung echt oder gespielt war.

»Er war natürlich manchmal über Nacht weg, wegen seiner vielen politischen Projekte kam das schon vor. Aber er hat immer bei Kumpels übernachtet – sagte er zumindest. Und ich hatte keinen Grund, daran zu zweifeln.«

»Seltsam finde ich seine Heimlichtuerei schon«, sagte Baltasar.

»Und ob das seltsam ist. Ich kann es mir nur so erklären, dass er seine studentischen Wurzeln nicht gleich kappen wollte. Schließlich hatte er in Passau die Uni besucht.«

»Seine Eltern wussten auch nichts davon.«

»Das ist komisch. Aber Lukas ist tot, oder nicht? Und solche Erkenntnisse machen ihn nicht wieder lebendig – oder entlarven seinen Mörder.«

»Alles kann in diesem Fall wichtig sein, wir werden sehen.« Baltasar räusperte sich. »Ich frage das ungern, aber halten Sie es für möglich, Frau Koch, dass Lukas dort mit anderen Frauen ...«

»Ausgeschlossen! Lukas war mein Freund. Wir waren Seelenverwandte. Wir hatten ein sehr vertrautes Verhältnis. Er hat mir immer alles erzählt, was ihn belastete. Ich hätte gemerkt, wenn er mit einer anderen rumgemacht hätte. Nein, nein, das sind Hirngespinste!« Sarah Koch war lauter geworden. Die anderen Bunaba-Aktivisten drehten sich nach ihr um.

»Ist nichts«, rief sie ihnen zu.

Mit gedämpfter Stimme sagte sie zu Baltasar: »Wir haben uns geliebt, Lukas und ich. Er hat mich nie betrogen, glauben Sie mir. Ich hätte es ihm auch nie verziehen. Nie!«

28

Teresa holte ihn ans Telefon.

»Der Herr Kommissar«, flüsterte sie und reichte ihm den Hörer. Es war Wolfram Dix.

»Womit kann ich dienen?«, fragte Baltasar.

»Wir hatten doch verabredet, Sie informieren uns, wenn es etwas Neues gibt«, begann der Kriminalkommissar. »Ich denke, es ist an der Zeit, sich zu einem Gespräch zu treffen.«

»Haben Sie eine heiße Spur?«

»Wir sollten das nicht am Telefon besprechen. Ich schlage ein inoffizielles Treffen vor.«

»Kommen Sie einfach heute Nachmittag zu mir, ich arbeite in der Kirche.«

Wolfram Dix sagte zu. Baltasar war erstaunt über die plötzliche Kooperationsbereitschaft der Passauer Polizei. Oder verfolgte der Kommissar andere Pläne?

Gegen zwei Uhr nachmittags fuhr der Dienstwagen im Pfarrhof vor. Baltasar kam heraus und begrüßte Wolfram Dix und seinen Kollegen Oliver Mirwald.

Teresa erschien, angetan mit einer Küchenschürze.

»Wollen die Herren später eine kleine Süßigkeit? Ich was Leckeres backen für Sie. Solch hoher Besuch.«

»Oh …« Oliver Mirwald hob abwehrend die Hände. »Das … Das ist lieb von Ihnen, aber wir haben bereits zu Mittag gegessen.«

»Was Kleines hat immer im Magen Platz.«

»Danke, bemühen Sie sich nicht.«

Sie gingen in die Kirche.

»Ich bin gerade dabei, alles in Ordnung zu bringen«, sagte Baltasar. »Wenn Sie wollen, können Sie mir helfen.«

»Stundenlohn?«, fragte Mirwald.

»Gotteslohn«, antwortete Baltasar. Er zog die Kerzen aus den Ständern und entfernte die Wachsreste. Wolfram Dix nahm sich ebenfalls einige Kerzen vor, sein Kollege stand mit verschränkten Armen daneben, die Miene verriet Missmut.

»Vorab: Wir sind privat hier«, sagte Dix. »Sie werden verstehen, Hochwürden, die Kriminalpolizei darf keine Ermittlungsergebnisse herausgeben.«

»Verstehe«, sagte Baltasar, obwohl er nicht ganz verstand.

»Betrachten Sie es als Vertrauensvorschuss, dieses Gespräch muss unter uns bleiben.«

»Meine Lippen sind versiegelt.«

»Schön, dann ist das geklärt«, sagte Mirwald. »Aber bilden Sie sich bloß nichts darauf ein.«

»Tu ich nicht.«

»Aber eine Bedingung oder besser gesagt einen Wunsch hab ich«, sagte Dix.

»Ja?«

»Halten Sie mir künftig den nervigen Anwalt von den Eltern des Opfers vom Leib, der geht uns und unseren Vorgesetzten auf den Keks mit seinen Forderungen und Eingaben.«

»Außerdem hat Ihr Vorgesetzter, der Bischof, offenbar mit dem Polizeipräsidenten gesprochen und in der Sache Druck gemacht«, fügte Mirwald hinzu. »Unser oberster Chef hat deshalb grünes Licht für die Kooperation gegeben – wie gesagt, nur inoffiziell. Deshalb sind wir hier.«

»Genau, es ist ein lockerer und unverbindlicher Gedankenaustausch.« Baltasar holte eine Kanne mit Weihwasser und bat Wolfram Dix, die Schalen nachzufüllen. Der Kommissar erledigte die Arbeit mit sichtbarem Vergnügen.

Baltasar hatte beschlossen, seine Informationen preiszugeben.

Nicht jedes Detail, zumindest aber die wichtigsten Punkte. Er berichtete von den Aussagen seiner Gemeindemitglieder, schilderte, was er im Internet und in Dokumenten gefunden hatte. Als er von Paul Brunners Videoaufnahmen berichtete, sprach er von einem anonymen Fund, um den Jungen nicht zu verraten.

»Warum haben Sie das nicht früher gesagt?«, hakte

Mirwald nach. »Das ist Unterdrückung von Beweismitteln.«

Sein Kollege Dix machte ein Zeichen, sich zu beruhigen. »Ist schon gut, wir wollen in diesem Fall ausnahmsweise darüber hinwegsehen.«

Baltasar musste versprechen, »bei der heiligen Jungfrau Maria«, wie Mirwald forderte, ihnen später die Daten und Dokumente zu übergeben. Er erzählte von Lukas Fliegls Eltern und der Zweitwohnung in Passau.

Mirwald pfiff durch die Zähne.

»Das sind wirklich Neuigkeiten. Manchmal bringen Ihre Schnüffeleien doch was, Herr Pfarrer.«

»Was uns bisher fehlt, ist ein zwingendes Motiv«, sagte Wolfram Dix. »Man kann die verschiedensten Hypothesen aufstellen, aber es bleiben Vermutungen und keine Beweise.«

»Am ehesten kommen politische Gründe infrage«, sagte Mirwald.

»Das Problem ist, vor der Tat hatten viele Menschen mit Herrn Fliegl Kontakt. Deshalb haben wir eher zu viele als zu wenig Spuren.«

»Wie meinen Sie das?« Baltasar verteilte neue Aufgaben – Überprüfen des Blumenschmucks und Entfernen welker Blätter und Blüten.

»Wir haben am Tatort natürlich Fingerabdrücke und DNA-Proben sichergestellt«, sagte Mirwald, »ebenso bei Lukas Fliegls persönlichen Sachen in der Kirche. Auch die Bunaba-Mitglieder vor Ort haben wir um Speichelproben gebeten.«

»Welche Ergebnisse brachten die Auswertungen?«

»An Fliegls persönlichen Sachen fanden wir Spuren von seiner Freundin Sarah Koch, von Wolfgang Behr und der Regensburger Studentin Anna Hillwein«, sagte Mirwald. »Noch extremer war es im Campingbus.«

»Dort konnten wir die Anwesenheit derselben Personen nachweisen, dazu Fingerabdrücke von mehreren Unbekannten«, sagte Dix. »Wir vermuten, sie stammen von weiteren Bunaba-Mitarbeitern oder Sympathisanten. Nur, diese Erkenntnis bringt uns nicht weiter. Denn unzählige Personen könnten im Laufe der Zeit in dem Bus gewesen sein, das Fahrzeug wurde praktisch nie gereinigt und war so was wie eine mobile Schaltzentrale der Vereinigung, da trafen sich alle möglichen Leute. Außerdem wird der Täter wahrscheinlich Handschuhe getragen haben.«

»Und wie genau ist Lukas Fliegl gestorben?«

»Die Obduktion hat unsere erste Einschätzung des Todeszeitpunktes und des Ablaufs des Verbrechens bestätigt. Exitus etwa gegen zwei Uhr dreißig nachts.«

»Alle Blutspuren im Bus stammen vom Opfer«, sagte Mirwald. »Nach der Art der tödlichen Verletzung lässt sich schließen, dass an der Kleidung des Mörders ebenfalls winzige Blutspuren zu finden sein müssten.«

Dix arrangierte ein Blumengesteck neu. Er trat einen Schritt zurück und betrachtete zufrieden sein Werk.

»Der Täter fügte Lukas Fliegl eine tödliche Verletzung am Hals zu«, sagte er, »ausgeführt mit einer dünnen kurzen Klinge, ein Tapetenmesser oder Cuttermesser beispielsweise.«

»Demnach kommt auch eine Frau als Täterin infrage«, sagte Baltasar.

»Für den Angriff brauchte es keine besonderen Kräfte. Das könnte auch eine Frau mit der nötigen Entschlossenheit ausführen.«

»Das Entscheidende ist das Überraschungsmoment«, fügte Mirwald hinzu. »Das Opfer hat den Angriff nicht kommen sehen. Herr Fliegl stand zum Zeitpunkt der Tat mit dem Rücken zum Mörder. Das führt zu der Schlussfolgerung: Lukas Fliegl und der Täter müssen sich gekannt haben. Oder das Opfer hatte die Fahrzeugtür offen gelassen. Ein Zufallstäter scheidet eher aus.«

»Könnte es auch eine spontane Reaktion gewesen sein, eine Tat im Affekt?«, fragte Baltasar.

»Wir vermuten, der Täter hat Lukas Fliegl aufgelauert und auf einen geeigneten Moment gewartet. Auch muss er sich die Waffe vorher besorgt haben. Deshalb schließen wir eine Spontantat aus.«

»Sonstige Spuren außen am Campingbus und auf dem Parkplatz?«

»Wir haben nur die Türen untersucht. An anderen Stellen ist erfahrungsgemäß die Gefahr groß, fremde Abdrücke zu finden, die zufällig dorthin gelangt sind, etwa durch Passanten. Die Parkfläche und die Mülleimer der Umgebung haben die Kollegen abgesucht, aber nichts gefunden.«

»Und die Zeugenaussagen?«

»Da waren Sie wohl bisher erfolgreicher als wir, Hochwürden«, sagte Dix. »Viele haben Lukas Fliegl während des Pfarrfestes gesehen, aber spät in der Nacht nicht mehr. Und die Bunaba-Freunde in der Kirche haben bemerkt, dass ihr Anführer die Kirche verlassen hat, sie haben sich aber nicht weiter darum gekümmert. Offenbar ist Lukas Fliegl in der Nacht manchmal kurz verschwunden. Den Bus hat er oft als Besprechungsort und Rückzugsraum genutzt.«

»Was hat seine Freundin gesagt?«

»Diese Sarah Koch glaubte ebenfalls, dass Lukas nur kurz austreten war. Ihr ist nichts Besonderes an seinem Verhalten aufgefallen. Er wirkte nur früh am Morgen nervös, das haben auch die anderen Freunde bestätigt. Aber als sie ihn darauf ansprach, gab er ausweichende Antworten. Sie schoben seine Nervosität auf das Lampenfieber vor der bevorstehenden Diskussion hier in der Kirche.«

»Hat die Auswertung der privaten Sachen mehr gebracht?«

»Im E-Mail-Schriftverkehr ging es im Kern um seine Umweltprojekte, vor allem um das Thema Umgehungsstraße. Da hatte er mit dem halben Bayerwald kommuniziert«, sagte Dix. »Zumindest was die Zahl der Adressaten anging. Er suchte Förderer und Unterstützer.«

»Ähnlich bei seinen Telefonaten. Laut den Verbindungsnachweisen rief er meist seine Freunde an«, sagte Mirwald. »Aber auch Behördenvertreter und Gegner des Bauprojekts.«

»Und mit wem telefonierte er kurz vor seinem Tod?«

»Für die letzten vierundzwanzig Stunden fanden sich Telefonate mit Sarah Koch, mit Wolfgang Behr, auch mit dem Festnetzanschluss des Bauunternehmers Josef Grabner und dem Referatsleiter Doktor Hummel war er verbunden. Offenbar wollte er sich wegen des Streitgesprächs mit denen abstimmen. Ein Anruf ging ins Ausland, in die Slowakei. Der Anschluss gehört zu einem Geldinstitut.«

»Sie sprechen einen Punkt an, wo Sie für mich – ich meine für den Fall – weiter recherchieren könnten. Noch immer ist unklar, woher Lukas Fliegl das Geld für das Grundstück hatte.« Baltasar berichtete von den mysteriösen Überweisungen und von Lazarus. »Mich würde interessieren, wer dahintersteckt.«

»Wir schauen, was wir tun können«, sagte Dix. »Aber machen Sie sich nicht zu viele Hoffnungen. Trotz Amtshilfeersuchen arbeiten unsere lieben Kollegen im Ausland gemütlicher, als unsereiner es gewohnt ist.«

»Wenn Sie schon mal dabei sind, vielleicht können Sie die Grundstückseigentümer an der Bautrasse auch gleich unter die Lupe nehmen«, sagte Baltasar. »Da finden sich viele prominente Namen darunter.«

»Wir sehen uns die Liste an«, sagte Mirwald. »Aber wir werden nicht sämtliche Honoratioren in der Gegend vorladen, um sie zu verhören. An Grundstücksbesitz ist nichts Illegales, und dass man deswegen mordet, müsste erst bewiesen werden.«

»Eben.«

»Da sind andere Hinweise vielversprechender«, sagte Mirwald. »Wir setzen unsere eigenen Prioritäten, wenn Sie erlauben. Dass man sich die Finger verbrennen kann, müssten Sie doch mit Ihrer Verfolgungsaktion bei Hummel, Grabner und Toller erfahren haben. Bei uns lief nämlich eine Beschwerde der Herren ein, müssen Sie wissen. Deshalb mein Rat: Halten Sie sich zurück. Und machen Sie keine Dummheiten!«

29

Baltasar rief Wolfgang Behr an und erinnerte ihn an sein Versprechen, mit ihm über Lukas Fliegl zu reden.

»Können wir das nicht auf später verschieben«, sagte der Bunaba-Chef. »Ich bin momentan mit unseren Umweltprojekten ziemlich beschäftigt, wie Sie sich vorstellen können.«

»Wann hätten Sie denn Zeit?«

»In drei Wochen. Dann habe ich wieder Luft – vorausgesetzt, die Sache mit der Umgehungsstraße eskaliert nicht.«

»Sie wissen, Herr Behr, der Mörder Ihres Freundes läuft noch frei herum. Deshalb ist es wichtig, schnellstmöglich alle Fakten zu sammeln, damit die Polizei weiterkommt.«

»Schon, aber Lukas ist Vergangenheit. Und was geht mich die Polizei an? Die werden von uns Steuerzahlern dafür bezahlt, ihren Job zu machen.«

Baltasar bezweifelte, dass sein Gesprächspartner wirklich Steuern zahlte, kommentierte das aber nicht.

»Ich denke, diesen Gefallen sind Sie mir schuldig«, sagte er stattdessen. »Habe ich Sie und Ihre Freunde nicht immer fair behandelt?«

»Ja schon ...« Eine Zeitlang blieb es in der Leitung still. »Also gut, ich will mir nicht nachsagen lassen, die Ermittlungen zu behindern, obwohl Sie ja eigentlich kein Ermittler sind, Herr Pfarrer«, fuhr Wolfgang Behr fort. »Aber dann müssen Sie dieses Mal nach meinen Regeln spielen.«

»Gern.«

»Ich bin derzeit voll eingespannt in eine neue Demo-Aktion. Tausend Dinge sind zu erledigen. Sie können also meinetwegen kommen, sofern Sie mich nicht bei den Vorbereitungen aufhalten – und wenn Sie niemandem verraten, an welchem Ort wir die Protestaktion planen.«

»Geht klar. Wo ist denn nun dieser geheimnisvolle Ort?«

»Leopoldsreut.«

Das war ein verlassenes Dorf hoch oben in den Bergen und mitten im Wald, einige Kilometer entfernt von Bischofsreut. Die tschechische Grenze war ganz in der Nähe, früher führte durch die Gegend der sogenannte Goldene Steig, eine mittelalterliche Handelsroute, die den Bayerwald mit Böhmen verband.

»Du lieber Gott!«, entfuhr es Baltasar. »Können wir nicht einen Treffpunkt vereinbaren, den man leichter erreicht?«

»Genau das ist der Hintergedanke unserer Aktion. Sie können das Angebot annehmen oder es lassen. Ich erwarte Sie um acht Uhr abends, dann dürften wir mit unseren Arbeiten fertig sein. Und verraten Sie niemandem ein Wort.«

Baltasar nahm die Nebenstrecke über Neureichenau und Haidmühle. Von dort führte eine Forststraße tiefer in den Wald, das letzte Stück musste man zu Fuß gehen. Er stellte sein Auto ab und machte sich auf den Weg.

Die Bäume ließen nur wenig Licht durch, es kam ihm vor, als sei die Dämmerung angebrochen. Es war seltsam still hier oben auf etwa elfhundert Metern Höhe. Kein Mensch, kein Verkehr war zu hören, nur das Rauschen des Windes und vereinzelt der Schrei eines Vogels. Er fragte sich, wo der Bunaba-Chef sein Auto abgestellt hatte, er konnte nirgends ein anderes Fahrzeug sehen.

Früher war Baltasar einmal bei einer Wanderung in Leopoldsreut gewesen. Es war ein Geisterort, nur noch die Kirche und das ehemalige Schulhaus standen, was der Siedlung den Superlativ als »höchstgelegene Schule Deutschlands« eingebracht hatte, was aber den Verfall nicht hatte stoppen können.

Bereits 1963 hatten die letzten Bewohner aufgegeben und den Ort verlassen. Die Handvoll Häuser verfiel, sie wurden abgerissen. Jetzt konnte Baltasar bei seinem Marsch durch den Wald nicht mehr erkennen, wo die Gebäude ursprünglich gestanden hatten, die Natur hatte alles wieder vollständig in Besitz genommen.

Von Anfang an stand die Siedlung unter keinem guten Stern. Ursprünglich als Grenzstation des Goldenen Steigs geplant, versuchten sich die Bewohner in späteren Jahrhunderten, als Waldarbeiter und Bauern durchzuschlagen. Doch das Leben erwies sich als überaus hart: Im Winter war der Ort eingeschneit und ein halbes Jahr von der Außenwelt abgeschnitten. Man war auf sich allein gestellt, die Erträge aus der Landwirtschaft reichten kaum zum Leben. So verließen bereits im 19. Jahrhundert viele Familien wieder den Ort. Nach dem Zweiten Weltkrieg hielten es nur noch wenige Menschen dort oben aus, elektrischer Strom fehlte genauso wie fließendes Wasser. Mangels Kindern musste am Ende auch die Schule schließen.

Am Ende des Weges weitete sich das Gelände, eine kleine Kirche und ein zweistöckiges Gebäude tauchten in Baltasars Gesichtsfeld auf. Das Wetter hatte umgeschlagen, schwarzgraue Wolken hingen wie nasse Säcke am Himmel, gleich würde es zu regnen beginnen. Er ärgerte sich, dass er keinen Schirm mitgenommen hatte.

Auf dem Platz war niemand zu sehen. Keine Fahrzeuge, keine Bunaba-Aktivisten, kein Wolfgang Behr. War er schon wieder weg? Hatte er die Verabredung vielleicht vergessen? Baltasar sah in der Kirche nach, sie war leer. Er sprach ein kurzes Gebet und ging wieder nach draußen.

»Hallo, ist hier jemand?«, rief er.

Stille.

Er ging zum Schulhaus. Gerade als er die Eingangstür öffnen wollte, hörte er ein Geräusch hinter sich.

Er fuhr herum. Hinter ihm stand Wolfgang Behr.

»Mein Gott, haben Sie mich erschreckt«, sagte Baltasar. »Haben Sie mich denn nicht gehört?«

»Doch, doch, Herr Senner. Ich musste nur mal für kleine Jungs. Schließlich gibt's hier oben keine Toiletten.«

»Und wo sind Ihre Freunde?«

»Die sind längst wieder abgezogen. Wir beide sind allein hier. Schön, nicht? Jetzt können wir in Ruhe reden – ohne Zuhörer, die uns stören.«

»Ich dachte, Sie wollten eine Demonstration vorbereiten.«

»Das haben wir auch. Sehen Sie her.« Wolfgang Behr zeigte ihm im Schulhaus mehrere Scheinwerfer und einige dunkle Kästen.

»Wir werden eine Lichtinszenierung machen, eine

Lightshow. Es soll ein Spektakel in der Dunkelheit werden.«

»Und der Zweck des Ganzen?«

»Wir strahlen einzelne Punkte hier in Leopoldsreut an, da, wo früher die anderen Häuser gestanden haben. Damit zeigen wir, welche schädlichen Eingriffe Menschen in die Natur vornehmen, genauso wie jetzt bei der Umgehungsstraße. Und das Ende der Geschichte ist: Die Natur bleibt der Sieger und holt sich alles zurück. Das hat Parallelen zum aktuellen Bauprojekt.«

»Aber wer soll in der Dunkelheit hier herauffinden? Es ist jetzt schon ein kleines Abenteuer, bis man die Siedlung erreicht.«

»Wir werden schon genügend Zuschauer mobilisieren, keine Sorge. Das Wichtigste für mich ist aber: Es haben schon mehrere Pressevertreter von Zeitung, Radio und Regionalfernsehen ihr Kommen zugesagt. Die wollen sich das Spektakel nicht entgehen lassen.« Wolfgang Behr klatschte in die Hände. »Das genau ist es, was die politische Arbeit ausmacht: Knallige Botschaften für die Medien. Ein Event, der Tatsachen schafft und über den die Presse berichten muss. Die transportiert unser Anliegen. Nur auf diesem Weg erreicht man heute noch die Bürger.«

»Die Verpackung ist wichtiger als der Inhalt?«

»Seien Sie nicht naiv, Herr Pfarrer. So ist das Showbusiness. Wir befinden uns auf einer Bühne, einer politischen Bühne. Und da gelten eben Showregeln. Oder was meinen Sie, was Sie von unseren Politikern im Fernsehen serviert bekommen?«

»Sah das Ihr Freund Lukas Fliegl genauso?«

»Lukas und ich waren in vielem gleicher Meinung, was die Ziele betraf, wie Prioritäten zu setzen waren. Nur über die Wege zum Ziel hatten wir teilweise unterschiedliche Auffassungen, aber das ist in einer solchen Bewegung normal, da sind Diskussionen das Salz in der Suppe.«

»Hätte Lukas Fliegl eine solche Lichtshow gebilligt?«

»Es ist müßig, darüber zu spekulieren, wie er entschieden hätte. Im Zweifel setzte Lukas immer auf Umwege und nicht auf die direkte Konfrontation. Er war von dem Glauben beseelt, mit verborgenen Methoden zu arbeiten und die Schwächen der Gegner zu nutzen, um sie niederzuringen. Das war eine besondere Form des Idealismus von ihm, davon konnte man ihn nicht abbringen. Er stand voll auf die Oldtimer-Kriegsstrategie dieses Sunzi, von dem hat er immer Sprüche zitiert.«

»Also war er gegen radikale Maßnahmen?«

»So kann man das auch wieder nicht sehen. Er setzte wie ein Judokämpfer darauf, die Energie der Angreifer für eigene Zwecke zu nutzen und sie somit aufs Kreuz zu legen. Er sagte immer, man brauchte nur bei einem einzigen Feind den Hebel anzusetzen, nur das eine wichtige Bauklötzchen herauszulösen, und schon würde die ganze Konstruktion zusammenkrachen.«

»Wie weit wäre er gegangen?«

»Kommen Sie, Herr Pfarrer, gehen wir wieder an die frische Luft.« Wolfgang Behr verließ das Gebäude. »Dieser Ort hat eine besondere Atmosphäre. Ich bin froh, dass wir ihn für unsere Aktion nutzen können.« Er schloss die Tür hinter Baltasar. »Zu Ihrer Frage, Lukas war immer für

Überraschungen gut. Ich glaube, viele haben seine Durchsetzungskraft unterschätzt. Er konnte knallhart sein, er ging über Leichen, bildlich gesprochen. Und er war ein begnadeter Taktiker, der immer einige Schachzüge vorausdachte.«

»Was glauben Sie: Wer hat Ihren Freund umgebracht?«

»Darüber habe ich mir tagelang den Kopf zerbrochen. Für mich war es einer seiner politischen Gegner. Er hatte sich mächtige Feinde gemacht – die Grundstücksbesitzer, Bauunternehmer, konkurrierende Initiativen.«

»Sie glauben doch nicht im Ernst, Florian Toller könnte damit zu tun haben?«

»Ich nenne keine Namen. Aber überlegen Sie mal selbst. Unsere Bewegung ist eine Bedrohung für den Umweltverein Bayerwald. Wir sind die Jüngeren, wir sind die Besseren, wir sind aggressiver. Das kommt gerade bei den jüngeren Mitbürgern besser an als die Mauscheleien der alten Herren.«

»Das sind starke Thesen, die Sie da aufstellen.«

»Sie wollten wissen, was ich denke. Also beschweren Sie sich nicht.«

»Hat es Auseinandersetzungen zwischen Ihnen und Lukas Fliegl gegeben? Haben Sie sich gestritten?«

»Das bleibt bei engagierten Menschen nicht aus. Aber es war nie was Ernstes. Am Ende haben wir einen Kompromiss gefunden.«

»Ich dachte, er hatte als Bunaba-Chef besondere Befugnisse. Hätte er nicht einfach etwas anordnen können?«

»Laut Statuten wäre das möglich gewesen. Aber so

funktioniert das Spiel nicht, man darf Menschen nicht einfach so übergehen. Alle müssen aufs gleiche Tor schießen. Deshalb ist es wichtig, alle mitzunehmen.«

»Aber angenommen, die Gruppe könnte sich nicht einigen, dann hätte Herr Fliegl den Ausschlag gegeben?«

»Im Extremfall: ja.«

»Eine ganz andere Frage: Wussten Sie von seiner Wohnung in Passau?«

»Seine alte Bude, hatte er die noch? Wenn es dieselbe ist: Dort wohnte er als Student. Aber er war mit Sarah Koch zusammen und bei ihr eingezogen.«

»Hatte er Beziehungen zu anderen Frauen?«

»Ich hab ihn schon mit anderen Frauen gesehen, aber nicht mehr, seit er mit Sarah zusammengelebt hat.« Wolfgang Behr zuckte mit den Schultern. »So eng befreundet war ich mit ihm auch wieder nicht, dass ich seine intimsten Geheimnisse kannte.«

»Apropos: Seit wann kannten Sie ihn eigentlich? Wie haben Sie sich kennengelernt?«

»Das muss auf einer Umweltveranstaltung gewesen sein, ist schon lange her. Wir fanden gleich dieselbe Wellenlänge. Moment.« Wolfgang Behr verschwand hinter dem Schulhaus und kam mit einem Mountainbike und einem Rucksack zurück. »Wenn Sie wollen, können wir gehen. Mein Job ist für heute erledigt.«

Er schob sein Rad. Sie nahmen den Weg zurück, den Baltasar gekommen war. Baltasar fragte sich, warum ihm der neue Bunaba-Chef eine Lüge über das erste Zusammentreffen aufgetischt hatte. Er wagte einen Vorstoß und sagte: »Ich dachte, Sie kannten ihn schon länger.«

Wolfgang Behr sah ihn an, als wollte er aus seinem Gesicht ablesen, ob er die Wahrheit kannte.

»Wieso fragen Sie das?«, sagte Behr schließlich.

»Ich habe schon eine Reihe von Gesprächen geführt«, sagte Baltasar. »Jemand erzählte mir, Sie und Lukas Fliegl hätten bereits früher zusammengearbeitet. In einem Altenheim.«

Wolfgang Behr lachte, es klang aufgesetzt. »Ach das, das hatte ich schon längst wieder vergessen. Ich war früher Geschäftsführer einer Seniorenresidenz. Lukas war Praktikant. Er war nur ganz kurz da, wenn ich mich recht erinnere. Das zähle ich nicht unter Kennenlernen.«

»Es hat mich gewundert, dass Sie nicht mehr in Ihrem ursprünglichen Beruf arbeiten. Geschäftsführer ist doch was.«

»Ich hatte andere Präferenzen. Außerdem berate ich bei Bedarf Unternehmen. Die Selbstständigkeit gibt mir mehr Freiheit für die Projekte.«

»Dennoch: Normalerweise gibt man einen solch lukrativen Job nicht ohne Weiteres auf – gerade im Bayerischen Wald, wo man nicht so leicht Arbeit findet.«

Wolfgang Behr war stehen geblieben. »Sie haben eine penetrante Art, Herr Senner, das muss ich schon sagen. Das ist Privatsache. Und damit basta!«

»Seien Sie doch nicht gleich so empfindlich. Es ist doch nicht ehrenrührig, eine andere Arbeit anzunehmen. Mich interessieren nur die Umstände.«

»Gerade über die will ich nicht reden! Das ist Vergangenheit.« Seine Stimme hallte im Wald wider.

»Da es mit Lukas Fliegl zusammenhängt, hat es für

mich Bedeutung. Ich würde einfach gerne wissen, was damals passiert ist.«

»Wollen Sie etwa damit andeuten, dass ich etwas mit seiner Ermordung zu tun habe – wegen dieser alten Geschichte?« Er zitterte vor Wut.

»Beruhigen Sie sich bitte. Ich deute gar nichts an. Ich sammle nur Mosaiksteinchen und hoffe, sie ergeben irgendwann ein Bild. Hat das alles mit Ihrer Entlassung zu tun?«

»Ich wurde nicht entlassen!«, donnerte Wolfgang Behr. »Ich bin freiwillig gegangen, die Situation war für mich nicht mehr tragbar. Ich war umgeben von Ratten, lauter Ratten. Das war die schlimmste Erfahrung meines Lebens!«

»Wen meinen Sie damit?«

»Die Eigentümergesellschaft des Altenheims, die mir ihre Unterstützung entzogen hat, obwohl ich gebeten hatte, den Fall objektiv zu betrachten. Aber nichts da, diese Kapitalisten dachten nur an ihr Image und an ihren Profit.«

»Sie meinen den Vorwurf des Diebstahls?«

»Da sehen Sie es selbst!« Wolfgang Behr hatte sein Fahrrad zur Seite geworfen. »Diese Ratten verbreiten böswillige Verleumdungen und wissen, es bleibt immer etwas hängen. Und man kann sich gar nicht dagegen wehren. Aber ich werde mir das nicht gefallen lassen, ich bin kein Opfer. Ich schlage zurück!«

»Worum ging es genau bei den Vorwürfen?«

»Bei einer Bestellung gab es Unregelmäßigkeiten. Einen Teil der Ware hatten wir nicht erhalten, der Auftragnehmer behauptete aber, alles ordnungsgemäß geliefert zu haben, und beschuldigte mich, die fehlenden Teile auf eigene Rechnung weiterverkauft zu haben.« Wolfgang Behr stellte sein Rad wieder auf. »Es war wie in einem schlechten Film: Eines Tages, ich war gerade im Haus unterwegs, schickte die Gesellschaft jemanden, der mein Büro durchsuchte. Dort fand man einen Umschlag mit Banknoten in meiner Schreibtischschublade. Ich wollte einen größeren Betrag nach der Arbeit bei meiner Sparkasse einzahlen und hatte deshalb das Geld dabei. Meine Gegner behaupteten, die Summe sei der Erlös aus dem illegalen Verkauf der fehlenden Teile.«

»Und der Lieferant hieß Josef Grabner.«

»Sie kennen offensichtlich die Details. Ja, diese Ratte hatte mich beschuldigt, er sagte, er hätte nie das Geld erhalten. Dabei hatte er es eingesteckt.«

»Konnten Sie das Missverständnis nicht aufklären? Das kann man doch nicht einfach so behaupten«, sagte Baltasar. »Dafür gibt's Belege oder Zeugen.«

»Genau das war mein Fehler, meine Unachtsamkeit, die ich mir selbst zuzuschreiben habe. Ich hatte vergessen, mir die Auszahlung der Summe von Grabner quittieren zu lassen. Und als ich das kurz darauf nachholen wollte, behauptete er, den Betrag nie gesehen zu haben. Und Zeugen gab es keine, im Nachhinein war mir klar, warum. Diese Ratte von Bauunternehmer hatte den Zeitpunkt der Zahlung abgewartet, bis wir beide allein waren.«

»Das ist doch ungewöhnlich. Heutzutage überweist man im Geschäftsleben die Rechnungsbeträge.«

»Schon richtig. Aber Grabner bat darum, sagte, er brauche das Geld dringend und wolle nicht warten, bis die Überweisung auf seinem Konto gutgeschrieben wäre.«

»Warum haben Sie nicht einfach die Polizei gerufen? Die hätte alles aufklären können.«

»Theoretisch schon. Praktisch aber saß ich in der Falle. Es stand Aussage gegen Aussage. Die Gesellschafter boten mir an, zu kündigen und die Sache intern zu regeln. Was blieb mir anderes übrig? Ich hatte keine Lust auf tagelange Verhöre, und am Ende wäre doch etwas an mir haften geblieben. Da war der Abgang der geräuschlosere Weg.«

»Warum sollte Herr Grabner so was Bösartiges tun?«

»Da kennen Sie ihn schlecht. Der nimmt keine Rücksicht, wenn es um seine Interessen geht. Ich war zu meiner Zeit als Geschäftsführer mit ihm mehrmals aneinandergeraten. Es ging um schlampig ausgeführte Bauaufträge. Ich hatte bei den Gesellschaftern beantragt, Josef Grabner künftig von allen Aufträgen auszuschließen.«

»Demnach wollte Herr Grabner Sie loswerden, weil er um seine Pfründe fürchtete?«

»Genau. Es war eine geschickt eingefädelte Intrige, das muss man ihm lassen. Er hat den ersten Fehler meinerseits eiskalt zu seinem Vorteil ausgenutzt.«

»Also ist Josef Grabner Ihr Feind Nummer eins?«

Sie waren an Baltasars Auto angekommen. Wolfgang Behr bewunderte seinen alten VW Käfer.

»Wir werden keine Freunde mehr, das ist wohl klar«, sagte der Bunaba-Chef.

»Bekämpfen Sie deshalb die Umgehungsstraße so leidenschaftlich? Weil Sie es Herrn Grabner heimzahlen können?«

»Schadenfreude würde ich bei ihm schon verspüren, weil er eine hinterlistige Type ist, die mit unlauteren Mitteln arbeitet. Da waren Lukas und ich einer Meinung. Und Grabner wusste, wir lehnten ihn ab und wollten ihm das Leben schwer machen. Ich glaube, Lukas hatte sogar eine Aktion geplant, ich weiß nicht, welche. Aber er kam nicht mehr dazu … Auf der anderen Seite ist Politik ein besonderes Geschäft, das habe ich mittlerweile gelernt. Man kämpft mit harten Bandagen und schenkt sich gegenseitig nichts. Deshalb darf man sich nicht nur von Emotionen leiten lassen.«

»Ein wenig erstaunt mich schon, dass Lukas und Sie befreundet waren. Auf ihn könnten Sie eigentlich genauso wütend sein wie auf den Bauunternehmer.«

»Warum?«

»Laut meinen Informationen war es Lukas, der das mit dem Geldumschlag in Ihrer Schublade gemeldet hatte. Wäre er nicht gewesen …« Das war eigentlich nur eine vage Vermutung, aber Baltasar wollte die Reaktion seines Gesprächspartners sehen.

»Ja, damals gab es diese Gerüchte. Ich habe Lukas später darauf angesprochen. Er hatte das mit dem Geld zufällig mitgekriegt. Er war in meinem Büro, als ich den Umschlag wegpackte – ich hatte eine launige Bemerkung über die Summe gemacht, glaube ich. Das muss er falsch verstanden haben. Deshalb ist er prompt zu meinen Vorgesetzten gerannt und hat gepetzt.«

»Also war er der Auslöser?«

»Gewissermaßen. Aber das habe ich erst erfahren, nachdem ich meine Stelle im Altenheim bereits aufgegeben hatte. Und es waren auch nur Vermutungen, von denen ich zufällig gehört hatte, nichts Konkretes. Erst später hatten Lukas und ich ein klärendes Gespräch zu dem Thema.«

»Und Sie geben ihm keine Schuld?«

»Anfangs war ich schon wütend. Erst als ich Lukas wieder getroffen hatte und ich der Bunaba-Bewegung beigetreten war, löste sich mein Ärger auf.«

»Warum der Sinneswandel?«

»Mir wurde klar: Lukas hatte das nicht getan, um mir zu schaden. Er hat in einer seltsamen Naivität gehandelt, es war ein Fehler, ohne Zweifel. Aber ein junger Student kann auch mal Fehler machen, warum sollte ich ihn dafür verurteilen?«

»Wie hat er auf Ihre Vorwürfe reagiert?«

»Ihm war bewusst, dass er falsch gehandelt hatte, und er hat sich dafür entschuldigt. Ihm sei die Tragweite seines Handelns nicht bewusst gewesen, sagte er. Er habe die Hintergründe nicht gekannt, er wusste nichts von den Vorgängen um Josef Grabner.« Wolfgang Behr holte seinen Fahrradhelm aus dem Rucksack und setzte ihn auf. »Aber, wie gesagt, das sind alte Geschichten, die sind längst vergeben und vergessen. Lukas lebt nicht mehr. Ich habe mir angewöhnt, nach vorn zu blicken. Und ich werde Lukas' Erbe weiterführen.«

30

Auf der Heimfahrt vergegenwärtigte sich Baltasar noch einmal das Gespräch mit Wolfgang Behr. Der Bunaba-Chef war ungewohnt offen und ehrlich gewesen – oder war das wieder nur ein taktisches Manöver gewesen, um ihn zu verwirren und von anderen Fakten abzulenken? Er wusste nicht, ob diese Geldgeschichte sich wirklich so abgespielt hatte, wie Behr es geschildert hatte. Im Gegensatz zu Josef Grabner war Behr sehr nachsichtig in seinem Urteil über den ermordeten Freund. Jedenfalls bedeuteten Behrs Ankündigungen nichts Gutes für die nächsten Bunaba-Aktionen gegen die Umgehungsstraße.

Am nächsten Morgen fuhr Baltasar zuerst bei der Baustellenkreuzung vorbei. Die Lage schien unverändert. Auf der einen Seite einige Arbeiter bei den Baumaschinen, wobei unklar blieb, was sie eigentlich machten. Auf der anderen Seite die beiden Igluzelte. Davor Gestalten, die sich auf einem Gaskocher Kaffee kochten.

Baltasar stoppte und ging zu dem Camp. Er kannte die Bunaba-Aktivisten nicht, er stellte sich vor und fragte nach den Regensburger Studenten. Niemand wusste Genaues, aber sie gaben ihm zumindest die Handynummern.

Er beschloss, weiterzufahren und Josef Grabner einen Spontanbesuch abzustatten. Die Arbeiter fragte er, wo ihr Chef zu finden wäre, sie gaben ihm den Tipp, es beim firmeneigenen Lagerplatz zu versuchen.

Er brauchte eine Weile, bis er das Außenlager des Bauunternehmers gefunden hatte. Es war ein eingezäuntes Areal mit einer Baracke und einem Stahltor, das geöffnet war. Baltasar fuhr hinein und stellte seinen Wagen ab.

Auf dem Gelände waren mehrere zerlegte Kräne deponiert, Betonmischmaschinen, unzählige Regale mit Schalbrettern und Gerüstteilen. Daneben parkten Bagger, Planierraupen, Lastwagen und Transporter. Kein Mensch war zu sehen.

Er klopfte an der Barackentür und ging hinein. Ein Mann in blauer Arbeitshose saß an einem Schreibtisch, der noch aus den fünfziger Jahren stammen musste. Ein Kugelbauch wölbte das Hemd. Auf dem Schreibtisch lag ein Kreuzworträtselheft.

»Ja?« Der Arbeiter sah Baltasar erwartungsvoll an.

»Ich suche Herrn Josef Grabner. Er soll hier zu finden sein, haben Ihre Kollegen draußen bei der Umgehungsstraße gesagt.«

»Da haben Sie Pech. Er ist vor einer halben Stunde wieder weggefahren.«

»Kommt er nochmal zurück?«

»Weiß nicht. Gesagt hat der Chef jedenfalls nichts.«

»Ob er bei sich zu Hause ist?«

»Weiß nicht.«

»Ist er auf seinem Handy zu erreichen?«

»Weiß nicht. Eher nicht. Er hat es selten an.«

»Dann lohnt es sich wohl nicht zu warten.«

»Weiß nicht. Eher nicht.«

Baltasar versuchte es mit einem Themenwechsel.

»Einen beeindruckenden Maschinenpark haben Sie hier«, sagte er. »So was hab ich bisher noch nie gesehen.«

»Echt?«

»Echt. Aber ich bin nur technischer Laie. Sind die alle neu?«

»Einige.« Der Mann war aufgestanden. Sein Interesse schien geweckt. »Gehen wir nach draußen. Ich zeig Ihnen unsere besten Stücke.«

Die nächste Viertelstunde war wie eine Führung durch den Zoo, nur dass der Mann keine exotischen Tiere erklärte, sondern exotische Fahrzeuge. Der Arbeiter nannte Details zu den Maschinen, hob stolz die PS-Zahlen hervor und schilderte die unterschiedlichen Einsatzzwecke.

»Toll.«

Baltasar versuchte, den Redefluss des Mannes zu stoppen. »Was ich nicht ganz verstehe: Warum sind nicht alle Maschinen in Ihrer Obhut? Viele stehen draußen bei der Umgehungsstraße. Das macht doch keinen Sinn, oder?«

»Wir warten, bis es losgeht«, sagte der Mann. »Wenn die Gerätschaften alle vor Ort sind, spart es Zeit.«

»Aber von einem Baubeginn ist doch keine Rede.«

»Da kennen Sie meinen Chef schlecht, der findet schon einen Weg, sich Aufträge zu sichern.« Der Mann rückte seinen Gürtel zurecht.

»Ohne Genehmigungen geht nichts.«

»Weiß nicht. Hab mich nicht damit beschäftigt. Im Grunde ist es auch egal: Ob die Schmuckstücke hier rumstehen oder dort, macht keinen Unterschied.«

So hatte es Baltasar noch nicht betrachtet. Aber eigentlich war es offensichtlich: Es gab seiner Ansicht nach viel zu viele Fahrzeuge. Wie viel mochte Josef Grabner dafür investiert haben? Wenn die Maschinen nicht benutzt wurden, waren sie totes Kapital, mit einem Wort: Geldvernichtung.

»Sollten diese Maschinen nicht auf Baustellen eingesetzt werden?«

»Schon. Aber momentan haben wir zu wenig Aufträge.«

»Dann sind die Fahrzeuge doch nutzlos, oder?«

»Bei einem Großauftrag brauchen wir das alles. Bei den kleinen Bauvorhaben, bei denen die Kollegen jetzt arbeiten, reicht schon ein Bruchteil des Materials.« Der Mann blickte finster drein. »Es muss eben bald besser werden. Der Chef hat bereits ein Dutzend Kollegen entlassen müssen, weil nicht genug Arbeit da ist. Es herrscht eben Flaute. Wenn das so weitergeht, verliere ich auch noch meinen Job.«

Baltasar fuhr weiter zum Wohnhaus des Bauunternehmers. Auf sein Klingeln öffnete die Tochter, Marlies Grabner.

»Ist Ihr Vater zu sprechen?«

»Keine Ahnung, wo er steckt. Normalerweise kommt er erst spätabends nach Hause«, sagte sie. »Soll ich was ausrichten?«

»Danke, ich melde mich wieder. Aber da ich nun mal schon hier bin: Haben Sie einen Moment Zeit für mich für ein kurzes Gespräch?«

Marlies Grabner wirkte überrascht. »Was wollen Sie denn von mir wissen?«

»Ich würde gerne mit Ihnen über Lukas Fliegl reden.«

»Was … Warum?«

»Weil es etwas zu besprechen gibt, etwas sehr Persönliches.«

»Tut mir leid, ich muss weg, an die Uni. Ein anderes Mal gerne.«

»Kein Problem. Ich fahre einfach mit Ihnen nach Passau, wenn Sie erlauben. Da bleibt uns genug Zeit zum Plaudern. Mein Auto hole ich später ab.«

»Ähh … Nein …« Sie zögerte. »Also gut, aber nur kurz. Bitte folgen Sie mir, Herr Pfarrer.« Sie geleitete ihn um das Haus zu einer Terrasse mit bequemen Sitzgarnituren, einem offenen Kamin und Blick auf Garten und Zierteich.

»Also, um was geht's?«, fragte sie, nachdem sie sich gesetzt hatten.

»Ich würde gern über Ihr Verhältnis zu Lukas Fliegl sprechen.«

»Was meinen Sie damit – Verhältnis?«

»Waren Sie nicht befreundet?«

»Wie kommen Sie auf so was?« Nervosität begleitete ihre Worte.

»Formulieren wir es so: Ich habe davon gehört«, sagte Baltasar und fügte hinzu: »Sie brauchen sich keine Sorgen machen, Frau Grabner. Alles, was wir gerade besprechen, bleibt unter uns, wenn Sie es wünschen. Mein Wort als Priester darauf.«

Sie zögerte immer noch.

»Also gut … Meinetwegen … Aber ich verlasse mich auf Ihr Wort.«

»Also: Waren Sie mit Lukas Fliegl befreundet?«

»Ja. Wobei Freundschaft alles Mögliche umfassen kann. Wie Sie wissen dürften, war Lukas mit Sarah Koch zusammen.«

»Wie haben Sie sich kennengelernt?«

»Mein Vater und ich haben eine Bunaba-Veranstaltung besucht, bei der es um die Umgehungsstraße ging und bei der Lukas mitdiskutierte. Papa will über alles Bescheid wissen, was dieses Thema betrifft. Ich hatte damals überhaupt nicht mit Lukas geredet, und ich muss sagen, mich hat es nicht sonderlich interessiert. Ganz anders bei meinem Vater. Jedenfalls sind wir uns später an der Passauer Uni über den Weg gelaufen. Lukas hat mich angesprochen und auf einen Kaffee eingeladen. So fing es an …«

»Wusste Lukas, dass Sie die Tochter von Josef Grabner sind?«

»Nein. Er kippte fast aus den Socken, als ich ihm das gesagt habe. Aber das hat ihn nicht weiter gestört.«

»Wirklich? Ihr Vater war einer seiner politischen Gegner.«

»Das weiß ich. Aber wir hatten beschlossen, nicht über Politik zu reden, schon gar nicht über diese Umgehungsstraße. Das hat ganz gut funktioniert.«

»Und Ihr Vater?«

»Der weiß natürlich nichts davon. Der würde mich umbringen, wenn er das erfahren würde. Deswegen rede ich so ungern darüber. Sie müssen mir versprechen, zu niemandem auch nur Andeutungen zu machen.«

»Großes Ehrenwort. Warum glauben Sie, dass Ihr Vater so heftig reagieren würde?«

»Lukas stand für alles, was mein Papa hasst. Und Lukas störte die Geschäfte. Papa lebt in einer anderen Welt, da zählen andere Werte.«

»War es denn nicht schwierig, eine Beziehung geheim zu halten?«

»Am Anfang schon. Das Schwerste war, einen Platz zu finden, wo man ungestört sein konnte. Mehrere Male waren wir in seiner alten WG in Passau, aber das war auch nicht optimal. Das andere, was mir zu schaffen machte, war, in der Gegenwart von Fremden so zu tun, als würden wir uns nicht kennen.«

»Und wo waren Sie beide sonst außer in Lukas Fliegls Wohnung?«

»Teilweise haben wir uns in der Uni getroffen, da fällt es nicht auf, wenn sich zwei Studenten unterhalten. Oft nutzten wir seinen Campingbus. Oder wir machten gemeinsame Ausflüge ins Blaue.«

»Wann haben Sie Lukas das letzte Mal gesehen?«

»Das war auf Ihrem Pfarrfest. Ich bin am Bunaba-Stand vorbeigegangen, wo er mit jemandem gesprochen hat. Zu wissen, dass Lukas nur wenige Stunden später …« Marlies Grabner schluckte. »Wenn ich das gewusst hätte … ich hätte mit ihm geredet, egal, was die anderen dachten. Eigentlich wollte ich mit ihm einiges besprechen, über unsere Zukunft, aber irgendjemand hat das unmöglich gemacht.« Sie senkte den Kopf. »Es ist so grausam, ich kann mich immer noch nicht damit abfinden, dass er nie mehr …«

»Über was wollten Sie mit ihm reden?«

»Wie es mit uns weitergeht. Ich fand dieses Versteckspiel auf Dauer belastend, es machte mich unzufrieden, trotz der schönen Stunden, die wir beide miteinander verbracht haben. Deshalb bestand ich auf einer Aussprache.«

»Und was hat Lukas gesagt?«

»Er schien dem Gedanken einer festeren Bindung gar

nicht abgeneigt. Ihm war auch klar, dass dieser Schwebezustand nichts auf Dauer war. Ich glaube, er hat mich geliebt. Ja, das hat er.« Marlies Grabner spielte verlegen mit ihrem Haar.

»Dann wollten Sie an dem Tag des Pfarrfests miteinander reden, genau an dem Tag, an dem er ermordet wurde?«

»Ja, wir hatten vereinbart, die erste sich bietende Gelegenheit zu nutzen.«

»Und, waren Sie am Abend oder in der Nacht dort?«

»Ich habe auf ihn gewartet, ich war verärgert, weil er sich bei mir den ganzen Abend nicht gemeldet hatte. Andererseits wusste ich, er war in Ihrer Kirche, und er konnte sich nicht so einfach davonstehlen.«

»Was genau haben Sie in jener Nacht getan?«

»Ich habe mein Auto etwas abseitsgeparkt und da drin gewartet. Lukas und ich wären vermutlich in seinen Campingbus gegangen, um dort zu reden. Oder bei mir im Wagen, ich weiß es nicht. Es ist alles so sinnlos …« Sie schien den Tränen nahe.

»Und dann?«

»Ich weiß nicht genau, wie lange ich im Auto saß, ich hab nicht auf die Uhr geguckt. Einmal bin ich ausgestiegen und habe eine Runde um das Gelände gedreht, ich hatte einfach das Gefühl, etwas tun zu müssen. Dann bin ich wieder zurück zum Wagen gegangen. Irgendwann, es muss schon tief in der Nacht gewesen sein, bin ich sauer geworden, weil Lukas mich versetzt hat, und bin heimgefahren.«

»Haben Sie etwas Verdächtiges gesehen, als Sie dort gewartet haben?«

»Wie gesagt, ich stand nicht direkt auf dem Parkplatz hinter der Kirche, sondern weiter weg. Deshalb hatte ich keinen direkten Blick auf den Campingbus. Es sind schon einige Leute vorbeigekommen, aber ich habe damals nicht darauf geachtet. Da war nichts, was verdächtig gewesen wäre.« Sie hielt inne. »Doch, eines ist mir aufgefallen: Ein Teenager, der mit einem Handy herumlief und dauernd filmte.«

»Sie wissen schon, dass Ihre Aussage für die Polizei wichtig sein könnte?«

»Nein, nein, ich hab doch nichts gesehen. Außerdem möchte ich nicht in diesen Strudel hineingezogen werden, dann käme alles raus zwischen Lukas und mir. Ich hab schon genug damit zu tun, mit der Situation fertigzuwerden. Und Sie haben mir versprochen, niemandem davon zu erzählen.«

»Hab ich.«

»Ich will nichts mehr mit dieser Sache zu tun haben.« Marlies Grabners Tonfall war getragen von Wehmut.

»Dennoch ist mir eine Sache schleierhaft«, sagte Baltasar. »Lukas Fliegl war mit Sarah Koch zusammen. Sie waren ein festes Paar. Er muss sie doch auch gemocht haben, sonst wären die beiden nicht zusammen gewesen. Wie passt das mit seinen Gefühlen für Sie zusammen?«

»Vermutlich hat er schon was für Sarah empfunden – anfangs zumindest. Er hatte sie vor mir kennengelernt. Wenn es andersrum gewesen wäre, hätte es dieses Dilemma nicht gegeben, da bin ich mir sicher. Er wäre gleich bei mir geblieben.«

»Liebte Lukas Fliegl Sie beide gleichzeitig? Gibt's so

was? Oder konnte er sich zwischen Ihnen nicht entscheiden?«

»Er liebte nur mich. Das mit Sarah ist eben vorher ... passiert. Deshalb wollten wir auch miteinander sprechen, um die Situation zu klären.«

»Also ging es um die Frage, ob er bei Sarah auszieht und mit ihr Schluss macht«, sagte Baltasar.

»Genau. Aber Lukas wollte erst nochmal darüber nachdenken. Er dachte in solchen Dingen immer so ... nüchtern ... so kontrolliert. Ich bin da ein ganz anderer Typ.«

»Also bestand die Absicht, wenn ich es recht verstehe, klare Verhältnisse zu schaffen, aber Lukas hatte sich noch nicht festgelegt?«

»So in etwa.«

»Wie passt das mit Ihrer Aussage zusammen, die Beziehung vor Ihrem Vater geheim zu halten? Sie mussten doch damit rechnen, dass er früher oder später etwas mitbekommt.«

»Darüber hätte ich mir Gedanken gemacht, wenn es so weit gewesen wäre. Wenn, wenn, wenn ... Es ist nutzlos, sich da weiter den Kopf zu zerbrechen. Das Schicksal hat eine andere Entscheidung getroffen.«

»Glauben Sie, dass Sarah Koch etwas geahnt hat?«

»Nein. Ich bin mir sogar sicher. Lukas meinte, zwischen ihm und Sarah sei alles wie immer gewesen.«

»Wie konnten Sie das aushalten: Sie sind mit Lukas zusammen, und gleichzeitig wissen Sie, dass er vielleicht noch am selben Abend mit einer anderen ins Bett geht?«

»Der Gedanke war schrecklich. Eine Quälerei. Ich hätte nie gedacht, dass mir so etwas passiert. Ist aber geschehen, ich konnte nichts dagegen tun. Deshalb bestand ich darauf, unsere Beziehung zu klären. Ich hab es nicht mehr ausgehalten. Und doch war alles umsonst – Lukas ist tot.«

»Hielt er nichts von Treue?«

»Doch, doch, er beteuerte, es dauere eben, bis er die Dinge einrenken könne. Sicher hat er auch mit anderen Frauen geflirtet, aber das war nur ein Spiel.«

»Ein Spiel?«

»Nichts Ernstes eben. Das soll nicht heißen, dass er mit jeder in die Kiste gehüpft ist.« Unwillen war aus Marlies Grabners Worten zu hören.

»Hatten Sie nie daran gedacht, direkt mit Sarah Koch zu reden? Sie werden ihr sicherlich gelegentlich begegnet sein.«

»Ich bin ihr aus dem Weg gegangen. Beim Pfarrfest habe ich sie gesehen. Aber nein, es kam mir nicht in den Sinn, Sarah zur Rede zu stellen.«

»Zumindest hätten Sie die Dinge ins Rollen gebracht.«

»Ich sah das anders: Für mich war Sarah Koch Vergangenheit. Und ein Gespräch hätte die Angelegenheit nur verkompliziert, wer weiß, wie sie reagiert hätte, vielleicht wäre sie ausgerastet. Ich hatte mit der Frau nie was zu tun und wollte das auch nicht ändern. Für mich zählte nur Lukas. Ich war der Meinung, er selbst müsse Fakten schaffen.«

31

Baltasar saß vor seinem Teller mit Schweinshaxe und Kartoffel-Ingwer-Püree in der »Einkehr«. Der Anblick des Fleisches erinnerte ihn an das Stück Schweinehaut, das er zu Hause herumliegen hatte. Der Metzger hatte es ihm gegeben, es war von der Sau, die vor dem Rathaus gehangen hatte. Baltasar wusste bislang nichts Rechtes damit anzufangen.

Er rief die Wirtin.

»Frau Stowasser, wenn Sie Fleisch bestellen, haben die Stücke Tätowierungen auf der Haut?«, fragte er.

»Warum wollen Sie das wissen? Suchen Sie nach originellen Motiven für ein eigenes Tattoo?« Sie gluckste.

»Ich ermittle.« Er erzählte von dem seltsamen Geschenk.

»Früher gab's das gelegentlich schon«, sagte Victoria Stowasser. »Aber mir ist schon lange nichts mehr untergekommen. Da müssten Sie einen Experten fragen.«

»Und was hören Sie von den Gästen, gibt es neue Zeugen oder weitere Informationen?« Er schob den Kartoffelbrei zu einem kleinen Berg zusammen.

»Momentan drehen sich alle Gespräche um die bevorstehende Demo«, sagte die Wirtin. »Das hat es in unserer Region bisher noch nie gegeben – eine richtige Demonstration. Das ist für die Leute eine Sensation.«

»Das sind doch nur Gerüchte.« Baltasar hatte auch davon gehört, der Bunaba plane eine Aktion bei der Umgehungsstraße.

»Nein, die Vorbereitungen laufen schon. Die Frau des Bürgermeisters hat es von der Angestellten in der Sparkasse gehört, und die hat es von einem Verwandten, der einen der Aktivisten kennt.«

»Es ist das gute Recht eines jeden Bürgers zu demonstrieren.«

»Selbstverständlich. Aber nachdem es bereits Ärger an der Straßenkreuzung gegeben hat, weiß keiner, was schon noch passieren kann«, sagte die Wirtin.

»Warten wir es ab.«

Baltasar ging zurück, suchte in seinem Arbeitszimmer nach dem Hautstück und der Adresse, die ihm der Metzger zugesteckt hatte, und machte sich auf den Weg. Er fuhr durch Viechtach, bis er den kleinen Ort erreichte.

Schon von Weitem wies ihm das Gebrüll der Tiere die Richtung. Die Viehhandlung war ein weitläufiges Areal mit Ställen, Weiden und Lagerhallen. Ein Lastwagen parkte bei einer Stalltür, eine Rampe führte direkt in den Viehtransporter. Zwei Arbeiter trieben Kühe mit Stöcken auf den Lkw. Die Tiere leisteten Widerstand, als ahnten sie das Schicksal, das ihnen bevorstand.

Baltasar parkte, stieg aus und wartete, bis die Männer fertig waren und der Transporter abgefahren war. Er sprach einen der Arbeiter an.

»Grüß Gott, ich brauche einen Rat über eine bestimmte Sorte von Schweinen.«

Der Mann sah ihn verständnislos an.

»Willst du Schweine kaufen oder verkaufen? Du siehst nicht wie ein Landwirt aus.«

»Bin ich auch nicht. Ich komme vom Gasthaus ›Zur

Einkehr‹.« Was nicht gelogen war, dachte Baltasar. Schließlich war er mittags dort gewesen und danach direkt hierhergefahren. »Es geht um eine Fleischlieferung.«

»Wir beliefern keine Wirtshäuser«, sagte der Mann. »Da musst du schon in den Großmarkt fahren.«

»Das Fleisch stammt von einem Bauern aus der Region«, sagte Baltasar, ohne zu wissen, ob das stimmte. Aber jetzt war es eh zu spät. »Und wir wissen nicht mehr, von wem wir es gekauft haben.«

»Na und?«

»Vielleicht können Sie den Verkäufer für uns identifizieren.«

Der Arbeiter tippte sich auf die Stirn. »Hast du sie nicht alle? Was meinst du, wie viele Tiere wir jeden Monat umschlagen? Glaubst, da kümmert uns eine einzelne Sau, von der wir nicht wissen, vom wem sie stammt? Da bist du bei uns am falschen Platz.«

»Metzger Hollerbach meinte, das Tier ist von euch.«

»Der Max? Den kenn ich. Ist ein Kunde von uns.« Der Mann dachte nach. »Um was für eine Sau soll es sich denn handeln? Hast Lieferpapiere dabei, Dokumente?«

»Nur das.« Baltasar holte das Stück Haut mit der eintätowierten Nummer heraus und reichte es ihm.

»Komisch«, sagte der Mann. »Kenn ich nicht.« Er gab es Baltasar zurück.

»Vielleicht weiß jemand anderes was darüber.«

Der Mann kratzte sich am Ohr. »Höchstens der Chef. Es ist aber nur der Senior da. Ich ruf im Büro an.«

Er verschwand in der Lagerhalle. Kurz darauf erschien er wieder und rief: »Der Seniorchef kommt gleich.«

Es dauerte fast eine Viertelstunde, bis ein Mann mit Trachtlerjacke und einem Filzhut auftauchte. Er ging am Stock, seine Kleidung war abgewetzt. Er sei sechsundachtzig Jahre alt, sein Sohn würde jetzt den Betrieb leiten, und der Enkel habe auch Interesse am Viehhandel, erzählte er. Aber ab und zu müsse er selbst nach dem Rechten sehen.

»Sie müssen wissen, das ist ein Familienunternehmen. Mein Urgroßvater hat die Viehhandlung gegründet. Das ist jetzt fast hundertfünfzig Jahre her, seitdem ist die Familie immer hier am Ort gewesen. Also, Sie haben ein spezielles Problem mit einer Sau, wurde mir berichtet.«

Baltasar sagte abermals seinen Spruch auf und zeigte die Haut her.

»Gehen wir ein Stück«, sagte der alte Mann und führte ihn in einen großen Stall. In Reihen, eingepfercht in Eisengitter, standen Kühe. Sie kauten Heu und ließen sich nicht von den beiden Besuchern aus der Ruhe bringen.

»Mein Großvater ist noch zu Fuß von Bauer zu Bauer gegangen und hat das Vieh direkt dort gekauft. Dann wurde es zu einem Sammelbahnhof getrieben und nach Nürnberg zum Schlachten geschickt. Oder auf die regionalen Viehmärkte transportiert.« Mit seinem Gehstock schob der Mann einer Kuh das Heu hin. »Das war damals noch ein Handschlaggeschäft. Das Wort zählte. Heute ist alles bürokratisiert. Für jeden Dreck braucht man ein Papier. Später haben wir uns dann einen Laster geleistet. Heute liefern wir in ganz Bayern aus.«

»Einen großen Betrieb haben Sie hier aufgebaut.«

»Es war harte Arbeit all die Jahre. Wir handeln mit

Schweinen, Kälbern, Zuchttieren und Schlachtvieh.« Der Mann drehte sich zu ihm, seine Augen schienen ihn durchbohren zu wollen. »Also, Sie kennen den Max und kommen von der ›Einkehr‹.« Er machte eine Pause. »Ich kenn Sie nicht, ich will nicht hoffen, dass Sie jemand vom Veterinäramt sind. Oder einer dieser staatlichen Kontrolleure.«

»Bin ich nicht, mein Wort drauf.« Baltasar hielt dem Blick des Mannes stand.

»Ich will Ihnen mal glauben.« Der Alte schien zufrieden. »Kommen Sie näher, ich zeig Ihnen was.«

Er ging zu einem der Eisengitter und tätschelte einer Kuh den Kopf. »Sehen Sie her.« Er zeigte auf eine gelbe Marke, die mit dem Ohr des Tieres vernietet war. »Die Veterinärämter verlangen heute immer mehr Nachweise – ist das Vieh gesund und frei von Seuchen. Es gibt jetzt sogar Rinderpässe, einen Personalausweis fürs Vieh. Und tonnenweise Auflagen, nichts als Auflagen.« Er stampfte mit seinem Gehstock auf den Boden. »Früher hat es das alles nicht gegeben. Ich bin nur froh, dass ich mich nicht mehr damit rumschlagen muss. Das liegt jetzt alles bei meinem Sohn und seiner Frau.«

Baltasar nickte nur, er wusste nicht, was ihm der Mann damit sagen wollte.

»Gehen wir weiter.«

Der Alte wies mit seinem Stock auf eine Durchgangstür. Sie führte in einen zweiten Stall, in dem dicht an dicht Schweine standen.

»Diese ganzen Markierungs- und Nachweispflichten gelten auch für den Handel mit Schweinen. Auch da

Bürokratie, so weit man blickt«, sagte er. »Ich sage das, damit Sie verstehen, was es mit Ihrer tätowierten Hautmarkierung auf sich hat.«

»Sie können das Tier identifizieren?«, fragte Baltasar.

»Ich erinnere mich sehr gut daran«, meinte der Alte. »Was ich Ihnen jetzt erzähle, bleibt unter uns, verstanden?«

»Mein Wort drauf.«

»Wir hatten vor einiger Zeit ein Angebot aus Tschechien, besondere Zuchtschweine, hieß es. Und supergünstig. Also sind wir einfach mit dem Transporter über die Grenze und haben die Tiere geholt. Alle waren ganz untypisch zur Kennzeichnung tätowiert – mit dieser speziellen Buchstaben-Zahlen-Kombination.«

»Was hatten Sie damit vor?«

»Es sollte ein gutes Geschäft werden, was sonst. Doch mehrere Tiere verendeten, sobald sie hier bei uns waren. Da meinte ich, es wäre besser, wir werden die Schweine wieder los, schließlich wollte ich nicht das Veterinäramt am Hals haben. Also haben wir die Tiere schleunigst weiterverkauft. Ein Bargeschäft ohne Papiere, nur gegen Handschlag – wie in den guten alten Zeiten.«

»Und wie wollen Sie wissen, wohin gerade diese spezielle Sau geliefert wurde?«

»Weil wir alle Viecher nur einem einzigen Kunden verkauft haben.« Der Alte nannte den Namen.

Einen Namen, den Baltasar kannte.

32

Der Anruf überraschte Baltasar, während er beim Frühstücken war. Es war Anna Hillwein.

»Guten Morgen, ich hoffe, ich störe nicht«, tönte es durchs Telefon.

»Grüß Gott, was macht eine Studentin schon so früh am Tag?«

»Sie haben eine falsche Vorstellung vom Studentenleben«, antwortete sie. »Herr Senner, Sie hatten um ein Gespräch gebeten. Können wir uns treffen – am besten noch heute? Es ist wichtig.«

»Um was geht's?«

»Das sage ich Ihnen lieber persönlich.«

Sie vereinbarten einen Treffpunkt an der Uni. Nachdenklich nahm Baltasar einen Schluck Kaffee. Er las einen Artikel im Regionalteil der Tageszeitung:

»Es werde Licht«
Kunstinstallation
in Leopoldsreut/Demonstration angekündigt

Eine einmalige Lichtinstallation stand im Mittelpunkt einer Aktion in der verlassenen Bergsiedlung Leopoldsreut im Herzen des Bayerischen Waldes. Eine Laser- und Farb-Show erleuchtete das Gelände zum Takt klassischer Musik. Scheinwerfer wiesen auf die Wunden der Vergangenheit.

»Von Menschen geschaffene Bauten quälen die Natur.«

Wolfgang Behr, Chef des Bundes Naturfreunde

> Bayerwald (Bunaba) und Initiator dieses Happenings, verwies auf die Parallelen zu dem »zerstörerischen Bauprojekt« Umgehungsstraße und kündigte eine Demonstration an.

Danach folgten Datum, Ort und Uhrzeit der geplanten Demo. Mehrere Fotos rundeten den Bericht ab.

Das würde die Stimmung weiter hochkochen, dachte Baltasar. Er sagte Teresa Bescheid, dass er nicht zum Mittagessen da sein werde, stieg in sein Auto und nahm die Autobahn A3 über Deggendorf bis zur Anschlussstelle Regensburg Universität. Der Campus lag im Süden der Stadt, eine weitläufige Anlage mit Grünflächen und einer Reihe von Gebäuden.

Das Auto stellte er auf dem Parkplatz vor dem Vielberth-Gebäude ab. Studenten liefen an ihm vorbei, den Blick auf ihre Handys gerichtet; sie schienen den Weg zu finden, ohne ein einziges Mal aufschauen zu müssen.

Baltasar hatte sich mit Anna Hillwein am Forum der Universität verabredet, vor einer übermannsgroßen Skulptur in Form einer dunklen Kugel. Sie saß auf einer Treppe und winkte ihm zu.

»Wollen wir ein wenig gehen?« Anna Hillwein war aufgestanden. »Es ist das richtige Wetter dafür.«

Baltasar nickte. Die Sonne brannte herunter, er war froh, nur leichte Kleidung angezogen zu haben, schon allein deswegen, weil sein alter VW Käfer keine Klimaanlage hatte.

»Was studieren Sie eigentlich?«, fragte er.

»Soziologie und Politikwissenschaften. Nächstes Jahr mache ich meinen Bachelor.«

»Und dann?«

»Weiß ich noch nicht.«

»Studiert Ihr Freund Jonas Zimmermann auch hier?«

»Ja. Er ist nicht mein Freund, mehr ein Kumpel.«

Sie schlenderten schweigend zwischen den Gebäuden.

»Sie wundern sich vielleicht, warum ich Sie angerufen habe«, begann Anna Hillwein.

Baltasar wartete.

»Nun … ich … ich möchte was loswerden, was mich schon die ganze Zeit bedrückt«, sagte sie.

»Ja?«

»Als Sie neulich draußen bei der Umgehungsstraße waren, hab ich gedacht, Sie sind der Richtige, mit dem ich darüber reden kann, weil Sie Dinge für sich behalten.«

Jeder erinnerte ihn an die Schweigepflicht, dachte Baltasar. Würde er in diesem Fall noch jemanden treffen, der frei und ohne Bedingungen redete?

»Selbstverständlich«, antwortete er.

»Es geht … ähm … es ist mir etwas peinlich, darüber zu sprechen … es … es geht um Lukas Fliegl.«

»Und?«

»Was in dieser Nacht … in der er … ermordet wurde, geschehen ist.«

»Sie wissen, wer der Täter ist?«

Anna Hillwein hob abwehrend die Hände. »Nein, nein, dazu weiß ich nichts – leider. Aber vorher waren einige Vorfälle, über die ich mit jemandem reden muss.«

»Warum haben Sie so lange geschwiegen? Alles, was in der Mordnacht geschah, kann von Wichtigkeit sein.«

»Ob es für die Tat wichtig ist, weiß ich nicht. Bislang dachte ich, es war Lukas' Privatsache. Aber jetzt …«

»Was hat Sie dazu bewogen, Ihre Meinung zu ändern?«

»Nachdem die Polizei noch immer keinen Verdächtigen hat, wurde ich unsicher, ob es nicht doch weiterhelfen könnte.« Sie sah Baltasar an. »Bitte versuchen Sie zu verstehen, dass ich nicht gleich eine Aussage gemacht habe. Aber wir waren der Meinung …«

»Wir?« Jetzt war Baltasar überrascht.

»Die Bunaba-Anhänger, die an jenem Abend und in der Nacht in Ihrer Kirche waren.«

»Der Trupp der Kirchenbesetzer also?«

»Genau. Alle haben die Ereignisse mitbekommen, das ließ sich auch gar nicht vermeiden, so eng, wie wir aufeinandersaßen.«

»Keiner von denen hat bisher was gesagt. Haben Sie sich eine Art Schweigegelübde auferlegt?«

»Wir alle waren der Meinung, es sei nicht so wichtig. Es käme uns nie in den Sinn, zur Polizei zu laufen.«

Sie gingen über die Brücke, die sich über einen kleinen See spannte. Die Sonne spiegelte sich in der Wasseroberfläche.

»Immerhin wurde Lukas Fliegl ermordet. Der Chef Ihrer Gruppierung«, sagte Baltasar. »Sollte man da nicht eine Ausnahme machen?«

»Sie verstehen das nicht. Wir sind eine verschworene Gemeinschaft. Wir halten zusammen. Einer für alle, alle für einen. Unsere Angelegenheiten besprechen und regeln wir intern. So haben wir es immer gehalten, und so werden wir es auch künftig halten.« Dramatik schlich sich in ihre Worte.

»Und was ist jetzt der Vorfall, der Sie beunruhigt?«, fragte Baltasar.

»Es geht um eine Frau. Um Sarah Koch.«

»Lukas Fliegls Freundin. Ja und?«

»Sie war doch auch in der Kirche. Im selben Zelt wie Lukas. So war es zumindest geplant«, sagte Anna Hillwein.

»Aber …«

»Eigentlich deutete nichts darauf hin, dass zwischen den beiden etwas nicht stimmte. Sarah verhielt sich wie immer. Dann sprachen sie miteinander, auf einer Kirchenbank. Ich konnte nicht verstehen, was sie besprachen. Doch am Ende eskalierte die Situation. Sarah sprang auf und rief: ›Du mieses Arschloch.‹ Da wurde auch Lukas lauter.«

»Was hat er gesagt?«

»Mittlerweile war der Streit nicht mehr zu überhören. Kurz gesagt: Lukas hatte mit Sarah Schluss gemacht. Und sie war verletzt und wütend. Und das ließ sie ihn spüren.«

»Hat Sie das Ende dieser Beziehung überrascht?«

»Ja und nein. Ich hätte nie gedacht, dass Lukas das ausgerechnet während unserer politischen Aktion machen würde. Sie haben sich öfter gestritten, Sarah war misstrauisch und aufbrausend, aber es hat keiner damit gerechnet, dass er mit ihr Schluss macht. Sie hat Lukas jedenfalls vorgeworfen, was mit einer anderen zu haben.«

»Und traf das zu?« Baltasar dachte an das Video, in dem

Anna Hillwein an jenem Abend beim Küssen mit Lukas Fliegl zu sehen war.

»Er war ein Frauentyp, da könnte er schon in Versuchung geraten sein. Aber ich weiß natürlich nicht, was er sonst in seiner Freizeit getrieben hat …«

»Was genau warf Sarah Koch ihm vor?«

»Ich hab nicht jedes Wort mitgekriegt. Sarah rief etwas wie: ›Du treibst es mit dieser Britschn.‹«

»Hat sie einen Namen genannt?«

»Nein, ich glaube nicht. Mir – oder besser gesagt uns allen – war auch nicht klar, ob Sarah nur einen Verdacht hatte oder klare Anhaltspunkte, oder ob sie es von Lukas direkt erfahren hat. Jedenfalls war damit die Atmosphäre zwischen beiden vergiftet. Lukas zog aus dem gemeinsamen Zelt aus und brachte einen Teil seiner Sachen in den Campingbus.«

»Waren das die persönlichen Dinge, die die Polizei am Tatort sichergestellt hat?«

»Ich kenne die Liste nicht. Seine Tasche mit dem Laptop ist wohl dort gefunden worden, der Rucksack war im Auto geblieben, sein Handy trug er immer bei sich.«

Anna Hillwein blieb stehen. »Da fällt mir etwas ein: Als er an jenem Abend einmal sein Handy rausholte, hatte er versehentlich einen zerknitterten Umschlag mit herausgezogen. Als er meinen Blick sah, meinte er nur ›lebenswichtig‹ und steckte ihn wieder ein. Es schien ihm sehr am Herzen zu liegen. Ich weiß jedoch nicht, was in dem Umschlag war.«

»Und was passierte, nachdem Lukas in den Bus gegangen war?«

»Dann kam er wieder in die Kirche. Er und Sarah redeten kein Wort mehr miteinander. Ihre Wut war mit Händen zu greifen, aber sie beruhigte sich im Laufe des Abends wieder. Wir alle waren froh, denn die Atmosphäre war ziemlich angespannt.«

»Haben Sie an dem Abend noch mit Lukas über die Trennung gesprochen?«

»Ich? Wir redeten in der Kirche über allgemeine Themen, aber nicht über das Beziehungsdrama, das sich gerade vor unseren Augen abgespielt hatte.«

»Haben Sie nicht die Gelegenheit genutzt, mit ihm allein zu plaudern – vielleicht als er im Campingbus war?«

Anna Hillwein sagte nichts. Sie bog in einen Seitenweg ein. Baltasar folgte ihr. Auf der Rückseite eines Gebäudes hielt sie an und setzte sich auf einen Mauersims.

Baltasar vermutete, sie wollte sich Zeit zum Nachdenken verschaffen, um sich eine Antwort zurechtzulegen.

»Ich ging nur raus aufs Klo«, sagte sie schließlich. »Lukas habe ich in seinem Campingbus nicht besucht – und auch später nicht. Er ging spätnachts nochmal zum Bus, er wollte offenbar dort übernachten, nachdem die Luft zwischen ihm und Sarah elektrisch geladen war.«

»Und kurz darauf war er tot – ermordet in seinem Campingbus.«

»So war es.«

»Nochmal die Frage zur Klarstellung: Sie haben also draußen nicht mit Lukas gesprochen?«

»Das habe ich doch schon gesagt.« Trotz war aus ihrer Stimme herauszuhören.

Warum log Anna Hillwein?, dachte Baltasar. Hatte sie Angst vor der Wahrheit?

»Sie müssen etwas wissen, ich bin ganz offen zu Ihnen. Es sind vertrauliche Ermittlungsergebnisse der Kriminalpolizei. Sie dürfen also nicht darüber sprechen.« Er freute sich, einmal den Spieß umdrehen zu können.

»Ja?« Sie wirkte angespannt.

»Jemand hat Sie auf dem Parkplatz gefilmt, wie Sie mit Lukas Fliegl intim wurden.« Baltasar wählte die Worte mit Bedacht, um die Studentin aus der Reserve zu locken.

Anna Hillwein reagierte, als hätte ihr jemand einen Schlag versetzt. Sie kippte nach hinten, versuchte aufzustehen und taumelte. Dann sackte sie zurück. Ihre Arme zitterten.

»Wer … Wer tut so was? Das war total harmlos. Jemand will mir schaden, jemand von den politischen Gegnern!«

»Ich habe versprochen, keine Namen zu nennen«, sagte Baltasar, »und ich halte, was ich verspreche. Ich würde mich freuen, wenn wir jetzt wirklich offen miteinander reden – und ausschließlich bei der Wahrheit bleiben.«

Die Studentin nickte. Baltasar war nicht sicher, ob das als Zustimmung zu werten war.

»Ich … war mit Lukas nicht intim. Wir haben auf dem Parkplatz nur geschmust. Nichts weiter.«

»Sie sind danach wirklich nicht mit ihm in den Campingbus gegangen?«

»Nein! Ich bin wieder zurück in die Kirche. Allein. Was Lukas danach gemacht hat, weiß ich nicht.«

»Wie kam es überhaupt dazu?«

»Das habe ich doch bereits gesagt. Damals dachte ich, ich müsste ihn trösten, weil er niedergeschlagen schien wegen des Streits mit Sarah.«

»Indem Sie ihn geküsst haben?« Baltasar runzelte die Augenbrauen. »War da nicht mehr?«

»Irgendwie fühlte ich mich zu ihm hingezogen. Und er schien auch nicht abgeneigt. Aber er war nicht richtig bei der Sache, das merkt man als Frau. Nachdem wir ein wenig geknutscht hatten, schob er mich weg und sagte, das wäre jetzt ein schlechter Zeitpunkt und er wolle allein sein.«

»Und dann?«

»Ich ging in die Kirche zurück. Als Lukas später dazukam, tat er so, als sei zwischen uns nichts vorgefallen.«

»Was dachten Sie in dem Moment?«

»Einerseits war ich ein wenig frustriert, das muss ich zugeben. Seine Ablehnung hatte mich schon getroffen. Andererseits verstand ich, dass es ein ungünstiger Zeitpunkt war. Damals dachte ich: Warten wir es ab.«

Sie stand auf, sie gingen wieder ein Stück, bis sie zum Sportgelände der Universität kamen. Eine Zeit lang sahen sie den Studenten beim Training zu.

»Ihnen ist schon bewusst, dass das wichtige Fakten für die Mordermittlung sind«, sagte Baltasar. »Ich kann mir nach wie vor nicht vorstellen, dass Sie so naiv waren zu glauben, das hätte keine Bedeutung.«

»Ich weiß, Hochwürden. Aber mir war klar, dass ich plötzlich als Verdächtige gelten könnte. Darauf hatte – und habe – ich wirklich keinen Bock. Das auf dem Parkplatz mit Lukas war harmlos, und ich hatte Angst, man könnte mir einen Strick daraus drehen.«

»Durch die Aufnahme stehen Sie sowieso auf der Zeugenliste der Kripo. Sie bereiten sich besser auf eine Vernehmung vor. Überlegen Sie sich genau, was Sie sagen. Ich für meinen Teil halte mich an unsere Abmachung. Aber Sie müssen der Polizei mit Ihrer Aussage weiterhelfen – vor allem wegen Lukas.«

»Muss ich denen wirklich alles erzählen?«

»Die Frage können Sie am besten selbst beantworten. Sie wissen, was geschehen ist. Und es ist kein Verrat an Ihren Bunaba-Freunden. Denken Sie immer daran, der Täter läuft noch frei herum.«

»Muss ich der Polizei alles über unsere Organisation erzählen, meine Freunde hinhängen? Das wäre wie Verrat.«

»Nur was mit dem Fall zusammenhängt.«

»Ich mein nur … Schließlich gab es an jenem Abend noch einen Vorfall.«

»Was wissen Sie denn noch alles?« Baltasar sah sie an. »Jetzt aber raus damit. Erzählen Sie, Frau Hillwein!«

»Viel kann ich nicht erzählen, weil ich zu der Zeit auf der Toilette war. Als ich wieder zurückkam, war der Streit schon wieder am Abklingen.«

»Noch ein Streit?«

»Ich kann nur wiedergeben, was mir die anderen berichtet haben. Am besten fragen Sie Jonas Zimmermann …«

»… Ihren Studienkollegen hier in Regensburg …«

»Genau. Ich geb Ihnen später seine Handynummer, aber sagen Sie nicht, woher Sie die Informationen haben.« Anna Hillwein machte ein ernstes Gesicht. »Also, Lukas und Wolfgang waren aneinandergeraten. Es muss laut hergegangen sein.«

»Worum ging es?«

»Wolfgang hatte eine weitere radikale Aktion gegen die Umgehungsstraße vorgeschlagen. Lukas war strikt dagegen. Das Ganze muss dann eskaliert sein. Am Ende drohte Lukas seinem Freund, er werde ihn gleich morgen rauswerfen, wenn er so weitermacht. Mehr weiß ich nicht, Herr Pfarrer.«

33

Bei Baltasars Rückkehr lagen zwei Zettel auf seinem Schreibtisch. Zwei Anrufe, die Teresa entgegengenommen hatte – vom Ordinariat und der Kriminalpolizei Passau. Bei beiden ging es um dasselbe: Er möge doch vorbeischauen.

Er telefonierte mit dem Sekretariat des Bischofs und erhielt die »dringende Bitte«, Seine Exzellenz zu besuchen, was kaum verklausuliert einen Marschbefehl bedeutete – und zwar pronto. Mit Kommissar Wolfram Dix vereinbarte er danach ein Treffen in der Altstadt.

Er fand einen Parkplatz am Donauufer, unweit des Passauer Zentrums.

Baltasar wurde sofort in Vinzenz Siebenhaars Büro gelassen. Sein Vorgesetzter stand am Fenster und blickte hinaus. Der Bischof drehte sich nicht um, als Baltasar hereinkam, sondern sagte nur: »Setzen Sie sich.«

Baltasar nahm Platz und wartete. Eine Begrüßung schenkte er sich ebenfalls.

Langes Schweigen. Es war ein Kräftemessen: Wer als

Erster etwas sagte, zog den Kürzeren. Und Baltasar hatte alle Zeit der Welt.

»Wissen Sie, warum Sie hier sind?«, begann der Bischof schließlich. Noch immer starrte er aus dem Fenster.

Baltasar sagte nichts.

»Sie sind hier, Herr Senner, weil meine Geduld am Ende ist.«

Baltasar schwieg.

»Und das, obwohl ich als Oberhaupt der Diözese ein äußerst geduldiger Mensch bin. Aber Sie halten sich nicht an die Regeln, Herr Senner.«

Baltasar wartete.

»Haben wir nicht mehrmals darüber gesprochen? Habe ich Sie nicht gebeten, regelrecht angebettelt, das zu berücksichtigen?«

»Was konkret meinen Sie, Eure Exzellenz?«, fragte Baltasar.

»Stellen Sie sich nicht dumm!« Der Bischof hatte sich umgedreht, die Hände hinter dem Rücken verschränkt. »Sie sind doch ein intelligenter Mensch, Herr Senner. Sie wissen genau, wovon ich rede.«

»Nein.« Baltasar wollte sich nicht provozieren lassen. »Ich bitte darum, dass Sie konkreter werden.«

Siebenhaar schüttelte den Kopf. »Sie machen es einem nicht leicht, Herr Senner. Überhaupt nicht. Aber ich will gerne Klartext reden, etwas anderes verstehen Sie offenbar nicht. Es geht um Ihre sogenannten Mordermittlungen, Ihren schädlichen Ehrgeiz, die Polizei zu ersetzen. Dieser Drang hat Ihre Seele vergiftet und in eine Richtung gelenkt, die direkt in den Abgrund führt.«

»Wir haben darüber gesprochen, und Sie waren mit meinen Initiativen einverstanden«, antwortete Baltasar.

»Reden Sie keinen Blödsinn. Ich weiß, was ich gesagt habe – und was nicht. Was Sie genau getrieben haben, davon hatte ich bis jetzt keine Kenntnis.«

»Das hatten Sie in der Vergangenheit auch nicht.« Baltasar dachte, in dieser Situation war Siebenhaar keiner vernünftigen Argumentation zugänglich. »Was soll daran verwerflich sein?«

»Sie sind heute nicht von den Engeln geküsst, Herr Senner. Es sprach nichts dagegen, sich diskret umzuhören, um die Ermittlungsbehörden zu unterstützen. Was Sie aber getan haben …« Siebenhaar hob die Hand. »Mir sind die Klagen mehrerer angesehener Bürger zu Ohren gekommen, alles gottesfürchtige Menschen, und die haben Sie mit Ihrem Tun beleidigt und damit zugleich den Ruf der Diözese beschmutzt.«

»Wer hat sich bei Ihnen beschwert?«

»Ich hatte mehrere unangenehme Gespräche«, sagte der Bischof. »Mit Herrn Doktor Hummel vom Landratsamt und Herrn Josef Grabner, dem Bauunternehmer. Beide haben sich unabhängig voneinander über Sie beschwert.«

»Tatsächlich?« Baltasar vermutete vielmehr, die beiden hatten sich abgesprochen.

Der Bischof baute sich vor ihm auf. »Wie konnten Sie es wagen, diese Herren zu bespitzeln, als wären sie die letzten Verbrecher, als wären sie Mörder? Hat da bei Ihnen der Herrgott den Verstand ausgeschaltet? Überdies schleichen Sie sich in eine Bank und machen falsche Angaben wie ein Betrüger, nur um an angebliche Informationen zu gelangen. In Wirklichkeit wollten Sie Ihr dunkles Hobby ausleben. Sie mögen in der Vergangenheit damit einige Erfolge erzielt haben, aber das gibt Ihnen noch lange nicht das Recht, solche ungesetzlichen Schritte zu tun. Das ist eines Pfarrers nicht würdig!«

»Aber die …«

»Schweigen Sie!« Siebenhaar war laut geworden. »Sie reizen meine Nachsicht. Ich hatte einige Mühe, die Herren so weit zu beruhigen, dass sie von einer Strafanzeige gegen Sie absahen und es bei einer Entschuldigung meinerseits beließen. Diese Erniedrigung! So bin ich noch nie von jemandem gedemütigt worden, Gott sei mein Zeuge. Ich musste zu Kreuze kriechen wegen Ihrer Taten. Zumindest Herr Grabner zeigte sich versöhnlich, er kündigte eine größere Spende für die Jugendarbeit des Bistums an, ein nobler Herr, dieser Grabner.«

»So dramatisch war die Sache nicht«, meinte Baltasar.

»Dieses Urteil überlassen Sie bitte mir«, sagte der Bischof. »Es besteht kein Zweifel daran: Sie haben mir das eingebrockt, Herr Senner. Ich habe den beiden Herren ein Versprechen gegeben: Ich werde dafür sorgen, dass Sie alle Aktivitäten sofort einstellen.«

»Was heißt das?«

»Wie ich es sage: unverzüglich. Sie unterlassen von jetzt an bitte alles, was mit diesem abscheulichen Mordfall zu tun hat. Keine Gespräche, keine Recherchen, keine Bespitzelungen. Rein gar nichts. Habe ich mich klar ausgedrückt?«

»Ich sehe den Grund dafür nicht. Auch Gott ist ein

Freund von Gerechtigkeit. Wofür gibt es sonst die Zehn Gebote?«

»Den Katechismus müssen Sie mir nicht vorbeten. Ich bin Ihr Vorgesetzter, und Sie tun, was ich sage. Ich hätte nie gedacht, dass ich einmal so was sagen muss, ich, der ich auf die Macht der Verständigung setze. Aber bei Ihnen ist es anscheinend nötig, Herr Senner.«

»Ich …«

»Außerdem habe ich mittlerweile Zweifel, ob Sie ganz bei der Sache sind. Sie wissen, das Amt als katholischer Geistlicher«, fuhr der Bischof fort, ohne ihn ausreden zu lassen. »Ich habe Ihnen Brücken gebaut, wieder und immer wieder, habe mich an das Gebot der Nächstenliebe erinnert, obwohl mir im Herzen ganz anders zumute war. Deshalb habe ich Ihnen mehrere Chancen gegeben. Sie haben sie nicht genutzt. Ich verstehe nicht, was Sie antreibt, Herr Senner.«

»Worauf wollen Sie hinaus?«

»Als Seelsorger hat man sich um seine Gemeindemitglieder zu kümmern, um ihre Nöte und Sorgen. Man feiert mit ihnen die heilige Messe. Und was tun Sie? Sie laden diese Chaoten ein in Ihr Gotteshaus. Zelte in einer katholischen Kirche! Und das über Tage. Ich habe die Zeitungen gelesen, glauben Sie mir. Als Ihr Seelsorger bin ich für Sie verantwortlich. Deshalb muss ich nun handeln, so leid es mir tut.«

Siebenhaar ging zu seinem Schreibtisch und setzte sich. Er holte einen Ordner aus der Schublade und schlug ihn auf.

»Das ist Ihre Personalakte«, sagte er. »Sie haben bisher

Ihren Urlaub nie ganz in Anspruch genommen. Das erklärt einiges. Sie brauchen eine längere Auszeit, Sie sind überarbeitet, das muss es sein. Vielleicht täte Ihnen auch eine Luftveränderung gut.«

Vinzenz Siebenhaar stand auf und ging wieder zum Fenster, den Blick von Baltasar abgewandt.

»Denken Sie darüber nach. Sie haben die Wahl. Es liegt nur an Ihnen. Aber überstrapazieren Sie meine Großzügigkeit nicht. Gott zum Gruße.«

Wieder im Freien, musste sich Baltasar auf eine Parkbank setzen, um das Ganze zu verdauen. Das Angebot seines Vorgesetzten war eindeutig: Er wollte ihn von dem Fall abziehen. Und ihn für eine Weile loswerden.

Andererseits: War das wirklich so schlimm? Warum musste er sich all das Woche für Woche antun – mit diesem Vorgesetzten?

Momentan konnte er nicht klar denken. Mit dem Kommissar würde er sich dennoch treffen, beschloss er. Es war schließlich nur ein Treffen zwischen alten Bekannten.

Wolfram Dix wartete schon in dem Café in einer Seitenstraße der Passauer Fußgängerzone, nicht weit entfernt vom Ordinariat. Der Kommissar hatte bereits einen Milchkaffee und ein Stück Sachertorte vor sich stehen. Baltasar setzte sich zu ihm und bestellte einen Espresso. Er erzählte kurz von seinem Gespräch mit dem Bischof und dem Rechercheverbot.

»Einerseits begrüße ich es«, sagte der Kommissar, »dann stören Sie unsere Arbeit nicht. Andererseits muss ich zugeben, dass ich gerade im aktuellen Fall Unterstützung gebrauchen könnte. Wir treten auf der Stelle.« Er trank einen Schluck Kaffee. »Aber Sie brauchen sich nicht zu sorgen: Ich werde nicht verraten, dass wir uns heute hier getroffen haben. Mein Kollege Mirwald weiß auch nichts davon.«

»Danke.«

»Keine Ursache. Mir liegt dieser Fall quer im Magen, alle wollen schnelle Ergebnisse. Mein Chef kann da ziemlich lästig sein. Apropos Beschwerde: Ihr Herr Bischof hat dem Polizeipräsidenten klargemacht, was er unter guter Polizeiarbeit versteht.«

Baltasar bestellte ein Stück Käsekuchen, zur Stimmungsaufhellung, da kein Weihrauch zur Hand war. Er gab einen kurzen Bericht, was er Neues erfahren hatte, genau darauf bedacht, seine Schweigeversprechen einzuhalten. Schnell merkte er, das war eine schwierige bis unlösbare Aufgabe: Entweder unterschlug man wichtige Informationen und gefährdete damit den Ermittlungsfortschritt der Kripo. Oder man verriet zu viel und offenbarte damit unfreiwillig die Informationsquelle.

Er machte Andeutungen, der Abend vor dem Mord sei wichtiger, als man bisher angenommen habe, einige Vorfälle in der Kirche legten möglicherweise neue Tatmotive nahe. Ganz offen berichtete er von der prekären Lage des Bauunternehmers.

»Den Hinweis nehm ich gerne auf«, sagte Dix. »Wenn Herrn Grabner finanzielle Probleme hat, muss sich das irgendwie manifestieren – unbezahlte Rechnungen, frische Kredite, Stornierungen oder so was. Da werden unsere Experten sicher fündig.«

»Sind Sie mit der Auswertung der Handydaten weitergekommen?«, fragte Baltasar.

»Wir haben die Nummern von Herrn Fliegl identifiziert und die Telefonate der letzten Wochen ausgewertet«, sagte der Kommissar. »Er benutzte offenbar ein zweites Prepaidhandy. Sie glauben gar nicht, Hochwürden, wie viel Mühe es gekostet hat, die richtige Nummer dem Mordopfer zuzuordnen. Das Telefon ist nach wie vor verschwunden. Aber jetzt können wir immerhin die Verbindungen nachweisen.« Er holte mehrere Blätter Papier hervor. »Das ist die Liste von den Tagen vor dem Verbrechen.«

Endlose Reihen Telefonnummern, dahinter standen die Namen der Anrufer, Uhrzeit und Dauer des Gesprächs.

»Sie müssen bedenken, Herr Pfarrer, Fliegl hat auch noch sein normales Handy benutzt«, sagte Dix. »Er wird also Gründe gehabt haben, einen geheimen zweiten Anschluss zu verwenden.«

»Einige Namen fehlen.«

»Das bedeutet, der Gesprächspartner von Lukas Fliegl hat ebenfalls ein Mobiltelefon ohne Namensregistrierung benutzt – so ein Ding bekommt man heute an jeder Tankstelle.«

Baltasar las den Namen Marlies Grabner auf der Liste, anscheinend war Fliegl bei seinem Verhältnis äußerst vorsichtig vorgegangen. Auch ihr Festnetzanschluss war angewählt worden – oder hatte er mit ihrem Vater telefoniert? Doch was hätte er mit dem Bauunternehmer zu besprechen gehabt? Ein weiterer Name fiel Baltasar ins Auge: Heinz Hummel. Fliegl hatte ihn am Morgen vor seinem Tod angerufen und zwei Tage zuvor. Dabei hatte Hummel immer den Eindruck erweckt, keinen Kontakt mit dem Bunaba-Chef zu halten.

Eine Nummer hatte eine Auslandsvorwahl.

»Zu wem gehört dieser Anschluss?« Baltasar tippte auf die fragliche Zeile.

Dix lächelte. »Hier haben wir unsere Hausaufgaben gemacht. Unsere Amtskollegen in der Slowakei waren ausnahmsweise mal fix mit ihren Recherchen. Dafür bin ich denen jetzt einen Gefallen schuldig.« Der Kommissar lehnte sich zurück. »Also …« Er machte eine Kunstpause. »Der Anschluss ist auf eine Adresse in Bratislava registriert. Er gehört zu einem Büroservice-Unternehmen, das Dienstleistungen wie Verwaltung, Kontaktanlaufstelle oder Buchhaltung anbietet. Und stellen Sie sich vor, Hochwürden, einer der Kunden ist eine Firma namens Lazarus.«

»Die Lazarus?«

»Genau. Da die Slowakei nicht Liechtenstein ist, haben wir sogar die Adresse bekommen.« Er grinste und zog einen Zettel hervor.

»Zeigen Sie her.«

Wolfram Dix wedelte mit dem Zettel vor Baltasars Nase.

»Moment, Moment. Sie müssen mir dafür einen Gefallen tun: dorthin fahren und sich umhören. Denn die Adresse liegt in Ihrer Gemeinde. Bis ich die Betroffenen vorladen kann, das dauert. So geht es viel schneller. Und Sie sind bekanntlich ein vertrauenswürdiger Mann, Herr Senner.«

»Wollen Sie, dass ich noch mehr Ärger bekomme? Wenn das rauskommt, kennt der Bischof kein Pardon.«

»Das ist natürlich eine Gewissensentscheidung, die ich Ihnen nicht abnehmen kann. Ich will jetzt nicht dramatisch klingen, aber hier geht es um Gerechtigkeit. Und um einen Mörder, den man unschädlich machen muss.«

Er schob Baltasar den Zettel hin. Darauf stand ein Name, den Baltasar kannte.

34

Ein Artikel in der Tageszeitung befasste sich mit der bevorstehenden Demonstration an der Umgehungsstraße, zu der der Bunaba aufgerufen hatte. Verschiedene Bürger kamen zu Wort, die Meinungen waren kontrovers.

Außerdem war eine Gegendemonstration angemeldet und genehmigt worden, ebenfalls an der Kreuzung, wo sich die verfeindeten Parteien bereits jetzt gegenüberstanden. Bürgermeister Xaver Wohlrab erklärte, man wolle die Meinungsbildung nicht nur einer Umwelt-Splittergruppe überlassen, sondern jeder Befürworter des Bauprojekts müsse jetzt für seine Überzeugung eintreten. Deshalb sei es notwendig, an der Gegendemo teilzunehmen.

Die Polizei teilte mit, man rechne nicht mit hohen Teilnehmerzahlen, sei aber auf alles vorbereitet, und bat darum, möglichst nicht mit dem Auto anzureisen, weil die Parkmöglichkeiten vor Ort begrenzt waren.

Baltasar ging hinüber in die Kirche. Er musste den Kopf

frei bekommen, zu viel war die letzten Tage auf ihn eingestürmt. Andere fuhren dafür in ein Wellnesshotel, ihm reichte die Atmosphäre des Gotteshauses. Sobald er im Innern war, die Architektur auf sich wirken ließ und das Licht, das durch die Fenster drang und farbige Muster auf den Boden zauberte, wurde er ruhiger.

Er bekreuzigte sich und setzte sich in die zweite Reihe. Er betete still. Was er sich vom Allmächtigen erhoffte, war eine Eingebung, ein Hinweis, was er tun sollte: Dem Wunsch des Bischofs folgen und alle Aktivitäten einstellen, die mit den Mordermittlungen zu tun hatten? Oder seinem Bauchgefühl folgen und weiter nach der Wahrheit suchen? Sollte nicht jeder Mensch das Seine dazu beitragen, dass die Welt ein wenig gerechter wird?

Das Eingangsportal knarrte. Baltasar beachtete es nicht. Die Tür ging auf und wieder zu. Schwere Schritte waren zu hören. Er drehte sich um.

Im Mittelgang stand Josef Grabner. Er trug einen schwarzen Anzug und Krawatte. Über der Schulter trug er eine riesige Kerze, mindestens zwei Meter lang und dick wie ein Oberschenkel. Ein Prachtexemplar, wie man es sonst nur in Altötting oder Lourdes sah.

Der Bauunternehmer marschierte schweigend den Gang entlang und hielt erst vor Baltasar. Er stellte die Kerze vorsichtig ab.

»Grüß Gott, Hochwürden«, sagte Grabner. »Haben Sie einen passenden Halter für diese Kerze?«

»Grüß Gott. Ich hole einen.« Baltasar ging in die Sakristei und suchte nach einem geeigneten Kerzenständer. Der Besuch überraschte ihn. Er konnte kaum glauben, dass der Bauunternehmer gerade in dieser Kirche seine Frömmigkeit ausleben wollte.

»Wo wollen Sie die Kerze hinhaben?«, fragte er.

»Vor die heilige Jungfrau Maria«, sagte Grabner. »Die hat mich noch nie enttäuscht, gelobt sei sie.« Er bekreuzigte sich.

Gemeinsam stellten sie die Kerze auf. Der Bauunternehmer entzündete sie und betete leise. Baltasar setzte sich wieder.

Nach einiger Zeit kam Grabner zu ihm. »Darf ich mich setzen?«

»Gerne.« Baltasar machte ihm Platz.

Sie schwiegen.

»Und wie geht es in Ihrer Gemeinde?«, begann Grabner.

»Ich bin zufrieden«, antwortete Baltasar.

»Ein schönes Gotteshaus haben Sie hier.«

»Danke.«

»Ich habe gehört, es stehen noch einige Renovierungen an.«

»Ja, der Dachstuhl ist marode. Unsere Kirchenglocke hängt momentan an Stahlträgern – ein Provisorium, bis wir alles reparieren können.«

»Ihr Bischof scheint etwas sparsam zu sein.«

»Wem sagen Sie das.«

»Ich hatte übrigens vor Kurzem eine Unterhaltung mit Seiner Exzellenz in Passau«, sagte der Bauunternehmer.

»Hab schon davon gehört.«

»Ich weiß nicht, was Herr Siebenhaar Ihnen über

das Gespräch erzählt hat. Er ist in seiner Interpretation manchmal etwas eigenwillig.«

»Er hat mir von Beschwerden berichtet.« Baltasar fragte sich, was Josef Grabner mit diesem Besuch bezweckte.

»Ich wollte Ihnen nur sagen, Hochwürden, dass ich keinerlei Druck auf den Bischof ausgeübt habe. Das ist nicht meine Art. Ich habe nur meine Verwunderung zum Ausdruck gebracht über Ihr – wie soll ich es nennen – Engagement in Ihrer Freizeit.« Der Bauunternehmer beugte sich zu Baltasar herüber. »Ein Hobby zu haben ist völlig in Ordnung, verstehen Sie mich nicht falsch, Herr Pfarrer.«

Grabner lachte leise. »Ich seh mir auch gerne Krimis im Fernsehen an. Und hier haben wir es ja in der Realität mit einem schlimmen Verbrechen zu tun. Bloß verstehe ich nicht ganz, warum ich ins Fadenkreuz gekommen bin. Weil dieser Lukas Fliegl ein politischer Gegner war? Geschenkt! Da müsste ich viele umbringen, wenn das mein Motiv wäre.«

Baltasar überlegte, ob er dem Bauunternehmer antworten sollte. Andererseits, was hatte er zu verlieren?

»Ich beschuldige Sie nicht, den jungen Mann getötet zu haben«, sagte Baltasar. »Das haben Sie falsch verstanden.«

»Ich weiß, Sie müssen jetzt so antworten, was bleibt Ihnen in dieser Situation auch anderes übrig«, sagte Grabner. »Aber wir sind hier in einer Kirche. Also finde ich, wir sollten ehrlich miteinander umgehen. Ich verspreche, es bleibt unter uns, und ich renne nicht zu Ihrem Vorgesetzten, Sie haben mein Wort drauf.«

»Sie haben selbst eine wichtige Frage angesprochen«, sagte Baltasar. »Welche Motive haben zu dem Mord geführt?«

»Welche sehen Sie bei mir?«

»Rein hypothetisch?«

»Genau.«

»Die Umgehungsstraße ist ein Riesenauftrag – falls Sie den Zuschlag erhalten. Geht das Ganze schief, erleiden Sie erhebliche Einbußen. Es sind schon Menschen wegen weniger umgebracht worden«, sagte Baltasar.

»Theoretisch könnte das ein Motiv sein, wohl wahr. Aber auch da gilt: Wenn ich jeden ins Jenseits befördern würde, der mir einen Auftrag wegschnappt, wäre der Friedhof überfüllt.« Der Bauunternehmer grinste. »Doch es gehört zu meinem Geschäft, mal zu gewinnen und mal zu verlieren. Solange unterm Strich was übrig bleibt, ist für mich alles okay.«

»Und wenn nichts mehr übrig ist, was dann?«

Grabner richtete sich auf. »Worauf spielen Sie an, Herr Senner?«

»Ich denke Ihre Aussagen nur zu Ende: Angenommen, Sie wären von der Pleite bedroht und die Umgehungsstraße wäre Ihre Rettung – wie weit würden Sie gehen, um Ihre Existenz zu sichern?«

Der Bauunternehmer strich sich die Jacke glatt und lächelte. »Wer behauptet denn so was Abstruses?«

»Es ist eine These.«

»Es ist reine Fantasie. Natürlich gehen die Geschäfte manchmal besser, manchmal schlechter. Und ich will nicht verschweigen, dass die Auftragslage derzeit nicht befriedigend ist. Aber das geht meinen Konkurrenten in der Region nicht anders.«

Josef Grabner war aufgestanden und ging vor Baltasar auf und ab.

»Die Leute halten sich mit Neubauten zurück, und bei der öffentlichen Hand sind die Kassen leer«, sagte er. »Aber das wird sich auch wieder ändern, das habe ich schon oft erlebt. Bis dahin muss man auf seine Kosten achten, gegebenenfalls abspecken und sich weiter um Aufträge bemühen. Und die werden kommen, glauben Sie mir, Hochwürden.«

»Also droht Ihnen keine Pleite?«

»Definitiv nicht. Wenn ich was gelernt habe all die Jahre, dann ist es die Fähigkeit, auch schwierige Zeiten durchzustehen. Viele meiner Wettbewerber haben das nicht geschafft und sind längst von der Bildfläche verschwunden. Aber ich, Josef Grabner, ich bin noch da, und ich werde es auch in Zukunft sein.«

Beim Anblick seines Gegenübers kam Baltasar ein ganz anderer Gedanke: Dieser Mann war schlau. Was, wenn er auch dahintergekommen war, dass seine Tochter Marlies ein Verhältnis mit dem verabscheuten Lukas Fliegl hatte? Wäre das nicht ein weiteres Motiv, möglicherweise ein viel stärkeres? Aber wie sollte der Vater davon erfahren haben, wenn selbst die engste Umgebung Lukas Fliegls nichts von der Beziehung wusste? Leider konnte er Josef Grabner nicht dazu befragen, ohne Marlies zu verraten.

»Keiner wünscht Ihnen Misserfolg, Herr Grabner«, sagte Baltasar.

»Meine Gegner schon.«

»Ich bin nicht Ihr Gegner.«

»Bisweilen hatte ich schon den Gedanken, offen gesagt. So wie Sie mich verfolgt und meine Geschäftspartner und Feinde ausgefragt haben.«

Der Bauunternehmer setzte sich wieder.

»Ich habe nur das eine oder andere Gespräch geführt«, sagte Baltasar. »Dabei geht es allein darum, Informationen zu sammeln, damit die Polizei den Täter verhaften kann.«

»Das ist ehrenwert. Aber Sie sagen es selbst, Hochwürden: Es ist die Aufgabe der Polizei und nicht eines Priesters. Und Sie sind ein guter Priester, wie ich bei Ihren Gottesdiensten feststellen konnte.«

»Sie sind jederzeit wieder zur heiligen Messe eingeladen.«

»Ich bin ein Mensch, der offen ist für neue Erkenntnisse, Herr Senner. Wenn ich Ihren Herrn Bischof richtig verstanden habe, wollen Sie sich wieder ganz Ihrer geistlichen Arbeit widmen.«

»Hat er das gesagt?«

»So habe ich es jedenfalls verstanden. Aber ich würde gerne eine Geste meines guten Willens zeigen, Ihnen beweisen, dass ich keinen Groll hege. Deshalb frage ich mich, ob ich Ihre Gemeinde irgendwie unterstützen kann.«

»An was denken Sie da?« Baltasar war misstrauisch geworden.

»Sehen Sie, Herr Senner, ich habe dem Bischof versprochen, ihn bei einem Projekt mit Spenden zu unterstützen. Das hat Seine Exzellenz gerne angenommen.«

»Ja und?«

»Ich könnte mir vorstellen, Sie bei der Renovierung dieses wunderbaren Gotteshauses zu unterstützen. Für mich ist es leicht, Ihren Dachstuhl und Ihre Glockenaufhängung zu sanieren. Da schicke ich ein paar Maurer und Zimmerer hinauf, und Sie werden Ihren Kirchturm nicht mehr wiedererkennen, so schön wird er. Und das alles kostet Sie keinen Cent.«

»Und was müsste ich dafür tun?«

»Das ist ja das Schöne: Sie müssen gar nichts tun. Sie sollen gar nichts mehr tun – außer sich um die Seelen Ihrer Gemeinde zu kümmern.«

»Ist das ein Angebot, das ich nicht ablehnen kann?« Baltasar versuchte, nicht ironisch zu klingen.

»Das ist ein Geschenk für die Gemeinde, für Sie. Akzeptieren Sie es. Und akzeptieren Sie, was eh nicht zu ändern ist.«

35

Baltasar wusste nicht, was er von dem Besuch des Bauunternehmers in der Kirche halten sollte. War es ein Friedensangebot gewesen? Oder eine versteckte Drohung? Nur eines war sicher: Josef Grabners scheinbar großzügiges Angebot zur Renovierung war ein – mehr oder weniger – versteckter Bestechungsversuch.

Baltasar hatte schlecht geschlafen, die Gedanken tobten in seinem Kopf wie ein Wirbelsturm.

Er war aufgestanden und hatte sich eine Sonderration Weihrauchmischung zubereitet – aber selbst das hatte nicht geholfen. Er war wach geblieben und hatte versucht, die unterschiedlichen Bilder und Informationen zu verarbeiten. Erst am frühen Morgen fiel er in einen unruhigen Schlummer, bis ihn Teresa zum Frühstück weckte. Nach der dritten Tasse Kaffee und zwei Marmeladensemmeln sah Baltasar wieder klarer.

Was er im Unterbewussten bereits gefühlt hatte, wuchs nun zur Gewissheit: Er würde weiter den Spuren in diesem Mordfall folgen. Koste es, was es wolle. Er hoffte auf den Schutz des Allmächtigen. Und er vertraute auf seine Fähigkeiten, nur musste er vorsichtiger vorgehen als bisher.

Aus seinen Unterlagen suchte er die Telefonnummer von Jonas Zimmermann heraus und rief ihn an. Er bat um ein »dringendes Gespräch« mit dem Bunaba-Aktivisten und ließ auch nicht locker, als der junge Mann nach Ausflüchten suchte. Am Ende verabredeten sie sich an der Kreuzung der Umgehungsstraße. Zimmermann sagte, er habe dort zu tun.

Baltasar parkte seinen Wagen. Das Gelände an der Kreuzung hatte sich weiter verändert. Mehr Baumaschinen, mehr Arbeiter. Wobei Baltasar immer noch unklar war, was die Männer eigentlich taten.

Noch auffälliger waren die Veränderungen auf Seiten des Bunaba-Camps. Zu den beiden Igluzelten hatte sich mittlerweile ein halbes Dutzend neuer Zelte gesellt. Die Aktivisten waren damit beschäftigt, Plakate zu malen und Köpfe aus Pappmaché anzufertigen, wie man sie aus Karnevalsumzügen kannte. Baltasar glaubte die Gesichter von Bürgermeister Xaver Wohlrab, von

Heinz Hummel und Bauunternehmer Grabner zu erkennen.

Er fragte eine junge Frau, wo er Jonas Zimmermann finden konnte. Sie geleitete ihn zu einer Stelle, wo reihenweise Kartons gestapelt waren.

»Hey, Jonas, da ist Besuch für dich«, sagte die junge Frau.

»Danke, Doris«, sagte der Student und hielt inne. »Oh, wie unhöflich, Sie nicht vorzustellen. Doris, das ist Pfarrer Baltasar Senner, von dem ich dir erzählt habe. Herr Senner, das ist Doris Harlender, eine geniale Mitstreiterin und ein Organisationstalent.«

Die junge Frau ging wieder.

»Lauter neue Gesichter hier«, sagte Baltasar.

»Wir haben befreundete Organisationen um Unterstützung gebeten für die große Schlacht«, sagte Jonas.

»Das ist wohl nicht der angemessene Ausdruck für eine Demonstration.«

»Haben Sie eine Ahnung, Hochwürden. Mächtige Kräfte würden unsere Veranstaltung am liebsten verhindern. Aber das lassen wir nicht zu. Wie Sie sicher gelesen haben, wollen unsere Feinde eine Gegendemonstration auf die Beine stellen.«

»Das ist deren demokratisches Recht – genauso wie das Ihre.«

»Aber das zeigt doch, mit welchen Mitteln die Gegenseite arbeitet. Nicht einmal unsere Kundgebung dürfen wir allein abhalten, nein, sie wollen uns mit diesem Schritt provozieren. Aber nicht mit uns. Wir sind darauf vorbereitet!«

»Das klingt sehr kriegerisch, was Sie da sagen, Herr Zimmermann. Ich hoffe, es bleibt eine friedliche Veranstaltung.«

»An uns wird's nicht liegen.« Jonas deutete auf die andere Straßenseite. »Aber wirkt das nicht wie ein Militärlager? Und all diese seltsamen Leute – bei denen kann ich mir schon vorstellen, dass die schnell mal ausrasten. Und erst die Maschinen. Nur Panzer fehlen noch.«

»Na, na, Sie sind ein Schwarzseher«, sagte Baltasar. »Es ist eine politische Aktion unter vielen.«

»Das hat Symbolkraft«, antwortete Zimmermann. »Die Presse wird da sein, das Radio und das Regionalfernsehen. Dafür hat Wolfgang gesorgt. Und gerade an diesem Ort, an dieser Kreuzung, wo die Bauarbeiten beginnen sollen – es ist wie ein gewaltiges Brennglas, bei dem die Probleme für alle sichtbar gebündelt werden.«

»Wo steckt eigentlich Herr Behr?«

»Er ist unterwegs, muss noch Vorbereitungen treffen.« Jonas Zimmermann sah ihn an. »Aber ich vermute, Sie sind nicht zu mir gekommen, um die nächsten Schritte unseres Aktionsbündnisses zu diskutieren.«

»In der Tat nicht. Ich würde mich gerne nochmal mit Ihnen über Lukas Fliegl unterhalten. Vor allem darüber, was in der Mordnacht geschah.«

»Meine Aussage habe ich bereits gegenüber der Kriminalpolizei gemacht.« Der Student wandte sich ab und sortierte einige Kartons.

»Es gibt einige Aspekte, die Sie den Behörden nicht erzählt haben. Fakten, die für die Mordermittlung wichtig sein könnten.«

»Tatsächlich? Was soll das genau sein?«

»Ich schlage vor, wir gehen ein wenig spazieren, da können wir ungestört plaudern. Können Sie eine Pause machen?«

Jonas Zimmermann rief Doris Harlender zu, er werde kurz weg sein. Dann machte er Baltasar ein Zeichen, ihm zu folgen. Sie gingen erst ein Stück die Straße entlang, dann bog er ab und ging quer über die Wiese in Richtung Wald.

»Ein schönes Stück Natur, oder nicht?«, sagte er.

»Wunderschön, wie vieles im Bayerischen Wald«, sagte Baltasar. »Die Weisheit Gottes ist unermesslich.«

»Von wem auch immer. Jedenfalls wäre es schade, dieses Land zuzubetonieren. Ein Verbrechen wäre es.«

»Ein Verbrechen ist, was man Lukas Fliegl angetan hat.«

»Ja, das stimmt.« Der Student blickte zu Boden. »Ich vermisse ihn. Er fehlt uns. Er fehlt uns wirklich.«

»Mit Wolfgang Behr ist es nicht dasselbe?«

»Er ist ein ganz anderer Typ als Lukas. Die beiden waren eher wie entgegengesetzte Pole, jeder hat seine Stärken, jeder hat seine Schwächen.«

»Wie gut verstanden sie sich eigentlich?«

»Darüber möchte ich nicht reden, Herr Senner.« Jonas Zimmermann war stehen geblieben. »Das sind Privatangelegenheiten.«

Baltasar spürte seinen Ärger hochsteigen. Wollte denn in diesem Fall niemand mit der Wahrheit herausrücken? Waren die kleinen Geheimnisse wichtiger als die Aufklärung eines Mordes? Es schien ihm, als hätte niemand großes Interesse daran, den Täter zu finden. So konnte es nicht weitergehen.

»Sind Sie noch bei Trost?« Er schüttelte den Studenten, eine spontane Aktion. »Was denken Sie, worüber wir hier reden?« Seine Stimme war laut geworden, lauter, als er es geplant hatte. »Wir sind hier nicht beim Kindergeburtstag. Es geht um Mord. Da spielen Ihre privaten Befindlichkeiten keine Rolle! Und auch die Ihrer Freunde nicht.«

Jonas Zimmermann schaute erschrocken drein. Baltasars Wutausbruch schien ihn überrascht zu haben. Er überlegte.

»Sie haben irgendwo recht, Hochwürden«, sagte der Student nach einer Weile. »Lukas war mein Freund. Ich denke, ich bin ihm noch etwas schuldig. Aber Sie behalten es für sich, worüber wir reden, oder?«

Baltasar war kurz davor, abermals zu explodieren, aber er biss sich auf die Zunge und sagte nur: »Wir werden sehen.«

»Zu Ihrer Frage, Herr Senner: Lukas und Wolfgang kamen miteinander aus, oberflächlich zumindest. Richtigen Streit hab ich nur selten erlebt, vielleicht auch deshalb, weil Lukas es vermied, Konflikte vor der Gruppe auszutragen. Er war mehr der Typ, der im Hintergrund die Fäden zog und versuchte, Dinge geräuschlos zu erledigen. Wolfgang dagegen bevorzugt die direkte Provokation, die Konfrontation.«

»Hätte Lukas diese Demo auch so inszeniert?«

Sie spazierten weiter.

»Ich glaube nicht, nein, ich bin mir sicher. Lukas hätte nie dieses große Aufgebot organisiert und es auf eine direkte Auseinandersetzung hinauslaufen lassen. Er sagte immer, bei überzogenen Aktionen sei die Gefahr eines Imageschadens für Bunaba zu groß. Wolfgang geht dieses Risiko ein, weil er die öffentliche Aufmerksamkeit für das Projekt will. Ich weiß nicht, was der bessere Weg in der politischen Arbeit ist. Beide könnten funktionieren.«

»Und Lukas als Bunaba-Vorsitzender sagte, wo es langging.«

»Das war sein gutes Recht. Aber das war nicht diktatorisch, das wäre der falsche Eindruck. Wir diskutierten darüber, Lukas konnte sehr überzeugend sein.«

»Und Wolfgang Behr ordnete sich unter?«

»Er hatte schon daran zu knabbern, dass ein anderer über ihm stand, auch wenn er es nicht offen zugab. Aber solche Charaktere finden Sie in der Politik häufig, Hochwürden.«

»Da müsste es Herrn Behr entgegenkommen, nun selbst der Chef Ihrer Truppe zu sein«, sagte Baltasar.

»Sicher. Wir haben ihn auch gewählt. Es gab keinen anderen Kandidaten.« Jonas Zimmermann sah ihn missbilligend an. »Aber ich vermute, Sie wollen auf etwas anderes hinaus. Sie wollen ein Mordmotiv konstruieren. Das ist abwegig. Da müssten sich in Deutschland die Politiker reihenweise umbringen.«

»Ich bin kein Polizist, ich gehe anders an die Themen heran. Ich stelle Fragen, das Ergebnis ist offen. Ich schließe jedoch auch nichts von vornherein aus.«

»Warum sollte er jemanden deswegen töten? Wolfgang bräuchte nur eine neue Organisation gründen – dort wäre er der Chef.«

»Aber an jenem unheilvollen Abend in der Kirche eskalierte die Auseinandersetzung zwischen ihm und Lukas, oder nicht?«, sagte Baltasar.

Jonas Zimmermanns Gesicht verriet Erstaunen und Erschrecken. »Woher haben Sie ...? Da ... Da hat jemand geredet. Ein Verräter ist unter uns.«

»Nun übertreiben Sie mal nicht, Herr Zimmermann. Ihr Zusammenhalt im Bunaba ist ja ehrenwert, aber ich muss es nochmal wiederholen: Hier geht es nicht um Vasallentreue, sondern um Mord. Und das Opfer ist Ihr Freund! Ich bitte Sie, helfen Sie mir, damit die Wahrheit ans Licht kommt.«

Sie hatten den Wald erreicht und tauchten ein in das Halbdunkel der Bäume. Die Stimmung änderte sich, neue Geräusche und Gerüche waren zu entdecken.

»Ja, es stimmt. Lukas und Wolfgang hatten in der Kirche Streit«, begann Jonas Zimmermann. »Ich weiß nicht mehr genau, wann es begann und was der Auslöser war.«

»Um welche Uhrzeit war das?«

»Am späteren Abend, gegen zehn Uhr würde ich sagen. Wir besprachen, was wir wegen der Umgehungsstraße als Nächstes machen würden. Lukas sagte, er habe den idealen Hebel gefunden, um die Sache zu unseren Gunsten zu wenden.«

»Was meinte er damit?«

»Das weiß ich nicht genau. Er sagte nur, er habe die Schwachstelle des Feindes gefunden. Wir haben ihn natürlich auch gefragt, welche Aktion er plane, aber er blieb seltsam vage und meinte nur, wir sollten uns noch ein wenig gedulden und die nächsten Tage nichts unternehmen.«

»Und wie reagierte Herr Behr?«

»Er warf Lukas Geheimnistuerei vor. Wir müssten die Gunst der Stunde nutzen, um jetzt schneller was Neues zu starten. Er meinte, jetzt sei es an der Zeit, härter vorzugehen. Wenn Lukas nicht mitziehe, werde er eben die Sache selbst in die Hand nehmen.«

»Das dürfte Lukas nicht gefallen haben.«

»Sie sagen es. Er rastete förmlich aus, so habe ich ihn noch nie erlebt. Er meinte, Wolfgang solle nicht alles kaputtmachen, er wisse schon, was er tue. Dann schrie er ihn an, er könne sofort verschwinden, er brauche ihn und seine destruktiven Ansichten nicht mehr. Wir anderen standen schweigend daneben. Es war etwas zerbrochen, das spürten wir.«

»Und dann?«

Jonas Zimmermann blieb stehen und betrachtete den Stamm einer alten Fichte. »Was dann folgte, war seltsam. Wolfgang wurde weiß im Gesicht, die ersten Sekunden sagte er nichts, dann brach es aus ihm raus. Es schien, als wollte er sich die jahrelang angestaute Wut von der Seele reden. Wir verstanden eigentlich nicht, worum es ging, aber Lukas wohl schon. Wolfgang sagte etwas wie: ›Ich wusste doch, dass du eine Ratte bist, ein Verräter. Schon damals hast du dein wahres Gesicht gezeigt, hattest Spaß daran, Unschuldige anzuschwärzen!‹ Dann fielen eine Menge unfeiner Worte.«

»Was antwortete Lukas?«

»Er verhielt sich komisch. Er trat ganz nahe an Wolfgang heran. Ich dachte schon, jetzt verpasst Lukas ihm eine. Aber er sagte nur: ›Jeder, wie er es verdient.‹« Jonas

Zimmermann zuckte mit den Achseln. »Ich weiß nicht, worauf Lukas anspielte, es muss etwas Persönliches gewesen sein. Es war jedenfalls eine beklemmende Situation.«

»Aber Wolfgang Behr ist nicht gegangen.«

»Er stürmte aus der Kirche, kam aber nach einer Viertelstunde wieder und sagte ganz beherrscht: ›Tut mir leid, ich bin zu weit gegangen.‹ Er tat so, als sei nie irgendetwas vorgefallen.«

»Haben Sie mit Ihren Freunden später darüber geredet?« Baltasar blieb stehen.

»Eigentlich nicht. Sie schienen sich wieder vertragen zu haben, damit war die Sache gegessen. Es war schlicht kein Thema mehr. Und nach dem Mord geriet es erst mal in Vergessenheit.«

»Das scheint wirklich ein seltsamer Abend gewesen zu sein«, sagte Baltasar. »Mit seiner Freundin hat Lukas sich doch auch gestritten.«

»Lukas und Sarah hatten tatsächlich einen Megakrach. Sie hat irgendwas gebrüllt wie: ›Das sagst du mir jetzt‹ und ›Du hast mich hintergangen‹. Lukas versuchte, sie zu beruhigen, ich verstand nicht, was er zu Sarah sagte. Aber sie wurde nur noch lauter: ›Du willst also Schluss machen, gerade jetzt?‹ Sie warf ihm vor, er habe sich von dieser Frau einwickeln lassen. Dann meinte sie nur, sie werde sich das nicht gefallen lassen, keiner dürfe so mit ihr umspringen, und er werde schon sehen, was er davon habe.«

»Und dann?«

»Lukas stürmte hinaus, Sarah verkroch sich im Zelt und heulte. Später kam Lukas wieder und holte seine Sachen.«

Sie gingen weiter in den Wald hinein. Von der Umgehungsstraße war jetzt nichts mehr zu hören, nur noch das Rauschen des Windes und vereinzeltes Vogelgeschrei.

»Kam die Trennung für Sie überraschend?«, fragte Baltasar.

»Offen gestanden, nein. Der Zeitpunkt schon.«

»Sie hatten das erwartet?«

»Sagen wir so: Es gab einige Anzeichen, die darauf hindeuteten. Er ging Sarah öfter aus dem Weg. Ich glaube, er hatte eine andere. Keine Ahnung, wer sie war. Für Sarah muss es jedenfalls ein Schock gewesen sein, dass Lukas sich tatsächlich von ihr trennen wollte. Sie tut zwar sehr modern und aufgeklärt, aber in Liebesdingen ist sie sehr altmodisch, glaube ich.«

»Das bedeutet?«

»Sie spekulierte wohl darauf, irgendwann mit ihm vor den Traualtar zu treten, richtig spießig eben. Sie wusste zwar von seinen früheren Eskapaden. Daraus hatte Lukas nie ein Geheimnis gemacht. Aber sie dachte wohl, das Zusammenziehen sei ein Beweis für seine Treue – und zugleich eine Chance, ihn gewissermaßen besser unter Kontrolle zu haben. Denn einen gewissen Kontrollzwang hatte sie schon.«

»Wie äußerte sich das?«

»Wie Frauen eben sein können: Sie hat dauernd gefragt, was er gerade machte, was er dachte und was er vorhatte. Sie hat sogar heimlich in seinen Sachen im Zelt gewühlt und sein Handy kontrolliert. Das habe ich selbst gesehen.«

»Erwähnte Sarah Lukas' alte Studentenwohnung in Passau?«

»Komisch, dass Sie danach fragen, Herr Pfarrer.« Jonas Zimmermann hob einen abgestorbenen Ast auf, betrachtete ihn und warf ihn wieder weg. »Sie hat mich neulich tatsächlich danach gefragt, wo genau Lukas früher als Student gewohnt hat.«

»Und was haben Sie gesagt?«

»Die Wahrheit. Ich kannte ja seine alte Adresse. Damals dachte ich mir nichts dabei.«

»Es muss auch nichts bedeuten«, sagte Baltasar. »Wollen wir wieder zurück zur Straße? Wir sind ein ordentliches Stück gegangen.«

Sie kehrten um. Jeder hing seinen Gedanken nach.

»Eine Frage habe ich noch«, sagte Baltasar. »Was machte Sarah nach dem Streit? Blieb sie die ganze Nacht in der Kirche?«

Jonas Zimmermann stoppte abrupt. »Sie wollen doch nicht das arme Mädchen verdächtigen, dass sie ...?«

»Ich verdächtige niemanden – noch nicht«, antwortete Baltasar.

»Genau weiß ich das nicht mehr. Sarah hatte sich ewig in ihrem Zelt verschanzt. Aber irgendwann haben wir uns alle schlafen gelegt. Ich bin öfters aufgewacht, weil immer wieder jemand nach draußen aufs Klo musste. Dabei habe ich einmal im Halbschlaf registriert, dass Sarah verschwunden war. Vermutlich war sie auch austreten. Ich bin daraufhin gleich wieder eingeschlafen. Morgens jedenfalls lag sie wieder in ihrem Zelt.«

36

Auf Baltasars Schreibtisch lag das Stück Schweinehaut und daneben die Adresse, die ihm der Viehhändler aufgeschrieben hatte. Es war dieselbe Adresse wie die des Lazarus-Kontos. Beide Spuren verbanden sich in einem Namen: Ignaz Brunner.

War der Landwirt tatsächlich der Strippenzieher hinter all diesen Geschäften rund um die Umgehungsstraße? Und welche Rolle spielte sein Sohn Paul, der Anna Hillwein und Lukas Fliegl am Mordabend heimlich mit dem Handy aufgenommen hatte?

Es war Zeit, das herauszufinden. Baltasar überlegte, ob er seinen Besuch anmelden sollte, entschied sich aber dagegen. Er würde es einfach darauf ankommen lassen. Ein Grund für sein Auftauchen würde sich schon finden, schließlich war Paul früher Ministrant gewesen.

Er nahm das Fahrrad. Die Familie wohnte etwas außerhalb des Ortes, das Anwesen grenzte an den Wald. Ein Feldweg führte zu dem Bauernhof, links und rechts waren Viehweiden, Kühe blickten ihn an, als er vorbeiradelte. Schafe und Lämmer grasten in einem eingezäunten Areal.

Das Haupthaus war ein langgestrecktes Gebäude, auf beiden Seiten flankiert von Ställen und Lagerhallen. Baltasar stellte sein Fahrrad am Hauseingang ab und klingelte. Etwas rumpelte im Innern, und nach einiger Zeit öffnete sich die Tür. Pauls Mutter stand vor ihm, sie hatte eine Küchenschürze umgebunden und hielt eine Rührschüssel im Arm.

»Hochwürden, was wollen Sie denn hier?« Der Besuch schien ihr nicht ins Konzept zu passen. »Ich bin gerade beim Backen.«

»Ist Paul da?«

»Hat der Junge was ausgefressen? Wundern würde mich das nicht.«

»Nein, nein. Ich wollte ihn nur fragen, ob er Lust hätte, als Ministrant auszuhelfen.« Das war eine Notlüge, aber der Allmächtige würde ihm verzeihen.

»Fragen Sie ihn selbst, Hochwürden. Er ist in seinem Zimmer und macht Hausaufgaben. Die Treppe hoch und die erste Tür links.«

»Wie geht es Ihrem Ehemann?«

»Er ist unterwegs, was besorgen.«

»Vermutlich nimmt ihn die Demonstration sehr in Anspruch.« Baltasar dachte an Ignaz Brunners versuchte Traktorattacke bei der Umgehungsstraße.

»Er organisiert mit dem Bürgermeister eine Verteidigungslinie, wenn die Chaoten auftreten.«

»Es wurde eine Gegendemonstration angemeldet, habe ich gelesen.«

»Wir werden doch nicht diesen Bunaba-Typen das Feld überlassen«, meinte die Frau. »Mein Mann hat schon recht: Da muss etwas dagegen getan werden. Wir müssen denen zeigen, dass auch die anständigen Bürger demonstrieren können, nicht nur dieses faule Studentenpack.«

»Und Bürgermeister Wohlrab engagiert sich auch, sagen Sie?«

»Nicht nur er. Herr Grabner und Herr Doktor Hummel haben ihr Kommen ebenfalls zugesagt.« Sie öffnete die Tür ganz und machte eine einladende Bewegung. »Leider kann ich nicht weiterratschen, die Arbeit ruft. Gehen Sie einfach nach oben, Herr Pfarrer.«

Pauls Zimmer im ersten Stock war nicht zu übersehen. Das Poster einer jungen, international bekannten Musikerin klebte an der Tür. Von drinnen ertönten Schüsse. Baltasar stürmte hinein.

Der Junge schreckte hoch. Er saß an seinem Schreibtisch am Fenster. Auf dem Computerbildschirm war eine Szene aus einem Videospiel zu sehen, jemand, der mit einem Gewehr Monster erledigte. Dann hatte Paul eine Taste gedrückt, und eine Textseite erschien auf dem Monitor.

»Grüß Gott. Störe ich gerade bei den Hausaufgaben?«

»Herr Pfarrer, was machen Sie denn hier?« Vor Überraschung hatte der Junge vergessen, den Joystick seines Computerspiels wegzulegen. »Wie sind Sie denn reingekommen?«

»Deine Mutter ...«

»Ach so.«

An der Wand hingen Poster von Rockbands und Bikini-Models. Über dem Computerbildschirm war eine Videokamera montiert.

Baltasar deutete darauf. »Nimmt die uns jetzt auf?«

»Nein, die Kamera ist ausgeschaltet.«

»Gut. Ich will mich nämlich mit dir noch mal über den Abend des Mordes unterhalten, und da brauchen wir keine Zeugen, oder?«

Der Junge blickte entgeistert drein. »Haben Sie mit meiner Mutter darüber gesprochen? Oder mit meinem Vater?«

»Natürlich nicht.«

»Aber ich habe Ihnen doch schon alles erzählt.«

»Mittlerweile sind mir weitere Dinge zu Ohren gekommen. Vielleicht erinnerst du dich an zusätzliche Einzelheiten, die weiterhelfen könnten.«

»Ich weiß nicht.«

»Fangen wir anders an. Seit wann warst du an jenem Tag unterwegs?«

»Ich bin mit meinem Vater und meiner Mutter in der Frühe zur Kirche gefahren. Wir wollten die Diskussionsrunde anschauen und danach die Ausstellung auf dem Pfarrhof.«

»Warst du da die ganze Zeit mit deinen Eltern zusammen?«

»Nein, das wär mir zu langweilig geworden. Papa wollte sich noch vor der Kirche mit jemandem treffen, und Mama war mit einer Freundin verabredet.«

»Wen wollte dein Vater treffen?«

»Na, den Doktor Hummel und den Grabner.«

»Du kennst die beiden Herren?«

»Selbstverständlich. Schließlich waren sie schon mehrmals bei uns zu Gast.« Stolz schwang in seiner Stimme mit. »Sogar zum Abendessen sind sie geblieben.«

»Sind das Freunde von deinen Eltern?«

»Mehr von Papa. Sie haben geschäftlich miteinander zu tun.«

»Woher weißt du das?«

»Ich hab sie mehrmals darüber reden hören.«

»Um was ging es?«

»Irgend so ein Grundstückskram, Kauf von Wiesen und

Äckern und so was. Und wie man das am besten finanziert und ob man Firmen zwischenschalten sollte.«

»Welche Grundstücke?«

»Keine Ahnung. So was interessiert mich nicht.«

»Also hat dein Vater, bevor der Gottesdienst losging, mit den beiden geplaudert. Was hast du gemacht?«

»Ich bin im Ort herumgewandert und dann wieder zurück zur Kirche. Hab meine Handykamera ausprobiert.«

»Hast du da jemanden gesehen?«

»Es waren schon Leute unterwegs, aber ich hab nicht darauf geachtet, wer das ist. Das interessiert mich nicht, waren alles Erwachsene.«

»Und im Bereich der Kirche?«

»Ich hab Sie gesehen, Hochwürden. Und Ihre Haushälterin. Sie haben Sachen vom Pfarrhaus in die Kirche getragen zur Vorbereitung der Messe.«

Für einen Moment war Baltasar überrascht. Es war ihm gar nicht aufgefallen, dass ihn jemand beobachtet hatte.

»Und weiter?«

»Dann hab ich gewartet, bis die Kirchenbesucher allmählich eintrudelten, und später bin ich mit meinen Eltern in die Kirche gegangen.«

»Hast du da auch gefilmt?«

»In der Kirche? Nein! Obwohl das sicher viele Klicks im Internet gebracht hätte!« Paul Brunner grinste.

»Ist dir beim Pfarrfest noch was Besonderes aufgefallen? Du hast sicher nicht die ganze Zeit nur deine Aufnahmen gemacht.«

»Ich hab mir eine Cola gekauft und eine Wurstsemmel. Dann habe ich bei den Ständen geschaut, ob es was umsonst gibt. War aber eher enttäuschend. Am besten war die Auswahl noch am Bunaba-Stand – coole Sticker und ein klasse Gruselposter mit Vorher-Nachher-Zeichnungen von der Landschaft bei der Umgehungsstraße.«

»Hast du da Anna Hillwein das erste Mal gesehen?«

»Mir ist sie schon in der Kirche aufgefallen. Sehr heißes T-Shirt … knapper BH … ein süßes Lächeln …« Er wurde rot.

»Deshalb hast du sie später verfolgt.«

»Nicht verfolgt!« Entrüstung machte sich breit. »So einer bin ich nicht! Ich hab nur hin und wieder Aufnahmen von ihr gemacht, weiter nichts.«

»Und bei der Rauferei von Lukas Fliegl mit deinem Vater …«

»Mann, das war ein Ding! Papa ist nicht zimperlich, ich hab früher regelmäßig eine gefangen, wenn ich was angestellt hab. Aber so wütend hab ich ihn noch nicht erlebt. Für ihn war dieser Lukas Fliegl ein rotes Tuch. Er sagte, dieser Grattler hätte es nicht besser verdient, der sei ein gieriges Schwein, das nur so umweltbewusst tue und in Wirklichkeit aufs Geld aus sei.«

»Schließlich bist du Anna Hillwein auf den Parkplatz gefolgt, was hast du die ganze Zeit gemacht?«, fragte Baltasar.

»Ich bin mit meinen Eltern wieder heim zum Abendessen und später mit dem Rad allein wiedergekommen.«

»Wussten deine Eltern davon?«

»Ich hab nur gesagt, ich dreh nochmal schnell eine Runde. Sie meinten nur, ich sollte schauen, dass es nicht zu spät wird – damit war das Thema erledigt.«

»Die Aufnahme, in der sich Anna und Lukas küssen, habe ich gesehen. Was hast du danach gemacht, Paul? Warst du nicht wütend, weil sie sich mit einem anderen vergnügt hat?«

Paul saß eine Weile still da. »Das war schon enttäuschend«, sagte er. »Sie mit einem anderen zu sehen … Aber dieser Lukas Fliegl schien eh nicht richtig mitzuziehen. Und nach kurzer Zeit war es sowieso vorbei.«

»Du hattest dich hinter einem Auto auf dem Parkplatz versteckt, hast du damals im Beichtstuhl gesagt. Wem bist du gefolgt, als die beiden wieder auseinandergingen?«

»Ich bin hinter Anna hergegangen. Lukas Fliegl marschierte zu seinem Campingbus.«

»Allein?«

»Soviel ich gesehen habe, schon. Aber Anna verschwand in der Kirche und kam nicht wieder raus. Da bin ich heimgeradelt.«

»Auf dem USB-Stick, den du mir gegeben hast, waren Daten gelöscht worden. Kann ich die auch noch haben?«

»Ich … Ich hab Ihnen alles gegeben, Herr Pfarrer.« Paul geriet ins Stottern.

Baltasar legte alle Autorität, zu der er fähig war, in seine Stimme: »Paul, als früherer Ministrant kennst du sicher das achte Gebot.«

»Ja … Ja. Du sollst kein falsches Zeugnis ablegen wider deinen Nächsten.«

»Genau. Man darf nicht lügen.« Baltasar zeigte auf den Computer. »Ich glaube, du hast all deine Videodateien da drauf. Habe ich recht?«

»Ja.«

»Gut. Dann schauen wir uns jetzt gemeinsam deine Aufnahmen jenes Tages an.«

»Aber …«

»Ich bitte dich darum.« Baltasar holte einen Fünfzig-Euro-Schein heraus und legte ihn auf den Schreibtisch. »Für deine Mühen und den USB-Stick.«

Einen Moment zögerte Paul, dann ließ er den Geldschein blitzschnell in seiner Tasche verschwinden. Er rief einen Ordner mit durchnummerierten Dateien auf und klickte die erste an.

»Bitte im Schnelldurchlauf«, sagte Baltasar.

Mehrere kurze Filme zeigten die Rückenansicht von Anna Hillwein während des Pfarrfests. Nach der Kussszene schwenkte die Kamera kurz auf Lukas Fliegl, der tatsächlich allein zu seinem Campingbus ging. Dann folgte die Kamera Anna Hillwein, die zurück in die Kirche ging. Wolfgang Behr kam ihr an der Tür entgegen, sie unterhielten sich kurz, dann ging er weiter.

»Hast du gesehen, was dieser Mann anschließend gemacht hat?« Baltasar deutete auf Wolfgang Behr.

»Nein, hat mich nicht interessiert.«

»Und Anna Hillwein – hast du sie nach diesem Abend noch einmal gesehen?«, fragte Baltasar.

»Mehrmals.« Paul war die Frage sichtlich unangenehm.

»Wo?«

»Ich war öfter in der Kirche während der Besetzung, bin aber nur ganz schnell an den beiden Zelten vorbeigegangen und habe so getan, als würde ich eine Kerze entzünden«, sagte Paul. »Sie hat mich nicht bemerkt, glaube ich. Ich aber sie. Sie sah wirklich super aus.«

»Und sonst?«

»Mit dem Rad war ich an der Kreuzung der Umgehungsstraße. Ich wusste von meinem Papa, dass sie dort ihre Zelte aufgebaut hatten. Ich hab mich im Wald versteckt und alles mit dem Fernglas beobachtet. Aber es ist nichts passiert, ziemlich langweilig alles.«

Paul rief eine andere Sequenz auf. Sie zeigte seinen Vater im Gespräch mit Heinz Hummel und Josef Grabner auf dem Parkplatz. Dem Licht nach zu urteilen war es früh am Morgen. Die Männer trennten sich wieder.

In der nächsten Aufnahme folgte Paul seinem Vater mit der Kamera. Dann schwenkte er um und blieb hinter dem Bauamtsleiter vom Landratsamt.

Heinz Hummel spazierte scheinbar planlos über den Platz, sah nach links und nach rechts, drehte sich um – das Bild wackelte, und nur eine Mauer war zu sehen. Paul hatte sich offenbar hinter eine Ecke verdrückt. Der Film ging weiter, der Beamte von Landratsamt sah auf seine Uhr, dann änderte er seine Richtung und verschwand auf dem Friedhof.

Es dauerte eine Zeit lang, bis der Hobbyfilmer Hummel wieder erfasst hatte. Er setzte sich auf eine Besucherbank. Wieder sah er auf die Uhr. Von der anderen Seite näherte sich eine Gestalt: Es war Lukas Fliegl. Er setzte sich neben Heinz Hummel.

Baltasar war überrascht. Ein konspiratives Treffen auf dem Friedhof früh am Morgen. Wollten sie sich für die anstehende Diskussion in der Kirche abstimmen?

»Warum hast du mir nicht gesagt, dass du Lukas am Morgen ebenfalls gefilmt hast?«, fragte Baltasar.

»Ich … Ich dachte, es sei nicht so wichtig, weil dieser Fliegl da noch am Leben war«, sagte Paul. »Außerdem war kurz vorher mein Papa mit dabei gewesen. Ich wollte ihn mit dem Video nicht noch in Schwierigkeiten bringen.«

»Hattest du Grund für deine Befürchtungen?«

»Das nicht, aber nach dem Mord war alles anders. Da würde alles falsch ausgelegt werden. Wir würden unschuldig verdächtigt. Das wollte ich nicht. Deshalb habe ich das Video auch niemandem gezeigt, Hochwürden.«

Der Film lief weiter. Hummel und Fliegl diskutierten miteinander, sie gestikulierten mit den Armen, die Unterhaltung schien immer hitziger zu werden. Heinz Hummel stand auf, er schien Lukas zu drohen, fast erwartete Baltasar, er würde zuschlagen. Dann drehte sich der Bauamtschef um und ging im Schnellschritt auf den Friedhofsausgang zu. Damit endete die Sequenz.

»Schade, dass man nicht versteht, was die reden«, sagte Baltasar.

»Zu weit weg.«

Traktorengeräusch drang von draußen herein.

»Mein Papa«, sagte Paul.

»Ich brauche noch einen USB-Stick«, sagte Baltasar. »Und falls dein Vater fragen sollte: Ich habe dich gebeten, als Ministrant auszuhelfen.«

37

Baltasar trat aus dem Haus. Ignaz Brunner hatte den Traktor abgestellt, auf dem Anhänger lagen Äste. Der Landwirt war überrascht, ihn hier zu sehen.

»Hochwürden, was verschafft mir die Ehre? Sie haben uns doch noch nie besucht.«

»Ich habe auf Sie gewartet. Wenn Sie nicht zu sehr im Stress sind, würde ich mich gerne mit Ihnen unterhalten.«

»Um was geht's?«

»Das möchte ich in Ruhe mit Ihnen besprechen.«

Brunner kratzte sich am Ohr. »Meinetwegen, aber ich muss meine Arbeit erledigen. Sie können mich ja begleiten, Herr Pfarrer. Dann sehen Sie, was ein Bauer heutzutage so macht.« Brunner deutete auf den Beifahrersitz seines Traktors.

Baltasar kletterte die Stufen hoch und nahm auf dem Schalensitz Platz. Er wollte fragen, wo die Sicherheitsgurte waren, unterließ dann aber die Bemerkung.

Ignaz Brunner startete den Motor, das Fahrzeug vibrierte. Der Bauer lenkte die Zugmaschine um das Wohngebäude bis zum Hintereingang einer Lagerhalle. Dort manövrierte er den Anhänger rückwärts hinein.

»Sie können absteigen«, sagte Brunner und stellte wieder den Motor ab. Mit einem beweglichen Kran lud er die Äste ab und schob sie in einer Ecke zusammen.

»So, um was geht's, Herr Pfarrer?«, fragte der Bauer.

»Das können Sie sich vermutlich denken, Herr Brunner. Ich würde gerne über den geplanten Protest gegen die Umgehungsstraße plaudern.«

»Ich hab schon gehört, Sie sind ein hartnäckiger Mensch«, sagte Brunner, wobei er offenließ, von wem er das erfahren hatte. »Und Sie haben eine Leidenschaft für Mordermittlungen, wie jeder hier im Ort weiß.«

Unwillkürlich fragte sich Baltasar, ob Brunners Weisheiten von Hummel und Grabner stammten.

»Ich vertrete durchweg christliche Ideen, nämlich Wahrheit und Gerechtigkeit. Und Menschlichkeit. Ich habe die Befürchtung, die Demonstrationen könnten zu Gewaltausbrüchen führen.«

»Warum glauben Sie das?«

»Das wissen Sie doch selbst, Herr Brunner. Ich erinnere nur an Ihre waghalsige Traktorfahrt in Richtung Bunaba-Camp.«

»Unkraut vergeht nicht. Unkraut muss man ausreißen.« Der Landwirt verzog das Gesicht zu einem Lächeln. »Die wären schon rechtzeitig zur Seite gesprungen, keine Sorge. Außerdem treten diese sogenannten Studenten selbst aggressiv auf, wenn es sein muss.«

»Man braucht deshalb die Situation nicht noch anzuheizen.«

»Diese Öko-Terroristen brauchen schon mal was auf den Deckel. Was bilden die sich denn ein? Tun so, als ob ihnen der Bayerische Wald gehört. Es ist eine Ehre für mich als Bauer, dessen Vorfahren schon vor zweihundert Jahren als Bauern gearbeitet haben, denen zu zeigen, wer hier das Kommando hat.«

»Ich hoffe, Sie wiegeln niemanden auf«, sagte Baltasar.

»Ich? Das sollten Sie diesen Bunaba-Schmarotzern sagen. Ich tue, was zu tun ist.«

»Dennoch habe ich den Eindruck, um das offen zu sagen, Herr Brunner, dass Sie ein gefährliches Spiel treiben. Und Sie überschreiten dabei Grenzen.«

»Jetzt aber, Hochwürden! Aus Ihrem Mund so was zu hören, das überrascht mich. Jemand anders hätte ich für eine solche Bemerkung längst eine gelangt. Ich finde, Sie gehen zu weit.«

»Ganz und gar nicht. Sie rücken mit Ihren Aktionen andere in ein schlechtes Licht, und Sie schüren Hass.«

»Bitte, Herr Pfarrer, halten Sie sich zurück!« Ignaz Brunner war näher gekommen und fixierte ihn. »Das muss ich mir nicht länger anhören.«

»Sollten Sie aber.« Baltasar holte eine transparente Plastiktüte mit der tätowierten Schweinehaut heraus und zeigte sie dem Landwirt. »Erkennen Sie das, Herr Brunner?«

»Nein. Sieht aus wie Schweinehaut. Sollte ich das kennen?« Der Landwirt verschränkte die Arme.

»Exakt. Das ist von einem Schwein. Einem ganz besonderen Schwein. Nämlich von der toten Sau, die Sie am Fahnenmast vor dem Rathaus aufgehängt haben!«

»Sie sind doch gaga!« Ignaz Brunner versuchte zu lächeln, doch das Gesicht verzog sich zu einer Grimasse. »Jetzt gehen Sie aber zu weit, Herr Senner!«

»Leider ist das die Wahrheit. Sie haben Ihre Sau heimlich in den Ort gebracht, aufgehängt und geschlachtet und dem Tier das Schild ›Tod allen Umgehungsstraßen-Freunden‹ ins Maul geschoben. Damit sollte der Verdacht auf die Bunaba-Aktivisten fallen. Ein raffinierter Plan. Doch dieses Stück Haut überführt Sie, Herr Brunner.«

»Zeigen Sie her.« Der Landwirt riss ihm die Tüte aus der Hand und betrachtete den Inhalt genauer. »Das soll ein Beweis sein? Dass ich nicht lache. Ich sollte das am besten gleich an meine Schweine verfüttern.«

Ignaz Brunner verließ die Lagerhalle, das Beweisstück in der Hand, und marschierte hinüber zum Stall. Baltasar musste ihm notgedrungen folgen. Sie betraten den Schweinestall, eine langgezogene Halle mit Eisengattern. Dünne grün-gelbe Seile spannten sich entlang des Mittelgangs, daran hingen Geräte zur Stallarbeit.

Baltasar war klar, wenn der Bauer das Stück Haut den Tieren tatsächlich zum Fraß vorwarf, war sein Beweismittel vernichtet. Dann blieben ihm nur noch Fotos und Zeugenaussagen.

»Schauen Sie her, Hochwürden.« Der Landwirt öffnete einen Verschlag, nahm eines dieser bunten Seile, wickelte es einer Sau um den Hals und zog sie heran. Er zeigte auf den Kopf des Tieres. »Sehen Sie die Marke im Ohr? Das ist die Markierung, die wir hier auf dem Hof für unsere Tiere verwenden.« Er gab die Seilschlinge wieder frei und ging zum nächsten Gatter. »Auch hier hat jede Sau ihre Marke. Überzeugen Sie sich selbst!«

Baltasar nickte. »Sie haben recht.«

»Sehen Sie!« Brunner gab ihm die Tüte zurück. »Dieser Hautfetzen kann deshalb nicht von meinen Tieren stammen.«

»Was Ihre normalen Schweine angeht, stimmt Ihre

Feststellung. Aber Sie hatten eine Sondercharge Schweine erworben – ohne die übliche Markierung. Stattdessen hatten die Tiere eine verdeckte Tätowierung, die man nur bemerken konnte, wenn man die Schweine sehr genau untersuchte. Deshalb ist es der Polizei zuerst auch nicht aufgefallen.« Baltasar unterließ den Hinweis, dass die Beamten es auch später übersehen hatten.

»Ja und?«

»Damit lässt sich die Herkunft der Sau eindeutig bestimmen. Denn die Tiere mit dieser besonderen Kennzeichnung stammen aus Tschechien, wurden quasi illegal eingeführt.«

»Ich verstehe immer noch nicht, was das mit mir zu tun hat.« Der Landwirt nahm ein Stück Seil von der Wand und spielte damit.

»Das ist ganz einfach. So lässt sich die Spur der Schweine genau verfolgen – bis zu Ihnen.« Für einen Moment dachte Baltasar, es war nicht besonders klug, sich hier im Stall allein mit dem Landwirt aufzuhalten, wo sie niemand hören würde.

»Das ist ein Schmarrn! Totale Kacke«, rief Ignaz Brunner. »Sehen Sie hier irgendwo ausländische Schweine?« Die Selbstsicherheit war aus der Stimme des Bauern verschwunden. »Ich habe ein reines Gewissen.«

»Das mag bis jetzt gelten. Vermutlich haben Sie die Tiere längst geschlachtet oder weiterverkauft. Das Problem für Sie ist nur: Es gibt Zeugen.«

Ignaz Brunner blieb still. Er ging vor den Gattern hin und her, schlug mehrmals mit dem Seil auf die Eisenstäbe, als wolle er sich abreagieren.

»Dass ich nicht lache!« Das Gesicht des Landwirts blieb ernst. »Wer erzählt denn solche Lügen?«

»Ihr Viehhändler aus Viechtach. Er hat die Lieferung eindeutig identifiziert.«

»Dieser Haderlump!«, entfuhr es Brunner. »Ich wusste doch, dass man dem Bazi nicht trauen kann.«

»Er wusste nicht, was für eine besondere Bewandtnis es mit der Sau hat.«

»Dieser Dreckhammel! Mich so hereinzulegen!« Wieder schlug Brunner mit dem Seil um sich, nur noch fester. »Und Sie, Hochwürden, wollen Sie mich jetzt bei der Polizei anschwärzen – oder haben Sie das bereits getan?«

Der Landwirt kam näher, das Seil hatte er um beide Hände gewickelt, dazwischen spannte sich ein Strang.

Baltasar machte einen Schritt rückwärts. Er nahm den penetranten Geruch nach Fäkalien und Tier wahr, er hörte das Grunzen der Schweine. Sein Gehirn arbeitete.

»Ich habe immer eine Rückversicherung«, sagte er, obwohl es geflunkert war. Er bemühte sich um einen überzeugenden Tonfall. »Und ich habe kein Interesse daran, mit den Beweisen zur Polizei zu gehen.«

Brunner zog die Augenbrauen hoch. Das Seil hielt er gespannt. »Wie das?«

»Weil ich etwas ganz anderes von Ihnen will, etwas Simples: die Wahrheit.«

»Das müssen Sie mir übersetzen, Herr Pfarrer, vielleicht bin ich gerade etwas begriffsstutzig.«

»Ihnen ist klar, was passiert, wenn die Sache mit der toten Sau herauskommt. Sie hätten eine Anzeige am Hals.«

»Kann sein.« Der Bauer stand unbeweglich da. »Und was sind Ihre eigentlichen Ziele, Herr Senner?«

»Ich könnte die Angelegenheit mit der Sau vergessen, vorausgesetzt, Sie tun Buße und spenden an den Tierschutzverein. Bedingung ist aber, Sie erzählen alles über die Geschäfte mit Herrn Doktor Hummel und Herrn Grabner und was das mit dem Mord an Lukas Fliegl zu tun hat.«

»Haben Sie was getrunken?« Brunner ließ das Seil los. »Sie wollen mich in einen Mord hineinziehen – das hätte ich von einem Geistlichen nicht erwartet!«

»Betrachten Sie die Situation doch einmal aus dem Blickwinkel der Kriminalpolizei. Demnach sind Sie der Hauptverdächtige: Sie haben mit der Tieraktion bewiesen, dass Sie einen Hass auf den Bunaba haben. Und Ihren Angriff mit dem Traktor auf die Bunaba-Truppe vor Zeugen kann man auch als versuchten Totschlag auslegen. Jedenfalls zeigt es, Sie schrecken vor massiver Gewalt nicht zurück.« Baltasar machte unauffällig einen weiteren Schritt zurück. »Wäre außerdem der Protest gegen das Bauprojekt erfolgreich, würden Sie viel Geld verlieren. Schließlich gehören Ihnen Grundstücke, die Sie gewinnbringend verkaufen wollen. Unterm Strich jede Menge Motive, um Sie als Mordverdächtigen zu verhaften.«

»Ich habe ein Alibi für die Mordnacht: Ich bin im Bett gelegen und habe geschlafen.« Brunner schlug wieder mit dem Seil um sich, bewegte sich auf Baltasar zu.

»Wirklich sehr überzeugend, das wird Ihnen jeder Staatsanwalt abkaufen. Etwas Besseres haben Sie nicht zu Ihrer Verteidigung vorzubringen? Aber selbst wenn Sie sich rauswinden würden, bei einem Mordverdacht bleibt immer etwas an einem kleben«, sagte Baltasar. »Das mag ungerecht sein, aber es ist so. Sie und Ihre Familie wären für immer bei uns im Ort geächtet, ein Aussätziger wären Sie, Sie müssten wegziehen – damit wäre die Familientradition der Brunners am Ende.«

»Sie wollen mich der Polizei ans Messer liefern? Mein Ruf wäre ruiniert. Ich war immer ein anständiger und gesetzestreuer Bürger.«

Baltasar verkniff sich einen Kommentar. »Sie können das vermeiden, es liegt nur an Ihnen«, sagte er.

»Wie?«

»Ich schlage Ihnen ein Geschäft vor.«

»Was muss ich tun, meine Freunde verraten?«

»Die Wahrheit zu sagen ist kein Verrat.«

Brunner legte das Seil beiseite. »Aber ich will niemanden reinreiten, ich glaube nicht, dass Herr Hummel oder Herr Grabner Mörder sind.«

»Das behaupte ich auch nicht.«

»Warum sollte ich Ihnen trauen?«

»Weil ich Geistlicher bin. Betrachten Sie es als Beichte – da bin ich zur Geheimhaltung verpflichtet. Einen besseren Deal erhalten Sie nicht.«

Ignaz Brunner ging eine Weile auf und ab. Dann sagte er: »Also gut.«

»Also, was hat es mit dieser Lazarus-Gesellschaft auf sich, bei der Sie Miteigentümer sind?«

»Sie wissen davon?« Der Landwirt zeigte sein Erstaunen.

»Halten Sie mich bitte nicht für naiv. Ich mag es nicht,

verschaukelt zu werden. Deshalb die Frage: Hatte Lazarus was mit Ihren Grundstücksgeschäften zu tun?«

»Daran ist nichts Illegales. Wir haben die Firma im Ausland angesiedelt, damit nicht jeder sofort mitbekommt, dass wir Grundstücke besitzen.«

»Wer ist wir?«

»Na, Doktor Hummel, Herr Grabner und ich.«

»Dennoch klingt es nach einem unsauberen Versteckspiel.«

»Was mich betrifft, hab ich eine reine Weste. Ich habe meine Ausgaben und Einnahmen ganz normal in meiner Steuererklärung angegeben, genauso wie die Grundstücke. Da können Sie beim Finanzamt nachfragen, Herr Senner.«

»Und was ist mit Ihren Geschäftspartnern?«

»Da bin ich mir nicht so sicher. Aber bei unserer gemeinsamen Firmengründung war mir das egal. Ich bin nicht für deren Steuerfragen verantwortlich.«

»Warum wollten Herr Hummel und Herr Grabner ihre Beteiligung geheim halten?«

»Bei Heinz liegt das auf der Hand: Als Beamter hätte er solche Nebengeschäfte melden müssen. Zudem ist es ein Interessenkonflikt: Er entscheidet im Landratsamt über ein Bauprojekt, von dem er heimlich profitiert. Und bei Josef geht es vermutlich um Schwarzgeld.«

»Weil er praktisch pleite ist, wie es heißt?«

»Seine Geschäfte laufen momentan schlecht. Wenn er nicht bald einen großen Auftrag an Land zieht, geht seine Baufirma den Bach runter. Da ist es doch gut, wenn man ein privates Sicherheitspolster im Ausland hat.«

»Aber wie passt das mit Lukas Fliegl zusammen? Warum hat Lazarus ihm dreißigtausend Euro überwiesen? Mit dem Geld hat er ein Grundstück bei der Umgehungsstraße erworben. Warum Sie Ihren Gegner unterstützen, das will mir nicht in den Kopf.«

»Die Aktionen des Bunaba haben unsere Immobiliengeschäfte gefährdet. Deshalb beratschlagten wir, wie man diese Truppe am besten neutralisieren könnte. Wir kamen zu dem Schluss, bei Lukas Fliegl, dem Chef, anzusetzen.«

»Also ihn zu bestechen. Aber was machte Sie zuversichtlich, dass er sich mit Geld kaufen ließ?«

»Wir dachten, es wäre einen Versuch wert. Heinz sprach ihn nach einer Veranstaltung an. Er verkaufte das Angebot als Unterstützung für andere Projekte des Bunaba. Dafür sollte Lukas Fliegl bei der Umgehungsstraße vom Gas gehen. Und nach einem weiteren Treffen willigte er ein. Wir baten ihn, mit unserem Geld gewissermaßen als Strohmann ein Grundstück zu kaufen. Für fünftausend Euro Honorar. Damit hätten wir ihn in der Hand gehabt. Hätten wir diese Transaktion öffentlich gemacht, wären Herr Fliegl und seine Organisation vollkommen unglaubwürdig geworden.«

»Aber Ihr toller Plan lief schief, der Bunaba-Chef hatte in Wirklichkeit ganz andere Pläne«, sagte Baltasar.

»Dieser Mistkerl hat uns reingelegt. Noch heute kriege ich einen Wutanfall, wenn ich daran denke«, sagte Brunner. »Zwar kaufte er das Grundstück, aber anders als abgemacht wollte er es gegen uns verwenden. Wir konnten das Geschäft nicht mehr verhindern. Und dieser kleine Pisser hatte sogar noch weitere Forderungen an uns.«

»Welche?«

»Er hat nur Andeutungen gemacht. Deshalb wollten wir eine Aussprache mit ihm – um die Fronten zu klären.«

»Sie haben sich mit ihm an dem Morgen vor seiner Ermordung verabredet«, sagte Baltasar.

»Er schlug den Termin selber vor. Außerdem war ja sowieso diese Diskussion in der Kirche angesetzt. Heinz übernahm das Gespräch mit diesem Grattler, denn Josef konnten wir zu jenem Zeitpunkt nicht zu ihm schicken.«

»Warum?«

»Er hatte irgendwie mitgekriegt, dass seine Tochter was mit diesem Lukas hat. Stellen Sie sich das vor, Herr Pfarrer! Wenn es nicht so traurig wäre, wäre es fast zum Lachen. Jedenfalls war der Josef stinksauer. Wir mussten ihn bremsen, um unserer gemeinsamen Sache willen.«

»Also übernahm Herr Hummel die Aufgabe.«

»Sie hatten einen Treffpunkt auf dem Friedhof ausgemacht.«

»Wie war das Ergebnis?«

»Heinz kam frustriert zurück. Er meinte nur, Lukas Fliegl wolle uns erpressen, und wir müssten überlegen, was nun zu tun sei. Doch dazu kam es nicht mehr. Der Mord hat weitere Diskussionen überflüssig gemacht.«

38

Die Sonne brannte auf das Pflaster, keine Wolke trübte den Himmel, ein leichter Wind sorgte für Abkühlung. Ein viel zu schöner Tag für eine Demonstration, dachte Baltasar. Er radelte in Richtung Umgehungsstraße, der Beginn der Veranstaltung war für elf Uhr vormittags angesetzt, aber er war noch früh dran.

Unterwegs überholten ihn Kolonnen von Autos, selbst einige Traktoren und Lastwagen waren auf der Straße. Schon von Weitem ahnte Baltasar das drohende Desaster: Die Fahrbahnränder waren bereits zugeparkt, Menschenmassen waren zu Fuß unterwegs zu den jeweiligen Startpunkten.

Statt idyllischer Wiesen und Felder sah man nur Demonstranten, Fahnen und Transparente, es wirkte wie ein modernes Feldlager, wie der Auftakt zu einer großen Schlacht.

Vor allem beunruhigten Baltasar zwei Busse mit norddeutschen Kennzeichen. Ihnen entstiegen martialisch aussehende Gestalten, alle komplett in Schwarz gekleidet, mit schwarzen Sturmhauben und schwarzen Sturzhelmen. Viele trugen Rucksäcke, aus denen seltsame Gegenstände ragten.

Lediglich drei Polizeifahrzeuge standen direkt an der Kreuzung. Eine Handvoll Beamter versuchte, die Massen zu den jeweiligen Sammelplätzen zu lotsen.

Baltasar sprach einen Polizisten an. »Glauben Sie nicht, dass Sie zu wenig Einsatzkräfte für diesen Aufmarsch haben?«

»Wir konnten ja nicht ahnen, dass es so viele werden.« Der Beamte nestelte nervös an seinem Gürtel. »Herr Dix von der Kriminalpolizei Passau hat uns geraten, die Bereitschaftspolizei anzufordern, aber es wird dauern, bis die eintreffen.«

»Wo finde ich den Kommissar?«

»Irgendwo auf dem Gelände.«

Eine Gruppe von Motorradfahrern fuhr bis zu einem Bauwagen, offenbar die Anlaufstelle der Gegendemonstranten. Baltasar stellte sein Rad am Waldrand ab und ging zurück.

Die Baumaschinen waren nun in einer Reihe aufgestellt, als ginge es zu einem Panzergefecht. Dahinter sammelten sich die Demonstranten. Viele kannte Baltasar, einige nicht. Er entdeckte den Bürgermeister in der Menge.

»Guten Tag, Herr Wohlrab, ganz schön was los hier.«

»Sie sagen es, Hochwürden. Ich hätte nie gedacht, dass ein Bauprojekt so viele Leute auf die Straße bringt.«

»Das Thema bewegt offenbar die Menschen«, antwortete Baltasar. »Hoffentlich lässt sich niemand aufstacheln. Es ist schließlich nur eine Demo.«

»Ich bin schon ein wenig stolz darauf, dass unserem Aufruf so viele gefolgt sind«, sagte der Bürgermeister. Wohlrab winkte einem Mann zu. »Ich bin mit einem Redakteur der Zeitung verabredet. Radio, Presse, alle sind da – sogar das Regionalfernsehen!«

Hinter sich hörte Baltasar eine vertraute Stimme.

»Jetzt kann dein Großer Außerirdischer wirklich zeigen, was er kann«, sagte sein Freund Philipp Vallerot.

»Was machst du hier? Du interessierst dich doch sonst nicht für die Lokalpolitik«, sagte Baltasar.

»So ein Spektakel lass ich mir doch nicht entgehen. Ich bin auf alles vorbereitet.« Er klopfte auf sein Hemd. Darunter klang es hart. »Eine Schutzweste«, sagte er. »Hält Pistolenschüsse und Messerstiche aus.«

»Wir sind nicht im Krieg«, meinte Baltasar. »Ich bin ja schon froh, dass du keine Schusswaffen mitgebracht hast.«

»Wär keine schlechte Idee, wenn ich mir das alles anschaue.«

»Für wen bist du eigentlich – Bunaba oder Gegendemonstranten?«

»Für keine Seite. Ich mach mein eigenes Ding.«

»Dann pass auf, dass du nicht zwischen die Fronten gerätst.«

»Pass lieber auf dich selbst auf. Deine Friedensappelle werden hier wenig fruchten.«

»Sei nicht so pessimistisch.«

»Ich bleibe jedenfalls hier«, sagte Philipp. »Wenn du Hilfe brauchst, weißt du, wo du mich findest.«

Auf einem Raupenbagger saß Josef Grabner. Baltasar machte sich bemerkbar.

»Grüß Gott. Wollen Sie mit diesem Gerät demonstrieren?«

»Ah, Hochwürden.« Der Bauunternehmer stieg ab. »Haben Sie sich das mit meiner Spende überlegt?«

»Danke, aber ich will lieber versuchen, so zurechtzukommen«, sagte Baltasar. »Ihre Kerze für unser Gotteshaus ist Geschenk genug. Welche Rolle übernehmen Sie eigentlich bei der Gegendemonstration, Herr Grabner?«, fragte Baltasar.

»Ich bin der Dirigent. Wie Sie wissen, gehören viele der Maschinen hier zu meinem Fuhrpark. Und ich habe meine Leute herbeordert. Schließlich kann nicht jeder einen Bagger bedienen.«

»Sie wollen mit diesem schweren Gerät auf die Demonstranten los?«

»Das kommt auf die Gegenseite an. Wir sind erst mal friedlich. Aber wenn wir angegriffen werden, verteidigen wir uns, da können Sie sicher sein, Hochwürden.«

»Ist Ihre Tochter mit dabei?«

»Marlies? Nein, die wollte zu Hause bleiben.«

»Ich dachte, Ihre Tochter hätte sich sehr für den Bunaba interessiert.« Baltasar wollte einen Vorstoß wagen: Gab der Bauunternehmer zu, von Marlies' Verhältnis zu Lukas Fliegl gewusst zu haben?

»Was wollen Sie damit andeuten, Herr Senner?« Grabners Stimme war plötzlich unfreundlich geworden.

»Ich will mich nicht an Gerüchten beteiligen, aber aus dem Bunaba-Trupp heißt es, Marlies und Lukas Fliegl hätten einen intensiven Austausch gepflegt.« Baltasar wählte die Worte mit Bedacht.

»Sie ... Sie gehen zu weit, Herr Pfarrer! Sehen Sie sich vor, so etwas zu behaupten. Ich habe zwar großen Respekt vor Ihrem Amt, aber ...« Josef Grabner ballte die Fäuste. »Meine Tochter ist ein anständiges Mädchen. Sie weiß, was sich gehört – und was nicht. Aber es ist müßig, überhaupt darüber zu reden. Dieser ... Dieser Typ ist tot.«

»Sympathisch war Ihnen Lukas Fliegl nie.«

»Das stimmt. Aber diese Meinung hatte ich nicht exklusiv. Und ich sag Ihnen was, Hochwürden: Ich bin nicht traurig, dass er nicht mehr unter den Lebenden weilt. Und jetzt entschuldigen Sie mich, ich muss mich auf den Einsatz vorbereiten.« Er ging zurück zu dem Bagger.

Mittlerweile hatten sich auf Seiten der Gegendemonstranten mehrere Gruppen gebildet, die Arbeiter des Bauunternehmers und Bauern aus der Gegend. Sie tranken Bier oder Wasser aus Flaschen und nahmen sich Wurstsemmeln, die auf Biertischen auslagen.

Wolfram Dix und Doktor Oliver Mirwald kamen auf Baltasar zu.

»Hochwürden, es hätte uns schon gewundert, wenn Sie nicht aufgetaucht wären«, sagte Mirwald. »Sie sind doch immer da, wo es hoch hergeht.«

»Noch ist Gott sei Dank nichts passiert«, antwortete Baltasar. »Aber ich vermute, Sie sind auch nicht gekommen, um der überforderten Polizei auszuhelfen.«

»Wir halten einfach die Augen offen«, sagte der Kommissar.

»Rechnen Sie mit einem weiteren Mord? Schließlich läuft der Täter immer noch frei herum.«

»Anhaltspunkte dafür haben wir nicht«, sagte Mirwald.

»Haben Sie noch was gehört, was uns weiterhilft?«, fragte Dix.

»Vielleicht sollten Sie nochmal Grabners Finanzen unter die Lupe nehmen, die Pleitegefahr könnte theoretisch ein Motiv sein, aber sicher bin ich mir nicht. Den Mörder jedenfalls kann ich Ihnen nicht liefern.«

»Das sollen Sie auch nicht, Herr Senner«, sagte Mirwald. »Das ist ausschließlich unser Job.«

»Werden Sie auch eingreifen, wenn die Demonstration aus dem Ruder läuft?«, fragte Baltasar.

»Das ist nicht unser Job«, sagte Mirwald. »Dafür haben wir unsere Kollegen. Zu zweit könnten wir eh wenig ausrichten gegen solche Menschenmassen.« Er öffnete seine

Jacke und zeigte auf sein Pistolenhalfter. »Zumindest sind wir gut gerüstet.«

»Wie beruhigend.«

»Sie sagen es, Hochwürden. Wir drehen jetzt weiter unsere Runde. Wenn Ihnen etwas Verdächtiges auffällt, unsere Handynummern haben Sie ja.«

Baltasar ging in Richtung Bauwagen. Etwas abseits sah er Ignaz Brunner auf seinem Traktor, er rangierte einen Anhänger mit einer Art Tankkessel in Position. Der Landwirt bemerkte ihn, tat aber so, als würden sie sich nicht kennen. Sein Sohn Paul hantierte mit Schläuchen, die offenbar zu dem Kessel gehörten.

Mehrere Bauarbeiter befestigten auf einem Transporter mit offener Ladefläche mannshohe Lautsprecherboxen, die einem Open-Air-Festival alle Ehre gemacht hätten. An der Seite stand ein Generator, der den Verstärker mit Strom versorgte.

Aus dem Bauwagen kamen Josef Grabner und Doktor Heinz Hummel. Der Unternehmer trug mittlerweile einen Bauhelm, in der Hand hielt er ein Walkie-Talkie, über das er Anweisungen zu erteilen schien. Die beiden unterhielten sich kurz, dann ging Grabner allein weiter.

Die Gelegenheit nutzte Baltasar und ging so, dass er den Weg des Beamten vom Landratsamt kreuzte.

»Grüß Gott, Herr Doktor Hummel, machen Sie heute hier auch mit?«

Der Baureferatsleiter sah ihn verdutzt an. »Wieso sollte ich nicht?«

»Na, muss man als Beamter nicht neutral sein?«

»Ich bin als Privatperson da, nicht in meiner offiziellen

Funktion. Obwohl es durchaus gerechtfertigt wäre, diese Demonstranten zu überwachen, damit nicht öffentliches Eigentum beschädigt wird.«

»Sie meinen die Straße? Da kann man doch nichts kaputt machen.«

»Was denken Sie. Löcher in die Fahrbahndecke hacken, die Randbefestigung lockern, da fallen mir einige Möglichkeiten ein«, sagte Hummel.

»Und werden Sie selbst mitdemonstrieren?«

»Ich halte mich im Hintergrund. Aber ich habe eine klare Meinung, was diese Bunaba-Chaoten betrifft, und die vertrete ich auch.«

»Das sind Ihre Feinde.«

»Es sind die Feinde des Bayerischen Waldes, die Feinde des Fortschritts und die Feinde der Natur«, sagte Hummel. »Schauen Sie doch nur mal auf die andere Seite der Straße, Herr Pfarrer: Sehen Sie dort die vielen Fremden? Das sind bestellte Krawallmacher, sag ich Ihnen. Die muss man bekämpfen. Jetzt reicht's, finde ich.«

»Ich habe Sie gerade mit Herrn Grabner reden sehen. Dirigieren Sie zusammen mit ihm die Gegendemonstration?«

»Wir haben uns nur ausgetauscht, was zu tun ist. Eine Lagebesprechung gewissermaßen. Die Leute lassen sich ohnehin nichts vorschreiben, auch von mir nicht.«

»Für Sie und Herrn Grabner steht viel auf dem Spiel, oder nicht? Es geht um eine Menge Geld. Funktioniert Ihr Plan nicht, drohen Ihnen herbe Verluste.« Baltasar hatte beschlossen, seinen Gesprächspartner zu provozieren. Vielleicht konnte er ihn so aus der Reserve locken.

Der Baureferatsleiter starrte ihn an, sein massiger Körper spannte sich. Für einen Moment befürchtete Baltasar, Hummel würde zuschlagen. Aber erstaunlich schnell hatte der sich wieder im Griff.

»Sie … Das ist infam, was Sie da sagen, Herr Senner! Trotz Ihres Amtes muss ich Sie warnen: Legen Sie kein falsches Zeugnis ab wider Ihren Nächsten. Das könnte Konsequenzen für Sie haben.«

»Mir geht es eher um das fünfte Gebot: Du sollst nicht töten.«

»Was soll das … Was erlauben Sie sich?«, zischte der Beamte. »Sie gehen zu weit. Eindeutig zu weit. Außerdem: Hat Ihnen Ihr Herr Bischof nicht verboten, dieses Thema weiterzuverfolgen?« Seine Stimme hatte etwas Drohendes. »Brauchen Sie einen längeren Urlaub? Sie müssen es nur sagen. Herr Vinzenz Siebenhaar wird sich gern darum kümmern.«

»Was regen Sie sich so auf? Wir plaudern doch nur über christliche Werte. Sie müssen nicht alles gleich persönlich nehmen, Herr Hummel.«

»Ja, wir unterhalten uns nur.« Der Beamte sprach wieder in normalem Tonfall, als sei nichts gewesen. »Dennoch würde mich interessieren, auf welchen abenteuerlichen Thesen Ihre Andeutungen beruhen.«

»Das ist ganz einfach. Herr Grabner und Sie besitzen über Umwege Grundstücke an der geplanten Umgehungsstraße. Die gewinnen immens an Wert, wenn das Bauvorhaben tatsächlich startet. Andernfalls bleiben es normale Wiesen und Felder.«

Hummel fing an zu lachen, sein Bauch schüttelte sich.

Aber Baltasar hatte den Eindruck, gerade Zeuge einer gekonnten Schauspielerei zu sein.

»Sie sind mir ja einer«, sagte der Beamte zwischen zwei Lachanfällen. »Wer hat Ihnen denn diesen Bären aufgebunden?«

»Es gibt konkrete Hinweise.«

»Und die wären?«

»Sagt Ihnen der Name Lazarus etwas?«

Für einen Augenblick fiel alle Heiterkeit von Hummel ab. Sein Unterkiefer klappte herunter, er starrte Baltasar an, als wollte er ihn mit seinen Blicken durchbohren.

»Lazarus, ist das nicht eine Figur aus der Bibel?«, fragte der Baureferatsleiter nach einer längeren Pause.

»Ja, er wurde von Jesus von den Toten auferweckt.«

»Genau.«

»Und Lazarus ist der Name einer Tarnfirma mit Sitz in der Slowakei.«

»Wo haben Sie das denn aufgeschnappt, Hochwürden?« Hummels Frage hatte etwas Lauerndes.

»Ich hab da so meine Quellen«, sagte Baltasar. »Das Außergewöhnliche an dieser Firma ist, dass sie Grundstücke hier in der Gegend besitzt.«

»Und was habe ich damit zu tun?«

»Es gibt Dokumente, die beweisen, dass Sie einer der Eigentümer von Lazarus sind, Herr Hummel. Neben einem gewissen Josef Grabner. Jetzt sagen Sie bloß nicht, das seien Namenszufälle.«

»Was sagt die Polizei zu solchen Anschuldigungen?«

»Mit denen habe ich noch nicht darüber geredet. Wie gesagt, ich wollte zuerst mit Ihnen darüber plaudern.«

»Welche Dokumente sind das nochmal?«

»Netter Versuch, Herr Hummel. Aber die eigentliche Brisanz von Lazarus liegt ganz woanders.«

»Wo?«

»Über das Konto dieser Firma wurde ein großer Betrag an Lukas Fliegl überwiesen. Ob sich dadurch wohl Verbindungslinien zu dem Mord ergeben? Und ich frage mich, warum Herr Grabner und Sie mich die ganze Zeit belogen haben.«

»Sie sind verrückt, total verrückt, Herr Senner! Und damit sind Sie eindeutig zu weit gegangen! Das Gespräch ist beendet.« Heinz Hummel drehte sich abrupt um und verschwand ohne ein weiteres Wort im Bauwagen.

39

Baltasar bahnte sich einen Weg durch die Menge. Die Felder rund um die Straßenkreuzung hatten sich gefüllt. Die Anspannung war auf beiden Seiten zu spüren. Noch war es nicht elf Uhr.

Er erblickte Victoria Stowasser und seine Haushälterin Teresa, die sich am Straßenrand unterhielten, und rief ihnen zu. Sie winkten ihn zu sich her.

»Was machen Sie denn hier?«, fragte Baltasar.

»Wir gucken«, antwortete Teresa. »Besser als Fernsehen.«

»Der ganze Ort ist auf den Beinen«, sagte Victoria. Sie deutete auf den Straßenrand, wo es sich ein paar Einheimische bequem gemacht hatten. Einige hatten einen Picknickkorb dabei, andere beobachteten mit Ferngläsern die Szenerie.

»Wollen Sie etwa mitdemonstrieren?«

»Eigentlich nicht. Obwohl es einen gewissen Reiz hätte. Ich war noch nie auf einer Demo«, sagte Victoria Stowasser.

»Was ist schlimm daran?«, fragte Teresa.

»Prinzipiell nichts«, antworte Baltasar. »Aber ich habe Sorge, dass dies hier keine normale Protestveranstaltung wird. Mir wäre lieber, Sie gingen wieder nach Hause.«

»Sie gönnen uns keinen Spaß«, sagte die Wirtin.

»Genau, in der Küche kann ich immer stehen«, fügte seine Haushälterin hinzu. »Das hier gibt's nur ein Mal.«

»Ich will euch ja nichts verbieten, und ihr könnt gucken, so viel ihr wollt. Aber verschwindet lieber wieder, bevor es losgeht.«

»Spielverderber!« Victoria Stowasser lächelte.

Sie winkten ihm zu und marschierten auf die andere Straßenseite. Baltasar entschloss sich, dem Bunaba-Lager einen Besuch abzustatten, das zahlenmäßig überlegen zu sein schien.

Er begrüßte Jonas Zimmermann und seine Begleiterin, Doris Harlender. Beide spannten gerade ein Leintuch zwischen zwei Holzstangen.

»Das wird ein Transparent«, sagte die junge Frau zur Erklärung.

»Aha. Und was wird draufstehen?«

»Lassen Sie sich überraschen, Herr Pfarrer«, antwortete Jonas Zimmermann.

»Wo ist Ihre Mitstreiterin, Frau Hillwein?«

»Weiß nicht, wo die gerade steckt. Wenn Sie sie sehen, schicken Sie sie zu uns, wir brauchen Hilfe.«

Der Trupp der Schwarzgekleideten saß abseits am Boden, neben sich die Sturzhelme und einzelne Rucksäcke. Einige beäugten ihn misstrauisch, als er an ihnen vorbeiging. Andere riefen ihm ein »Verpiss dich« nach.

Er fand Wolfgang Behr an einem Igluzelt. Er trug Jeans und eine schwarze Lederjacke und hatte eine Schwimmbrille um den Hals.

»Ungewöhnliches Outfit für einen solchen Tag«, sagte Baltasar zur Begrüßung. »Geht's nachher noch zum Baden an den See?«

»Hochwürden, Sie wagen sich ins feindliche Heerlager.« Spott lag in den Worten des Bunaba-Chefs. »Ich habe schon gesehen, wie Sie sich mit den Ewiggestrigen unterhalten haben.«

»Ich mag dieses Lagerdenken nicht«, antwortete Baltasar. »Am Ende tritt jeder nur für seine Überzeugungen ein – so Gott will.«

»Ihren Herrgott lassen Sie lieber aus dem Spiel«, sagte Behr. »Heute ist nicht der Tag des Redens, heute ist der Tag des Handelns.«

»Sie brauchen vor mir keine Ansprache zu halten, heben Sie sich das für Ihre Genossen auf«, sagte Baltasar. »Ich hoffe immer noch, alles läuft friedlich ab, aber wenn ich Ihren zugereisten schwarzen Block sehe …«

»Das sind Freunde aus dem Norden, die haben spontan beschlossen, uns zu besuchen.« Wolfgang Behr grinste.

»Können Sie nicht auf Ihre sogenannten Freunde einwirken, es beim Demonstrieren zu belassen?«

»Ich bitte Sie, Hochwürden. Die sind alle volljährig. Ich bin nicht deren Erziehungsberechtigter. Die können machen, was sie wollen. Wenn die Jungs schlechte Laune haben, können sie ganz schön wütend werden. Und ich habe das Gefühl, die sind heute ausgesprochen mies drauf. Kein Wunder, wenn man diese wunderbare Landschaft sieht, die bald unter Beton begraben werden soll.« Er machte eine umfassende Geste. »Das darf nicht passieren!«

»Trotzdem …«

»Sie waren doch auf der anderen Seite, Herr Pfarrer. Haben Sie nicht gesehen, welche Vorbereitungen dort laufen? Sind Sie auf dem rechten Auge blind? Glauben Sie, die werden es beim Singen und Beten belassen?« Wieder grinste der Bunaba-Chef.

»Lukas Fliegl hätte das gar nicht gefallen, was Sie da veranstalten. Er war kein Anhänger des gewaltsamen Kampfes.«

»Ach, hören Sie doch mit Lukas auf! Er ist tot. Basta! Nichts macht ihn mehr lebendig. Außerdem kann ich das Gequatsche nicht mehr hören, das Lukas immer von sich gegeben hat.« Wolfgang Behr war lauter geworden. »Sehen Sie sich doch um, Herr Senner: Das ist die Wirklichkeit! Kampf ist das Leben. Was haben Lukas' Manöver hinter den Kulissen gebracht, seine konspirativen Treffen, seine Schachzüge? Nichts! Unsere Gegner haben uns ausgelacht.«

»Traurig, dass Sie das so sehen, Herr Behr.«

»Es ist aber so. Heute stehe ich hier. Und nicht er. Ich bin der Bunaba-Chef. Und nicht er.« Wolfgang Behr machte eine ausholende Geste, um das Gesagte zu unterstreichen.

Baltasar schreckte zurück vor dem Fanatismus, der in den Worten des Bunaba-Chefs aufleuchtete.

»Mit Verlaub: Der Ermordete hat doch den Bunaba groß gemacht, und nicht Sie, Herr Behr«, sagte Baltasar.

»Lukas, Lukas, immer nur Lukas! Alles dreht sich nur um ihn, selbst nach seinem Tod. Dabei wird seine Arbeit total überschätzt. Was wäre er ohne mich gewesen? Wer hat für ihn die Drecksarbeit erledigt? Wer hatte neue Ideen für Aktionen und hat sie auch umgesetzt?« Der Bunaba-Chef schien wie im Rausch. »Ich war's! Aber wer hat das gewürdigt? Keiner! Im Gegenteil, was musste ich mir alles anhören.«

»Darum diese Demo, um es allen zu zeigen?«

»Hören Sie doch auf mit Ihrer Hobby-Psychologie, Herr Pfarrer! Heben Sie sich das für Ihren Beichtstuhl auf.« Er deutete auf die Demonstranten. »Das alles ist mein Werk, allein meines. Lukas hätte das nie auf die Beine stellen können. Ich lasse mir diesen Tag nicht verderben mit sinnlosem Gerede über die Vergangenheit. Jetzt zählt nur noch die Gegenwart. Und keiner wird mir erklären, was ich zu tun und zu lassen habe, auch Sie nicht, Herr Senner!«

»Und ich dachte, Lukas wäre Ihr Freund gewesen«, sagte Baltasar.

»Was zählt Freundschaft im politischen Geschäft? Das sind keine relevanten Kategorien. Was zählt, ist die Fähigkeit, seine Ansichten durchsetzen zu können. Koste es, was es wolle. Nein, Lukas war bestenfalls ein Kumpel, aber nie mein Freund.«

»Mir haben Sie was anderes erzählt«, meinte Baltasar. »War das alles Lüge? Sitzt Ihr Hass ihm gegenüber so tief?«

Wolfgang Behr schüttelte den Kopf. »Ich will nicht mehr darüber reden. Ich habe Ihnen alles gesagt, was dazu zu sagen ist.«

»Sie haben es Lukas nie verziehen, dass er für Ihre Entlassung verantwortlich war. Schließlich hatte er die Sache mit dem Bargeld gemeldet. Das brachte Ihr ganzes Leben durcheinander.«

»Das war damals nicht nett von Lukas, um es mal so zu formulieren. Er hätte vorher mit mir reden sollen, ich hätte ihm alles erklärt. Aber schon damals machte er seine Alleingänge, wie auch später beim Bunaba.«

»Was Sie mir auch verschwiegen haben, Herr Behr, ist die Tatsache, dass Sie in der Mordnacht kurz vor dem Rauswurf standen. Lukas war mit Ihren Methoden nicht einverstanden und wollte Sie loswerden.«

Der Bunaba-Chef spuckte aus. »Konnte da jemand sein Maul nicht halten. Ich werde schon noch herausfinden, wer das war. Aber das hat Zeit. Wen sehen Sie vor sich, Herr Senner?« Wolfgang Behr klopfte sich auf die Brust. »Den neuen Bunaba-Chef sehen Sie hier stehen. Das ist alles, was nun zählt. Heute geht es darum, eine Schlacht zu gewinnen. Danach wird man den Bunaba mit anderen Augen sehen.«

»Tatsächlich?«

»Sie mögen zweifeln, Herr Pfarrer, aber Sie werden sehen: Unsere Bewegung wird sich als politische Kraft im Bayerischen Wald etablieren. Und wenn man uns fürchtet, umso besser.«

Wolfgang Behr winkte einen der Schwarzgekleideten zu sich her. »Wenn Sie mich jetzt entschuldigen, Herr Senner, unser Gespräch ist beendet. Mehr gibt es nicht zu sagen.«

Die Leute rund um die Zelte formierten sich für den Demonstrationszug. Die Bunaba-Unterstützer brachten Transparente und Megafone in Stellung, der schwarze Block begann, Sturmhauben überzuziehen und Helme aufzusetzen. Viele hatten Schwimmbrillen umgehängt, vermutlich um sich gegen Tränengaseinsatz zu wappnen. Aber außer dem verlorenen Häuflein von Polizisten waren weit und breit keine Einsatzkräfte zu sehen.

Baltasar suchte nach Sarah Koch, konnte sie aber in dem Gewusel zuerst nicht finden. Bei einem Trupp Schwarzgekleideter entdeckte er sie schließlich. Auch sie trug schwarze Kleidung.

»Frau Koch«, rief er ihr zu.

Sie blickte irritiert in die Runde. Dann bemerkte sie ihn, über ihr Gesicht huschte der Ausdruck von Missbilligung. Sie kam auf ihn zu.

»Was wollen Sie denn, Herr Pfarrer?«, sagte sie. »Das ist ein sehr ungünstiger Augenblick.«

Ein Schwarzgekleideter stellte sich neben sie, Baltasar konnte durch den Sehschlitz der Sturmhaube nur seine Augen erkennen.

»Macht dich dieser Typ an, Sarah?«, fragte der Mann.

»Ist schon okay.«

Er ging einige Schritte zur Seite, behielt aber Baltasar im Auge.

»Ich wusste gar nicht, dass Sie mit den Militanten kooperieren«, sagte Baltasar.

»Das sind meine Bekannten.« Sie verschränkte die Arme.

»Nette Freunde haben Sie da. Darf ich Sie nochmal etwas fragen, wegen Lukas …«

»Das darf doch nicht wahr sein!«, rief Sarah Koch und schlug die Hände über dem Kopf zusammen. »Sie geben wohl nie auf. Lassen Sie es endlich gut sein!«

Der Sturmhauben-Mensch machte eine obszöne Geste zu Baltasar. Die junge Frau winkte ab. »Ich will jetzt nicht über Lukas reden. Ich will überhaupt nicht mehr über ihn reden. Das ist vorbei!«

»Was mich persönlich stört, Frau Koch, ist, wenn mich jemand anlügt. Vor allem, wenn es um Mord geht. Das verstehen Sie doch, oder?«

»Wollen Sie etwa behaupten …?«

»Sparen Sie sich den Atem, Frau Koch. Ich weiß, Sie haben über die Beziehung zu Ihrem Freund die Unwahrheit gesagt. Er hat in der Mordnacht mit Ihnen Schluss gemacht. Glauben Sie, so was bleibt unter der Decke?«

»Das war nur eine Sache zwischen Lukas und mir. Das geht sonst niemanden etwas an, auch Sie nicht. Deshalb habe ich es auch niemandem erzählt.«

»Bitte, Frau Koch, ich halte Sie nicht für so naiv. Sie hatten gemeinsame Zukunftspläne, stattdessen stößt Sie Ihr Freund vor den Kopf. Das muss furchtbar für Sie gewesen sein. Und wenige Stunden später ist Lukas tot.

Zufall? Ich denke eher, das ist ein erstklassiges Mordmotiv.«

»Sie wollen mich zur Verbrecherin stempeln?« Sarah Koch war lauter geworden. »Wer sagt denn, dass ich überrascht war? Dass ich nichts von dieser Schlampe wusste, mit der er sich heimlich traf? Ich bin ihm heimlich nachgefahren. Und da hab ich die beiden beobachtet. Dieser Mistkerl!«

»Umso mehr ein Grund für Sie, sich an ihm zu rächen. Ihn zu bestrafen. Niemand sollte ihn haben, schon gar nicht Ihre Konkurrentin.«

»Sie spinnen doch! Solche Fantasien kann auch nur ein Geistlicher entwickeln.« Sarah Kochs Stimme überschlug sich. »Ich habe ihn geliebt, aufrichtig geliebt. Aber er …«

Der Sturmhauben-Mann kam heran, schob Sarah Koch zur Seite und zischte Baltasar zu: »Verschwinde, du Penner!«

Baltasar wollte gerade etwas antworten, da versetzte der Mann ihm ansatzlos einen Magenschwinger. Baltasar sackte zusammen, er hatte das Gefühl, keine Luft mehr zu bekommen. Er krümmte sich am Boden und spürte, wie ihm der Mann mehrere Fußtritte versetzte.

»Verschwinden wir«, hörte er Sarah Koch sagen.

Eine Hupe ertönte.

Baltasar versuchte, sich aufzurichten, wurde aber von mehreren Schwarzgekleideten umgestoßen, die alle zur Straße eilten. Offenbar war das Signal zum Beginn der Demonstration gegeben worden.

Er robbte zur Seite und legte sich auf den Rücken. Ihm war übel, und er brauchte eine Weile, bis er wieder aufstehen konnte. Vorsichtig suchte er einen Weg, der ihn wegbrachte von den Demonstranten. Er ging so lange in Richtung Wald, bis er die Menschenmassen hinter sich gelassen hatte und das Geschehen in Ruhe beobachten konnte.

Offenbar waren die Bunaba-Anhänger vor dem offiziellen Termin um elf Uhr gestartet. Die Gegendemonstranten waren noch nicht in Position.

Es war vorgesehen, dass die beiden Parteien in entgegengesetzte Richtungen gingen, damit sie sich nicht in die Quere kamen. Aber der Bunaba-Trupp, aufgeteilt in verschiedene Blöcke, in der Mitte die Schwarzgekleideten, schwenkte auf eine Route ein, die direkt an den Gegendemonstranten vorbeiführte.

Die Polizisten versuchten, sie aufzuhalten, aber die Menge kam in Marschformation auf sie zu, ohne abzubremsen. Den Beamten blieb nichts anderes übrig, als zur Seite zu springen. Wie eine Legion römischer Soldaten marschierten die Demonstranten weiter, und Baltasar hatte keinen Zweifel an ihrer Absicht, sich von nichts und niemandem stoppen zu lassen.

In der ersten Reihe gingen Wolfgang Behr, Jonas Zimmermann und Anna Hillwein. Sarah Koch fehlte. Sie waren wie eingerahmt von einem übergroßen Transparent, das zwei Helfer über die gesamte Breite spannten und dessen Aufschrift aufforderte, den »Bauwahn« sofort zu beenden. Dazu skandierte jemand mit einem Megafon Parolen, die die Menge nachbrüllte.

Dahinter kamen Demonstranten in Freizeitkleidung, die selbstgemachte Schilder hochhielten.

Daran schloss sich der schwarze Block an. Sie gingen

schweigend und schwenkten auch keine Transparente oder Fahnen. Den Schluss bildeten Bunaba-Fans, darunter viele Jugendliche, die in lockerer Formation mitspazierten, als ginge es zu einem Open-Air-Festival.

Die Gegendemonstranten hatten sich am Straßenrand ohne erkennbare Ordnung aufgereiht und beobachteten argwöhnisch das Spektakel. Josef Grabner und Heinz Hummel waren nicht zu sehen, wahrscheinlich waren sie in der Kommandozentrale im Bauwagen.

Auf Höhe der Gegendemonstranten begann der Bunaba-Trupp, der Gegenseite Parolen entgegenzuschleudern, begleitet von provokanten Gesten. Einige zogen sogar ihre Hosen herunter und zeigten ihren blanken Hintern.

Die Reaktion ließ nicht auf sich warten.

»Was wollt ihr Bettenbrunzer?«, rief jemand aus der Menge. »Aufmuckn, aber zu blöd zum Schuabindn.«

»Lauter Dünnschiss kommt aus euren Gschwoischädln!«, rief ein anderer.

Die Bunaba-Anhänger antworteten mit neuen Beleidigungen übers Megafon. Doch nach den ersten Sätzen waren sie nicht mehr zu hören. Denn die Gegendemonstranten hatten die Monster-Lautsprecher aktiviert und bombardierten die Menge mit einem Höllenlärm saftiger Gegenbeleidigungen.

Für einen Moment blickte Wolfgang Behr irritiert. Dann flog plötzlich ein Stein. Dann noch einer und noch einer. Innerhalb kürzester Zeit bekamen beide Seiten einen Steinhagel ab, wobei für Baltasar nicht zu erkennen war, wer eigentlich damit angefangen hatte.

Der Bunaba-Zug änderte nun seine Route und schwenkte direkt auf die Gegendemonstranten zu. Zugleich verfielen sie in einen leichten Laufschritt. Die vorderste Front der Gegendemonstranten wich zurück, zugleich drängten einige von hinten nach vorn.

Mit einem hörbaren Krach prallten die beiden Gruppen aufeinander. Es entstand ein Gerangel. Schreie. Kommandos. Fäuste flogen.

Die Schwarzgekleideten scherten aus und attackierten ihre Gegner von der Seite. Einige hatten plötzlich Schlagstöcke in der Hand und Farbbeutel als Wurfgeschosse. Andere holten Feuerwerkskörper aus ihren Rucksäcken, die sie in die gegnerische Menge warfen.

Einige Bauern antworteten mit Dreschflegeln und Ochsenziemern.

Baltasar bemerkte, wie Bauarbeiter ihre Maschinen und Bagger starteten und Richtung Bunaba lenkten. Ignaz Brunner fuhr mit seinem Traktor samt Anhänger fast bis ganz an die Front. Er steuerte eine Art Feuerwehrschlauch, der aus dem Tank des Anhängers kam, und richtete ihn gegen den Bunaba-Trupp.

Plötzlich ergoss sich eine braune Fontäne über die Schwarzgekleideten. Sie schrien auf. Sekunden später wusste Baltasar anhand des beißenden Geruchs, was Brunner geladen hatte: Odel.

Die Schwarzgekleideten wälzten sich am Boden oder rissen sich die Kleider vom Leib, um den Gestank der Gülle loszuwerden. Hämisches Lachen von Seiten der Gegendemonstranten begleitete sie.

Ein kleiner Trupp Demonstranten löste sich und lief in einem großen Bogen um die Landwirte, sie versuchten, die Gegendemonstranten von hinten zu attackieren. Die reagierten, indem sie einige Bagger wendeten und auf die Angreifer zuhielten.

Unvermittelt flogen aus dem schwarzen Block mit Benzin gefüllte Flaschen mit brennenden Lappen als Lunte. Die Wurfgeschosse zerschellten an den Baumaschinen, Flammen schossen hoch. Die Fahrzeuge stoppten. Weitere Molotow-Cocktails segelten durch die Luft. Mehrere Brandinseln entstanden.

Zwei der Benzingranaten trafen den Bauwagen. Sofort fing er Feuer. Scheiben zerbarsten.

Die Flammen erfassten die gesamte Längsseite des hölzernen Aufbaus, fraßen sich weiter zum Dach, fanden neue Nahrung im Innern – eine Vielzahl kleinerer Explosionen zeugte davon.

Eine Rauchwolke stieg auf. Die Menschen wichen vor dem Flammenherd zurück. Die Hitzewelle war bis zu Baltasar zu spüren. Er ging rückwärts bis zum Waldrand. Von ferne waren Martinshörner zu hören, Blaulicht kündigte eine Kolonne Einsatzfahrzeuge der Bereitschaftspolizei an.

Plötzlich ein Schrei.

Er kam nicht aus der Richtung der Demonstranten, sondern aus dem Wald. Baltasar drehte sich um.

Wieder ein Schrei.

Etwa fünfzig Meter entfernt, im Halbdunkel, machte er eine Gestalt aus, gefesselt an einen Baum. Sie saß leblos am Boden, über den Kopf war ein Sack gezogen. Auf der Kleidung waren seltsame Flecken zu erkennen. Sie sahen aus wie Blut.

40

Im Laufen zog Baltasar sein Handy heraus und alarmierte den Kriminalkommissar. Die Hände des Mannes waren nach hinten gebunden, der Kopf hing nach vorn. Ein Seil führte straff um Hals und Baumstamm.

Baltasar kniete sich nieder und zog den Sack vom Kopf des Mannes. Die Augen waren geschlossen, die rechte Gesichtshälfte war blutüberströmt.

Es war Heinz Hummel.

Er lebte noch, sein Brustkorb hob und senkte sich. Baltasar fühlte den Puls, er schien normal zu sein.

Wolfram Dix und Oliver Mirwald kamen angerannt, Mirwald hatte eine Pistole im Anschlag. Doch im weiteren Umkreis war niemand zu sehen. Dix löste die Fesseln an Hals und Händen.

»Hallo, wie geht es Ihnen? Verstehen Sie mich? Antworten Sie!« Der Kommissar berührte den Baureferatsleiter leicht.

Hummel schlug die Augen auf.

»Danke, es geht«, sagte er mit matter Stimme. »Ich … Ich hatte was im Mund … Ich glaubte zu ersticken.«

»Ein Knebel.« Oliver Mirwald hielt einen Lappen hoch, der offenbar in Hummels Mund gesteckt hatte. Er holte eine Tüte heraus und packte den Lappen ein.

»Ich … Ich … habe ihn ausgespuckt und um Hilfe gerufen«, flüsterte Hummel.

»Bleiben Sie sitzen, Herr Hummel«, sagte Dix. »Ein Arzt ist unterwegs.«

»Geht schon wieder.«

Kurz darauf hörten sie ein Rufen. Baltasar machte sich bemerkbar. Ein Arzt und zwei Sanitäter mit Krankenbahre kamen angelaufen. Sie begannen sofort mit der Notversorgung. Der Arzt untersuchte die Wunde an der Schläfe, er legte einen Verband an und spritzte ein Schmerzmittel. Die Sanitäter hoben Hummel auf die Trage und schnallten ihn fest.

»Können Sie uns mit Hinweisen helfen: Wie ist es passiert? Wer war der Täter?«, fragte Dix.

»Ich weiß nicht. Ich sprang aus dem Bauwagen, als die Chaoten angriffen, und lief zur Sicherheit in den Wald. Da hörte ich von hinten ein Geräusch. Bevor ich mich umdrehen konnte, traf mich ein Schlag an der Schläfe. Dann wurde ich ohnmächtig. Als ich wieder zu mir kam, spürte ich diesen grässlichen Stoff in meinem Mund und diesen … Sack überm Kopf. Ich wusste nicht, wo ich war.«

»Hat der Täter etwas gesagt oder sonst etwas getan, was ihn verraten könnte?«

Hummel schüttelte den Kopf. »Es ging alles so schnell. Keine Ahnung, wer es war, ob groß oder klein, ob Mann oder Frau.«

»Wir bringen Sie jetzt zur Vorsicht ins Krankenhaus«, sagte der Arzt. Er gab den Sanitätern ein Zeichen, sie trugen Hummel aus dem Wald.

»Und, was halten Sie davon?«, fragte Baltasar.

»Ein gezielter Angriff während einer Demonstration, das ist ungewöhnlich und auch wieder nicht«, sagte Dix. »Der Täter ging ein hohes Risiko ein, entdeckt zu werden, schließlich laufen eine Menge Leute hier herum. Andererseits würde ein Vermummter nicht weiter auffallen.«

»Bei dieser äußerst aggressiven Stimmung würde es nicht überraschen, wenn einer der Demonstranten ausrastet«, sagte Mirwald. Er sammelte die restlichen Beweisstücke ein und verpackte sie in Tüten.

»Sie halten es für eine zufällige Tat?«, fragte Baltasar.

»Nun, Herr Hummel ist gewiss eine der größten Reizfiguren für die Bunaba-Aktivisten«, sagte Mirwald. »Es wäre eine Aktion von hohem Symbolcharakter und würde sicher in den Medien die entsprechende Aufmerksamkeit erfahren.«

»Und wenn jemand Herrn Hummel gezielt im Visier hatte – der Mörder von Lukas Fliegl zum Beispiel?«

»Das ist mir auch schon durch den Kopf gegangen«, antwortete Dix. »Nur sehe ich nicht das Motiv des Täters. Wollte er Hummel nur erschrecken? Oder ist er bei seinem Vorhaben gestört worden?«

»Schließlich wurde Herr Hummel nur leicht verletzt«, ergänzte Mirwald.

Die Kommissare wandten sich zum Gehen. Baltasar sah die Tüten mit den Beweismitteln in Mirwalds Händen.

»Darf ich mal?«, fragte er. Der Kommissar reichte ihm die Tüten.

Baltasar sah sich die dünnen Seile an. Die bunten Fasern erinnerten ihn an etwas. »Die können ganz schön in die Haut schneiden.«

»So fest hat der Täter nicht zugezogen«, sagte Dix. »Ich konnte den Knoten mit der Hand lösen und brauchte das Seil nicht durchzuschneiden.«

Mirwald nahm die Tüten wieder entgegen. »Wir müssen versuchen, Zeugen zu finden. Es kann doch nicht sein, dass niemand etwas gesehen hat. Am besten fangen wir gleich damit an.«

Die beiden Kommissare gingen.

»Ich bleib noch ein wenig«, sagte Baltasar und setzte sich auf den Boden. Er brauchte Ruhe zum Überlegen.

Er hatte das Seil erkannt: Es stammte eindeutig aus dem Stall von Ignaz Brunner. Was bedeutete das?

Plötzlich hatte er ein klares Bild vor Augen.

Er sprang auf und ging zurück zur Umgehungsstraße. Es gab einiges zu klären.

Baltasar fand den Krankenwagen am Straßenrand, in einiger Distanz von der Kreuzung. Die rückwärtige Tür stand offen. Ein Sanitäter kam heraus.

»Darf ich den Verletzten besuchen?«, fragte Baltasar.

»Gehen Sie nur rein. Es dauert noch ein wenig, bis wir losfahren.«

Baltasar stieg ein und schloss die Tür.

Der Baureferatsleiter lag angeschnallt auf seiner Bahre. Ein Infusionsschlauch führte von einer Flasche zu seiner Armbeuge. Er hob den Kopf.

»Sie haben mir das Leben gerettet.«

»Sie sehen noch ein wenig fahl aus.« Baltasar zog die Gurte an der Krankentrage fester. »Sie sollten ruhig liegen bleiben.«

»Die Gurte schneiden ein.« Hummel versuchte zu lächeln. »Ich brauche aber jetzt keine Letzte Ölung von Ihnen, Hochwürden.«

»Nein, das ist wahr. Aber ein wenig reden können wir. Wir sind unter uns.«

»Vertagen wir das lieber. Ich fühl mich nicht besonders.«

»Ich muss aber darauf bestehen. Denn ich habe ein paar Fragen, die nur Sie beantworten können.«

»Ein andermal.«

»Ich habe das Seil gesehen, mit dem Sie gefesselt waren. Es gehört Ihrem Freund Ignaz Brunner.«

»Was weiß ich, woher ein solches Seil stammt. Da kann es viele ähnliche Sorten geben.«

»Möglich. Ich bin mir aber sicher, dass die Polizei es genau zuordnen kann.«

Hummel versuchte, den Kopf zu heben. »Was reden Sie da für einen Unsinn, Herr Pfarrer? Was soll das alles?«

»Das führt zu der Frage, warum der Täter gerade dieses Seil benutzt hat«, sagte Baltasar. »Dafür gibt es eine einfache Erklärung: Er war in Ingnaz Brunners Stall und hat es mitgenommen, hat sich vermutlich nichts dabei gedacht. Es muss jemand gewesen sein, der Herrn Brunner kannte, vermutlich mit ihm befreundet war. Und dieser Jemand waren Sie, Herr Hummel!«

Der Baureferatsleiter wollte sich aufrichten, aber die Gurte hinderten ihn daran. »Sie spinnen doch, Herr Senner! Das ist doch totaler Quatsch!«

»Sie haben diesen Überfall nur inszeniert, Herr Hummel. Mit anderen Worten: Es war alles nur Show.«

»Soll ich mich selber niedergeschlagen haben? Lächerlich!«

»Ihre Verletzungen sind harmlos, nur eine Beule und

eine Schnittwunde. Wahrscheinlich haben Sie einen Ast oder Stein genommen und sich die Wunde selbst zugefügt. Muss eine Überwindung für Sie gewesen sein. Auch die Fesselung war harmlos – eine Folge Ihres Versuchs, sich selbst einen Sack über den Kopf zu ziehen, sich eine Schnur um den Hals zu binden und die eigenen Handgelenke mit Knoten zu fixieren.«

»Eine abenteuerliche Theorie. Warum sollte ich so was machen?«

»Das habe ich mich auch gefragt. Und darauf nur eine Antwort gefunden: Sie gerieten in Panik, als ich Sie vor der Demonstration auf Lazarus angesprochen habe. Sie fürchteten, aufgeflogen zu sein. Deshalb Ihr Plan, sich als Opfer zu stilisieren, um vom Eigentlichen abzulenken. Und fast wäre Ihnen das auch gelungen. In Wirklichkeit sind Sie ein Täter.«

»Und was, bitte schön, soll mein Vergehen sein?«

»Es geht um Mord. Sie, Herr Hummel, haben Lukas Fliegl umgebracht.«

»Jetzt ist es aber genug mit dem Unsinn!« Wieder versuchte Hummel, sich von den Gurten zu befreien. »Ich will nach Hause.«

»Bleiben Sie liegen und hören Sie zu.« Baltasar drückte ihn auf die Trage. »Sie haben Ihr teuflisches Vorhaben vermutlich in einer Spontanaktion beschlossen. Ihr Antrieb war derselbe wie jetzt: Sie mussten fürchten aufzufliegen. Damit wäre Ihr Leben zerstört gewesen. Das wollten Sie verhindern. Um jeden Preis – auch wenn Sie dafür einen Menschen töten mussten.«

»Für diese infamen Behauptungen werde ich Sie verklagen, Herr Senner, da können Sie sicher sein«, rief Hummel.

»Im Nachhinein habe ich mich gefragt, warum Sie an jenem Morgen bei unserer Diskussion in der Kirche dermaßen ausgerastet sind. Gerade Sie, den ich als beherrschten Mann kennengelernt habe. Die Erklärung ist einfach: Kurz zuvor hatte Lukas Fliegl Ihnen bei dem Treffen auf dem Friedhof eröffnet, dass er Sie in der Hand hatte. Er wollte Sie erpressen, damit Sie den Bau der Umgehungsstraße verhinderten. Sonst hätte er Sie angezeigt. Das wäre das Ende für Sie gewesen. Deshalb brach es aus Ihnen während der Gesprächsrunde heraus: Vor Ihnen saß derjenige, der so tat, als sei alles in Ordnung, der Sie aber in Wirklichkeit zerstören wollte.«

Heinz Hummel lag nur still da.

»Jetzt tickte die Uhr für Sie«, fuhr Baltasar fort. »Sie wussten nicht, ob und wann Lukas Fliegl seine Drohung wahr machen würde. Es gab nur einen Weg, das zu verhindern: Sie mussten den Erpresser töten. Deshalb warteten Sie auf eine Gelegenheit. Die Umstände waren günstig für Sie: Viele Leute auf der Info-Veranstaltung und danach bei der Kirchenbesetzung waren mit dem Opfer in Kontakt gekommen – Sie konnten darauf bauen, dass der Verdacht auf jemand anders fallen würde. Ich weiß nicht, wo Sie Ihren Beobachtungsposten bezogen hatten, in einem der verlassenen Ausstellungszelte oder im Auto. Sie warteten geduldig, bis sich eine Chance bot: Lukas Fliegl war in seinen Campingbus gegangen, allein und mitten in der Nacht. Die Tat war vermutlich eine Sache von Sekunden.«

»Ihre verrückte Theorie muss ich mir nicht länger anhören, warum sollte mich jemand erpressen? Das ist doch Schwachsinn!«

»Ihr Problem war, Herr Hummel, Sie haben Ihren Gegner unterschätzt. Genauso wie Ihre Geschäftsfreunde Josef Grabner und Ignaz Brunner. Lukas Fliegl ging nur zum Schein auf Ihr Angebot, ihn zu kaufen, ein. Er witterte eine Möglichkeit, Sie in die Falle tappen zu lassen. Und da Sie tatsächlich Geld für den Kauf eines Grundstücks vom Lazarus-Konto überwiesen, hatte er auch noch einen schriftlichen Beweis.«

Hummel verzog das Gesicht. »Warum sollte ich jemanden wegen eines lächerlichen Grundstücksgeschäfts umbringen?«

»Sie hatten am meisten zu verlieren. Zum einen wären Ihre Grundstücksspekulationen wertlos geworden. Zum andern würde publik werden, dass Sie illegale Nebengeschäfte machen. Ich vermute, diese Lazarus-Beteiligung haben Sie nicht gemeldet. Sie wäre auch niemals genehmigt worden, der Interessenkonflikt ist zu offensichtlich.«

»Was Sie nicht sagen, Sie Besserwisser.«

Baltasar schüttelte den Kopf. »Das Risiko für Sie, im Knast zu landen, war ziemlich hoch. Ihren Job, Ihre Beamtenpension hätten Sie sich abschminken können. Das hat Lukas Fliegl klar erkannt; deshalb hat er bei Ihnen den Hebel angesetzt und nicht bei Ihren Kompagnons.«

Baltasar beugte sich zu Hummel hinunter.

Heinz Hummels Gesicht war erstarrt. »Im realen Leben braucht man für Mord Beweise und nicht nur einen läppischen Kontoauszug.«

»Die gibt es. Was Sie nicht wussten: Sie wurden gefilmt, wie Sie sich zusammen mit Lukas Fliegl auf dem Friedhof besprachen, und so wahr ich katholischer Priester bin, das ist kein Bluff.« Dennoch ließ Baltasar unerwähnt, dass bei der Aufnahme von Paul Brunner der Ton fehlte.

»Was?« Zum ersten Mal zeigte Heinz Hummel eine stärkere Reaktion. Er riss an seinen Fesseln. Baltasar zog die Gurte noch fester.

»Wenn die Polizei außerdem nochmal einen Zeugenaufruf startet, wer Sie an jenem Abend gesehen hat, meinen Sie nicht, da meldet sich jemand?«

»Sie ... Sie ... Mistkerl!« Hummel lief rot an und schnaufte. »Sie wollen ein Pfarrer sein? Ein Penner sind Sie!«

»Ihre Telefonate mit Lukas Fliegl über ein nicht registriertes Handy belasten Sie zusätzlich«, sagte Baltasar. »Sie haben sein Zweithandy nach dem Mord an sich genommen und später vernichtet. Sie dachten, Ihre Kontakte zu ihm seien nicht mehr rekonstruierbar. Eine schwere Fehleinschätzung. Außerdem hat die Polizei noch längst nicht alle DNA-Spuren zuordnen können. Sie glauben gar nicht, was man da alles am Tatort hinterlässt, selbst wenn man Handschuhe trägt und sofort seine Kleidung entsorgt. Und meinen Sie wirklich, Ihre Freunde decken Sie weiterhin, wenn sie fürchten müssen, selbst wegen Beihilfe zum Mord in Verdacht zu geraten? Die bittere Wahrheit ist: Lukas Fliegl war schlauer als Sie – aber leider hat ihn das das Leben gekostet.«

»Diese Beweise möchte ich erst sehen.« Hummel spannte die Arme, um die Gurte loszuwerden. »Aber ich sage Ihnen was, Herr Pfarrer, das sage ich nur Ihnen, und ich tue das nur, wenn Sie schweigen und meine Aussage unter das Beichtgeheimnis fällt.«

Baltasar nickte. »Reden Sie!«

»Diese Missgeburt hat es verdient zu sterben«, sagte Hummel. »Ich war ganz und gar zufrieden, als er tot war. Es war so einfach, wie eine Kakerlake zu töten. Ein schneller Schnitt. Sie hätten sein dämliches Gesicht sehen sollen, als er abkratzte.« Der Baureferatsleiter schnitt eine Grimasse. »Hätte dieser Fliegl nur mit sich reden lassen, alles wäre anders gekommen. So hat er sich das Ganze selbst zuzuschreiben. So enden Fanatiker.«

Baltasar holte sein Mobiltelefon aus der Brusttasche.

»Ups, jetzt habe ich doch glatt die ganze Zeit vergessen, mein Handy auszuschalten.« Er hielt das Gerät ans Ohr. »Herr Kommissar Dix, haben Sie alles mithören können? Der Patient ist nun zur Abholung bereit.«

41

Es war alles wie sonst und doch ganz anders. Die Orgelmusik spielte, Weihrauchnebel mit dem Duft von Zimt und Sandelholz umwehten ihn, die Menschen sahen ihm andächtig zu. Die Kirche war bis auf den letzten Platz gefüllt. Wahrscheinlich erwarteten die Besucher von ihm geistliche Reflexionen über Schuld und Sühne, Mord und Vergebung.

Aber Baltasar wollte ihnen den Gefallen nicht tun. Nicht heute, an diesem Tag. Seine Entscheidung war gefallen. Und es fühlte sich gut an.

Die Predigt hatte er persönlicher gehalten als sonst. Sie handelte von menschlichen Unzulänglichkeiten, von Stärke und Erschöpfung, von den unergründlichen Wegen des Herrn. Er erfüllte seine Pflicht und verlas einen Aufruf von Kommissar Wolfram Dix, weitere Zeugen möchten sich melden.

Mit einer ausholenden Geste faltete er die Hände zum Gebet, brav taten es die Kirchgänger ihm nach. Er spendete den Segen und ging zum Eingangsportal, um sich von jedem zu verabschieden. Der Vorhang ist gefallen, dachte Baltasar.

Draußen auf dem Pfarrhof standen Wolfgang Behr und seine Bunaba-Freunde.

»Cool, wie Sie das hingekriegt haben, Hochwürden«, sagte der Bunaba-Chef. »Sie haben mit der Überführung des Täters mehr erreicht als wir mit unserer Demo.«

»Der Landrat hat das Projekt auf Eis gelegt, bis die Vorgänge untersucht worden sind«, sagte Sarah Koch. Sie lächelte lammfromm, als sei nie etwas gewesen.

»Doch das kann dauern«, fügte Jonas Zimmermann hinzu. »Wenn die Ergebnisse da sind, werden wir dagegen klagen.«

»Und das wird noch länger dauern«, sagte Wolfgang Behr. »Wir überlegen übrigens, eine richtige Partei zu gründen. Sie sind herzlich eingeladen, Mitglied zu werden. Ein Pfarrer in unseren Reihen macht sich immer gut.«

»Nein danke.« Baltasar ging zu Bürgermeister Xaver Wohlrab.

»Was geschieht jetzt, nachdem das Bauprojekt vorläufig gescheitert ist?«, fragte Baltasar.

»Herr Grabner hatte eine gute Idee. Da Investitionsmittel frei werden, könnte man die Gelder für ein neues Projekt einsetzen. Es wäre doch schade, wenn wir sie zurückgeben müssten.«

»Und was haben Sie vor?«

»Herr Grabner meint, wir sollten ein Netz von Wander- und Fahrradwegen bauen. Alles streng ökologisch, versteht sich. Das wäre eine zusätzliche Attraktion für unsere Ferienregion, und das schafft Arbeitsplätze. Außerdem könnte er sofort loslegen, seine Maschinen stehen ja noch an der Umgehungsstraße. Der Umweltverein hat bereits seine Unterstützung zugesichert, mit dem Bunaba verhandeln wir noch.«

»Viel Erfolg.« Baltasar ging zurück in die Sakristei.

Er erschrak: Vor ihm stand Bischof Vinzenz Siebenhaar.

»Eure Exzellenz, Sie hier? Sie haben mich doch noch nie besucht.«

»Irgendwann ist immer das erste Mal. Ich war gerade in der Gegend.«

»Warum haben Sie nicht am Gottesdienst teilgenommen?«

»Ich hab von hier aus zugehört. Sie haben das wunderbar gemacht, Herr Senner.«

»Hat Ihr Besuch einen besonderen Anlass?«

»Sie haben trotz meines Verbotes weiter in dem Mordfall Lukas Fliegl ermittelt.«

»Ich habe getan, was getan werden musste.«

»Dieser Doktor Hummel ...« Siebenhaar schüttelte den Kopf. »So ein kluger, höflicher Mensch – und doch ein Verbrecher. Abscheulich.«

»Das stimmt.«

»Normalerweise schätze ich es nicht, wenn jemand meine Bitten missachtet. Aber in diesem Fall will ich eine Ausnahme machen.« Der Bischof überzuckerte jedes Wort. »Es war gut, dass Sie mithalfen, diesen ... Mörder zu überführen. Deshalb will ich Ihnen verzeihen.«

Baltasar sah sein Gegenüber verwundert an.

»Ich meine damit, Sie sollen natürlich so weitermachen wie bisher – ich meine, was die seelsorgerische Betreuung Ihrer Gemeinde angeht. Ansonsten halten Sie sich künftig aus allem raus.«

»Danke für Ihr Vertrauen«, sagte Baltasar. »Aber ich habe mich bereits entschieden: Ich nehme gerne Ihr Angebot einer längeren Auszeit an.«

»Das können Sie nicht machen! Ich brauch Sie hier.« Der Bischof sah erschrocken drein. »Das waren doch nur theoretische Diskussionen. Sie sind fit, Herr Senner, Sie brauchen nicht so viel Freizeit. Das haben Sie die letzten Wochen bewiesen.«

»Trotzdem vertraue ich auf Ihr Wort. Ich möchte einen ausgedehnten Urlaub antreten.«

»Denken Sie wenigstens an Ihre Haushälterin. Wenn Sie länger weg sind, weiß die gute Frau nicht, was sie machen soll. Das wollen Sie doch sicher nicht.«

»Nein. Deshalb habe ich bereits mit Frau Stowasser, der Eigentümerin unseres örtlichen Gasthauses, gesprochen.

Sie engagiert Teresa vorübergehend als Hilfe für ihre Küche. Und sie weiht sie in die Geheimnisse der niederbayerischen Kochkunst ein.«

»Ihre Entscheidung überschlafen Sie noch einmal. Ich habe außerdem keinen Ersatz für Sie. Ich kann mich doch nicht selber hier an den Altar stellen.«

»Warum nicht? Da lernen Sie normale Gläubige hautnah kennen.«

»Nein danke, meine Verpflichtungen ... Aber ich lass mir das Ganze durch den Kopf gehen und will sehen, was sich machen lässt. Gott zum Gruße.« Vinzenz Siebenhaar machte ein Kreuzzeichen für Baltasar und verließ den Raum.

Baltasar würde später mit Teresa zum Mittagessen in die »Einkehr« gehen. Die Vorstellung hob seine Stimmung.

Neues erleben, andere Menschen treffen. Er freute sich darauf. Die Soutane streifte er ab, zog sich Hemd und Jeans an. Mit Gottes Hilfe würde er die freie Zeit sinnvoll nutzen. Er ging nach draußen. Die Sonne schien, er sperrte die Sakristei zu und atmete tief durch.

Urlaub – es fühlte sich himmlisch an.

Wolf Schreiner

wurde 1958 in Nürnberg geboren. Er wuchs in Oberbayern in der Nachbarschaft zum katholischen Wallfahrtsort Altötting auf und studierte in München Politik, Volkswirtschaft und Kommunikationswissenschaft. Wolf Schreiner arbeitete als Journalist für Zeitschriften, Rundfunk und Fernsehen, bevor er seine Leidenschaft für Krimis entdeckte. Er lebt heute in München.

Wolf Schreiners Baltasar-Senner-Krimis in chronologischer Reihenfolge:

Beichtgeheimnis. Ein Krimi aus dem Bayerischen Wald
Stoßgebete. Ein Krimi aus dem Bayerischen Wald
Bußpredigt. Ein Krimi aus dem Bayerischen Wald
Heiligenschein. Ein Krimi aus dem Bayerischen Wald
Engelsgeduld. Ein Krimi aus dem Bayerischen Wald

(alle auch als E-Book erhältlich)

GOLDMANN
Lesen erleben